KB035073

**다시 사는 인생 5권**

# 다시 사는 인생

마인네스 장편소설

5권

생각정거장

## 다시 사는 인생 5권

날렵하게 빠진 SHJ의 전용기 한 대가 태평양 상공을 넘어 한국 영공으로 날고 있었다. SHJ는 경환의 개인 전용기를 포함해 총 세 대의 전용기를 운영하고 있었다. 하지만 전 세계를 누비는 SHJ 직원들이 이용하기에는 턱없이 모자란 숫자였다. SHJ 매니지먼트의 최석현은 봄바르디에 BD-700 한 대와 보잉의 18인승 737 BBJ를 추가 계약했고, 전용기를 운용할 사설 비행장 완공을 서두르고 있었다.

"회장님이 자네에게 거는 기대가 크니 최선을 다해 보게."

"알겠습니다, 부회장님."

황태수는 승연을 기특하게 생각하고 있었다. SHJ 회장의 친동생이라면 평소 가족을 소중히 여기는 경환의 성격으로 보아 자리 하나는 마련해 줬겠지만, 승연은 자신의 힘으로 구글에 입사해 바닥에서 시작했기 때문이었다. 이번 출장 또한 본인이 직접 제안한 프로젝트였기에 황태수는 형을 닮아 자립심이 강한 승연에게 좋은 점수를 주고 있었다.

"자네가 래리, 세르게이와는 각별하게 지낸다고 들었네. 미국 애들은 친구가 자신을 속였다는 걸 알게 되면 좀처럼 관계를 회복하기 힘들어. 자네가 구글에서 어느 정도 인정을 받고 있으니 두 사람에겐 사실을 말해야 할 거야."

승연은 대답 대신 고개를 살짝 숙였다. 경환을 제외하고 SHJ-구글의 최대 주주인 두 사람은 자신에게만큼은 허물없는 친구처럼 대해 주고 있다는 것을 잘 알고 있었다. 래리의 혹독한 교육을 스펀지처럼 빨아들인 승연은 SHJ-구글에서 차근차근 자리를 잡아갔고, 올해부터는 팀장을 맡아 프로젝트를 수행할 정도로 성장해 있었다. 래리와 세르게이를 본의 아니게 속이게 된 승연 또한 마음이 편하지 못했다.

'이번 인수가 끝나면 사실을 털어놓으리라' 하고 마음먹는 순간 비행기 바퀴가 활주로에 닿으며 덜컹거리는 충격이 전달되었다. 3년 만에 처음 찾는 한국이었지만, 승연의 마음은 감상에 빠져들 만큼 여유롭지 못했다.

"자넨 어떻게 하겠나? 난 아시아 본사에 갈 생각인데."

"전 동창 찾기 사이트 사장과 만난 뒤 최대 주주인 금영과 만나 볼 생각입니다. 지원이 필요하면 아시아 본사로 연락하겠습니다."

"그렇게 하게. 베팅이 필요하면 주저하지 말고 배팅을 해. 회장님께서 자네에게 전권을 준 만큼 망설임으로 시간을 허비하지 말라는 얘기야. 한국의 IT 종사자들은 가치를 추구한다기보다는 일확천금을 꿈꾸고 있다고 들었어."

"감사합니다, 부회장님. 그럼 저 먼저 출발하겠습니다."

황태수와 헤어진 승연은 서둘러 택시에 몸을 실었다. 경환이 자신의 친형이긴 하지만, 승연은 형의 후광을 업고 성공할 생각은 애당초 꿈도 꾸지 않았다. 3년 만에 찾은 서울의 풍경을 바라볼 틈도 없이 승연은 동창 찾기 관련 자료에 머리를 파묻어 버렸다.

단돈 3,000만 원으로 시작한 동창 찾기 사이트는 서비스를 시작한 지 1년도 되지 않아 회원 수가 25만 명을 넘어서고 있었다. 작년 말 KTB와 금영의 투자 제안을 받자 많은 고민 끝에 40%의 지분을 넘기는 조건으로 금영의 투자금 10억 원을 받아들였다. 그 정도로는 금영이 경영권을 장악할 수는 없다는 판단이 들었기 때문이었다.

회원 수가 예측 불가능할 정도로 늘어나면서 플랫폼과 회원 정보 관리를 위한 투자가 절실한 상태였지만, 금영이 약속한 재투자는 이뤄지지 않고 있었다. 창업자이자 사장인 김수재의 얼굴에는 초조함이 서려 있었다. 공동 창업자인 이석춘이 조용히 문을 열고 들어왔다.

"뭘 그렇게 고민해? 오늘 SHJ-구글에서 온다는 손님은 아직 도착하지 않은 거야?"

"곧 도착할 시간이야. 야후에서도 관심을 보이고 있는데 자네는 어디가 좋을 거 같아?"

"글쎄, 야후는 아직 간을 보고 있으니까, SHJ-구글을 이용해 몸값을 불리는 것도 좋지 않겠어?"

벤처의 기본 정신인 위험, 모험, 도전 정신이 퇴색하면서 IT 열풍에 편승한 한탕주의가 만연한 시기였다. 이석춘의 말에 고개를 끄덕인 김수재는 증가하는 가입자 수를 확인하기 위해 PC 모니터에서 눈을 떼지 않고 있었다.

"사장님, SHJ-구글에서 오셨습니다."

여직원의 노크와 함께 노타이 차림의 사내가 들어오는 모습이 김수재의 눈에 들어왔다. 훤칠한 키의 사내는 나이를 가늠할 수는 없었지만, 30대로는 보이지 않는 얼굴이었다. 자신과 비슷한 나이라고 판단한 김수재는 명함을 들고 자리에서 일어났다.

"처음 뵙겠습니다. SHJ-구글의 스캇 리입니다."

"반갑습니다. 김수재입니다. 이쪽은 공동 창업자인 이석춘이라고 하고요."

명함을 교환하며 악수를 나눈 세 사람은 회의용 탁자에 둘러앉았다. 여직원이 들어와 음료가 담긴 종이컵을 탁자 위에 놓고 나가자 승연을 유심히 살핀 김수재가 먼저 말을 꺼냈다.

"사실 SHJ-구글에서 우리에게 관심을 보일 줄은 몰랐습니다."

"SHJ는 좋은 기술이라면 정당한 가치를 부여하고 있습니다. 동창 찾기의 최대 주주가 금영이긴 하지만, 김 사장님을 먼저 찾아뵌 것은 SHJ가 엔지니어를 우대하기 때문입니다."

승연이 한국을 찾기 전 경환은 승연을 저택으로 불러들여 협상에 대한 노하우를 급히 알려 주었다. 컴퓨터만 붙잡고 프로그램 개발에 몰두한 승연도 결국은 엔지니어에 불과했기 때문에 인수 협상을 진행하기엔 무리라고 판단했기 때문이었다. 승연은 경환이 알려 준 매뉴얼을 머리에 떠올리며 포커페이스를 유지하기 위해 노력했다.

"동창 찾기의 사장은 접니다. 금영이 지분 40%를 가지고 있다고는 하지만, 저와 우호 지분을 합치면 60%란 말입니다."

자신을 엔지니어로 격하시키자 김수재는 얼굴까지 붉히며 승연의 말에 반박하고 나섰다. 승연은 미소를 잃지 않고 있었지만, 김수재가 경환의 예상대로 반응하자 경영은 아무나 하는 게 아니라는 사실을 절실히 깨닫고 있었다.

"기분 상하셨다면 죄송합니다. 그러나 저희가 인수를 검토하기 위해서는 최대 주주인 금영의 의견을 무시할 수는 없지 않겠습니까?"

"사과하시니 받아들이겠습니다. 본론으로 들어갔으면 합니다."

김수재의 표정은 아직 풀려 있지 않았다. SHJ-구글의 애드센스와 구글스토어와 비교하기엔 조족지혈이란 표현조차 과했지만, 한국에서만큼은 뜨거운 반응을 보이며 무서운 속도로 가입자를 늘려가는 중이었다. SHJ-구글과 야후라는 두 떡을 손에 쥔 김수재의 얼굴엔 도도함마저 흐르고 있었다.

"SHJ-구글은 동창 찾기 서비스를 한국에 국한할 생각이 없습니다. 저희도 사실 소셜 네트워크 서비스에 관심을 가지고 있습니다. 동창 찾기를 인수하든 못하든, SHJ-구글의 개발 방향은 달라지지 않는다는 것을 먼저 말씀드립니다. 저희는 지분 100%를 인수하고 엔지니어와 일반 직원들을 흡수하는 조건으로 300억 원을 인수 자금으로 투자할 용의가 있습니다."

300억이란 소리에 김수재는 침을 삼켰다. 90억 원이란 엄청난 금액이 자신의 손에 떨어진다는 계산에 김수재의 입술은 파르르 떨리고 있었다. 그러나 한국의 MP3 기술을 인수해 막대한 부를 창출하는 SHJ가 300억이라는 거금을 쉽게 투자할 기업은 아니란 것을 머릿속에 떠올리며 김수재는 한발 물러서는 모습을 보였다.

"흠, 흠. 생각해 보겠습니다. 솔직히 야후에서도 관심을 보이고 있어서요."

"그렇게 하십시오. 야후 코리아는 동창 찾기에 관심이 있다기보다 부족한 커뮤니티를 동창 찾기로 만회하며 상장하려는 계획입니다. 저는 지금 부산으로 내려가 금영과 만날 생각입니다. 마지막으로, 제가 드리는 제안은 제가 출국하기 전까지 유효합니다. 사장님의 현명한 판단을 기대합니다."

말을 마친 승연은 미련 없이 자리를 털고 일어났다. 엔지니어 대 엔지니어로 많은 기대를 하고 찾은 자리였지만 승연의 기대는 처음부터 무너져 버렸다. 기술적인 토론과 투자에 따른 발전 방향과는 무관하게 모든 대화가 돈에서 시작해 돈으로 끝났기 때문이었다.


부산으로 향하는 승연과 달리 황태수는 아시아 본사에 도착해 잭의 환영을 받고 있었다. SHJ 부회장이란 직함은 그 무게감이 달랐다. 황태수의 입국이 결정되자, 한국의 내로라하는 기업과 단체는 물론이고 한국정부 역시 막후에서 만남을 요청하는 제안이 봇물 터지듯 들어오고 있었다. 이번 방문은 SHJ 타운 조성과도 무관하지 않았지만, 최우선 목표는 핵융합로 개발에 발을 담그기 위해서였다.

"환영합니다, 부회장님."

"하하하, 한국 사람이 다 되셨나 봅니다. 한국어 발음이 아주 정확하시네요."

잭은 어눌한 한국어로 환영 인사를 하고 있었다. SHJ 홀딩스의 지분을 받지는 못했지만, 경환은 SHJ 플랜트 지분 10%를 잭에게 양도해 잭의 위치를 확고하게 만들어 주었다. 쉽게 휴스턴으로 돌아갈 수 없다는 것을 알고 있는 잭은 한국에 녹아들기 위해 언어와 함께 역사와 문화까지 배우는 중이었다. 황태수는 노력하는 잭의 모습을 보며 슬쩍 미소를 지었다.

"다른 일정은 뒤로 물리고 오성그룹 회장과 청와대 방문 일정을 잡았습니다."

"오성을요? 핵융합로 사업에 오성을 먼저 만나야 할 필요가 있습니까?"

"핵융합로 사업에 초전도자석 개발이 가장 핵심입니다. 초전도자석을 만드는 데 필요한 것이 초전도도체인데 오성전자 연구소에서 다음 달이면 샘플이 나온다고 합니다. 이 초전도도체 개발에서부터 우리가 참여해야 하지 않겠습니까? 예산도 가장 많이 배정된 거로 알고 있습니다."

황태수에겐 오성그룹 회장과 만난다는 것이 껄끄러울 수밖에 없었다. 그러나 과거에 모셨던 분이라 해서 SHJ 부회장이라는 직함을 버리고 미리 죽고 들어갈 생각은 없었다.

"핵융합과 관련한 기술자와 연구진을 모으는 중입니다. 철저히 SHJ에 동화될 인물들 위주로 접촉을 진행하고 있다 보니 아직 눈에 띄는 성과는 없지만 준비는 해야 되겠군요. 회장님께서는 KSTAR 프로젝트와 관련된 모든 일을 잭에게 위임하라고 지시하셨습니다. 이 프로젝트의 성공 여부에 따라 SHJ의 미래가 바뀐다고 보시는 거 같습니다."

"회장님의 지시는 따로 받았습니다. 핵융합로가 성공한다 해도 핵융합 에너지가 상용화되려면 50년은 걸린다는 게 전문가들의 의견입니다. 무한대의 자금이 소요되는 사업이라 솔직히 엄두가 나지 않습니다."

"SHJ 타운은 핵융합 에너지 개발에 중점을 두고 건설하게 될 겁니다.

필요하다면 우리 독자적으로 개발을 시도할 생각도 회장님은 가지고 계십니다. 그러나 한국이 핵에서 자유롭지 못한 국가다 보니 미국이나 강대국들의 압력을 어떻게 견디느냐가 관건입니다."

"시간이 많이 필요한 사업이니 천천히 검토하시죠."

경환은 핵융합로 개발이 성공했다는 기억만 있을 뿐 그 결과는 알지 못했다. 핵융합 에너지의 상용화가 단기간에 이뤄질 수 없는 상황에서 깨진 독에 물 붓기 식으로 투자되는 자금은 SHJ에도 부담일 수밖에 없었지만, 황태수와 잭은 경환의 결정을 전폭적으로 지지하고 있었다.

잭과 함께 방문한 오성그룹에서 황태수는 이형우의 환대를 받으며 SHJ의 핵융합로 개발 사업에 대한 오성그룹의 전폭적인 지지를 이끌어 내는 데 성공했다. 그러나 오성전자 기술연구소의 초전도도체 개발 사업에 참여하고자 하는 제안에는 쉽게 합의하지 못하며 지루한 회의를 지속할 수밖에 없었다.

끝없이 논쟁이 이어지고 있었지만 이형우도 SHJ에 잡힌 약점 때문에 황태수의 제안을 강하게 거절하지는 못하고 있었다. 그건 오성전자의 지분 5.8%를 SHJ가 가지고 있고 지금도 시티은행이 소유한 지분을 매입하기 위해 물밑협상 중이라는 사실 때문이었다. 경영권을 위협할 수준은 아니지만, 경쟁자로 인식하는 SHJ가 자신의 발목을 잡고 있다는 게 이형우는 찝찝했다. 또 SHJ-퀄컴의 칩셋을 비롯해 오성건설과의 플랜트 합작과 오성전자의 플래시메모리 등 SHJ와 오성그룹은 경쟁 속에서도 많은 부문에서 합작을 진행하고 있는 상황이었다. 감정싸움으로 인해 두 기업이 결별 수순을 밟게 된다면 SHJ보단 오성의 피해가 크다는 것이 이형우의 결정을 강요하고 있었다.

결국 이형우는 끈질기게 물고 늘어지는 황태수와 타협을 선택할 수밖에 없었다. 매년 100억 원의 연구 자금을 지원하는 조건으로 SHJ의 개발 참여를 승인해 버렸다. 이 결정으로 인해 SHJ는 핵융합로 개발에 대한 명분을 쌓을 수 있었고 한국정부와의 협상에 유리한 고지를 선점할 수 있는 무기를 손에 쥐게 되었다.

이형우가 주최하는 만찬을 마치고 호텔에 돌아온 황태수는 미리 정해 놓은 단어를 이용해 경환에게 오성과의 협상 내용을 전달했다. 황태수는 호텔 밖으로 비치는 화려한 네온사인을 바라보며 깊은 생각에 잠겼다. 한국정부와 매번 부딪치고 국적마저 바꿨지만 한국을 향한 경환의 애정이 각별하다는 것은 항상 느끼고 있었다. 끝이 보이지 않는 핵융합 에너지 개발이 SHJ의 미래에 어떤 모습으로 나타날지 지금은 알 수 없었지만, 황태수는 경환의 결정을 의심하지 않았다. 긴장이 풀려서인지 침대 위로 황태수의 몸이 무너져 가고 있었다.


"청와대에 오신 걸 환영합니다."

"감사합니다, 대통령님. 황태수라고 합니다."

최대한 자제를 한다고는 하지만 황태수는 긴장하지 않을 수 없었다. 한 나라의 통수권자가 앞에 서 있었다. 심장이 뛰었다. SHJ라는 배경이 자신의 뒤를 받치고 있지 않았다면 이 자리는 애당초 이뤄질 수 없는 자리였다. 황태수는 호흡을 가다듬기 시작했다. 적어도 이 순간만큼은 SHJ의 이익을 위해 대통령과 긴 싸움을 해야 했기 때문이었다.

"이경환 회장은 안녕하시지요?"

"평안하십니다. 회장님께선 대통령님의 건강을 걱정하고 계십니다. 건강하신 모습을 뵈니 안심이 됩니다."

"하하하, 황 부회장은 립 서비스에도 아주 능하시군요. 여긴 답답하니 우리 밖으로 나갑시다. 식사나 같이하면서 대화를 나눠 봅시다."

다른 수행원들을 대기시킨 황태수는 잭과 함께 대통령을 따라 나섰고, 김우상 비서실장이 급히 앞장서 길을 열었다. 집무실 뒤편 조그마한 안가에 도착한 네 사람은 식사가 준비된 테이블에 자리를 잡았다.

"중요한 대화가 필요할 거 같아 이곳으로 모셨어요. 여긴 안전한 곳이라고 하더군요."

집무실을 두고 안가로 향할 때까지 황태수는 이유를 알지 못했다. 한국의 심장인 청와대도 강대국 특히 미국의 촘촘한 정보망을 빠져나갈 수는 없었다. NSA의 첨단 장비는 이미 청와대를 24시간 감시하고 있었고 그보다 더 무서운 것은 청와대 내부에서 새어나가는 정보들이었다. 황태수는 안가에 들어서며 휴대폰을 살폈지만, 휴대폰의 신호는 이미 죽어 있었다.

"대통령님의 배려에 감사합니다. 듣는 사람이 적을수록 정보의 가치는 커진다고 배웠습니다."

"허허, 저도 그 정도의 센스는 있습니다. 우선 식사부터 합시다. 나이가 들어서인지 때를 거르면 힘이 빠지더군요."

깔끔하게 차려진 한식은 황태수의 미각을 자극하기 시작했다. 대통령과의 식사가 불편하긴 했지만 오랜만에 느끼는 정통 한식에 황태수의 손은 바쁘게 움직이고 있었다. 국적을 바꿨다 해도 황태수의 몸에 흐르는 한국인의 피는 인위적으로 바꿀 수 없었다. 김환기는 얼굴에 미소를 지으며 황태수의 속도에 보조를 맞추고 있었다.

"죄송합니다. 오랜만에 맛보는 한식이라 제가 정신줄을 놓았습니다."

"입맛에 맞으셨다니 다행이군요. 한국인에겐 한식이 최고 아니겠습니까?"

식사를 마친 네 사람은 안가 내 접견실로 자리를 옮겼고, 후식으로 나온 수정과를 맛보고 있었다. 무거운 분위기는 아니었지만 어색함이 접견실을 가득 채우며 황태수의 입을 더욱 무겁게 하고 있었다. 그 어색함을 김환기가 깨기 시작했다.

"이경환 회장은 한국정부에 대한 반감이 많더군요. 하나 묻겠습니다. 이경환 회장은 저를 믿습니까?"

전혀 예상하지 못한 김환기의 말에 황태수는 순간 움찔거렸다. 본론을 꺼내기도 전에 신뢰 문제를 거론한 김환기의 강수에 황태수는 눈을 지그시 감았다가 떴다. 대통령이 듣기 좋은 말을 할 것인지 사실을 말해야 할지 순간 고민이 되었지만 감언이설에 넘어갈 김환기라면 이 질문을 꺼내지 않았을 거란 생각이 들었다.

"솔직히 말씀드리면, 100프로 믿는다고는 말씀을 못 드리겠습니다. 죄송합니다. 그러나 한국에 대한 회장님의 애정만큼은 식지 않으셨습니다."

"솔직한 답변 감사합니다. 저 또한 미국기업인 SHJ를 100프로 신뢰하는 것은 아닙니다. 서로 신뢰를 하지 않으니 대화가 잘 통할 수도 있겠군요. 허허."

SHJ를 미국기업으로 선 그는 김환기의 답변에 황태수는 짧은 탄식을 흘렸다. 비선조직을 이용해 SHJ의 투자 의향을 물었을 때만 해도 김환기의 의중이라 판단했지만, 지금 분위기로는 확신이 서지 않았다. 그렇다고 김환기의 답변에 반박할 수도 없는 처지였다. SHJ는 김환기의 말대로 미국기업일 뿐 그 이상도 그 이하도 아니었다.

"신뢰란 것은 서로가 쌓아 가는 것입니다. 저는 대통령이기 전에 인간적으로 이경환 회장을 존경합니다. 한국정부와의 대립 속에서도 외환위기와 대후 문제에 적극적으로 개입하고 휴대폰과 MP3 생산 기지를 한국에 설립하는 것은, SHJ의 이익보단 한국에 대한 애정의 발로였다고 생각합니다. 핵융합로 개발 사업은 이번 정부가 추진한 사업은 아니지만 한국의 미래를 위해 꼭 필요한 사업이라고 생각하고 있기에 이 회장의 의견을 듣고 싶었을 뿐입니다."

황태수나 경환은 이번 정부가 추진하는 경제 정책과 대북 정책에 지지를 보내는 입장은 아니었지만, 한국의 민주화를 앞당긴 역할을 했다는 사실엔 깊은 존경심을 표하고 있었다. SHJ에 대해 색안경을 끼고 비판하는 여론이 조성되기도 했지만 SHJ 내부의 반대를 무릅쓰고 한국기업과의 합작이나 아시아 본사를 한국에 설립한 것은 한국을 버릴 수 없어서였다. 경환을 인정해 주는 김환기에게 황태수는 고개 숙여 감사를 표했다.

"그렇게 말씀해 주시니 감사합니다. SHJ가 이 사업에 참여를 원하는 것은 물론 안정적인 미래 에너지를 선점하겠다는 뜻도 있지만, 가장 큰 원인은 죽 쒀서 개 주는 꼴을 막기 위해서입니다. ITER(국제 열핵융합 실험로) 가입을 방해한 일본과 미국을 생각해 보셔야 합니다. 혹시라도 KSTAR(한국형 초전도 핵융합 연구장치) 프로젝트가 성공한다면 그 기술은 일본과 미국에 빼앗길 수밖에 없고, 한국은 뒷방 신세로 전락하게 될 겁니다. 이경환 회장님은 결과가 뻔히 보이는 그런 사태를 막고 싶어 하십니다."

16

"흠."

김환기는 지그시 눈을 감았다. KSTAR 사업 보고를 받는 자리에서 한국의 ITER 가입을 물밑에서 방해한 일본과 미국의 행태에 분노했던 기억을 떠올렸다. 황태수의 말대로 한국이 프로젝트에 성공한다면 ITER 가입을 미끼로 한국의 기술을 공동화한 후, 결국엔 토사구팽시킬 것을 어렵지 않게 예측할 수 있었다. 그렇다고 SHJ를 끌어들이는 것도 하이에나를 내쫓기 위해 호랑이를 불러들이는 꼴이란 생각에 김환기는 선뜻 황태수의 의견에 동조할 수 없었다.

"국제 사회의 일원인 한국이 독불장군이 될 수는 없지 않겠습니까? 미래 에너지를 독점하게 된다면 한국은 국제 사회의 표적이 될 뿐입니다."

"대통령님, 독불장군이나 독점을 하라는 말은 절대 아닙니다. 정당한 대우를 받을 기회를 한국 스스로 걷어차는 우를 범하면 안 되기 때문에 드리는 말씀입니다. 저희가 검토한 바로는 핵융합로 사업은 5년 정도의 시간이면 성공할 가능성이 많다고 보고 있습니다. 그러나 핵융합 에너지를 상용화하기 위해서는 최소 20년은 필요합니다. 기본이 되는 핵융합로 기술이 차기나 차차기 정권에 의해 타국으로 유출된다면 한국은 결국 손가락만 빠는 신세가 될 것입니다. 정권은 바뀌지만, SHJ는 바뀌지 않는다는 것을 기억해 주십시오."

황태수가 한국을 방문하기 전, 경환과 황태수는 밤을 새워 가며 이 문제에 대해 난상토론을 벌였다. 많은 의견이 오갔지만, 이 사업이 한국정부의 주도하에 성공한다면 일부 지분을 얻는 조건으로 ITER에 가입하고 결국 우위를 점할 수 있는 기술만 빼앗긴 후 핵융합 에너지 사업의 주도권은 강대국으로 넘어갈 거라는 결론에 도달할 수 있었다. 황태수는 양복 주머니에 넣어 두었던 한 통의 편지를 꺼내 들었다.

"대통령님, 저희 회장님의 친서입니다. 살펴봐 주십시오."

입구가 봉해진 한 통의 편지를 황태수에게서 건네받은 김환기는 조심스럽게 편지를 꺼내 읽기 시작했다. 편지에 집중한 김환기의 미간이 좁혀지며 간간이 탄식이 섞여 나왔다. 편지를 갈무리한 김환기는 안가의 천정을 하염없이 바라보고 있었다.

"성공을 위한 실패라니, 쉽지 않은 결정이군요. 허허, 내가 이경환 회장을 많이 오해했나 봅니다."

"대통령님께서도 미래에 대한 확신이 서지 않았기 때문에 SHJ와의 끊임없는 불협화음에도 불구하고 저희의 참여를 비선을 통해 제안했다고 생각했습니다. 비록 SHJ가 이윤창출에 그 목적을 두고 있다고는 하지만 이 사업만큼은 한국의 이익을 최우선으로 하겠습니다."

청와대 비서실은 오후 일정을 모두 취소하라는 김환기의 지시에 한바탕 소란이 벌어졌다. 안가에 들어간 네 사람은 어둠이 깔리는 시간임에도 떠날 기미조차 보이지 않고 있었다.


띠리링, 띠리링

"여, 여보세요."

[손님, 부탁하신 모닝콜입니다.]

기대했던 김수재와의 만남은 입장 차이만 확인한 채 별 소득을 얻지 못했다. 프로그래머인 자신에게 인수 협상이라는 큰 숙제를 내준 경환의 뜻을 쉽게 이해할 수 없었다. 서로의 이익을 위해 피 튀기는 수 싸움을 하는 건 자신과 상관이 없는 일이라 생각하고 있었기 때문이었다.

어제 있었던 금영과의 협상도 김수재 때와 마찬가지로 큰 성과 없이 물러설 수밖에 없었다. 벤처기업을 '일확천금의 기회'로 생각하는 사람들의 인식에 승연은 욕지거리가 치밀어 올랐다. 동창 찾기의 포맷을 변형하고 재구성하는 건 어려운 일이 아니었다. 인수가 원활하게 진행되지 않는다면 독자적으로 개발할 생각이었다.

한참 망설인 끝에 침대에서 일어난 승연은 커튼 밖으로 펼쳐진 해운대의 넓은 바다를 온몸으로 맞이하고 있었다. 지난밤 해운대 해변을 거닐다 우연히 눈에 띈 포장마차에서 마신 소주 때문에 필름이 끊기고 말았다. 어떻게 호텔로 돌아오게 되었는지 기억이 나지 않았다. 승연은 커튼을 열어젖힌 채 샤워기를 틀어 머리로 떨어지는 찬물을 한참 동안 맞고 서 있었다. '난 협상가가 아니라 엔지니어다'라는 말을 수도 없이 되뇌며 자신을 위로해 봤지만 밀려오는 자괴감은 떨쳐낼 수 없었다.

띠리링, 띠리링

"여보세요?"

[스캇 리 씨, 다행히 방에 계셨네요. 정상철입니다. 식사 전이라면 같이 자리할 수 있을까 해서 연락 드렸습니다.]

"옷만 갈아입고 내려가겠습니다. 기다려 주십시오."

승연은 서둘러 옷을 걸치기 시작했다. 어제만 해도 지분 인수 제안에 별 관심을 보이지 않던 정상철이었기에 승연의 의구심은 깊어졌다. 청바지에 흰 와이셔츠만 걸친 승연은 서둘러 호텔 방을 나섰다.

"속은 좀 괜찮으세요?"

"네. 네?"

급히 엘리베이터에서 내린 승연이 조식 뷔페가 차려진 식당에 들어가기 위해 종업원을 기다리고 있을 때, 한 여성이 가벼운 미소와 함께 알은 체를 하며 뒤로 다가왔다. 짙은 쌍꺼풀에 긴 머리를 자연스럽게 빗겨 넘긴 미인이었지만, 승연은 그 여성을 기억해낼 수 없었다. 마침 정상철이 손을 들어 자신의 위치를 알려오자 승연은 가벼운 목인사만 건넨 후 급히 정상철을 향해 몸을 돌렸다.

"정 사장님, 아침부터 무슨 일이신가요?"

"하하하, 저녁에 호텔로 전화를 드렸는데 연결이 되지 않았습니다. 스캇 리 씨가 제안한 내용에 대해 다시 생각해 봤습니다."

능글능글하게 웃는 정상철이 맘에 들지 않았지만, 아침부터 호텔로 찾아왔다는 것은 제안에 관심을 보이고 있다는 의미였기에 승연은 서둘지 않았다.

"그러셨군요. 저는 본사에 인수가 어려울 수도 있다는 보고를 했습니다. 물론 본사에서도 인수에 큰 관심을 보인 것은 아니었기에 이 일을 추진한 저만 우스운 꼴이 되었네요."

"시장에서 물건을 살 때도 흥정이란 게 있지 않습니까? 서로 바쁘니 딱 잘라 말하겠습니다. 시가총액을 400억 원으로 해서 우리가 가진 지분 40%를 160억에 넘길 용의가 있습니다."

어이가 없었는지 승연은 멍한 표정으로 정상철 바라만 보고 있었다. 100억 원이 SHJ에게 부담되는 금액은 아니었고 황태수로부터 인수 가격에 대한 전권을 위임 받았다 하더라도 정상철의 뜻대로 움직이고 싶지 않았다.

"죄송합니다. SHJ는 지분 100%가 필요하지 반쪽만 원하지는 않습니다. 만약 정 사장님께서 김수재 사장님과 우호 지분 60%를 설득하신다면, 350억 원까지 투자할 용의는 있습니다. 이건 제가 드리는 마지막 제안입니다. 이 제안을 받아들일지 말지는 두 분께서 결정하십시오. 어제도 말씀드렸지만, SHJ-구글이 기술이 없어 동창 찾기를 인수하려는 건 아닙니다. 제가 아침 비행기라 먼저 일어나겠습니다."

머리 굴리는 정상철을 뒤로하고 승연은 미련 없이 자리에서 일어나 식당을 빠져나갔다. 어제 마신 소주가 속을 뒤집고 있어 게워내고 싶은 생각뿐이었다.

"스캇! 사람이 왜 그래요?"

엘리베이터로 향하던 승연은 망부석처럼 굳어지는 몸을 느끼며 뒤를 돌아봤다. 아랫입술을 이빨로 지그시 깨물고 눈물까지 글썽이는 좀 전의 여성이 서 있었다. 자신의 이름까지 알고 있는 것으로 봐서 만났던 것은 분명한데 도통 기억해 낼 수가 없었다.

"뺨이라도 후려치고 싶지만, 제 잘못도 있으니 이것으로 끝내겠어요."

찬바람을 일으키며 사라지는 여자의 뒷모습을 바라보던 승연은 급히 호텔 방을 향해 걸음을 옮겼다. 방에 들어온 승연은 침대 시트를 걷은 후, 망연자실할 수밖에 없었다. 침대 중간엔 선홍색의 핏자국이 선명하게 보였기 때문이었다. 침대 옆 스탠드 밑에 놓인 메모지를 손에 든 승연은 눈을 감아 버렸다.

청와대 방문을 끝낸 황태수의 행보는 은밀하게 진행되고 있었다. 오성그룹을 비롯해 서먹했던 대현중공업과의 관계 회복에 노력하는 한편, 전문 경영인 체제로 물갈이한 대후그룹과도 관계를 돈독히 하는 데 힘썼다.

이와 동시에 SHJ는 회장실 직속의 SHJ 플랜트 기술연구소를 한국에 설립하겠다고 공표하고 휴스턴 본사 사업 본부별로 분산된 연구개발 팀을 SHJ 플랜트 기술연구소로 통합한다는 계획을 발표해 한국 언론을 뜨겁게 만들었다.

청와대는 다음 달 대통령의 방북을 준비하기 위해 모든 라인을 가동하고 있었고, 그 와중에 한국정부의 특명을 수행하고 있던 대현그룹 정규병 회장과의 독대가 잦아졌다. 군사적 긴장을 해소하려는 한국정부의 대북 사업은 실익 없는 퍼주기라는 보수 진영의 반발에 부딪히고 있었고 대현그룹이 불법 자금 송금의 창구 기능을 하고 있다는 소문이 암암리에 퍼지고 있었다.

청와대와 정규병의 만남 이후 대현그룹은 농지로 조성된 서산 간척지 일부에 대한 용지 변경을 신청했고, 보수 진영의 극심한 비난에도 용지 변경 승인은 초고속으로 진행되었다. 외환위기와 총풍 사건으로 입지가 약해진 보수 진영은 이를 반전의 기회로 삼고자 대현그룹에 대한 특혜 문제를 정치권으로 확대하려 했다. 하지만 대현그룹은 농지에서 풀리는 서산 부석면 일대의 토지 200만 평을 평당 2만 원에 SHJ에 매각하겠다고 발표하며 매각에서 들어오는 자금 400억 원 전액을 장학 재단에 기부하겠다는 의사를 밝혀 보수 진영의 김을 빼 버렸다.

SHJ 아시아 본사가 한국에 유치되면서 SHJ가 밝힌 SHJ 제2타운 건설은 외환위기로 죽어가는 국내 건설 시장의 활로가 될 거라는 기대감을 주었다. 때문에 이번 서산 간척지 일부에 대한 용지 변경을 보는 국민들의 시각이 우호적으로 바뀌게 되었다. SHJ 타운을 유치하기 위해 총력을 펼쳤던 지자체들은 SHJ 타운이 서산 간척지로 결정되자 허탈감을 감출 수 없었고, SHJ 타운 부지로 예측되며 급상승하던 땅값도 폭락하기 시작했다.

국민들의 시선이 SHJ에 집중되고 있을 때, SHJ 아시아 본사에선 한국이 추진하는 핵융합로 프로젝트인 KSTAR 참여를 공식 발표했다. 동시에 연구개발과 함께 매년 300억 원씩 10년간 투자하겠다는 뜻을 밝혔다. 국민적 관심을 받지 못하던 KSTAR 프로젝트는 SHJ의 공식 참여와 투자가 발표되자 인터넷을 뜨겁게 달구기 시작했다. 강대국들의 연합체인 ITER 가입도 실패한 한국이었기에 '독자 개발은 무리'라는 의견이 대세를 이루었다. SHJ의 투자가 판단 착오라는 분석이 전문가들을 통해 대두되고 있었다.

그간 바쁜 일정을 소화한 황태수는 한국을 떠날 준비를 하고 있었다.

"부회장님, 대현그룹과의 토지 매입 절차를 마무리했습니다."

"고생했습니다. 이후의 SHJ 타운 조성 문제는 무어 사장 전권으로 처리하시기 바랍니다. 가장 시급한 사항이 기술연구소 인력 확보이니 오성과 대현, 대후와 밀접하게 연락을 하십시오. 휴스턴의 연구 인력은 검증 절차를 거친 후 한국으로 발령 내겠습니다."

"알겠습니다. 그런데 SHJ 타운 시공사를 수의계약하는 게 좀 마음에 걸리긴 합니다."

입찰이 아닌 수의 계약으로 진행되고 있는 시공사 선정 문제가 잭은 불안했다. 한국에 온 지 얼마 되지 않았지만, 잦은 설계 변경 요청과 부실 시공이 한국 건설업계의 문제란 것을 알기까진 많은 시간이 필요하지 않았다.

"얻은 게 있으면 우리도 줘야겠지요. 예정대로 A 구역은 오성건설, B 구역은 대현건설, 주택단지는 대후건설을 우선 협상 시공사로 선정해 계약을 추진하십시오. 이 부문은 회장님의 재가를 받았습니다. 그 대신 한국 감리회사는 배제하라는 회장님의 지시가 있었습니다."

"알겠습니다. 이미 SHJ 매니지먼트에서 준비를 마친 상태입니다. 최석현 사장이 입국하면 바로 진행하겠습니다."

경환은 핵융합로 사업이 성공하기 위해선 세 그룹과의 공조 체제가 절실히 필요하다는 것을 느꼈다. 따라서 30억 달러가 넘게 소요되는 SHJ 타운 건설의 시공을 세 그룹에 분배하면서 핵융합로 사업과 관련된 각 그룹의 연구 인력을 SHJ 플랜트 기술연구소가 흡수하기로 협약을 맺었다. 핵융합 에너지가 미래 대체에너지란 점은 세 그룹도 모두 동의를 했지만, 성공이 불확실했고 핵융합로 개발이 성공한다더라도 언제 상용화될지는 어느 누구도 장담할 수 없었다. 이런 이유로 세 그룹은 SHJ 타운의 시공을 맡아 실질적인 이익을 챙기게 되었다.

"부회장님, 회장님의 지시가 있었다고 하더라도 실패할 KSTAR 프로젝트에 3,000억 원을 투자한다는 걸 쉽게 이해할 수는 없습니다."

"무어 사장이 미국인이다 보니 한국 상황을 이해하기 힘들 겁니다. 한국이 성과를 보인다면 강대국의 입김에서 자유롭지 못할 것을 회장님은 우려하고 계십니다. 저도 회장님과 같은 생각이고요. 3,000억 원이 우리에게 큰돈일 수도 있지만, 기술을 확보할 수만 있다면야 그만 한 가치가 있지 않겠습니까? 핵융합로보다는 상용화 기간을 얼마나 단축할 수 있느냐가 우리에게 닥친 문제라고 봅니다."

KSTAR 사업에 필요한 총 자금이 SHJ의 유동 자금에 큰 영향을 줄 정도는 아니었다. 그러나 KSTAR 이후 상용화까지 필요한 막대한 자금은 SHJ에게도 큰 부담이 될 수 있는 문제였기에 황태수나 잭의 표정은 밝지 못했다. 핵융합 에너지의 사업성엔 동의하지만 이 기술을 선도하는 유럽이나 미국, 일본도 국가의 지원을 받으며 자금을 쏟아 붓고 있는 상황에서 기술력 차이를 보이는 한국기업들을 다독이며 SHJ의 막대한 자금을 투입하는 게 과연 옳은 결정이었는지에 대해선 확신이 들지 않았다.

"SHJ가 지금까지 성장한 가장 큰 이유는 회장님의 추진력과 결단력이라고 봅니다. 회장님께서는 본인이 추진하는 마지막 사업이라고 하십니다. 아직 결과를 예측하긴 어렵지만 우리는 회장님의 결정을 지지해야 하지 않겠습니까?"

"부회장님의 말씀에 동감합니다. 회장님이 아니었다면 전 샌프란시스코에서 술에 찌들어 살았을 겁니다. 저나 조안나는 한국에 뼈를 묻을 생각입니다."

잭의 확고한 결심을 황태수는 느낄 수 있었다. 배신자란 낙인을 안고 살기에 휴스턴은 너무 힘든 곳이었다. 잭은 자신을 믿어 준 경환과 SHJ에 마지막 남은 정력을 쏟아 붓기 위해 한국을 제2의 고향으로 삼을 계획이었다.

"참, 인수를 위해 한국에 방문한 SHJ-구글의 스캇이 통 눈에 띄질 않네요."

"오전에 상대측의 연락을 받고 마지막 협상을 위해 나간다는 보고를 받았습니다. 인수 협상을 하는 데 린다가 아닌 스캇이란 친구를 보낼 줄은 몰랐습니다."

"무어 사장은 모르시겠군요. 스캇이란 친구는 회장님의 친동생입니다. 아직 SHJ-구글에서 그 사실을 아는 사람은 없습니다. 본인 실력으로 입사했거든요."

"네? 친동생이라고요? 프로그래머로만 알고 있었는데, 회장님이나 스캇이란 친구나 두 사람 모두 대단하네요."

잭은 스캇이 경환의 친동생이란 사실에 고개를 절레절레 저었다. 친동생이 자신의 힘으로 SHJ-구글에 입사한 것도 대단해 보였지만, 그런 동생을 바닥에서부터 시작하도록 내버려뒀다는 것을 쉽게 받아들이기 힘들었다. 황태수는 고개를 갸우뚱거리는 잭을 뒤로 하고 SHJ의 투자를 대서특필한 신문으로 관심을 돌렸다.

같은 시각, 동창 찾기를 다시 찾은 승연은 김수재 그리고 부산에서 급히 올라온 정상철과 자리를 같이하고 있었다. 그동안 두 사람과의 연락을 일절 끊은 승연은 SHJ-구글 한국 지사의 프로그래머들과 소셜 네트워크 서비스에 대한 의견을 교환하며 인수 협상과는 거리를 두고 있었다. 오늘 정상철의 연락을 받은 승연은 마지막이란 생각으로 제안을 받아들였다.

"스캇 리 씨, 그동안 잘 지내셨습니까?"

"바쁘게 지냈습니다. 인수 협상보다는 한국의 프로그래머들과 서로 의견을 나누는 시간이 저에겐 더 재밌었거든요."

비꼬는 듯한 승연의 태도에 김수재의 미간은 급격히 좁아졌지만, 정상철과의 합의를 깨지 않으려는 듯 입을 굳게 닫아 버렸다. 정상철은 회의용 탁자에 팔꿈치를 올리며 냉랭한 태도를 보이는 승연을 바라보았다.

"그동안 SHJ-구글의 제안을 고민하고 있었습니다. 죄송하지만 SHJ-구글의 제안을 다시 한 번 말씀해 주실 수 있으시겠습니까?"

이러한 요청이 무례하다고 생각한 승연은 경환의 조언에도 불구하고 눈썹을 가운데로 모으며 불편한 기색을 드러내 보였지만, 정상철의 요청을 거절하지는 않았다.

"마지막으로 다시 한 번 저희의 제안을 말씀드리겠습니다. 지분 100%를 넘기신다면 시가총액을 350억 원으로 산정해 투자할 용의가 있습니다."

"좋습니다. 저와 김 사장은 의견 일치를 봤습니다. 350억 원에 지분 100%를 넘기겠습니다."

정상철의 뜻밖의 결정에 승연의 눈은 커질 수밖에 없었다. 그러나 아직 김수재의 답변을 듣지 못한 승연은 김수재의 입이 열리기를 기다리고 있었다.

"정 사장님과 마찬가지로 저도 동의합니다. 한 가지 묻고 싶은 게 있는데, 경영은 어떻게 하실 계획이십니까?"

"동창 찾기는 SHJ-구글의 사업부 형태로 존재하게 될 것입니다. 그러나 사업부 운영에 대한 계획을 지금 말씀드릴 수는 없습니다. 특별한 하자가 없는 직원들에 대해서는 고용 승계 원칙이 적용되겠지만, 경영권을 인정하는 건 제가 결정할 문제가 아닌 점 양해 바랍니다."

자신이 원하는 대답을 얻지 못했는지 김수재의 얼굴이 굳어졌지만, 승연은 신경 쓰지 않았다. 어차피 일확천금을 꿈꾸는 사람에게 돈과 함께 경영권을 인정해 줄 수는 없는 문제였기 때문이었다. 350억 원이라는 적지 않은 금액이 투자되더라도 광고 마케팅을 보완하고 구글스토어와 애드센스를 연결한다면 350억 원 정도 투자금은 단기간에 회수할 수 있다는 계산이었다. 시간을 끌수록 지분 매각에 불만을 보이는 주주들이 발생할 수 있다는 생각에 승연은 서둘러 계약을 마무리 짓고 싶었다.

"나머지 주주들도 합의하셨다면 계약을 끌 필요는 없을 거 같습니다.

인수 계약서는 저희가 준비할 테니 담당 변호사를 부르시기 바랍니다."

인수 협상을 마친 승연은 서초동 근처의 조용한 바를 찾았다. 인수에 따른 MOU 체결과 계약 진행은 자신의 몫이 아니었기에 승연은 아시아 본사 법무 팀에 인수 절차를 넘기고 뒤로 빠졌다. 위스키를 스트레이트로 연거푸 두 잔 넘긴 승연은 잘 피우지도 못하는 담배를 입에 물었다. 위스키 술잔 옆에 놓인 메모지를 손으로 두들기던 승연은 휴대폰을 들어 번호를 찍기 시작했다.

[감사합니다. 혜성 법무법인입니다.]

"죄송하지만, 김혜리 씨를 부탁합니다."

[김혜리 변호사님 말씀하시나요? 잠시만 기다려 주십시오.]

승연은 순간 긴장하고 있었다. 확실히 기억나는 것은 아니지만 승연은 꿈속에서 하루나를 품었다고 생각했었다. 몇 번 식사를 같이했을 뿐 하루나와의 관계는 그 이상 진도를 보이지 못했고 그런 감정이 꿈속에 나타난 거라고 치부해 버렸다. 하지만 그건 꿈이 아닌 현실이었다. 상대가 바뀌었을 뿐. 찜찜한 상태로 미국에 돌아가고 싶지 않아 연락을 취했지만, 김혜리가 변호사란 사실에 놀라지 않을 수 없었다.

[전화 바꿨습니다. 말씀하세요.]

"저, 스캇 리라고 합니다. 뵙고 싶어서 전화했습니다."

수화기에선 아무 말도 흘러나오지 않았다. 승연 또한, 김혜리를 재촉하고 싶지 않았다. 수화기에선 두 사람의 숨소리만 흘러나왔고 한참 후에야 김혜리의 목소리를 들을 수 있었다.

[장소를 말해 줘요.]

장소를 말해 준 승연은 위스키 한 병을 주문한 후 비워진 잔에 술을 따랐다. 승연은 포장마차에서 소주잔을 서로 주거니 받거니 한 기억이 조각조각 떠올랐지만, 통성명도 하지 않은 여자와 하룻밤 진한 정사를 펼쳤다는 게 도저히 믿어지지가 않았다. 위스키 몇 잔이 더 들어가자 바의 문이 열리며 화사한 투피스 차림의 김혜리가 들어서는 모습이 승연의 눈에 들어왔다.

"먼저 시작했나 보군요. 술 한 잔 주세요."

김혜리의 당돌한 포스에 승연은 얼어 있었다. 침대 시트 위로 선명하게 보였던 선홍색의 핏자국을 봐선 김혜리가 첫 경험일지도 모른다는 생각이 들었지만, 승연 자신도 첫 경험이었다.

"변명하고 싶지는 않습니다. 그러나 일부러 김혜리 씨를 모른 척한 건 절대 아닙니다. 오해는 풀고 싶었습니다."

승연은 자신의 명함을 탁자 위로 건네주었다. 승연의 명함을 슬쩍 쳐다본 김혜리는 핸드백 안에 넣고는 자신의 명함을 꺼내 건네주었다.

"저도 그 일을 문제 삼고 싶은 생각은 없어요. 제게도 절반의 책임은 있으니까요. 새벽에 저도 경황이 없어 도망가듯 제 방으로 돌아갔던 거예요. 아침엔 무시당했다는 생각이 들어 화를 냈지만, 구질구질하게 남자 발목을 잡는 여자는 아니니 걱정하지 마요."

술을 권하기도 전에 김혜리는 위스키를 목으로 넘겼고 긴 목을 통해 술이 들어가는 모습을 바라보던 승연은 묘한 감정에 휩싸이기 시작했다.


"회장님, 앨 고어가 반응을 보이고 있는 거 같습니다."

집무실을 찾은 알이 조용히 말을 전하자 경환은 읽던 책을 접어 책상

위에 올려놓았다.

"부시 진영에겐 재앙이겠지요. 책의 반응은 어떻습니까?"

"유명 작가다 보니 엄청난 반향을 일으키고 있는 것 같습니다. 단번에 베스트셀러로 진입했다고 합니다."

경환은 《TWINS》라는 책의 겉표지를 넘겨보았다. 이 소설의 저자는 군사 및 첩보 소설의 대가인 톰 클랜시였다. 그는 출입증 없이도 펜타곤을 출입할 수 있을 정도로 인정을 받고 있는 소설가로, CIA와 FBI에서 강의를 할 정도로 인정 받고 있었다.

《TWINS》라는 소설은 석유, 방산 업체와 결탁한 백악관이 미국에 대한 테러 계획을 입수하고도 이를 방조해 테러리스트에 의해 공중 납치된 비행기가 뉴욕의 심장인 월드 트레이드 빌딩과 충돌하는 내용으로 내부의 적과 외부의 적에 대항해 고군분투하는 FBI 요원의 활약상을 그린 소설이었다.

경환은 당황할 딕의 얼굴을 떠올리며 입꼬리를 말아 올렸다. 새로운 미국을 건설하기 위해 소수의 희생은 불가피하다는 내용은 네오콘을 등에 업고 대선을 준비하는 부시 진영에게 큰 타격일 수밖에 없었다. 유명 작가인 톰의 소설이 발표되자마자 골수팬들의 입소문을 거치며 빠르게 미국 전체로 퍼지고 있었다.

"톰 클랜시가 이 정도로 글을 잘 쓰는 사람인 줄 오늘 처음 알았습니다. 우리가 개입되어 있다는 것은 모르겠죠?"

"걱정하지 마십시오, 회장님. 뒤를 밟히는 일은 절대 없을 겁니다. 이번 일에 관련된 요원들은 한국 지사로 발령을 냈습니다."

일 처리가 깔끔하고 입 무거운 알이 진행한 일이라면 믿을 수 있었다.

경환은 딕과의 공생까지도 포함하여 고민했지만, 딕이 백악관을 장악하는 8년이란 시간을 견뎌 낼 자신이 없었다.

"알도 알다시피 딕은 우리에게 절대 호의적인 인물이 아닙니다. 백악관을 틀어쥐게 된다면 SHJ의 목줄을 쥐려고 할 겁니다. 앨 고어도 신뢰감이 가는 인물은 아니지만, 딕보다는 낫다는 결론을 내렸습니다."

"전 회장님의 지시만 수행합니다. 판단은 회장님의 몫입니다."

경환은 알의 어깨에 손을 얹어 신뢰를 표시했다. 알은 고개를 숙여 경환에 대한 존경심을 표했다. 말로 표현하진 않았지만 두 사람의 신뢰는 매우 두터웠다. 황태수와 린다에 대한 믿음과는 다른, 설명하기 어려운 끈끈한 믿음이 두 사람에게 흐르고 있었다.


아직 러닝메이트가 결정되지는 않았지만, 딕이 러닝메이트가 될 거란 사실에 반론을 제기하는 사람은 아무도 없었다. 부시의 선거 캠프엔 긴장감이 흐르고 있었다.

"딕, 도대체 뭐가 어떻게 흘러가고 있는 거야?"

"우리도 당황스럽긴 마찬가지야. 앨 고어, 이 여우 같은 자식이 주식을 포기할 줄은 몰랐어."

민주당 전당대회를 D-DAY로 앨 고어의 흠집을 드러내겠다는 계획은 앨 고어가 주식을 기부하면서 물거품으로 변했다. 각종 민간 업체를 통한 여론 조사는 앨 고어의 승리를 점치고 있어 부시와 딕의 초조함은 깊어지고 있었다.

"딕, 내가 말하는 건 앨 고어를 말하는 게 아니야. 문제는 톰 클랜시야, 톰 클랜시."

부시는 화를 이기지 못하고 딕 앞으로 책을 집어 던졌다. 대선 정책과 전략이 딕과 네오콘에 의해 만들어지고 있었기 때문에 부시의 비난에서 자유로울 수가 없었다.

"자네가 화내는 건 이해하네. 이 인간이 이런 정보를 어디에서 입수했는지, 우리도 그 인간의 뒤를 뒤지는 중이야."

"이 소설의 내용이 너무 적나라하잖아. 우리 쪽에서 새어 나가지 않았다면 알 수 없는 내용들이라고. 소설이 출간되고 나서 올라가던 지지도에 비상이 걸렸다는 걸 자네도 알 거 아닌가. 도대체 대책이 있기는 한 건가?"

딕은 죽을 맛이었다. 자기 뜻대로 조종할 수 있다고 자신하고 있었지만, 지금 공화당 대선 후보는 자신이 아닌 부시였다. 우선 부시를 진정시킬 필요를 느낀 딕은 굳었던 얼굴을 풀 수밖에 없었다.

"아직 역전할 기회는 충분하다고 보네. 자네의 지금 이 모습을 가장 기뻐할 인간이 누구라고 생각하나? 냉정하게 지금 상황을 판단해 보자고. 우선 정보가 빠져나가고 있다는 것은 나도 동의하네. 벌레를 잡기 위해 내부 청소를 시작했으니 조만간 소식이 들려올 거야. 그리고 톰 클랜시는 다른 조직에서 은밀히 내사를 벌이게 될 거야."

"앨 고어를 찍어 내기 위해서는 네거티브 전략이 필요한 거 아닌가?"

딕은 답답했다. 멍청한 놈이라고 욕지거리라도 퍼부어대고 싶었지만 딕은 억지로 참아 내고 있었다.

"민주당의 전당대회가 아직 시작되지도 않았어. 우리가 네거티브를 시작하면 앨 고어의 이름값만 띄워 줄 뿐이라고. 지금은 철저히 앨 고어를 무시하는 전략을 취할 때란 말일세. 어중간한 네거티브는 우리에게 부메랑처럼 돌아올 수도 있다고 보네."

"젠장, 내가 먼저 죽게 생겼는데 다른 놈 사정 봐주게 생겼느냐고!"

부시의 신경질은 가라앉을 기미조차 보이지 않았다. 계획된 전략이 한 치의 오차도 없이 진행되고 있었지만 앨 고어의 주식 기부를 시작으로 톱니바퀴가 어긋나기 시작했다. 자신의 통제를 벗어나려는 부시의 잔소리는 딕의 머리를 더욱 복잡하게 만들었다.

"조지! 과자 달라는 애들처럼 보채지 좀 말게! 민주당이 바라는 게 뭔지 생각을 해 보란 말이야!"

순간 딕을 바라보는 부시의 눈빛이 싸늘해졌다.

"딕, 난 아직 러닝메이트를 선정하지 않았다는 사실을 잊지 말게. 자네 뒤에 네오콘이 있다 해도 내가 백악관에 입성하지 못하면 어떻게 될지 생각해야 할 거야. 그만 나가 보게."

말을 마친 부시는 싸늘한 표정으로 딕을 노려보고 있었다. 무슨 말을 꺼내려던 딕은 부시의 시선이 자신에게서 벗어나자 자리에서 일어날 수밖에 없었다.

"딕, 언성이 높아지던데 무슨 일 있으십니까?"

"내가 알아보라고 한 건 어떻게 된 건가?"

"톰 클랜시가 《TWINS》를 집필한 시간이 두 달도 걸리지 않았다고 합니다. 그리고 소설의 소재를 외부에서 얻었다는 걸 주변 탐문을 통해 알 수 있었습니다. 톰 클랜시가 횡재를 했다고 떠들고 다녔다고 합니다."

"그 외부가 어딘지 철저히 조사해. 필요하다면 블랙워터를 동원해서라도."

부시와의 관계에 미세하게 생기기 시작하는 균열은 결코 자신에게 좋은 조짐이 아니었다. 러닝메이트로 낙점된 자신을 버릴 수는 없다고 생각했지만 골통인 부시를 어디까지 믿어야 할지 감을 잡을 수가 없었다. 딕은 아랫입술을 힘껏 깨물었다.


위스키 한 병이 바닥을 보이기 시작했지만 승연의 정신은 오히려 말짱해지고 있었다. 처음 시킨 안주는 건드린 흔적 없이 테이블 위에 고스란히 남겨져 있었고, 꼿꼿이 술을 마시던 김혜리의 자세도 흐트러지기 시작했다.

"한 병 더 마시고 싶어요. 괜찮죠?"

"많이 마신 거 같은데 괜찮겠어요?"

승연이 말을 끝내기도 전에 김혜리는 술 한 병을 더 주문해 버렸다. 법조계 사람들이 술을 많이 마신다는 건 알고 있었지만, 안주도 거른 채 독한 양주를 물 넘기듯 마시는 김혜리가 승연은 신기해 보이기까지 했다. 김혜리는 새로 깐 양주를 급히 잔에 따라 단숨에 입에 부어 넣었다.

"미안해하지 않아도 돼요. 제가 하는 일이 정신적 스트레스가 상당히 심한 직업이에요. 출장이긴 하지만 부산에서 바닷바람을 쐬다 보니 마음이 풀어졌었나 봐요. 일탈을 꿈꿨던 거 같기도 하고요."

승연의 입은 열리지 않았다. 몸을 섞은 걸 부정하거나 회피할 생각은 없었지만 위로의 말을 해야 할지 아무 일 아닌 듯 대범하게 넘겨야 할지 적당한 대답을 찾을 수 없었다. 김혜리를 따라 승연은 말없이 술을 마실 뿐이었다.

"명함을 보니 SHJ-구글에 다니시더군요. 미국에서 성장했나요?"

"아닙니다. 한국에서 대학을 졸업했습니다. 내일 미국으로 돌아가야 합니다."

"그렇군요."

두 사람의 대화는 단답형으로 이어졌다. 승연은 김혜리의 술잔에 술을 따른 다음 건배를 제의했다. 작은 스트레이트 잔이 서로 부딪치자 맑은 소리가 퍼졌다. 목을 열어 단번에 술을 털어 넣은 승연이 김혜리를 바라보며 입을 열었다.

"제 책임이 크다고 생각합니다. 책임을 회피하거나 하룻밤의 우발적 사고로 넘길 생각은 전혀 없습니다. 이 말씀을 드리고 싶어 오늘 연락을 드린 겁니다."

"후후, 제가 변호사란 걸 잊으셨나 보네요. 책임이라는 말 얼마나 무서운지 아세요? 우발적 사고라는 말, 듣기 좋은 말은 아니지만 우린 우발적 사고 맞아요. 그냥 몸 한 번 섞은 사이일 뿐이라고요."

감정이 격해지는지 아니면 취기가 올라와서인지 김혜리의 목소리는 점점 높아지고 있었다. 옆 테이블에 있던 연인들이 짐승 쳐다보는 눈빛으로 쳐다보자 승연은 눈을 찔끔 감고 깊은 한숨을 뿜어냈다.

"알겠습니다. 더는 이 문제를 거론하지 않겠습니다. 혹시라도 연락할 일이 생기면 명함에 있는 주소로 연락 주십시오."

"나쁜 놈."

자리를 정리하려던 승연은 순간 움찔했다. 고개를 떨어뜨린 김혜리는 몸을 살짝 떨고 있었다. 친형인 경환을 따라잡기 위해 변변한 연애 한 번 해 보지 못한 승연은 이 자리를 풀어 간다는 게 곤혹스러울 따름이었다. 여자의 심리를 이해하는 것보다 리만 가설을 입증하는 게 더 빠르다는 선배들의 말에 동의할 수밖에 없었다. 일어나려던 승연은 자리에 주저

앉아 버렸다.

"이 나쁜 놈아, 내가 얼마나 비싼 여잔 줄 알아? 나 시간당 10만 원 받는 여자란 말이야!"

말을 마친 김혜리는 탁자에 고개를 파묻고 작은 소리로 흐느끼기 시작했다. 승연은 이러지도 저러지도 못한 채 눈을 질끈 감아 버렸다. 혀가 살짝 꼬부라진 김혜리의 우렁찬 목소리 덕에 손님들의 시선이 집중되고 있었다. 시간당 10만 원의 여파는 바 안을 술렁이게 하기 충분했다. 혀를 차는 손님들로부터 음흉한 눈빛으로 김혜리의 전신을 훑는 손님들까지 각양각색의 반응들로 승연의 얼굴은 완숙 토마토처럼 붉어졌다.

"취하셨네요. 바람이나 쐬러 나갑시다, 김혜리 변호사님!"

승연은 변호사란 말에 힘을 주었다. 10만 원이란 오해는 풀어야 했기 때문이었다. 취기가 올랐는지 탁자로 엎어진 김혜리는 쉽게 몸을 가누지 못했다. 계산을 서둘러 마친 승연은 김혜리를 둘러업고서야 간신히 바를 벗어날 수 있었다.

"이 나쁜 놈, 나쁜 놈."

등에 업힌 김혜리는 승연의 머리를 사정없이 후려쳐댔지만 승연은 참아야만 했다. 겨우 모범택시를 잡아탄 승연은 아까의 복수라도 하듯 김혜리의 뺨을 감정을 실어 치기 시작했다.

"김혜리 씨, 집이 어디예요? 정신 좀 차려 봐요, 김혜리 씨!"

"손님, 어디로 가시겠습니까?"

좌석에 널브러진 김혜리는 승연의 구타에도 미동조차 없었다. 택시 기사의 독촉이 심해지자, 삶을 포기한 사람의 표정을 한 채 힘 빠진 목소리로 목적지를 알려 줄 수밖에 없었다.

"죄송합니다. 리츠칼튼호텔로 가 주십시오."


부스럭, 부스럭.

소파에서 눈을 붙이고 있던 승연은 부스럭거리는 소리에 감았던 눈을 반쯤 떴다. 침대에서 큰대 자로 잠을 자던 김혜리가 조심스럽게 헝클어진 옷을 정리하는 모습이 눈에 들어왔다. 그녀는 구두를 양손에 들고 까치발로 방을 빠져나가려고 했다.

"말도 없이 먼저 가는 건 여전하네요. 시간당 10만 원짜리 아주 비싼 김혜리 변호사님."

스탠드의 불을 켜고 승연이 소파에서 일어나자, 조용히 방을 빠져나가려던 김혜리의 몸은 얼음처럼 굳어져 버렸다. 어제 무슨 일이 있었는지 기억은 가물거렸지만, 승연의 입에서 '10만 원'이란 말이 나오자 김혜리는 똥 씹은 얼굴을 한 채 한숨을 내쉬었다.

"하하, 제가 어제 좀 취했나 보네요. 중요한 일은 아닌 거 같은데 우리 쿨하게 잊어버리는 게 어때요?"

"글쎄요. 제가 어제 당한 게 하도 많아서, 쉽게 잊을 수 있을지 모르겠습니다."

팔짱을 낀 채로 무뚝뚝하게 서 있는 승연의 매서운 눈초리를 벗어나기 위해 김혜리는 천천히 뒷걸음질 치기 시작했다.

"그냥은 못 보냅니다. 부산에선 서로 정신이 없었지만 지금은 맨 정신이란 사실 기억하세요."

미처 말을 꺼내기도 전에 승연의 입술이 김혜리의 입술을 덮쳤다. 밀쳐내기 위해 승연의 가슴을 밀어 봤지만 승연의 혀가 자신의 입술을 타고 넘어오자 김혜리의 몸은 힘이 빠져나간 듯 어떠한 저항도 할 수 없었다. 승연의 손이 블라우스를 헤집고 들어와 브래지어 안쪽을 파고들어서야 김혜리는 눈을 뜰 수가 있었다.

"침, 침대로 가 줘요."

한껏 몸이 달아오른 승연은 김혜리의 입술을 탐하며 침대 위로 김혜리를 넘어뜨렸다. 불빛에 드러난 늘씬한 나신을 감상하던 승연은 김혜리를 향해 몸을 덮어 갔다.


애플은 예상외로 저조한 판매를 보이는 아이팟 때문에 긴 침묵에 휩싸였다. 아이맥 출시 이후 야심차게 준비한 스티브 잡스의 차기작 아이팟의 판매 저조는 주주들의 불만을 잠재우지 못하고 있었다.

애플 대주주인 CPERS(캘리포니아 공무원 퇴직연금)의 감사인 토니 클락은 비밀주의와 폐쇄주의로 일관하는 스티브 잡스의 경영 철학에 정면으로 반대하는 사람 중 하나이기도 했다. IT버블 붕괴에 따른 애플의 주가하락과 아이팟 판매 저조는 스티브 잡스를 공격하기 위한 좋은 먹잇감이었다.

"스티브, 1996년 이후 재투자를 위한다는 명분으로 배당이 이뤄지지 않았다는 걸 잘 알고 있을 겁니다. SHJ 컴패니언의 아류작이란 오명에도 우리는 스티브의 자신감을 지지했다고 보는데, 아이팟의 판매 실적은 기대치에 미치지 못하더군요."

토니의 빈정거림에 울컥한 스티브는 의자에서 엉덩이를 들썩거렸다. 그러나 1985년 독선으로 인해 애플에서 쫓겨났던 기억이 스티브를 다시 자리에 주저앉게 했다.

"토니, 말이 지나치군요. 아이팟을 출시한지 반년도 채 지나지 않았습니다. 그리고 컴패니언의 독주 속에서 MP3 시장의 10%를 장악했다는 건 의미가 큽니다."

"그 10%가 한계치라는 분석이 있기 때문입니다. 매킨토시 골수팬을 제외하고 아이팟으로 갈아타는 소비자들이 없다는 게 문제라고는 생각하지 않습니까? 컴패니언의 독주를 막기는커녕 오성전자를 추격하기도 벅차 보인다는 말입니다."

토니는 애플의 강점이기도 하지만, 취약점인 골수팬 문제를 거론하며 스티브를 압박하기 시작했다. 아이맥으로 상승세를 이어가며 40달러에 달했던 주가는 IT버블 붕괴와 기대에 미치지 못하는 아이팟의 판매 저조로 15달러까지 떨어졌고 10달러대를 유지하기도 벅찬 상태였다.

"스티브, 아이팟의 디자인과 아이튠즈의 플랫폼 도용 문제를 놓고 SHJ가 법적 대응을 검토하고 있다는 소문이 있습니다. MS 내부 정보로는 작년부터 아이팟과 아이튠즈의 저작권 침해 문제를 SHJ 측이 치밀하게 검토했다고 하더군요."

"토니, 우리는 SHJ의 법적 대응을 내심 기다리는 중입니다. 현재 MP3 시장은 컴패니언의 독주 속에 나머지 40% 시장을 놓고 우리와 오성전자, 중소업체들이 나눠 먹는 형국입니다. 만약 SHJ와 소송전을 한다면 아이팟의 브랜드 가치는 상승하게 될 겁니다. SHJ와의 소송은 정체된 10%를 뚫는 계기가 될 거란 말입니다."

토니의 미간이 좁혀졌다. 스티브를 압박하기 위해 꺼낸 SHJ의 정보가 오히려 스티브의 반격을 도운 셈이었다. 스티브의 말처럼 SHJ와의 소송전은 단시간에 끝날 싸움이 아니었고, 지루한 법정 싸움은 아이팟을 호기심의 대상으로 만들어 애플로선 손해 볼 장사가 아니기 때문이었다. 토니의 발목을 잡은 스티브는 쐐기를 박을 생각이었다.

"우리가 법정 대응을 하는 동안 외부의 힘을 이용해 SHJ를 압박하면 어떻겠습니까?"

"무슨 말을 하고 싶은 겁니까?"

한번 발목을 잡힌 토니는 스티브의 말에 귀를 기울일 수밖에 없었다. 점차 스티브의 전략에 말려들어 가고 있었다.

"SHJ는 아직 기업도 공개하지 않았고, 더욱이 컴패니언은 MP3 시장의 60% 이상을 잠식하고 있다는 사실에 주목해야 되지 않겠습니까? 미국은 독점 금지법이 가장 잘 지켜지는 나라라고 보는데요."

"다른 손을 이용해 SHJ의 독주를 막아 보겠다는 생각이군요. SHJ가 MS와 연합되어 있고 부시의 러닝메이트로 선임된 딕이 뒤를 봐주고 있다는 소문은 못 들은 겁니까?"

"이거 왜 이러십니까? 저도 돌아가는 사정은 어느 정도 알고 있습니다. SHJ의 기업 공개를 압박하기 위해 연방거래위원회가 움직이고 있다는 걸 제가 모른다고 생각했습니까? 그리고 이번 대선은 공화당이 패할 거란 소문이 파다한데, 자기 앞가림도 못 하는 딕이 누굴 봐줄 수 있을까요?"

토니는 헛기침만 할 뿐이었다. IT버블 붕괴로 주식시장은 활력을 잃어 가고 있었고 미 대선에도 심각한 영향을 주고 있었다. 민주당은 민심 이탈을 방지하고 주식시장에 활력을 불어넣기 위해 물밑에서 SHJ의 기업 공개를 이끌어내려 하고 있었다. 스티브의 뒤를 봐주는 정치세력이 누구인지 짐작은 했지만 토니는 내색하지 않았다.

"정치적인 압박이 SHJ의 상승세를 꺾을 수는 없다고 봅니다. 비밀리에 개발되고 있는 컴패니언-5에 맞설 차기작은 준비되고 있는 겁니까?"

한번 끌려가기 시작하면 스티브를 제어할 수 없다는 것을 알고 있던 토니는 주도권을 잡기 위해 화제를 급히 돌렸다. 아직 배당금과 이사 선임 문제는 꺼내지도 못했기 때문이었다. 그러나 스티브는 쉽게 그것을 허락하지 않았다.

"아이팟으로 SHJ를 이긴다는 건 어렵다고 봅니다. 아이팟을 징검다리로 애플은 더 큰 그림을 그리고 있습니다."

"스티브, 당신의 언변은 화려하군요. 당신이 그린다는 큰 그림이 도대체 뭡니까? 어물쩍 넘어간다면 1985년의 일이 재현될 수도 있습니다."

"휴대폰과 MP3가 결합되면 시장은 어떤 반응을 보일까요? SHJ의 약점은 OS를 가지고 있지 못하다는 겁니다. 우린 맥 OS를 기반으로 한 모바일 OS에 전력투구 중입니다. 세틀러와 컴패니언의 독주는 몇 년 안으로 막을 내리게 될 겁니다."

토니는 스티브를 압박해 자신이 원하는 것을 손에 쥘 계획을 포기할 수밖에 없었다. 오히려 스티브의 설득에 넘어가 애플의 차기 계획에 자금 투자를 승인하는 한편, 퇴직연금의 일부 자금도 투입하겠다는 의사를 밝히고는 서둘러 애플을 떠났다.


SHJ 제2타운 부지 선정과 KSTAR 투자 계약을 마친 황태수가 돌아오자, 휴스턴은 빠르게 움직이기 시작했다. 우선 타운 건설과 오성전자의 초전도도체 기술개발 투자금과 KSTAR 투자금을 합쳐 10억 달러를 SHJ 아시아 본사에 송금해 공염불만 하는 기업이 아니란 것을 증명했다. 물론 일정에 맞춰 아시아 본사에서 자금을 집행하겠지만, 단번에 10억 달러를 투입한다는 건 한국정부나 한국기업들에 시사하는 바가 컸다.

오랜만에 황태수, 린다와 자리를 같이 한 경환은 상황이 대선과 맞물려 급박하게 돌아가기 시작하자 이를 SHJ의 위기로 인식하고 의견을 교환하고 있었다.

"한국 투자 건은 예상외로 잘 마무리된 거 같네요. 고생하셨습니다. 부회장님."

"당연히 해야 할 일을 한 것뿐입니다. 앞으로 막대한 자금이 투입되어야 할 텐데 걱정스럽긴 합니다."

경환을 바라보는 황태수의 얼굴에 희미한 불안감이 떠올랐다. 경환도 황태수가 느끼는 불안감을 이해하고는 있었지만, 판을 벌인 이상 끌고 갈 수밖에 없었다.

"SHJ-퀄컴과 특히 SHJ-구글의 지속적인 성장을 본다면 당장 투자 자금에 큰 영향은 끼치지 못할 것으로 보지만, 부회장님이 걱정하듯이 핵융합 에너지 개발은 핵융합로와는 차원이 다른 액수의 투자가 필요합니다. 대비는 해 두어야 합니다."

경환은 턱을 손으로 괸 채 두 사람의 의견에 귀를 기울이고 있었다. 지금까지는 자신의 경험과 기억을 토대로 확신을 가진 상태에서 SHJ를 경영해 왔다. 하지만 핵융합 에너지는 차원이 다른 문제였다.

"이 문제는 이미 강을 건넜습니다. 이번 프로젝트는 SHJ의 사활이 걸려 있는 만큼, 불안감보다는 자신감으로 일을 진행했으면 합니다. 두 분의 절대적인 지지도 필요하고요."

"이런 걸 보면 우리가 상장하지 않은 게 큰 도움이 됩니다. 회장님 말씀대로 이왕 시작하기로 한 이상 끝을 보겠습니다. 직원들을 다독거리겠습니다."

황태수는 굳은 얼굴을 풀고 경환을 안심시키기 위해 노력했다. 그러나 옆에 있던 린다의 표정은 좋지 못했다. 두 사람의 지지가 절대적으로 필요한 경환은 굳은 표정의 린다를 바라봤다.

"린다의 표정이 좋지 못하네요. 무슨 문제라도 있습니까?"

"그게, 연방거래위원회에서 우리를 내사할 수도 있다는 말을 흘리고 있습니다. 아마 주가의 하락을 우리를 통해 반전시킬 계획인 거 같습니다. 대선 레이스가 시작된 지금 IT 붕괴 때문에 발생한 주가 폭락은 민주당의 악재로 작용할 소지가 많다 보니 이번 압력은 민주당 앨 고어 캠프의 작품이란 분석이 있습니다."

경환은 작년 존 해밀턴과의 독대를 머릿속에 떠올리며 씁쓸한 미소를 지었다. 딕의 백악관 입성을 막기 위해 앨 고어의 손을 거들고 있었지만, 앨 고어에게 뒤통수를 맞는 기분이 썩 좋지만은 않았다. 그렇다고 앨 고어의 먹살을 잡은 채 "널 도와준 게 나"라고 말할 수는 없었다.

"MS는 건들지도 못하는 것들이 아주 쇼를 하고 있네요. SHJ를 공개하더라도 지금은 아닙니다. 린다는 연줄을 이용해 연방거래위원회가 움직이지 못하도록 작업을 하세요. 앨 고어의 입김은 다른 쪽을 통해 막아 보겠습니다."

"로펌과 텍사스 주 정부, 휴스턴 시 정부가 움직이고 있습니다. 최대한 시간을 벌어 봐야죠."

"한국에 설립될 기술연구소 문제는 어떤가요? 예상대로 인원 확보에 문제가 있나요?"

핵융합을 연구하는 인물들은 미국정부의 특별 관리를 받고 있었기 때문에 SHJ가 미국기업이라 하더라도 인력 수급을 위한 접촉은 미국정부기관의 눈을 벗어날 수 없었다. 경환의 지시를 받은 린다는 조심스럽게 움직이고 있었지만, 아직 특별한 성과를 얻고 있지는 못했다.

"미국 내 연구소라면 모를까 한국에서 근무한다는 조건을 받아들이지 않네요. 관련 연구원을 스카우트하는 과정에서 샌디에이고의 JWH라는 기업의 사장이 한국인이란 사실을 알게 되었습니다. 이름이 황정욱이라고 하는데 저온핵융합 기술을 연구 중이라 합니다. 해군에서 관심을 보이고 있어 해군 연구소의 투자를 기다리는 거 같습니다."

"그럼 KSTAR에서 추진하는 핵융합로 사업이 무의미할 수도 있다는 건가요? 저온핵융합이 성공한다면."

"상온핵융합보다는 저온핵융합이 상용화 가능성이나 비용 면에서 유리하다고는 합니다. 황정욱 박사도 우리의 제안에 관심을 보이고 있지만 먼저 회장님을 만나고 나서 결정하겠다고 합니다."

이 분야의 서적을 탐독하고 있긴 했지만 물리학은 경환에게 무리였다. 마땅한 기술연구소 소장을 찾지 못한 상태에서 한국인 황정욱 박사에 대한 소식은 경환의 관심을 끌고 있었다. 물론 애국심에 호소할 생각은 없었지만 한국과 전혀 인연이 없는 연구원보다 최소한 말은 통할 수 있을 거 같았다.

"그룹 사옥으로 이전하고 나서 남는 게 시간인데 못 만날 이유가 없지요. 린다가 황정욱 박사의 일정에 내 일정을 맞춰 봐요. 필요한 사람이라면 무릎이라도 꿇을 자신 있습니다."

경환이 자신의 부족한 부분을 인재 등용으로 메운다는 건 예전부터 잘 알고 있었다. 린다가 일정을 확인하기 위해 회장실을 벗어나자 그 뒤를 황태수가 따라 나섰다. 이후 알이 경환의 곁으로 다가왔다.

"SHJ를 압박하는 선봉장이 앨 고어라니 아이러니합니다."

"그러게 말입니다. 앨 고어나 조지 부시나, 결국 같은 족속일 뿐입니다. 딕에게 큰소리는 좀 쳐야 하겠지요?"

경환은 얼굴에 알 수 없는 미소를 지은 채 수화기를 들었다.

"딕? 오랜만입니다."

[어, 제임스 오랜만이네. 연락 한 번 없던 자네가 어쩐 일인가?]

수화기에서 들리는 딕의 목소리는 바쁜 일정을 소화하고 있는 듯 산만했다. 경환은 서둘러 용건을 꺼내 들었다.

"앨 고어 진영이 독점 금지법으로 SHJ를 압박하고 있습니다. 제가 딕을 지원한다는 소문이 앨 고어 캠프에 들어간 게 아닌가 싶습니다."

[흠, 그런가? 내가 한번 알아보겠네. 내가 지금 좀 바빠서 말이지.]

경환의 개입으로 대선이 불리하게 진행되고 있는 상황에서 SHJ까지 신경 쓸 인물이 못 된다는 것을 경환은 알고 있었다. 말을 돌리는 딕의 행동에 경환이 입꼬리를 말아 올렸다.

"지원이 필요하면 언제든지 연락 주십시오. 바쁘시니 이만 끊겠습니다."

경환이 수화기를 내려놓자 알이 급히 다가왔다.

"딕은 꼬리를 자르겠다는 거군요."

"원래 기대도 안 한 인간입니다. 그나저나 앨 고어 이 양반이 아주 기세등등한 거 같군요. 민주당 전당대회가 끝났으니 슬슬 2차 계획을 진행하세요. 계획이 실패하더라도 우리가 노출되는 것은 막아야 합니다."

"걱정하지 마십시오. 2차 계획을 진행하겠습니다."

민주당 전당대회가 있던 8월 14일 LA에는 의료보험과 사회복지의 확충을 내건 1만여 명의 인파가 전당대회가 열린 스테이플스 센터 외곽에서 시위를 벌여 민주당을 긴장하게 만들었다. 대규모 충돌이 발생하지는 않았지만 전당대회를 통해 공화당과의 격차를 벌리려던 계획은 주춤할 수밖에 없었다.

앨 고어는 한 치의 오차도 없는 서류의 내용을 다시 살피고 있었다. 자신이 모르는 세력이 이 대선에 개입해 있다면 지금의 격차는 역전당할 수도 있다는 생각이 들었다.

"스캇, 한국에 갔다 왔으면 술이라도 한잔 사야 하잖아."

한국에서 돌아와 그동안 밀렸던 업무를 처리하느라 정신없이 시간을 보내던 승연의 사무실 문을 열고 세르게이와 래리가 들어섰다.

"억만장자인 두 사람이 나 같은 빈털터리를 뜯어먹을 생각인 거야? 벼락 맞는다."

SHJ-구글이 올해 처음 5억 달러의 배당금을 산정하면서 두 사람은 5,000만 달러란 엄청난 금액을 손에 쥐었지만 SHJ 타운 내에선 돈을 쓸 곳이 없었다. 기껏해야 스포츠카를 구매하고 SHJ 타운 내 부지를 사들여 SHJ 매지니먼트를 통해 개인 저택을 건설하는 데 돈을 사용한 게 전부였다. 단순히 연봉만 받는 승연에게 두 사람은 넘을 수 없는 벽이었다.

"래리, 세르게이. 잠시 할 말이 있는데 자리에 좀 앉아 봐."

"왜? 혹시 한국에서 여자라도 만난 거야?"

장난기 섞인 세르게이의 말에 승연은 잠시 김혜리와의 뜨거운 밤을 떠올리곤 고개를 급히 저었다.

"두 사람을 속이려고 한 것은 절대 아니지만, 내가 너희에게 하지 못한 말이 있었어."

"뭔데 자꾸 뜸을 들이는 거야? 속 시원하게 말을 해 봐."

의자에 걸터앉은 세르게이가 독촉했지만 승연의 입은 쉽게 떨어지지 않았다. 승연은 세르게이보다는 래리의 반응이 어떨지 신경이 쓰였다. 래리의 지지가 없었다면 SHJ-구글과의 인연은 애당초 이뤄질 수 없었기 때문이었다. 승연은 무겁게 닫았던 입을 열었다.

"사실은 제임스 리 회장이 내 친형이야. 절대 속이려고 한 거 아니니까 오해하지 말아 줘. 난 내 힘으로 성장하고 싶었을 뿐이라고. 앞으로 달라질 건 하나도 없어. 너희도 알잖아, 제임스가 어떤 인간인지."

승연의 느닷없는 고백에 세르게이와 래리는 눈을 크게 치켜뜨고는 망부석이 되어 버렸다. 벌린 입을 다물지 못하는 두 사람을 바라보는 승연은 좌불안석이었다. 그동안 속에 담아 둔 짐을 풀어 버린 홀가분함을 느꼈지만, 두 사람의 반응이……

"너, 너. 제임스가 네 친형이란 거 사실이야?"

"스캇, 네가 말을 하지 않은 건 충분히 이해는 하지만 일찍 말해 줬으면 좋았잖아."

세르게이는 입에 거품을 물고 승연을 쪼아대기 시작했고 래리 역시 섭섭함을 표현했다. 승연은 쥐구멍에라도 들어가고 싶은 기분이었다.

"정말 미안하다. 날 달리 볼까 걱정했었어."

"지금이라도 사실을 말해 줘서 고맙다. 안 그래, 세르게이?"

"너나 제임스나 기가 막혀서 말이 안 나온다. 너 오늘 지갑 제대로 열어야 할 거야. 절대 그냥 못 넘어가. 어쭈, 아직도 자리에 붙어 있겠다는 거야?"

동창 찾기를 인수한 이후 새로운 형태의 소셜 네트워크 서비스를 개발하기 위해 시간을 쪼개 쓰고 있었지만 오늘은 퇴근해야 할 분위기였다. 다행히 두 사람의 기분이 크게 나쁘지 않다는 것을 확인한 승연은 세르게이의 성화에 못 이겨 퇴근을 일찍 서둘렀다.

"다니엘, 아직 연락 받은 건 없는 건가?"

"아직 없습니다."

수석비서인 다니엘은 초조하게 집무실을 서성이는 앨 고어 곁을 지키고 있었다. 톰 클랜시의 소설이 알게 모르게 딕과 네오콘에 부정적인 영향을 끼치면서 대선은 앨 고어에 유리하게 흘러가고 있었다. 하지만 아직 확실한 격차를 벌리지는 못한 상태였다. 공화당의 강세 지역인 남부와 동부, 중부 지역은 아직도 부시를 지지하고 있어 의문의 서류에서 말한 것처럼 선거는 이기고 대통령은 되지 못하는 어처구니없는 일이 생길 수도 있었다.

"부통령님, 출처도 모르는 정보에 우리가 너무 의존하는 게 아닌지 모르겠습니다. 부시와의 격차가 벌어진 만큼 원래 계획대로 움직이는 게 좋지 않겠습니까?"

"자네 말에도 일리가 있긴 하지만, 부시의 유세를 살펴보면 그 정보와 일맥상통하고 있다는 게 개운치 않아. 우리 전략도 마찬가지지만. 이번 전당대회의 시위도 철저히 계산된 행동이란 사실을 어떻게 받아들여야 하겠나?"

앨 고어는 손을 턱에 고인 채 생각에 잠겼다. 예언가가 아닌 이상 공화당과 민주당 혹은 외부 세력이 개입하지 않고서는 알 수 없는 정보들이었다. 이번 대선에 실패한다면 다음 기회는 주어지지 않는다는 것을 앨 고어는 너무 잘 알고 있었다. 그렇기에 평소 같으면 관심을 두지도 않을 정보에 신경이 쓰일 수밖에 없었다. 앨 고어의 고민이 깊어지고 있을 때, 마이클이 급히 집무실로 들어섰다.

"헉, 헉. 부통령님, 방금 제 개인 메일 주소로 메일이 들어왔습니다."

"추적은 하는 건가? 쥐새끼를 까발려야 하지 않겠나."

급히 뛰어와서인지 두 손으로 양 무릎을 잡은 채 헉헉거리고 있는 마이클을 향해 다니엘의 고함이 터져 나왔다.

"보안 팀에서 발신지 역추적을 하고 있습니다만, 시간이 좀 걸릴 거 같습니다. 우선 내용을 확인해 보십시오. 저 이외에 내용을 아는 사람은 없습니다."

한숨을 돌린 마이클이 출력된 서류를 앨 고어에게 전달했다. 내용을 읽어 내려가던 앨 고어의 인상이 급히 굳어지기 시작했다. 다니엘은 마이클에게 눈짓을 줬지만, 마이클은 고개만 저을 뿐이었다. 눈을 지그시 감았다가 뜬 앨 고어는 자리에서 일어나 어둠이 내리는 집무실 밖을 바라보았다. 메일을 건네받아 읽은 다니엘이 이를 꽉 물었다.

"젠장, 이젠 아주 가지고 놀 생각인가 보군. 부통령님, 정부를 상대로 협박을 한 죄가 얼마나 무모한지 알게 해 줘야 합니다. 마이클 자네는 FBI에게 정식 의뢰를 해 보게."

"잠시만 기다려. FBI에 의뢰한다 해서 출처를 밝힐 수 있다고 보나? 지난번 FBI 의뢰를 막은 사람이 자네 아닌가? 그리고 문서 내용은 우리 캠프 내에서도 알고 있는 사람이 없는 정보란 게 신경 쓰이네."

다니엘은 어금니를 꽉 깨물었다. 앨 고어의 말이 틀리지 않았기 때문이었다. 다니엘은 '밑져야 본전'이란 제목의 메일을 다시금 읽어 내려갔다. 지난번과 다르게 간략하게 적혀 있는 글에는 조지 부시와 다를 게 없는 앨 고어의 행보를 비난하며 녹색당을 이용해 이번 대선을 원점으로 되돌려 놓을 수 있다는 내용이 쓰여 있었다.

"다니엘, 만약에 랄프 네이더에 힘이 실린다면 결과는 어떻게 되겠나?"

"저, 그게. 솔직히 말하면 녹색당은 우리의 표를 갉아먹는 조직입니다. 유권자의 3%가 랄프 네이더 쪽으로 흘러간다면 결과는 예측 불가능합니다."

"우리의 성의가 확인되지 않는다면 녹색당에 힘을 싣겠다는 말인가. 그리고 탄소세와 온실가스 배출권 거래제는 내가 백악관에 입성한 후 계획된 내용이지만 이 자는 명확히 이 문제를 지목하고 있다니."

세 사람이 깊은 시름에 잠겨 있을 무렵, 보안팀장이 조용히 마이클을 찾아 귓속말을 전했다.

"메일 발신지를 역추적한 결과 중국에서 끊어졌다고 합니다. 중국도 사실 발신지가 아닐 수도 있다고 하는 걸 보면 전문가라고 보는 게 맞을 거 같습니다."

앨 고어의 반응은 그리 크지 않았다. 이 정도로 치밀하게 준비한 조직이 역추적에 걸릴 정도로 어리숙하게 행동하진 않았을 거라는 사실을 알고 있었다.

"다니엘, 최근 바뀐 정책이 뭐지? 아니면 계획과 다르게 진행되는 사항이라도 있을 텐데."

"주식을 처분하고 석유업계와 각을 세우며 환경 운동에 힘을 실어 주는 모습을 보이는 것 말고는 특별한 건 없습니다."

"뭘까? 이자가 우리를 부시와 다를 게 없다고 본 이유가. 마이클 자네는 조심스럽게 이자를 추적하고, 다니엘은 당분간 이권에 개입된 일을 중단한 채 랄프 레이더의 움직임을 지켜보게. 당분간은 대선에만 집중하면서 추이를 살피는 게 아무래도 좋을 거 같아."

적인지 아군인지 앨 고어는 분간하기가 어려웠다. 앨 고어는 랄프 레이더를 밀겠다는 메일이 마음에 걸렸다. 대선은 앨 고어에게 유리하게 흘러가고 있었지만 승리를 장담하기엔 아직 변수가 많았다.


"회장님, 오셨습니까?"

"아빠!"

크리스토퍼가 현관문을 열자 희수가 빠르게 달려와 경환의 품에 안겼다. SHJ 타운으로 이전한 이후 경환은 오전에 잠깐 출근하는 시간을 제외하고는 저택에서 희수와 시간을 보내거나 급한 일은 서재에서 처리하고 있었다.

"오늘 하루도 수고했어요, 크리스토퍼. 자, 우리 희수는 아빠와 같이 들어갈까? 오빠는 뭐하니?"

"여보, 오셨어요? 정우는 선생님하고 한국어와 한국 역사를 공부하고 있어요. 공부가 끝나면 내려올 거예요."

수정은 정우가 올해 초등학교에 입학하고 나서 호칭을 '여보'로 바꿨다. 경환은 수정과 가벼운 입맞춤을 나눈 후 희수를 안은 채 거실로 들어섰다.

"희수야, 아빠 배고픈데 같이 밥 먹으러 갈까?"

"네! 나도 배고파. 엄마가 밥도 안 줘."

"기가 막혀서, 희수 너. 아빠하고 같이 먹겠다고 한 사람이 누군데 엄마가 못 먹게 했다는 거니?"

희수는 활짝 웃으며 얼굴을 경환의 품에 묻었고, 그런 희수의 앙큼함에 수정은 어이가 없는지 혀를 끌끌 차며 희수의 엉덩이를 가볍게 두들겼다.

"여보, 시장하더라도 좀 기다려요. 도련님이 오시겠다고 전화 왔는데 기다렸다가 같이 식사하면 어떻겠어요?"

"승연이가? 나한텐 전화 한 통 없는 놈이, 제 형수는 뻔질나게 찾아대네. 크리스토퍼, 내 동생이 오면 거실로 안내해 줘요."

"그렇게 하겠습니다. 회장님."

식탁으로 향하던 걸음을 돌려 서재로 향한 경환은 희수의 재롱을 보며 쌓인 피로를 풀고 있었다.

"아빠, 나 할아버지 보고 싶어."

"희수야. 넌 할아버지가 왜 보고 싶은 거야?"

"몰라. 그냥 막 생각나. 꿈에 할아버지가 우는 것도 봤어."

경환의 희수의 긴 머리카락을 쓰다듬어 주었다. 경환은 희수의 말을 어떻게 받아들여야 할지 난감했다. 전생에 자식의 이혼과 사업 실패로 마음에 병을 얻은 부모님은 차례로 세상을 등지게 되었고, 경환의 아버지는 마지막 눈을 감으면서도 희수의 손을 움켜잡은 채 눈물을 흘렸던 기억이 아직도 생생했기 때문이었다. 경환은 희수의 맑은 눈을 바라보았다. 만약 희수가 다시 잘못되기라도 한다면 지옥 끝이라도 찾아가 마몬의 사지를 찢어 버릴 각오를 하며 주먹을 움켜쥐었다.

"회장님, 동생분이 도착하셨습니다."

"알겠습니다. 서재에 가 있겠습니다."

처음 저택을 찾은 승연은 그 크기와 화려함에 입을 벌린 채 눈을 사방으로 돌리고 있었다. 희수를 크리스토퍼에게 맡긴 경환은 승연의 등을 후려쳤다.

"자식, 뭔 바람이 불어서 찾아온 거야? 혼자 성공하겠다고 난리를 칠 땐 언제고."

"직원들은 뼈 빠지게 일하는데, 오너는 아주 으리으리한 집에 사네. 너무한 거 아니야?"

"형수한테 인사 끝났으면 잔말 말고 따라와."

서재와 연결된 엘리베이터에 반강제로 승연을 집어넣은 경환은 앞장서서 서재로 향했다. 독립심 강한 승연이 자신을 찾았다면 뭔가 중요한 문제일 터였다. 하지만 주말도 아닌 평일 저녁 시간에 찾을 정도로 급한 일이 무엇일지는 경환도 알지 못했다.

"말해 봐. 무슨 일이야?"

"형, 오늘 슈미트 사장이 날 찾더라고. 한국에서 인수한 동창 찾기를 토대로 새로운 형태의 SNS 개발 팀을 맡으라고 하는데, 형이 뭐 아는 거 있어?"

"그게 뭐 어떻다는 건데? 네가 능력 있고 실력이 있으니 팀장을 맡으라는 건데 뭐가 불만이야?"

며칠 전 에릭의 보고로 SNS 사업 팀을 신설한다는 내용은 알고 있었다. 팀장이 승연으로 선정되었다는 사실은 상당히 충격이었다. 어리게만

봤던 막내가 SHJ-구글이라는 잘나가는 회사의 인정을 받고 있다는 것은 형 입장에서 기쁜 일이었다. 경환은 이 문제가 무슨 문제인지 갈피를 잡을 수 없었다.

"실은 어제 래리와 세르게이에게 형이 내 친형이라는 사실을 말해 줬어. 미국 와서 처음 사귄 친구들인데 더는 속일 수 없었거든. 그리고 오늘 내가 팀장 발령을 받았다는 게 이해가 되지 않아서 그래. 만약 내가 형의 동생이라서 팀장을 맡게 된 거라면 형이 그 발령을 취소해 줘."

"미친놈, 인마. 형 성격 아직도 몰라? 네가 실력 없었으면 진작 SHJ-구글에서 쫓아냈을 거다. 그리고 에릭이나 래리, 세르게이가 실력 없는 놈한테 SHJ-구글의 차기 사업을 맡길 정도로 어리숙하다고 생각한다면 큰 오산이야."

말을 중간에 끊은 경환은 서류철을 뒤지다 한 통의 보고서를 승연에게 건네주었다.

"인마, 너 어제 사실을 말했다고 했지? 이 서류 봐라. 지난주에 에릭이 신규 사업 계획에 대해 보고한 서류다. 네 이름 적혀 있는 거 보이냐? 원래 쫄따구들이 볼 서류는 아니지만, 내가 하도 어이가 없어서 보여 주는 거니까 확인만 해."

승연은 경환이 건네 서류를 살피기 시작했다. 경환의 말대로 지난주 날짜가 적혀 있는 보고서엔 SNS 개발 팀 팀장에 자신의 이름이 적혀 있는 것을 발견할 수 있었다.

"이번 신규 사업 말아 먹으면 내 손에 아주 죽을 각오 해. 그건 그렇고, 너 한국에서 만난 여자 도대체 누구야? 사실대로 불어, 인마."

승연은 눈을 질끈 감아 버렸다. 가족이라면 끔찍하게 생각하는 경환은 SHJ 시큐리티를 통해 승연의 한국 일정을 꿰고 있었고, 당연히 김혜리와의 일을 알고 있었다. 혹 떼러 왔다가 본전도 못 건지게 된 승연은 인상을 쓰며 깊은 한숨을 내쉬었다.

샌디에이고 공항에선 검은 슈트에 짙은 선글라스를 낀 사내들이 부산하게 움직이고 있었다. 무선 통신기를 귀에 꽂은 채 주위를 살피는 사내들 사이로 도수 높은 안경을 낀 두 사내가 눈에 띄었다.

"지사장님, 퀄컴이 휴스턴으로 이전한 후부터 샌디에이고의 민심이 좋지 않은데, 회장님께서 갑자기 오셔도 되는지 모르겠습니다."

"SHJ가 인수하지 않았다면 퀄컴이란 이름은 예전에 사라졌을 수도 있어. 짧게 머물다 가시니까 자네는 다시 한 번 일정을 확인해 봐. 이번 JWH와의 만남을 위해 그룹 전체가 신경을 많이 쓰고 있다는 거 자네도 알잖아."

퀄컴이 휴스턴으로 이전하면서 샌디에이고의 민심은 SHJ에 등을 돌렸다. 이를 증명이라도 하듯 세틀러의 판매 실적은 샌디에이고가 최하위를 기록하고 있었다. SHJ는 샌디에이고의 민심을 돌리기 위해 SHJ-퀄컴의 미 서부 지사를 운영하고 있었지만, 한번 떠난 민심은 쉽게 돌아오지 않고 있었다.

"제 집사람이 SHJ 타운으로 언제 입주하느냐고 쪼는 통에 아주 죽을 맛입니다."

"그건 나도 마찬가지야. 내년에 순환보직이 시행된다니 좀 기다려 보자고. 경호원들이 움직이는 걸 보니 전용기가 도착한 거 같은데 빨리 가 보세."

경호원들에 둘러싸인 경환의 모습이 입국장에 보이기 시작했다. 특이하게도 경환의 품엔 잠든 희수가 안겨 있었다. 정우가 학교에 다니고부터 희수의 생활은 단조로워질 수밖에 없었고, 유치원에 가지 않겠다고 떼를 부리는 바람에 경환은 희수를 데리고 출장에 나섰다.

"회장님, 오셨습니까?"

"수고 많으시네요. 잭 오닐 지사장님. 이쪽은 미스터 딘 스톡웰 맞죠?"

"그렇습니다, 회장님. 어서 차에 오르십시오."

경환이 자신들의 이름을 기억하며 먼저 악수를 청하자, 두 사람은 감격하며 경환의 손을 마주 잡았다. 2만 명이 넘는 직원 중에서 본사에서 멀리 떨어진 샌디에이고에 처박혀 있는 자신들을 그룹 회장인 경환이 기억하고 있다는 것은 그동안의 고생을 잊게 하여 주었다. 두 사람의 안내를 받으며 준비된 차량에 오른 경환은 잠든 희수를 좌석에 눕혔다.

"황정욱 박사와 만나려면 바로 출발해야 합니다. 희수 아가씨는 제가 숙소로 모시고 가겠습니다."

"아닙니다. 딸과 같이 황 박사를 만나겠습니다. 황 박사도 이해해 주겠죠."

수행비서로 따라온 하루나의 손에 맡겨도 되지만, 경환은 집도 아닌 낯선 샌디에이고에서 희수와 떨어지고 싶지 않았다. 차는 샌디에이고 시내를 관통해 황정욱과 약속된 한식당으로 빠르게 달리기 시작했다.

"하하하, 샌디에이고에 오신 걸 환영합니다. 황정욱입니다. 그리고 예쁜 아가씨는 누구신가요?"

50대 후반의 머리가 허연 황정욱은 큰 키의 소유자는 아니었지만, 다

부진 몸을 하고 있어 나이보다 젊어 보였다. 같은 한국계란 사실을 알고 있었는지 황정욱은 경상도 사투리를 섞어 가며 한국말로 경환을 환영해 주고 있었다.

"환영해 주셔서 감사합니다. SHJ를 맡고 있는 이경환이라고 합니다. 그리고 제 딸입니다. 희수야, 어서 인사드려야지."

"할아버지, 안녕하세요. 저는 이희수라고 합니다."

잠에서 덜 깼는지 눈을 제대로 뜨지 못하는 희수가 배꼽에 손을 얹고 또박또박 한국어로 인사하며 황정욱에게 고개를 숙였다. 황정욱은 뭐가 좋은지 함박웃음을 지으며 희수의 머리를 쓰다듬었다.

"어이구, 난 아직 할아버지가 아닌데. 하하하. 한국말을 아주 잘하는구나."

"아빠가 한국사람은 한국말을 해야 된대요. 나 한국말 잘해요."

흐뭇한 눈으로 희수를 바라보던 황정욱은 예약된 방으로 경환과 희수를 안내했고, 경환은 하루나와 알이 인솔하는 경호 팀을 식당 외곽에 대기시켰다. 고급스러워 보이는 식당은 아니었지만 오랜만에 맡는 한국 음식 냄새가 경환의 후각을 자극하고 있었다. 이미 주문을 끝냈는지 탁자 위에는 여러 가지 밑반찬이 올라와 있었고 황정욱은 소주병을 들어 경환에게 내밀었다.

"미국 사회에서 진정한 아메리칸드림을 이룬 이 회장을 꼭 한번 만나고 싶었습니다. 고향 생각이 날 때마다 전 여기에 들러 소주로 맘을 달랩니다. 소주 괜찮으시겠습니까?"

"괜찮습니다. 오랜만에 맛보는 소주라 그런지 군침이 도네요. 사양하지 않겠습니다."

"우리 아가씨는 뭘 시켜 줄까?"

"나 아가씨 아닌데. 희수예요. 이희수."

희수의 당돌한 대답에 황정욱은 연신 웃음을 거두지 못하고 있었다. 소주잔을 부딪친 두 사람은 잠시 대화를 잊은 채 서너 잔을 더 마신 후에야 잔을 탁자 위에 올려놓을 수 있었다.

"이 회장님이 왜 저를 찾아오셨는지 대충 눈치로 알고 있습니다. KSTAR 프로젝트에 막대한 자금을 투자하셨고 서울에 기술연구소를 설립해 연구진을 모집하고 있다고 들었습니다. 사실 JWH는 미 해군 SPAWAR(항공 및 해양 전투 시스템 연구소)의 지원을 받고 있습니다. 아직 뚜렷한 성과는 없지만, SPAWAR의 자금이 이미 들어와서 연구 중입니다."

경환은 황정욱의 말에 난감할 수밖에 없었다. 미 해군의 자금으로 이미 연구가 시작되었다면 황정욱을 데려오거나 JWH를 인수하는 데 걸림돌로 작용할 수도 있기 때문이었다. 경환은 황정욱의 빈 잔을 발견하고 술을 한잔 따랐다.

"솔직히 말씀드리겠습니다. 저도 돈은 과할 정도로 벌었습니다. 그러나 한국인이란 사실이 머릿속에서 지워지질 않더군요. 제가 핵융합 에너지에 관심을 둔 것도 제 개인적인 욕심보다는 적어도 한국이 세계를 선도하는 기술을 가지길 원해서입니다."

황정욱은 경환의 솔직한 대답에 웃던 얼굴을 급히 거두고 주위를 살피기 시작했다.

"박사님, 제 경호원들이 이곳의 안전을 확보했습니다. 편하게 말씀하셔도 됩니다."

"용의주도하시군요. 전 ROTC 1기생입니다. 이 회장님은 군대를 갔다 오셨습니까?"

"네, 현역으로 복무하고 만기 제대를 했습니다."

"그렇군요. 군대를 갔다 온 사람들은 조국에 대한 애정이 그만큼 깊어지는 거 같더군요."

황정욱은 안주는 거들떠보지도 않은 채 소주를 몇 잔 더 마실 뿐이었다. 경환은 황정욱의 속도에 맞춰 소주잔을 기울일 뿐 대답을 재촉하지 않았다. 젓가락질이 서툰 희수가 짜증을 내자 경환은 접시에 희수가 원하는 음식을 담아 주고는 포크를 건네었다.

"이 회장님의 말에 공감은 합니다. 저 또한 한국에 대한 애착은 이 회장님 못지않다고 자부하고 있고요. 한국정부의 행태에 울분을 토하다가도 조국인 한국을 버릴 수가 없더군요. 지금 제 회사의 연구원 상당수가 한국인입니다. 비록 미 해군과 계약이 되어 있다고는 하지만 만약 이 연구가 성공한다면 반은 한국의 기술이라고 봐도 무방합니다."

"황 박사님, 연구가 성공한다면 미국이 한국에 기술을 나눠 줄까요? 전 아니라고 봅니다. 박사님이나 연구원들을 믿지 못하는 게 아니라 미국을 믿지 못하겠습니다. 한국에서 연구가 성공하더라도 숟가락 얹으려고 한국정부를 압박하지 않겠습니까?"

황정욱은 경환의 말을 이해하고도 남았다. ITER 가입이 미국과 일본의 방해로 성사되지 못한 것을 자신도 알고 있었기 때문이었다. 연구에 성공하더라도 이 기술이 미국 밖, 특히 한국에 이전된다는 보장은 없었다. 한국정부의 지원을 받아 공동 연구를 통해 자연스럽게 한국에 연구 성과가 흘러가길 바라고 있었지만 아직 한국의 투자가 들어오고 있지 않았다. 경환은 고민하는 황정욱을 향해 자세를 바로잡았다.

"황 박사님, SHJ의 모든 자금을 투입해서라도 한국이 번듯한 기술을 손에 쥐게 하고 싶습니다. 한국에 대규모의 SHJ 타운을 건설하는 것도 이 사업과 무관하지 않습니다. 박사님께서 SHJ 기술연구소를 맡아 주십시오. 부탁드립니다."

경환은 술잔을 내려놓고 고개를 깊게 숙였다. 경환의 돌발적인 행동에 황정욱은 손사래를 치며 경환의 어깨를 들어 올렸지만 경환은 한참을 움직이지 않았다.

"미 해군의 자금 600만 달러가 들어와 있습니다. JWH의 모든 연구는 미 해군에 소속되어 있고요. 막대한 위약금으로 쉽게 몸을 뺄 수 없는 처지입니다."

"연구 결과에 대한 확신은 아직 없을 겁니다. 계약된 위약금의 두 배를 지불하는 조건이라면 SPAWAR도 쉽게 물리치지는 않을 것으로 생각합니다."

황정욱은 미간을 좁혔다. 위약금의 두 배면 5,000만 달러였다. 이 엄청난 금액을 눈 하나 깜빡하지 않고 투자하겠다는 경환의 본심이 무엇인지 알 수가 없었다. 저온핵융합 연구는 이론만 세워졌을 뿐 성공을 예측하는 과학자가 어디에도 없었기 때문이었다. 황정욱의 고민은 깊어지고 있었다. 나이가 들면서 한국에 대한 그리움이 커지고는 있었지만 자신을 받아 주는 곳은 아무 데도 없었다.

"박사님, 전 한국은 믿지만 한국정부는 믿지 않습니다. 제가 이 연구를 SHJ 주관으로 하려는 이유는 한국정부에 흔들리지 않기 위해서입니다. 제가 약속드릴 수 있는 것은 SHJ 기술연구소를 맡아 주신다면 박사님이 원하시는 이상으로 투자하겠다는 것입니다. 또한 일절 연구 방향과 연구소 운영에 대해 간섭하지 않겠습니다. 이건 지금 제 옆에 있는 딸의 이름과 제 명예를 걸고 드리는 말씀입니다."

"흠. 이 회장님이 투자하신 KSTAR와 제가 연구하는 방향은 다릅니다."

"KSTAR는 실패를 위한 투자입니다. 모든 연구는 SHJ 기술연구소에서 진행이 될 것이고, 박사님께서 연구소를 맡아 주신다면 토카막 개발과 저온핵융합연구 등 다각적인 연구를 하게 될 것입니다."

경환은 망설이는 황정욱을 밀어붙이기 위해 사력을 다하고 있었다. 황정욱은 KSTAR가 실패한다는 경환의 말을 어느 정도 이해하고는 있었지만, 경환의 제안을 쉽게 받아들일 수 없었다. 자신이 키운 JWH엔 자신만 바라보는 140명의 연구원이 있었기 때문이었다.

"할아버지 나빠! 우리 선생님이 한국사람은 한국을 잊으면 안 된다고 그랬단 말이야! 으앙."

"희, 희수야. 할아버지는 나쁜 사람 아니야. 어서 사과드려야지."

아빠가 힘든 모습이 보기 싫어서인지 희수는 포크를 바닥에 내팽개치고는 닭똥 같은 눈물을 흘리고 있었다. 당황한 경환은 손수건을 들어 희수의 눈물을 닦아 주며 황정욱을 향해 미안한 표정을 지어 보였지만, 여섯 살도 채 되지 않은 희수의 말이 황정욱의 가슴을 후벼 팠다는 사실을 알진 못했다.

"허허, 내가 인생을 잘못 산 거 같습니다. 희수야, 이 할아버지가 미안하다."

"죄송합니다, 박사님. 아직 어린애라서 그렇습니다. 이해해 주십시오."

"아니에요. 희수 말을 들으니 제 눈이 밝아집니다. 어리더라도 배울 건 배워야지요. JWH엔 제 가족인 140명의 직원이 있습니다. 모두를 받아들일 수 있겠습니까?"

희수의 눈물로 인해 상황은 극적으로 변하고 있었다. 희수를 달래기 위해 여념이 없던 경환은 황정욱의 결심을 확인하고는 먼 샌디에이고까지 온 보람을 느낄 수 있었다. SHJ의 마지막 사활을 건 핵융합 에너지 개발은 황정욱을 영입함으로써 정점에 다다를 수 있기 때문이었다.

"물론입니다, 박사님. 미 해군과의 위약금에 대해 협의를 해 주십시오. 정확히 위약금의 두 배까지 지불하겠습니다. 그리고 JWH는 가장 좋은 조건으로 인수하고 SHJ 기술연구소는 SHJ-JWH 기술연구소로 명칭을 바꾸겠습니다. 또한 한국 근무를 원하는 직원은 물론이고 SHJ에 남기를 원하는 직원 모두를 수용하겠습니다. 아까도 말씀드렸듯이 박사님의 연구 지원은 SHJ의 여력이 되는 선에서 무한대로 이뤄질 것을 약속드리겠습니다."

"허허, 같은 한국인으로 미국에서 성공한 이 회장님과 소주 한잔 기울일 생각이었는데, 우리 꼬맹이 아가씨에게 넘어갈 줄 몰랐습니다."

"치, 나 아가씨 아니라니까요! 이희수라고요, 이희수."

"하하하."

울음을 그친 희수는 포크를 다시 집어 처음 먹어 보는 잡채를 입으로 집어넣었다. 희수의 도움으로 황정욱을 영입하는 데 성공한 경환은 그제야 거하게 차려진 한국 음식을 맛보며 빈 소주잔을 새롭게 채우고 있었다.

"KSTAR 프로젝트가 '실패한다'던 말은 한국정부에서도 인정했다는 말로 들립니다. 제 예상이 맞나요?"

"사실대로 말씀드리겠습니다. KSTAR가 성공하더라도 강대국의 힘의 논리에 굴복할 수밖에 없다고 생각했습니다. 정권이 바뀌게 된다면 그 기술이 유출되지 말라는 보장도 없고요. 미국의 압력에 굴복하더라도 제 값은 받아 내겠다는 취지로 한국정부를 설득했습니다. 그리고 이 기술은 SHJ 기술연구소가 있는 한국을 벗어나게 하지 않겠다는 이면 각서를 한국정부에 제출했습니다."

황정욱은 경환의 배짱에 놀랄 수밖에 없었다. 앞으로 자금이 얼마나 투입되어야 할지 계산 자체가 불가능한 상황에서 경환의 결단이 확고부동하다는 것을 알 수 있었기 때문이었다. 황정욱은 오늘따라 달게 느껴지는 소주를 입에 부어 넣었다.


샌디에이고의 출장에서 의외의 성과를 거두고 돌아온 경환은 JWH 인수에 박차를 가하기 시작했고, 황정욱은 미 해군과의 협상에 돌입했다. 미 해군에선 저온핵융합 연구를 담당하는 JWH의 이탈에 난색을 보였지만 위약금 외에 1,000만 달러를 더 지급하겠다는 SHJ의 의사를 확인하고 이를 승인해 버렸다. SHJ는 3,400만 달러의 막대한 자금을 투입해 JWH와 미 해군과의 관계를 단절시키는 데 성공하자 JWH에 인수 금액으로 1억 달러를 제시했다. 이미 대략적인 합의를 마친 상태에서 황정욱은 JWH 직원들을 설득함과 동시에 한국과 휴스턴으로 선별해 보내는 작업을 시작했다.

미 대선은 녹색당 랄프 네이더의 선전에 혼전 양상을 보이기 시작했다. 부시의 선전이라기보다는 민주당 표를 갉아먹는 랄프 네이더로 인해 앨 고어의 지지도가 2% 하락하는 사태가 벌어진 것이었다.

민주당 대선 캠프에 위기감이 고조되고 있을 무렵, 하늘 높을 줄 모르고 치솟던 SHJ-퀄컴의 성장세에도 붉은 등이 켜지고 있었다. 퀄컴과 구글의 경영진이 모두 참석한 그룹 회의실에는 침묵이 이어졌지만 중앙에 자리 잡은 경환의 표정은 아무런 변화가 없었다.

"다들 표정이 왜 그러십니까? 날이 밝으면 어김없이 해는 또 떠오릅니다. 기운들 내세요. 원인을 먼저 분석해 주십시오."

"죄송합니다, 회장님. 컴패니언의 독주는 지속되고 있지만 오성전자와 노키아의 휴대폰 신형 모델이 의외로 강세를 보이며 세틀러의 판매 점유율을 잠식하고 있습니다. 오성전자는 중국과 동유럽의 판매망을 재구축하며 공격적인 저가 판매로 소비자를 움직이고 있고, 노키아는 자신의 텃밭인 유럽과 동아시아를 지키기 위해 기존 노키아 휴대폰을 사용하는 고객에 한해 정상 금액의 80%로 교환을 해 주는 정책이 먹히고 있습니다."

새로운 디자인과 기능을 선보이며 휴대폰 시장에 새 바람을 일으키던 세틀러 시리즈는 기존 강자인 노키아와 후발 주자인 오성전자의 추격을 힘겹게 막아 내고 있었다. 세틀러의 신선한 디자인과 기능은 기존 휴대폰 업계의 신형 모델에 참고자료를 제공하고 있는 셈이었다. 세틀러의 독주는 서서히 막을 내리고 있었다.

"오성전자와 노키아가 우리의 약점을 제대로 파고들고 있네요. 원인 분석이 끝났다면 대책도 있어야 하지 않겠습니까? SHJ-퀄컴과 SHJ 에이전트에서 준비한 대책을 보고해 주십시오."

"올해 출시할 세틀러-5는 원터치 슬라이드 형태로 카메라의 화소를 110만으로 상향했습니다. 오성전자와 노키아, 모토로라가 저희가 같은 시기에 새 모델을 내놓는 만큼 경쟁은 심화될 거 같습니다. 따라서 우리는 세틀러-5보다는 내년 출시할 세틀러-6에 집중하고 있습니다. 한국정부는 IMT 2000의 상용화를 2002년으로 잡고 있지만, 이것을 내년으로 앞당기는 방안을 협의 중입니다. 그 시기에 맞춰 다시 한 번 세틀러를 도약시키는 기회로 삼을 계획입니다."

보고를 마친 어원의 표정은 밝지 못했다. 경환의 아이디어로 세틀러가 제작되었지만, 세틀러-4는 경환의 조언이 첨가되지 않은 퀄컴 연구진에 의해 개발된 작품이었다. 무거운 심정으로 자책감에 빠져 있는 어원을 물끄러미 바라보던 경환이 입을 열었다.

"물론 우리가 빠른 성공에 자만한 점은 깊이 반성해야 하지만, 그렇다고 자신감마저 상실해선 안 됩니다. 그런 점에서 제이콥스 사장님이 말씀하신 대안에 적극적으로 찬성합니다. 아울러 판매 방식에도 변화를 줘야 할 거 같은데, 노키아가 세틀러를 벤치마킹했다면 우리도 하지 말라는 법이 없지 않겠습니까? 김창동 사장님은 어떻게 생각하시나요?"

"내년 IMT 2000 상용화에 맞춰 선보일 세틀러-6에 적용을 검토하겠습니다. 새로운 형태의 휴대폰인 만큼 점유율 상승에 큰 몫을 할 것으로 판단됩니다. 그러나 장기적인 관점에서 노키아보다는 오성전자를 주목해야 합니다. 기반이 튼튼한 오성전자가 디자인 쪽에 막대한 투자를 집행하고 있습니다. 아울러 오성그룹의 해외 판매망을 이용해 공격적인 판매 전략을 취하고 있어 우리의 잠정적 경쟁자가 될 확률이 매우 높습니다."

세틀러와 컴패니언의 국내외 판매를 담당하는 SHJ 에이전트 사장인 김창동은 경환의 질문을 받자 빠르게 답변을 시작했다. 휴대폰이 3세대 서비스로 넘어가더라도 경쟁 심화는 더 깊어질 수밖에 없다는 것을 경환은 고민하고 있었다. 연말 출시 예정인 세틀러-5는 현상유지를 하고 세틀러-6으로 승부를 봐야만 했다.

"알겠습니다. 퀄컴과 에이전트는 서로 정보를 공유하며 세틀러-6 출시에 미리 대비해 마케팅 계획을 전면 수정하십시오. 슈미트 사장님, 신규 사업은 어떻게 진행되고 있습니까?"

"두 가지 분야에 집중하고 있습니다. 한국에서 인수한 동창 찾기는 플랫폼을 전면 수정해 다음 달 서비스가 되도록 준비하고 있습니다. 모바일 OS는 앤디 루빈의 합류로 속도를 내고 있습니다. 내년 말이면 그 성과를 보고드릴 수 있을 것 같습니다."

애플이 쫓아오고 있는 상황이 마음에 들지 않았지만 다그친다고 모바일 OS가 하늘에서 떨어질 수는 없었다. SHJ 플랜트와 SHJ 엔지니어링이 꾸준함을 무기로 경쟁상대 KBR을 넘어서고 있는 데 반해, SHJ-퀄컴은 하루가 다르게 치고 올라오는 오성전자와 노키아의 반격을 힘겹게 방어하기 급급했다.

"린다, 우리의 가용자금이 어느 정도입니까?"

"한국에 투자된 10억 달러와 JWH의 인수 자금을 계산한다면 106억 달러입니다. 계획된 투자분과 유동 자금을 뺀다면 50억 달러의 여유는 있습니다. 그러나 한국에 건설 중인 SHJ 타운과 앞으로 SHJ 기술연구소에 투자될 금액을 생각한다면 여유 자금은 계속 확보해야 하지 않겠습니까?"

자금에 대해 걱정하던 경환은 피식 웃음을 보였다. 등록금을 구하기 위해 동분서주하던 시절에는 감히 상상도 하지 못할 금액을 가지고도 자금 걱정을 하는 자신이 너무 웃기단 생각이 들어서였다.

"자, 다들 기운 냅시다. 우리가 당장 망하는 것도 아니고 스스로 위기를 알고 준비를 하는데 뭐가 문제겠습니까? 이럴수록 한 발짝 뒤로 물러나 기술 개발에 심혈을 기울여야 한다고 봅니다. 각 계열사는 연구개발이 중단되지 않도록 투자를 과감히 진행하세요."

무거웠던 회의실 분위기는 경환의 노력으로 풀려가고 있었다. 경환은 화제를 돌리기 위해 란다에게 질문을 던졌다.

"연방거래위원회는 어떻습니까? 잠잠해진 거 같은데."

"그게 좀 이상합니다. 당장에라도 잡아먹으려 으르렁거리더니 물밑 접촉도 끊어졌습니다. 대선의 향방을 지켜보는 거 같기도 한데, 감을 잡을 수 없습니다."

"기업 공개를 할 시기는 아니지만, 우리도 대책은 세워 놓읍시다. 우리에게 가장 유리한 방식의 기업 공개 방안을 검토해 보세요."

"알겠습니다. SHJ 기술연구소에 투입될 자금을 확보하기 위해서도 기업 공개는 긍정적으로 검토해야 한다고 생각하고 있었습니다."

"자, 오늘은 이만 마칩시다. 직원들 주눅 들지 않게 너무 인상 쓰고 다니지 마시고 활기차게 일합시다."

회의를 마친 경환은 밝은 표정으로 회의실을 빠져나갔다. 경환이 자리를 비우자 어윈과 에릭, 김창동은 후속 대책을 논의하기 위해 머리를 맞댄 채 서로의 의견을 교환했다.


집무실에 돌아온 경환은 어지럽게 판이 벌어지고 있는 대선 상황을 살피기 위해 CNN에 채널을 맞췄다. 앨 고어의 우세가 예상되는 가운데 부시의 반격이 심상치 않다는 보도가 나오고 있었다.

"회장님, 랄프 네이더의 선전에 앨 고어가 당황하는 거 같습니다."

알이 경환의 곁으로 다가오며 말을 건넸다. 언제나 과묵하며 자신의 의견을 말한 적 없던 알이 먼저 말을 건네 오자 경환은 티비를 끄고 정면으로 알을 마주했다.

"소비자 권리와 환경 문제로 자신을 공략하니 앨 고어도 죽을 맛일 겁니다. 이 정도면 우리가 녹색당을 지원하고 있다는 뉘앙스는 풍긴 거 같군요. 다음 계획을 진행해도 무리가 없을 거 같은데, 알 생각은 어떻습니까?"

경환은 랄프 네이더와의 연결점이 없었다. 앨 고어 스스로 무섭게 치고 올라오는 랄프 네이더로 인해 지원이 흘러들어 가고 있다고 생각하게끔 유도한 것이 주요했다. 똥줄이 탄 앨 고어라면 내심 다음 연락을 기다리고 있을 거라고 판단한 경환은 대선의 화룡점정을 찍기 위해 마지막 칼을 빼 들었다.

"준비는 되어 있습니다. 바로 전달하겠습니다. 앨 고어의 보좌관인 마이클 펠프만이 우리를 추적하기 위해 FBI를 비밀리에 동원한 것 같지만, 결코 근처에도 도달하지 못할 겁니다. 궁금한 점이 있습니다. 앨 고어도 우리와는 맞지 않는 사람이고, 회사의 이익을 위해선 딕이 백악관에 입성하는 것도 좋지 않습니까?"

"알의 말이 맞습니다. 앨 고어나 딕이나 그놈이 그놈이죠. 딕과 거래를 하는 것도 나쁜 선택은 아니겠지만, 결국 저는 딕과 네오콘의 호구 짓만 하게 될 겁니다. 그럴 바에야 일면식 없는 앨 고어와 새롭게 관계를 맺는 것도 나쁘지 않다고 생각한 것뿐입니다."

알의 질문은 그것으로 끝이었다. 경환의 지시를 수행하기 위해 가볍게 고개를 숙인 알이 집무실을 빠져나갔다. 알의 말처럼 딕의 백악관 입성을 지지했다면 이라크 재건 사업으로 큰 이익을 볼 수도 있었겠지만, 하이에나 같은 딕의 손아귀에서 돈 주머니 역할로 전락할 수밖에 없었을 것이다.

따리리, 따리리.

경환은 화면에 수정의 이름이 뜨는 것을 확인하고 급히 휴대폰을 집어 들었다.

"사모님께서 웬일이야? 전화를 다 주고. 그새 하늘같은 서방님이 보고 싶기라도 한 거야?"

[여보, 지금 농담할 기분 아니에요. 정우가 학교에서 친구랑 싸워서 학교에 다녀오는 길이에요.]

"그게 무슨 말이야? 정우가 왜 싸워? 자세히 말해 봐."

캐나다 출신의 애플 프로그래머였던 기욤 베스는 SHJ-구글의 초창기 멤버로 참여해 지금은 구글스토어의 팀장을 맡으며 승승장구하고 있었다. SHJ 타운으로 이주한 후 아내의 내조를 받아가며 풍족하고 여유 있는 삶을 살아가고 있었지만, 오늘만큼은 속상한 심정에 위스키로 마음을 달래고 있었다.

기욤은 눈 주위가 퍼렇게 멍들고 다리에 깁스한 미키를 안타까운 눈으로 바라보고 있었다. 하나밖에 없는 아들인 미키가 학교에서 싸움을 해 다리 인대가 늘어났다는 말을 들었을 때만 해도 당장 달려가 상대방 아이의 볼기를 칠 생각이었지만, 그 녀석의 부모가 SHJ 회장인 경환이란 사실을 알고는 발걸음을 돌릴 수밖에 없었다.

"여보, 미시즈 리가 직접 사과를 했어요. 사정을 알아보니 미키가 먼저 정우를 놀렸다고 하더라고요. 더는 문제 삼지 말았으면 좋겠어요."

"재키, 아무리 그래도 애를 이 지경으로 만든 건 절대 용서가 되질 않아. 난 지금 그 집에 쳐들어가지 못하는 나 자신이 너무 바보스럽다고."

자신에 대한 부끄러움과 당당한 아빠의 모습을 보여 주지 못했다는 자괴감으로 기욤은 어느새 위스키 반병 이상을 비우고 있었다.

땡동, 땡동.

"누구세요?"

"미키네 집이죠? 오늘 학교에서 미키와 싸움을 벌인 정우의 아빠 되는 사람입니다. 정식으로 사과를 드리러 왔습니다. 실례가 안 된다면 잠시 문을 열어 주십시오."

문밖에 서 있는 경환과 수정을 발견한 재키는 서둘러 현관문을 열어 젖혔다. 경환이 직접 찾아올 줄 상상도 하지 못한 재키는 남편인 기욤을 찾았고, 경환과 수정은 정우를 앞세워 집안에 들어섰다. 위스키를 마시며 화를 삭이던 기욤은 경환의 등장에 오르던 취기가 사라짐을 느꼈다.

"미안합니다. 제가 아들놈을 대신해 사과드립니다."

"아, 아닙니다. 회장님. 제 아들도 잘못한 부분이 있더군요."

"이해해 주셔서 감사합니다, 미스터 기욤 베스. 정우 너는 뭐하는 거야? 친구한테 사과해야지."

경환의 노기 섞인 명령에 정우가 고개를 들지 못한 채 앞으로 걸어 나와 미키 앞에 섰다.

"미키, 널 다치게 해서 미안해. 앞으로 친하게 지냈으면 좋겠다. 내 사과를 받아 줘."

고개 숙인 정우의 모습에 의기양양해지려던 미키는 아빠와 엄마의 따가운 눈총에 급히 얼굴을 정우에게도 돌렸다.

"나도 널 원숭이라고 놀려서 미안해. 앞으론 절대 놀리지 않을게. 앞으로 친하게 지내자."

자식이 맞는 거보단 때리는 게 낫다는 말은 사실이었다. 비록 정우에게 화를 내긴 했지만, 경환의 마음 한구석엔 어느새 이만큼 자란 정우에 대한 대견함이 자리 잡고 있었다. 돌아오는 차 안에서 풀 죽은 모습으로 고개를 숙이고 있던 정우의 머리를 쓰다듬었다.

"함부로 힘을 쓰면 안 된다. 아빤 정우가 약자를 위해 힘을 쓰는 사람이 되었으면 좋겠어. 그리고 아빠는 친구에게 먼저 손을 내민 정우 네가 자랑스러웠다. 참, 아빠가 궁금해서 그러는데 싸움은 어디서 배운 거니?"

초등학교 1학년의 싸움치고는 미키의 상태가 그리 좋아 보이지 않았다. 정우는 경환의 질문에도 눈을 바닥으로 향한 채 대답을 하지 못했다. 누군가에 의해 단단히 교육을 받은 거 같은 느낌을 받은 경환은 다시 한 번 정우를 다그칠 생각이었다.

"아빠, 알 아저씨가 가르쳐 줬어. 알 아저씨가 나하고 오빠하고 배워야 한다고 그랬어."

그제야 상황을 파악한 경환은 조수석에 앉아 있는 알에게 시선을 돌렸지만, 굳어 있는 알의 몸은 전혀 움직일 생각이 없어 보였다.


백악관의 주인을 다투는 개표 작업이 시작되면서 숨 막히는 승부가 계속되고 있었다. 미국 선거는 다른 나라에서 찾아볼 수 없는 승자 독식이라는 독특한 방식을 취하고 있는데, 각 주의 유권자 득표수를 집계한 후 승리하는 후보가 각 주에 배정된 선거인단을 독식하는 제도였다. 따라서 전체 득표수에 앞서더라도 확보한 선거인단 수가 적다면 선거에 패배하는 웃지 못하는 상황이 연출되기도 했다.

막판 뒤집기를 시도하며 무섭게 따라붙은 부시는 남부 주와 농업을 기반으로 한 중서부 주, 그리고 로키산맥을 끼고 있는 주와 함께 중북부 주들의 선거인단을 독식하며 기세 좋게 출발하고 있었다. 이에 비해 자신의 근거지인 테네시 주에서조차 패배한 앨 고어는 서부 주들과 북동부 주들에서 승리하며 총 선거인단 538명 중 255명을 확보해 246명을 확보한 부시를 근소하게 앞서고 있었다. 개표가 진행 중인 다른 주들은 결과에 큰 영향을 줄 수 없었지만, 25명의 선거인단을 가지고 있는 플로리다 주의 개표는 문제가 달랐다. 플로리다의 선거인단을 확보한 후보가 백악관의 주인으로 결정되는 만큼 공화, 민주 양 진영과 모든 언론사의 시선이 플로리다에 집중될 수밖에 없었다.

앨 고어의 대선 캠프엔 숨소리 하나 없는 침묵이 흐르고 있었다.

"다니엘 지금 상황이 어떤가?"

넥타이를 반쯤 푼 앨 고어의 눈은 충혈되어 있었다. 유세 초반 유리하게 진행되던 대선은 랄프 네이더의 선전과 부시의 공세에 추격을 당한 상태였다. 자신의 정책적 실수가 뼈아플 수밖에 없었다.

"0.1% 앞선 상황입니다. 아직 결과를 예측하긴 어렵습니다. 랄프 네이더가 2%의 득표를 가져간 게 결정적입니다."

"계속 결과를 알려 주기 바라네. 마이클, 알아보던 건 소식이 있는 건가?"

"죄송합니다. 어떠한 혼적도 발견할 수 없었습니다. FBI의 눈을 피할 수 있는 조직이 국내에 있다는 게 믿기지 않을 정도입니다."

추적이 힘들 거라고 예상은 했지만, FBI의 은밀한 내사에도 혼적조차 발견할 수 없다는 보고를 받자 앨 고어의 표정은 더욱 굳어졌다. 앨 고어는 선거 막판에 이르러 자신의 개인 메일 주소로 '밀져야 본전'이란 제목의 메일을 받고 경악할 수밖에 없었다. 대선에 승리하려면 모든 역량을 플로리다에 집중하고 플로리다 발전 공약을 내세워 표심을 확보해야 한다는 내용이었다.

"마이클 무슨 수를 쓰더라도 그 조직을 반드시 알아내야 하네. 이번 대선을 보면 잘 짜진 체스 판을 보는 거 같아. 난 단지 체스 판의 기사에 불과하고 말이지."

"너무 비약이 심한 거 같습니다, 부통령님. 그러나 녹색당의 선전이나, 플로리다가 대선의 향방을 가르게 될 거란 예측은 정말 소름이 돋긴 합니다."

"마이클 자네의 말이 맞아. 우리가 플로리다를 등한시했다면 백악관은 조지 부시의 차지가 되었을 테니 말이지. 정말 소름이 돋아. 이런 조직이라면 반드시 내 곁에 둬야 할 거야. 그러기 위해선 그 조직의 실체부터 파악해야 하네."

티비 화면으론 플로리다의 선거가 혼전 양상을 띠는 가운데 앨 고어가 근소하게나마 앞서 가고 있다는 보도가 쉴 새 없이 나오고 있었다. 앨 고어는 가슴을 쓸어내렸다. 메일의 내용을 100퍼센트 신뢰했다기보다 이전에 보내왔던 정보가 자신의 예상과는 달리 맞아떨어지는 것을 봐 왔기 때문에 마지막 유세를 플로리다에 집중시킬 수밖에 없었다. 대선 공약에 포함되지 않은 40MW 규모의 태양광 발전소 건립을 약속하고 존 F. 케네디 우주 센터를 확장, 텍사스 주 휴스턴과 함께 우주산업을 선도하는 주로 만들겠다고 공언했다. 티비에서 눈을 떼지 못하는 앨 고어에게 다니엘이 다가왔다.

"격차는 아직 0.1%를 유지하고 있습니다. 유세 마지막을 플로리다에 집중하지 않았다면 결과를 장담할 수 없었을 거 같습니다. 8,000표밖에 차이가 안 날 줄이야."

다니엘은 이마에 흐르는 땀을 닦을 시간조차 없어 보였다. 플로리다의 전체 유권자 수가 800만이니 8,000표 정도는 쉽게 뒤집힐 수 있는 격차였다. 만약 급조된 공약을 발표하지 않았다면 플로리다는 부시 손에 떨어졌다는 사실을 이 자리에 있는 누구도 부인할 수 없었다.

"그러게 말일세. 보이지 않는 조직이 방관했거나 부시 손에 정보를 쥐어 줬다면 결과는 달라졌겠지."

앨 고어의 등으로 식은땀이 흘러내렸다. 자신의 대선 전략을 수립하고 기획한 대선 캠프의 수많은 인재도 이 정도로 정확한 예측은 할 수 없었다. 어떠한 대가도 요구하지 않고 대선을 좌지우지한 조직이 자신에게 어떠한 모습으로 다가올지 지금은 알 수 없었다. 한 가지 분명한 사실은 부시보단 자신을 선택했다는 사실이었다.

"와!"

초조하게 플로리다의 집계 결과를 지켜보던 직원들이 환호성을 지르기 시작했다. 다니엘은 두 주먹을 불끈 쥐며 넥타이를 풀어 제쳤다.

"부통령님, 아니, 대통령님! 플로리다에서 우리가 이겼습니다. 하하하."

CNN에선 플로리다의 개표가 사실상 마무리 되었고 0.1% 차이로 앨 고어의 승리가 확정되었다는 보도가 속보로 방영되고 있었다. 앨 고어는 입을 굳게 닫은 채, 자리에서 일어나 캠프를 지원한 자원봉사자들에게 일일이 악수와 함께 뜨거운 포옹을 나누었다.

"예상대로 앨 고어가 백악관 주인이 되었습니다."

"네오콘이 상당히 당황하겠군요. 엄청난 물량 공세에도 딕을 백악관에 보내지 못했으니까요. 우리가 딕의 후원자란 소문이 있으니 당분간 몸을 좀 사려야겠네요."

대선 결과 보도에 집중하고 있는 경환에게 알이 조용히 다가왔다. 앨 고어의 축하 인터뷰에 이어 부시 진영이 재검표 요청을 했다는 소식이 연이어 보도되고 있었다.

"재검표가 쉽게 이뤄질까요?"

"글쎄요. 재검표 요청을 철회하지 않을까요? 플로리다는 부시에게 유리하게 만들기 위해 네오콘이 조직적으로 움직인 곳입니다. 투표 용지만 보더라도 그 이유를 알 수 있죠. 부시가 멍청한 놈이 아니라면 결과에 승복할 수밖에 없을 겁니다."

경환은 비릿한 미소를 지었다. 다른 곳과 달리 플로리다의 투표 용지는 맨 위에 기재된 부시는 찍기 편했지만, 두 번째로 명기된 앨 고어를 찍기 위해서는 세 번째에 기표해야 하는 이상한 구조로 디자인되어 있었다. 앨 고어의 표를 분산시키기 위해 네오콘이 조직적으로 움직인 흔적이 있어 재검표가 받아들여진다면 이 문제 또한 부각될 수밖에 없었다.

"회장님, 오랜만에 뵙습니다."

"하하하, 디푸어 사장도 제법 경영자의 모습이 보입니다. 자, 다들 자리에 앉읍시다."

"그런 말씀 마십시오. 알 이 녀석 때문에 천성에 맞지도 않은 넥타이를 매느라 아주 죽을 지경입니다."

SHJ 시큐리티는 카일 디푸어가 사장으로 임명되면서 체계가 잡혀 가고 있었다. 경환의 직속으로 있는 SHJ 시큐리티는 돈 먹는 하마라는 비판 속에도 일절 외부 영업을 금한 채, SHJ 타운의 외곽 경비와 각 건물의 보안, 경호에만 치중하고 있었다. 카일이 죽는소리를 내며 의자에 앉자 알은 경환의 옆에 자리를 잡았다.

"부족한 점은 없나요?"

"별말씀을 다 하십니다. 정직원이고 복지가 잘 되어 있다 보니 현역 특수부대원들의 입사 문의가 끊이질 않습니다. 오죽하면 국방부에서 채용을 자제하라는 공문까지 보냈겠습니까?"

"두 분의 노력이라고 봅니다. 제가 SHJ를 떠나기 전엔 SHJ 시큐리티에 대한 지원은 변함이 없을 거니, 디푸어 사장은 주위의 시선을 의식하지 말고 NAVY SEAL과 NSA에 뒤처지지 않을 장비와 조직으로 만들어 보세요."

"감사합니다. 회장님, 최선을 다하겠습니다."

이번 대선에 개입하면서 경환은 SHJ 시큐리티의 장비와 인적자원에 만족하고 있었다. 특히 작전을 기획하고 실행한 정보 팀의 능력은 그동안의 투자가 헛되지 않았다는 것을 알 수 있었다. 경환은 SHJ 시큐리티 직원의 복지에 상당한 노력을 기울였고, 까다로운 선발 방식을 통과해 6개월의 수습 기간을 거친 직원들에겐 최우선적으로 SHJ 타운 입주가 허용되었다. 또한, 훈련 수당과 생명 수당을 지급해 다른 계열사 직원들과의 급여 차이를 좁혀 주어 맞벌이가 아니더라도 안정적인 생활을 영위할 수 있게 배려를 해 주고 있었다. 이런 여러 가지 이유로 인해 SHJ 시큐리티에 취업을 원하는 현역 군인들이 넘쳐났다.

"흠, 디푸어 사장이 보기에 한국에서 채용된 인원들은 어떻습니까?"

"말도 마십시오. 익히 말은 듣고 있었지만 장비를 다루는 솜씨나 팀 작전 등 NAVY SEAL의 현역 대원들과 견줄 만합니다. 오히려 일대일 전투에선 기존 대원들이 따라가지 못할 정도입니다."

경환은 카일의 대답에 고개를 끄덕였다. 장비 열세를 제외한다면 한국 특수부대는 미국 특수부대와 견주어도 밀리지 않을 거란 믿음이 있었다.

"다행이군요. 그럼 한국의 인원들을 확대해도 된다는 말씀으로 들리는데 문제없겠습니까?"

"단지 아쉬운 점이 있다면 영어 소통을 힘들어하는 대원들이 있다는 점입니다. 이 문제만 해결된다면 한국 인원을 늘리는 것도 좋을 거 같습니다."

"좋습니다. 언어는 시간이 해결해 주리라 보고 영어 교육에 시간을 많이 할애하십시오. 한국에 SHJ 타운이 건설되면 SHJ 시큐리티의 활동 범위도 한국까지 넓혀져야 합니다. 현재 인원으론 불가능할 테니 직원 채용을 늘리는 방안을 만들어 보세요."

현역 군인을 스카우트하기 힘들었지 퇴역 군인 중에서 인원을 모집하는 건 쉬운 일이었다. 그러나 카일과 알의 표정은 밝지 못했다. SHJ 시큐리티에서 요구하는 인성 문제를 통과할 수 있는 인원은 상대적으로 적었기 때문이었다. 개인주의가 만연한 미국사회에서 국가가 아닌 SHJ에 충성을 맹세할 인원을 찾기란 쉬운 일이 아니었다.

"알겠습니다. 최대한 노력하겠습니다. 그리고 한국은 무기 휴대가 불법이다 보니 한국정부와 아직 협상을 마무리하지 못했습니다."

"지난번 현 대통령과의 협상에서 긍정적 검토를 약속 받았습니다. 서산 지역이 한국 32사단 관할이니 SHJ 타운의 외곽을 32사단에 맡기면서 일부 지원을 해 준다는 조건으로 협상해 보세요. 큰 문제는 없을 겁니다. 파견될 직원은 2/3 이상 한국에서 채용된 인원을 선발하시고요. 그건 그렇고 지시한 정보 팀 확대는 잘 이뤄지고 있습니까?"

"FBI, CIA, NCSI(해군수사국), CID(육군수사국)에서 퇴직한 정보통들과 일대일 접촉을 하고 있습니다만, 각 기관의 역공작에 말릴 수도 있어 검증작업에 시간이 오래 걸리고 있습니다. 조만간 좋은 결과를 가져다 드리겠습니다."

전생과 달리 앨 고어가 백악관을 차지하면서 국제 정세는 경환의 기억과 다르게 흘러갈 수 있었다. 남들보다 한발 앞서 정보를 가진 자만이 미래를 예측하고 전략을 수립할 수 있다는 믿음으로 경환은 정보 팀의 확대를 지시했었다. 아울러 백악관 입성을 성공한 앨 고어가 연방거래위원회를 다시 움직여 SHJ의 기업 공개를 추진할 수도 있었기 때문에 경환은 대비할 시간이 필요했다.

"SHJ를 전방과 후방에서 지킬 곳은 SHJ 시큐리티밖에는 없습니다. 두 분만 믿습니다."

경환의 신뢰에 카일과 알의 표정은 굳어졌다. 경환이 아니었다면 에릭이 만든 블랙워터에서 용병 생활을 할 수밖에 없었던 두 사람이었다. 카일과 알은 경환의 신뢰에 부담감을 느끼며 다시금 마음을 가다듬었다.

"여보, 피곤하시죠? 물 받아 놨으니 몸을 먼저 담그세요."

"역시 마누라밖엔 없네. 내 맘을 알아주는 사람은."

현관을 열어 경환을 맞이하는 크리스토퍼 뒤로 밝은 웃음을 짓는 수정이 서 있었다. 결혼한 지 10년이 되어가지만, 경환은 수정을 볼 때마다 진한 성적 매력을 느끼고 있었다. 경환은 크리스토퍼의 시선을 의식하지 않고 수정의 엉덩이를 가볍게 두들겼다. 수정은 경환의 행동을 제지하지 않고 가벼운 웃음으로 받아들였다.

"아빠, 나 많이 보고 싶었지?"

"아빠, 다녀오셨어요? 저, 다음 주에 야구 시합이 있는데……."

2층에서 뛰다시피 내려온 희수가 경환의 품에 안기고 정우가 말을 흐렸다. 지난번 미키와의 싸움으로 일주일 동안 티비 시청이 금지된 정우는 아직 경환의 눈치를 보고 있었다. 아직 후보이긴 하지만 첫 야구 시합에 참가한다는 걸 경환에게 자랑하고 싶었다. 경환은 정우의 머리를 쓰다듬어 주었다.

"네 첫 야구 시합인데, 무슨 일이 있어도 참석해야지. 엄마, 희수 모두 데리고 갈 테니까 열심히 해 봐."

"네! 열심히 할게요."

그제야 환한 얼굴을 한 정우가 넓은 거실을 뛰기 시작했다. 정우가 뛰기 시작하자, 희수 역시 경환의 품에서 내려 덩달아 정우의 뒤를 쫓기 시작했다.

"참, 아빠. 제니퍼가 또 놀러 오겠다고 하는데, 오지 말라고 할까요? 귀찮은데."

한참을 뛰어다닌 정우가 숨을 헐떡거리며 제니퍼에 대한 말을 꺼내자,

경환은 영문을 몰라 수정을 바라봤다.

"멜린다에게 전화 왔었어요. 방학이 얼마 남지 않았고 제니퍼가 휴스턴으로 놀러 가자고 떼를 써서, 식구들과 며칠 묵었다 가도 되겠느냐고 하더라고요. 오겠다는 사람 말릴 수도 없어서 그러라고 했어요."

빌과 자꾸 엮이는 게 기분 좋은 일이 아니지만, 앨 고어가 대통령으로 당선된 만큼 MS와의 협력이 한층 더 필요하다고 판단한 경환은 수정의 말에 고개를 끄덕거렸다. 경환은 정우와 희수를 양팔에 안은 채 2층 계단으로 향했다.

경환의 예상대로 조지 부시가 재검표 요청을 철회하며 결과에 승복함에 따라 미 대선은 앨 고어의 승리로 막을 내렸다. 극우 보수주의에 대한 자성론이 제기되면서 조지 부시와 딕 체니의 대선 캠프를 막후 조종한 네오콘의 입지는 줄어들 수밖에 없었다. 대선 패배로 인해 부시와 딕은 각자의 정치적 고향인 텍사스와 와이오밍으로 귀향해 정치 일선에서 한발 물러났다.

딕의 백악관 입성 실패는 많은 후유증을 양산하고 있었고, PMC(민간 군사 기업)를 꿈꾸던 블랙워터도 후유증의 직격탄을 피해 갈 수는 없었다. 벌건 대낮부터 술에 취해 있던 에릭은 마시던 술병을 벽을 향해 던져 버렸다.

"젠장, 딕 체니 이 병신 같은 자식. 실컷 이용만 해 먹고 버린다 이거지."

요란한 소리와 함께 벽에 부딪힌 술병은 산산조각이 난 채로 어지럽게 바닥에 뿌려져 있었고, 소리에 놀라 급히 방으로 들어온 부사장 조지 브라운은 눈살을 찌푸렸다. 에릭과 같은 NAVY SEAL 출신으로 펜타곤에서 대테러 전문가로 활약했던 조지는 딕의 백악관 입성에 맞춰 에릭이 공을 들여 스카우트한 인물이었다.

"에릭, 직원들 보는 데서 뭐하는 겁니까? 딕 체니가 대선에 실패했다 해서 우리가 망한 건 아니지 않습니까?"

"자네는 몰라. 내 꿈은 이런 촌구석에서 햇병아리 FBI 애들 총 잡는 거 가르치는 건 아니었다고."

군대와 정부기관 요원들의 훈련을 목적으로 설립된 블랙워터는 딕의 지원으로 펜타곤과 FBI 현장 요원들의 훈련을 담당하고 있었다. 그러나 블랙워터가 딕과 네오콘에 의해 재편될 중동 분쟁 지역에 투입될 용병을 양성하기 위해 설립되었다는 것을 아는 사람은 많지 않았다. 일확천금의 기회가 앨 고어의 백악관 입성과 함께 날아가 버리자, 에릭은 경영엔 관심을 보이지 않고 술로 세월을 낭비하고 있었다.

"홀리버튼에서 지원을 대폭 삭감하겠다고 통보해 왔습니다. 현 인원의 반을 정리하라는 통보와 함께 말입니다."

"개자식들, 부려 먹을 땐 언제고 끈 떨어지니 큰소리를 치겠다는 거로 군. 정리하라면 정리하면 될 거 아닌가."

조지는 나지막이 한숨을 내쉬었다. 블랙워터에 입사하기 전, SHJ 시큐리티의 스카우트 제안을 받고 고민했던 조지는 SHJ의 울타리 안을 지키는 SHJ 시큐리티보다는 딕과 연계된 블랙워터의 성장 가능성에 이끌렸다. 그러나 딕이라는 끈이 떨어진 블랙워터는 성장과 발전 가능성과는 거리가 먼 한낱 사설 훈련소에 불과했다.

"에릭, 직원들이 많이 동요합니다. 개중 눈치 빠른 직원들은 다른

PMC로 자리를 옮기고 있고, 이 때문에 남아 있는 직원들의 사기도 바닥이란 말입니다."

"그래서 나보고 어쩌라는 거야! 갈 놈들은 가라고 해. 이 바닥 생리가 원래 그렇다는 거 자네가 모를 리 없잖아."

"예전의 자신만만했던 에릭 프린스는 도대체 어디로 사라져 버린 겁니까? 지름길을 잃어버렸다면 돌아갈 수도 있는 겁니다. 주저앉아 버리면 돌아갈 기회조차 주어지지 않는다는 걸 알지 않습니까?"

"우리에게 돌아갈 길은 없어. 우린 낙오병 신세일 뿐이라고."

에릭은 다른 위스키 병을 집어 들고는 만사가 귀찮은 듯 병째 나발을 불었다. 그런 에릭의 모습을 바라보던 조지는 인상을 구겨 버렸다. 용병을 단순 일회용으로 보는 에릭의 처사에 반발해 왔었지만, 지금 에릭의 모습으로는 더는 기대할 미래조차 없다는 생각이 들었다. 홀리버튼의 지원금 삭감뿐만 아니라, 블랙워터의 마지막 돈줄인 펜타곤과 FBI조차 계약 만료와 함께 계약 종료를 통보해 온 상태였기 때문이었다.

자리에 돌아온 조지는 조용히 자신의 짐을 정리했다. 비전 없는 블랙워터에 더는 남아 있을 수 없다고 판단한 조지는 자신의 상관이었던 카일 디푸어의 제안을 거절한 걸 못내 후회하며 카일이 건네준 SHJ의 명함을 움켜쥐었다.


작년 연말 출시한 세틀러-5는 노키아와 모토로라, 오성전자의 신 모델 출시와 맞물려 점유율 상승을 이끌지 못하며 점유율 추락을 막는 정도에 그칠 뿐이었다. 특히 스타텍 이후 추락을 계속하던 모토로라는 폴더형의 신 모델인 레이저를 출시하면서 히트 상품 대열에 선정되기까지 했다.

SHJ-퀄컴의 위기론이 각 언론의 경제지 한 면을 장식하고 있었지만 SHJ 는 논평을 삼간 채 평온한 모습을 보여 특종에 목마른 기자들을 김빠지 게 만들었다.

"부회장님, 세틀러-6의 출시는 예정대로 진행되고 있습니까?"

"기술적 테스트를 모두 마친 상태이기 때문에 3/4분기 출시엔 지장이 없을 겁니다."

IMT 2000을 겨냥한 세틀러-6이 나오기 전까진 지금의 상황을 감내 할 수밖에 없었다. 노키아를 벤치마킹해 기존 세틀러 시리즈를 소지한 고 객은 시리즈별로 차등을 두어 5~30%의 범위에서 신 모델로 교환해 주는 마케팅 전략을 선보일 계획이었다. 경환은 인내를 가지고 기다릴 생각이 었다.

"애플도 모바일 OS 개발이 한창이라는 정보가 있습니다. 아이팟의 실 패를 만회하기 위해 스티브 잡스가 사활을 걸고 진두지휘하고 있다고 합 니다. 부회장님이 SHJ-구글을 좀 독려해 주세요."

"알겠습니다. 그리고 지난달, 베타 서비스를 시작한 구글라인에 대한 반응이 폭발적입니다. 기존의 동창 찾기와는 전혀 다른 새로운 형태의 SNS라 슈미트 사장도 구글스토어 이상으로 기대를 많이 하고 있습니다."

승연이 SNS 개발팀장을 맡은 후로 경환은 승연의 얼굴을 한 번도 볼 수 없었다. 처음 맡은 프로젝트의 부담감도 있었지만, 하루라도 빨리 SHJ-구글에서 자리를 잡기 위해 승연은 모든 숙식을 회사에서 해결하며 일에 전념했다. 팀원들에게 부담을 주진 않았지만 승연의 이런 모습 덕분 에 SNS 개발 팀들은 회사 내에서도 폐인으로 소문이 자자할 정도였다.

"저도 들어가 봤습니다. 상당히 진보된 방식이더군요. 회원들의 정보를 연동시켜 친구 추천을 해 주고 개인에 대한 블로그를 제공해 일상을 쓸 수 있게 만든 건 좋은 아이디어라고 봅니다. 애드센스와 구글스토어, 메신저에 이어 구글라인이 큰 성공을 거둘 거라고 봅니다."

"스캇 팀장이 제대로 한 건을 한 것 같습니다. 구글라인이 정식 서비스를 시작하기 전, 광고 수입에 대한 마케팅 전략이 수립되면 SHJ-구글은 매출과 이익이 SHJ-퀄컴을 넘어설 것으로 판단하고 있습니다. 회장님께서 스캇 팀장을 위문하시는 건 어떠십니까?"

"자식이 한 번도 얼굴을 안 비치는데 어떻게 위문을 하겠습니까? 위문은 제 몫이 아니라 슈미트 사장의 몫이라고 봅니다."

미국에서 베타 서비스를 시작한 구글라인은 이용객들의 감수성을 자극하며 하루에도 수십만 명씩 가입자가 늘어나고 있었다. 아직 정식 서비스가 지체되고 있었지만 이미 광고업계에선 구글라인의 잠재성에 큰 관심을 보이고 있었다.


서울에 위치한 SHJ 아시아 본사엔 때 아닌 긴장감이 흐르고 있었다. 세틀러-5가 출시되었지만, 한국의 휴대폰 점유율 1위 자리는 이미 오성전자에 내주었고, 2위 자리 또한 무섭게 쫓아오는 금성전자에 위협당하고 있었기 때문이었다. SHJ-퀄컴 한국 지사와 대책 논의로 하루를 허비한 잭은 코이치와 박화수, 새롭게 SHJ-구글 한국 지사장으로 부임한 김수재와 자리를 같이하고 있었다.

"플랜트 시장이 서서히 기지개를 켜고 있습니다. SHJ의 모태가 플랜트인 만큼 어떠한 상황에도 흔들려선 안 됩니다."

"그동안 확보된 기술과 실적으로 플랜트 시장에서 확고한 입지를 다졌다고 자부합니다. 중동과 아프리카에서 쌓은 노하우를 바탕으로 올해는 남미와 호주, 아시아 지역을 집중적으로 공략할 예정입니다. SHJ 타운이 완공되면 SHJ 엔지니어링과 SHJ-화성플랜트가 합병된다는 말이 사실입니까?"

코이치의 질문에 잭은 고개를 끄덕거렸다. SHJ 엔지니어링은 코이치가 사장으로 부임한 이후 괄목할 만한 성장을 보였고, 경환은 두 회사의 합병을 통해 시너지효과를 보길 원했다. 코이치나 박화수의 얼굴에 살짝 긴장한 표정이 나타났다. 잭은 답변을 서둘렀다.

"타케우치 사장의 말대로 회장님은 두 회사의 합병을 통해 업무를 간소화시킬 계획이십니다. 아직 확실하지는 않지만 박화수 사장은 그룹 기획조정실을 맡게 될 겁니다."

"제, 제가요?"

박화수는 말을 더듬었다. 기획조정실을 맡는다는 건 승진을 뜻하는 거였기 때문이었다. 코이치는 서둘러 박화수에게 축하를 건넸다. 잭은 두 사람의 축하를 지켜본 후 말을 이어갔다.

"회장님의 관심은 기술연구소와 SHJ 타운 건설에 집중되어 있다는 것은 아실 겁니다. 기술연구소 연구원과 시큐리티 인원이 대거 입국하게 될 겁니다. 그들이 불편함이 없게 편의를 최대한 봐 주도록 합니다."

"걱정하지 마십시오. 준비는 끝내 났습니다. 그런데 오성과 대현에서 채용된 상위 연구원들은 휴스턴에서 선발진으로 파견된 SHJ 시큐리티 직원들의 경호를 받고 있습니다. 핵융합연구소와 원자력연구소의 인력은 SHJ 타운이 건설된 후에야 합류할 수 있다는 답변입니다."

기업들의 연구원을 채용하는 건 어렵지 않았지만, 국가기관 소속의 연구원들은 사정이 좀 달랐다. 돈보다는 명예와 애국심을 우선시하는 이들이 많았기 때문에 미국기업인 SHJ에 대한 반발심으로 핵심 연구 인원에 대한 설득 작업을 하는 중이었다. 그때 문이 열리고 잭의 개인비서가 들어왔다.

"사장님, 혜성 법무법인의 장성길 대표와 김혜리 변호사가 도착했습니다."

"그래요. 모시세요."

김수재를 제외한 세 사람은 묘한 미소를 흘렸다. 김수재는 무거웠던 분위기가 갑자기 바뀐 이유를 몰라 고개만 갸우뚱거릴 뿐이었다. 문이 열리고 두 사람이 들어오는 모습을 유심히 살피던 세 사람은 세련되면서도 지적인 김혜리의 모습에 서로의 눈을 쳐다보며 고개를 끄덕였다.

"잘 오셨습니다. SHJ 아시아 본사 사장인 잭 무어입니다."

"말씀 많이 들었습니다. 혜성 법무법인의 대표 장성길입니다."

SHJ의 방문 요청을 제안 받은 장성길은 종일 흥분을 감출 수 없었다. 자신이 대표로 있는 혜성 법무법인은 메이저 로펌과는 거리가 먼 구멍가게 수준으로 5명의 변호사가 합작 형태로 운영하는 로펌이었다. SHJ라는 다국적 기업과 계약을 성공하게 된다면 혜성을 키울 기회였지만, 이미 SHJ는 한국의 대표적인 로펌인 박&이와 계약이 되었다는 걸 알고 있어 오늘 이 자리가 무슨 의미인지 알 수 없었다. 장성길과는 다르게 아랫입술을 지그시 깨물고 있는 김혜리의 표정은 그리 밝아 보이지 않았다.

"전 SHJ-화성플랜트의 박화수 사장입니다. 잭 무어 사장님을 대신해서 제가 협상을 진행하겠습니다. 양해 바랍니다."

"아, 네. 말씀하십시오."

"이해해 주셔서 감사합니다. 아시다시피 우리 SHJ 아시아 본사를 담당하는 로펌은 박&이 법무법인입니다. SHJ 아시아 본사의 서브-법무법인으로 혜성과 계약을 하고자 합니다. 장 대표님이 이 제안을 수락하신다면 혜성은 SHJ-구글 한국 지사를 단독으로 담당하게 되실 겁니다. 그 대신 조건이 하나 있습니다."

"조건이 무엇입니까?"

장성길은 마른 침을 삼켰다. 박&이 법무법인의 서브로 들어가는 게 모양새가 빠지긴 하지만 SHJ에서 가장 화제의 중심에 있는 SHJ-구글을 전담한다면 처자식을 바꾸라는 조건을 제외하고는 못 들어줄 조건이 없었다. 아니, 자식은 몰라도 처 정도는 바꿀 수도 있다는 생각에 장성길은 탁자 밑으로 주먹을 굳게 쥐었다.

"여기 계신 김혜리 변호사를 SHJ-구글을 전담하는 변호사로 지정하시고 SHJ-구글 한국 지사로 파견 보내시는 조건입니다. 이 조건을 수용하기 어렵다고 하신다면 이번 계약은 성사되기 어렵다는 말씀을 먼저 드리겠습니다."

장성길은 선배 변호사들의 변론서를 정리하는 수준의 김혜리를 SHJ-구글의 전담으로 지정하라는 박화수의 말을 이해할 수 없었다. 그러나 장성길의 고민은 그리 깊지 않았다. SHJ라는 떡고물은 너무나도 컸기 때문이었다.

"저, 잠시만요. 죄송하지만 제 의견도 중요하지 않겠습니까? 저를 왜 지정하셨는지 이유를 여쭤도 되겠습니까?"

김혜리가 당돌하게 먼저 치고 나오자 장성길은 미간을 급히 좁히며 김혜리를 제지하려 했으나 이미 엎질러진 물이었다.

"하하하, 이유가 당연히 있죠. 그 이유는 김혜리 변호사가 잘 알고 있으리라 봅니다. 우리는 사랑 때문에 고민하는 직원을 방치할 수 없거든요. 그리고 그 직원이 수십억 달러의 이익을 가져다 줄 중요한 프로젝트를 수행하고 있을 때는 더더욱 그렇습니다. 더 자세하게 이유를 설명해 드릴까요? 그리고 SHJ는 집요한 면이 있습니다. 만약 김혜리 변호사가 다른 로펌으로 옮기신다면 우린 그 로펌에도 똑같은 제안을 할 겁니다."

김혜리의 얼굴이 붉어졌다. 승연이 미국으로 돌아간 후 서로에 대해 안부를 묻는 메일을 주고받은 것을 제외하곤 감정을 쌓아갈 기회가 없었다. 자신의 첫 남자이기도 한 승연이 이 정도로 입이 쌀 줄은 몰랐다. 부끄러움에 주먹 쥔 손이 떨리고 입술이 바싹 마르기 시작했다. 변호사를 그만두는 한이 있더라도 자신의 치부를 안줏거리 삼아 떠들어 댄 승연을 용서하고 싶지 않았다. 좋았던 감정도 이미 사라진 지 오래였다.

"죄송합니다, 김혜리 변호사님. 그 친구를 오해하시는 거 같은데 그 친구는 전혀 상관없습니다. 그 친구는 특별 관리를 받고 있는 직원이기 때문에 알게 된 것일 뿐입니다. 그리고 이 제안은 저희 회장님께서 특별히 지시하신 사항입니다."

특별 관리를 받을 정도로 중요한 프로젝트를 수행하는 인물이라고는 전혀 생각하지 못했던 김혜리였다. 김혜리가 어디로 튈지 몰라 전전긍긍하던 장성길은 김혜리의 표정이 누그러들자 안도의 한숨을 내쉬며 이마의 땀을 훔쳤다.


2002년 6월의 한국은 대한민국을 외치는 소리와 함께 온통 붉은색으로 뒤덮여 있었다. 동북아 허브 공항을 꿈꾸며 2001년 개항한 인천공항으로 SHJ 전용기 한 대가 착륙하고 있었지만 월드컵에 빠져 있던 한국 언론의 관심을 받지는 못했다. 인천공항을 빠져나온 차량 행렬은 경찰차의 선도에 따라 서해안 고속도로를 빠른 속도로 주행하기 시작했다.

"회장님, 곧 서산에 도착합니다. 피곤하시면 일정을 조정하겠습니다."

"아니에요. 일정대로 준비해 주세요."

30대 중반의 하루나는 나이가 들수록 더욱 고혹적인 모습으로 변해 가고 있었다. 경환은 스커트 사이로 쭉 뻗어 있는 하루나의 다리를 바라보며 한숨을 내쉬었다.

"하루나, 이건 개인적인 생각인데, 너무 팅기는 것도 좋지 않아요. 그리고 결혼에 대해서도 이젠 진지하게 생각해 보도록 해요."

"제 일은 제가 알아서 하겠습니다, 회장님."

하루나가 자신을 이성으로 생각하고 있다는 것을 알고 있던 경환이었지만 그 마음을 받아줄 수는 없었다. 이런 이유로 승연과 연결을 해주려 노력했지만 하루나가 마음을 열기도 전에 승연은 사고를 치고 말았다. 경환의 말을 단칼에 끊어 버린 하루나는 일정표를 다시 살피기 시작했다. 경환은 어쩔 수 없다는 듯 차창 밖으로 보이는 서해로 시선을 돌렸다.

군인과 SHJ 시큐리티가 공동으로 관리하는 검문소를 지나자 아직도 한창 공사를 진행하는 SHJ 타운이 경환의 눈에 들어왔다. SHJ 타운의 내부는 사진과 도면으로 봐 왔던 것 이상으로 잘 꾸며져 있었다. 아직 아시아 본사 사옥이 완공되지 않았지만 SHJ-퀼컴의 생산 공장과 기술연구소는 이미 활동을 시작하고 있었다. 경환이 탑승한 차량은 대규모로 조성된 기술연구소로 향했다.

"회장님, 갑자기 오신다는 연락을 받고 준비를 제대로 하지 못했습니다."

"하하하, 황 소장님. 별말씀을 다 하십니다. 제가 손님도 아니고 무슨 준비가 필요하겠습니까? 제가 따로 만나 볼 사람이 있으니 자세한 얘기는 잠시 후에 나눴으면 합니다."

기술연구소 정문으로 마중을 나온 황정욱과 반갑게 인사를 나눈 경환은 기술연구소 내에 임시로 만든 집무실로 향했다. 경환의 집무실엔 두 사람이 기다리고 있었다.

"아버님, 제가 일정이 바쁘다 보니 이리로 모셨습니다. 죄송합니다."

"허허, 아닐세. 애들하고 같이 나왔으면 좋았을 텐데 요즘 나이가 들다 보니 정우와 희수가 무척 눈에 밟히더군."

"형님, 자주 좀 나오십시오. 3년 만에 나오시니 이사장님도 섭섭하신 거죠."

장인인 김철수에게 고개를 숙인 경환은 심석우를 향해 인상을 썼고 뻘쭘해진 심석우는 헛기침을 하며 시선을 돌렸다. 일정이 바쁜 경환은 자리에 앉자마자 급히 말을 꺼냈다.

"재단이 잘 운영되고 있다는 보고는 수시로 받고 있습니다. 직업 훈련원이 올해 첫 졸업생을 배출한다고 들었는데, 실력들은 어떻습니까?"

"여기 심 본부장이 열성으로 관리한 덕분에 일반 이공계 대학교보다 실무적으론 우수하다고 판단하네. 각 기업체에서도 졸업생을 끌어가려고 하지만 졸업생 대부분이 SHJ에 입사하기를 희망하고 있다네."

"실력 있는 인재를 SHJ가 마다해선 안 되겠죠. 이번 첫 졸업생들에게거는 기대가 아주 큽니다."

경환이 자신의 지분을 기부해 설립한 L&K재단은 실력은 있지만 불우

한 가정환경으로 학업을 하지 못하는 청소년을 대상으로 직업 훈련원을 운영하고 있었다. 말이 직업 훈련원이지 웬만한 대학 못지않은 시설과 강사진을 구성해 이론과 실무를 집중적으로 가르치고 있어 각 기업이 주목할 정도로 실력을 인정받고 있었다.

전 학년 기숙사 생활로 운영하고 있는 직업 훈련원은 학생들에게 무료로 운영되지 않았다. 숙식비와 학비를 포함해 1년 500만 원의 비용은 사실 학생들에게 큰 부담이 되는 금액이었지만 전체 학생에 대한 학비를 L&K재단에서 먼저 대납해 주고, 졸업 후 15년 동안 무이자로 상환하도록 해 학생들의 부담을 줄여 주었다. 이 제도는 형편이 어려운 학생들에게 피해의식을 주지 않고 자립심을 키워 주기 위한 경환의 제안으로 시도된 것이었다.

"이 서방, 올해부터 직업 훈련원 외에 카이스트와 포항공대, 서울대가 진행하는 프로젝트에 투자할 생각인데 자네 생각은 어떤가?"

"좋은 생각이십니다. 미래를 주도할 신소재 공학과 로봇 산업, 그리고 우주항공 산업에 집중적으로 투자하신다면 좋은 결과가 있을 거라고 봅니다. 좋은 프로젝트라면 SHJ와 연계한 공동 연구를 추진하겠습니다. 그리고 매제는 이제부터 소외 계층과 사회적 약자들을 위해 재단을 운영하는 방안을 검토해 봐."

심석우의 얼굴에 긴장감이 흘렀다. 재단 일에 최대한의 노력을 기울이고 있었지만, 심석우의 가슴 한구석에는 아직 정치가의 꿈이 남아 있었다. 직업 훈련원을 지원하면서 한국에서 소외당하는 계층에 대한 문제를 몸으로 겪어가고 있는 심석우는 서서히 바뀌어 가는 자신의 모습을 볼 수 있었다.

"형님은 제가 준비되었다고 보십니까?"

"아니, 아직 멀었어. 앞으로 십 년이 매제에겐 중요할 거야. 십 년 앞을 위해선 지금부터 준비를 시작해야 한다고 생각하거든. 매제에게 말하고 싶은 건 내가 항상 자네를 지켜보고 있다는 거야. 날 실망하게 하지 말아 달라는 부탁을 하고 싶어."

경환은 묘한 웃음을 지어 보였다. 전생에서 여자와 술 문제로 정치판을 떠났던 심석우의 심성이 하루아침에 바뀌지 않는다고 생각한 경환은 SHJ 시큐리티를 통해 그의 일거수일투족을 보고 받고 있었다. 재단활동과 직업 훈련원을 통해 심석우의 심성이 바뀌고 있다는 것을 확인한 경환은 심석우와 약속했던 정치 입성을 준비시킬 생각이었다.

"허허, 심 본부장에 대해 그런 안배가 있을 줄 몰랐었네."

"아버님, SHJ에서 연구하는 기술이 성공한다면 한국의 미래를 책임질 것입니다. 그걸 위해선 정치권의 뒷받침이 필요한데, 아쉽게도 지금의 정치행태로는 우리 것도 지키기 힘들 거라고 생각합니다. 만약 심 본부장이 준비된다면 한번 도전을 해 볼까 합니다."

"제가 어떻게 하면 되겠습니까? 형님."

심석우는 급히 자세를 고쳐 잡았다. 예전이었다면 경환의 말을 한 귀로 흘렸겠지만 지금은 상황이 달랐다. 10년 전 신촌의 허름한 주막에서 농담처럼 주고받았던 계획을 짧은 시간에 이룬 경환이었기에 심석우는 경환의 말을 가슴으로 받아들이고 있었다.

"우리가 얻은 정보로는 북한의 움직임이 심상치 않다고 하더라고. 1999년 있었던 제1연평해전의 패배를 갚겠다는 소리가 심심치 않게 들리는데, 혹시라도 북한의 도발에 우리가 피해를 보게 된다면 자넨 L&K의 힘을 총동원해서 피해 복구에 나서도록 해."

"형, 형님, 그게 무슨 말입니까? 북한이 다시 도발해 온다뇨?"

"아버님, 지금 이 자리에서 나누는 얘기는 절대 밖으로 흘러나가서는 안 됩니다. 매제도 마찬가지야. 여기서 나눈 대화는 정아한테도 말하지 말아. 아니길 바라지만 미국 쪽 정보기관에서 나온 정보야."

경환은 며칠 내로 발생할 북한 해군의 도발로 큰 인명피해가 발생한다는 사실을 말할 수는 없었다. 미국에서 얻은 정보라고 말을 얼버무렸지만 SHJ의 능력을 알고 있는 두 사람은 크게 의심하지 않았다.

"매제가 서서히 전면에 나선다면 정부와 각을 세울 수도 있을 거야. 물론 SHJ와도 각을 세우게 될 거고. 그렇다고 기죽지 마라. 내가 뒤에서 있는 힘껏 지원해 줄 테니까. 그리고 조만간 사람을 붙여 줄 테니 십년대계를 준비해 보자고."


"소장님, 제가 좀 늦었습니다."

"아닙니다, 회장님."

"SHJ 타운에서의 생활은 어떠십니까? 혹시 불편한 점이라도 있으시면 말씀해 주십시오."

"전혀 없습니다. 단지 SHJ 타운 밖을 나설 때 경호원을 대동해야 한다는 것이 좀 불편하지만 시설이나 지원 면에서 전혀 부족한 게 없습니다."

황정욱은 진심으로 경환에게 감사하고 있었다. SHJ 타운에 건설된 기술연구소는 다른 어느 건물보다도 규모와 장비, 보안이 잘 되어 있었다. 핵융합 연구소와 원자력 연구소의 인력까지 합류한 기술연구소는 분야별로 연구진을 할당해 본격적인 연구를 시작했고, 무슨 이유에서인지 국방연구소의 연구원들도 합류한 상태였다.

"다행입니다. 혹시라도 불편한 점이 있으시다면 언제라도 제게 말씀해 주십시오."

"알겠습니다. 회장님. 그럼 연구소를 살펴보시겠습니까?"

경환은 황정욱의 요청을 받아들여 기술연구소를 살피기 시작했다. 지하 5층, 지상 3층 규모의 기술연구소를 돌아보는 것은 많은 시간이 소요되는 일이지만 경환은 황정욱의 설명을 경청하며 기술연구소의 구석구석을 직접 눈으로 확인하길 원했다.

"여긴 핵융합로 제작을 연구하는 부서입니다. 오성중공업과 대현중공업의 연구원들까지 합류한 상태로 연구에 속도가 붙은 상태입니다. 독자적인 핵융합로 개발은 2년 후면 구체적인 성과를 얻을 수 있다고 판단하고 있습니다."

"미국과 일본, 혹은 ITER와의 기술 격차를 좁혔다는 뜻입니까?"

"이론만 정립한 상태입니다. 이론을 적용하는 데 시간이 필요하지만 기술 격차를 좁히는 게 아니라 기술적 우위를 점할 수 있습니다. 현재 고성능 플라스마의 연속 운전에 걸림돌인 불안정성을 제어하기 위한 기술과 플라스마 에너지의 유지 시간 연장에 대한 연구를 병행하고 있습니다."

경환은 머리를 절레절레 흔들었다. 핵융합로 개발은 단순하게 1억 도의 플라스마를 생산하는 기술과 1억 도의 플라스마를 가둘 수 있는 인공태양(토카막)을 제작하는 기술로 나뉜다고 알고 있었지만, 그 세부적인 내용에 대해선 황정욱의 설명을 따라갈 수 없었기 때문이었다. 경환은 어색한 웃음을 지으며 서둘러 다른 장소를 향해 이동했다.

한국정부에 약속한 KSTAR 프로젝트의 투자는 예정대로 진행되고 있었지만 핵심 연구인력이 SHJ-JWH 기술연구소로 합류한 후로 KSTAR 연구는 지지부진해지고 있었다. 또한 투자된 금액 일부를 유용하거나 횡령하는 등의 사고가 끊임없이 발생하고 있었지만 SHJ는 가벼운 항의만 할 뿐 지원금을 끊거나 법적인 제재를 가하지는 않았다.

SHJ의 무차별적인 투자와 지원으로 핵융합로 사업은 서서히 결실을 거두고 있었다. 경환은 SHJ-퀄컴과 SHJ-구글을 통해 원천기술의 확보도 중요하지만 그것을 활용해 어떻게 이익을 극대화할지에 대해 연구할 필요성을 느끼고 있었다. 비록 한국정부와의 밀약이 있었다고는 하지만, 핵융합로의 원천기술은 강대국의 논리가 적용되지 못하도록 빗장을 걸어 잠글 생각이었다.

"이곳은 어떤 연구를 하는 곳입니까?"

"예전 JWH 연구원들과 SHJ의 연구원들이 저온핵융합을 연구하는 곳입니다. 시간이 많이 필요한 연구인지라……."

"10년이 되든, 20년이 되든 지원과 투자는 끊이지 않을 것입니다. 단기간에 결과를 얻을 생각 또한 없으니 너무 조급해하지 마시기 바랍니다. 그리고 위험한 연구가 많으니 안전사고가 발생하지 않도록 연구원들을 다독여 주십시오."

특별한 성과가 없는 저온핵융합 연구였지만 경환은 개의치 않았다. 작년 한 해만 해도 5,000억 원 가까운 돈이 기술연구소에 투자되었고, 올해만 해도 이미 5,000억 원을 넘어서고 있었지만, 경환은 투자를 멈출 생각이 없었다. SHJ의 미래를 이 기술연구소에 걸고 있었기 때문이었다.

경환은 황정욱의 안내에 따라 이중 삼중으로 설치된 보안 시설을 거쳐 지하 연구팀들을 일일이 확인했다. 국방연구소에서 합류한 연구원 중심으로 연구개발이 한창인 지하엔 간간이 외국인들로 보이는 연구원들도 눈에 띄었다. 오후를 모두 기술연구소 현장 확인에 소비한 경환은 서해로 가라앉는 태양을 보고서야 집무실로 발걸음을 돌릴 수 있었다.

"예상보다 연구소가 활발히 운영되고 있어 크게 감명 받았습니다. 부담 드리기 위해 하는 말이 아니라 SHJ와 한국의 미래는 이곳의 연구 성과에 달려 있다 해도 과언이 아닙니다. 소장님의 애국심을 자극하려는 건 아니지만, 최선을 다해 주십시오."

"제 마지막을 한국을 위해 바친다는 생각으로 일하고 있습니다. 회장님께서도 저와 약속한 것을 지켜 주리라 믿습니다."

경환은 말없이 황정욱의 손을 잡았다. 두 사람은 더 이상 신뢰에 대한 말을 할 필요가 없었다.

"회장님, 지금 출발하셔야 합니다."

"그래요. 노인네들 기다리게 할 수는 없지요."

기술연구소에서 너무 많은 시간을 소비했는지 하루나는 연신 시계를 살피며 경환을 재촉했고, 기술연구소를 떠나기 아쉬운 듯 한참을 서성이던 경환은 알의 인도에 따라 차량에 탑승해야만 했다. 서울로 방향을 잡은 차들이 어둠이 서서히 물들고 있는 서해안 고속도로를 따라 빠르게 주행하기 시작했다.


오전 7시를 갓 넘은 시간이었지만, 백악관 대통령 집무실엔 앨 고어를 중심으로 많은 인물이 모여 있었다. 조지 부시와의 피 말리는 대선 경쟁을 승리로 이끈 앨 고어는 백악관에 입성하자마자 민주당 내의 반대를 무릅쓰고 어거스트 기븐스를 NSA 국장으로 임명했다. 대 테러 전문가이기도 한 어거스트는 그 과격함으로 인해 많은 적을 가지긴 했지만, 애국심과 사명감만큼은 타의 추종을 허락하지 않을 정도로 미국의 안전을 위해 물불을 안 가리는 성격이었다.

유일무이한 도청 능력을 갖추고 있는 NSA는 작년 항공기를 이용한 테러를 사전에 감지, 어거스트의 지휘 아래 테러 시도 자체를 원천 봉쇄함으로써 앨 고어를 만족하게 했다. 하지만 플로리다 주 아메리칸 미디어에서 발생한 탄저균 테러에서 사상자가 생기자 어거스트의 입지는 많이 줄어들었다.

"기븐스 국장, 톰 클랜시의 《TWINS》는 결과가 있습니까?"

"익명으로 톰 클랜시에게 전달된 내용은 확보했습니다. 면밀 조사 중이긴 하지만 아직 특별한 소스를 발견하지는 못했습니다."

항공기 테러를 막는 과정에서 《TWINS》와의 내용과 일맥상통하는 부분이 많다는 것에 의문을 품은 어거스트는 톰 클랜시를 압박하며 자백을 받아 낼 수 있었지만, 그 출처에 대한 추적은 원활하게 이뤄지지 않았다.

"대통령님, 《TWINS》에 대한 조사는 시급한 내용은 아니라고 봅니다. 《TWINS》가 결과적으로 부시의 낙선을 도운 만큼 우리에게 적대적인 세력이라고는 보이지 않기 때문입니다. 우리에게 시급한 건 두 가지입니다. 하나는 점점 빈번해지는 테러에 대해 시급히 대 테러전선을 형성하는 것이고, 다른 하나는 중국의 성장과 북한의 핵 문제로 복잡하게 흘러가는 동북아 정세를 정리해야 한다는 것입니다."

국무장관인 리차드 홀부르크가 외교가의 베테랑답게 고착된 국제 정세를 시급히 풀어야 한다며 주장하고 나섰다. 집권 초기 70%에 달하던 지지도는 탄저균 테러로 사상자가 발생하고 경제 하락으로 실업률이 증가하자 간신히 50%대를 유지하고 있을 뿐이었다.

"러시아가 대 테러전선 동참의사를 밝혔고, 영국과 독일이 뒤를 잇고 있으니 대 테러전선 형성에는 큰 문제는 없다고 봅니다. 문제는 중국과 한국이겠군요."

"그렇습니다. 중국은 10%가 넘는 경제성장률을 군사력 증강에 매진하고 있고, 한국의 김환기 대통령은 지원을 통한 남북 대결 구도 해소를 외치고 있어 우리와 엇박자를 보이고 있습니다."

"페리 장관은 이 상황을 어떻게 보십니까?"

클린턴 행정부에서 국방장관을 지냈던 윌리엄 페리는 이번 앨 고어 정권에서도 국방장관을 이어가며 그 능력을 인정받고 있었다. 대북 정책관으로 북한의 핵시설을 사찰하기도 한 페리는 심각한 얼굴을 지어 보였다.

"1994년 제네바 합의로 매년 중유 50만 톤을 공급하고 한국 주도로 경수로원자로를 지어 주고는 있지만, 북한이 핵을 포기하리라곤 생각하지 않습니다. 그 이유는 한국의 군사력을 당해 낼 자신이 없는 북한이 이후 남북관계와 미북 관계에서 주도권을 가질 수 있는 카드가 핵밖엔 없기 때문입니다."

"흠, 우선 6자회담으로 북한의 주변국들과의 공조를 기해 봅시다. 이와는 별도로 국방부에선 북한의 핵을 원천 제거하는 작전을 만들어 보세요."

"대통령님, 군사적 방법은 한국을 넘어 일본의 피해까지도 고려를 해야 합니다. 1994년 클린턴 정부에서 공습을 중단한 원인도 이 문제 때문이지 않습니까?"

"군사적인 대응은 부수적인 사항입니다. 우선은 6자회담에 집중해 주십시오. 국무장관은 한국과 일본과도 이 문제에 대해 미국의 의견을 전달하십시오."

윌리엄 페리는 무언가 말을 하려다 입을 닫고는 어거스트 기븐스를 쳐다보았다. 대통령과 만나기 전 모종의 거래를 통해 입을 맞춘 어거스트 기븐스는 앨 고어를 바라보며 무거운 입을 열었다.

"대통령님, SHJ란 기업을 주목할 필요가 있습니다."

앨 고어는 SHJ란 말이 NSA 국장 입에서 나오자 인상부터 구겼다. IT버블이 붕괴하면서 18.5조 달러의 시가총액에서 8조 달러가 사라졌고, 이것은 기업의 도산과 실업률 증가로 앨 고어의 발목을 확실히 잡아채고 있었다. 이를 타계하는 방안으로 연방거래위원회를 동원해 SHJ의 기업 상장을 압박했지만, SHJ는 오히려 MS와 IBM, 인텔과 모토로라까지 동원해 자신의 방침에 정면으로 도전하고 있었다. 또한 텍사스 주 정부와 휴스턴 시 정부까지 나서 SHJ를 두둔해 SHJ 상장을 통해 주가를 회복하려던 계획을 접을 수밖에 없었다.

"텍사스 촌뜨기인 SHJ가 사고라도 쳤습니까?"

"그건 아닙니다. 현재 SHJ 회장인 제임스 리가 한국을 방문하고 있습니다. 죄송한 말씀이지만, NSA 장비로도 유일하게 뚫을 수 없는 곳이 SHJ 타운과 제임스 리 회장입니다. 한국에 설립된 기술연구소에서 핵융합로와 저온핵융합 실험을 하고 있는데 한국 국방연구소의 연구진들도 기술연구소에 합류했다는 정보가 있습니다."

"제임스 리 회장이 한국계이긴 하지만, SHJ는 엄연히 미국기업이지 않습니까? 혹시라도 연구에 성공한다면 미국의 기술이라고 보는데, 문제가 있다는 겁니까?"

"핵융합 연구는 SHJ 단독으로 성공하긴 어렵다고 분석하고 있습니다. 그러나 혹시 SHJ가 무기 개발에 뛰어들었다면 이건 상황이 달라집니다. SHJ가 유독 막대한 투자를 한국에만 집행하는 것도 저희는 심각하게 보고 있습니다."

NSA는 SHJ를 뚫기 위해 여러 방법으로 침투를 감행했지만 번번이 실패를 맛볼 수밖에 없었다. 단지 SHJ 시큐리티의 보안 능력이 NSA의 능력을 초월하고 있다는 것을 확인한 것이 유일한 성과라면 성과였다.

"이번 한국 대통령은 틀렸습니다. 차기 정권과 의견을 통일할 방법을 연구해 보세요. 그리고 제임스 리의 한국 일정을 감시하면서 SHJ가 무기 개발에 손을 대지 못하도록 강한 경고를 보내세요."

"그래서 드리는 말씀인데, 제임스 리는 공화당 색채가 강하다는 정보가 있습니다. 자칫 우리가 강하게 나간다면 공화당의 반발을 초래할 수도 있으니 대통령님께서 제임스 리 회장을 백악관으로 초청해서 먼저 만나 보시는 게 어떻겠습니까?"

계륵 같은 존재인 SHJ가 앨 고어는 여간 신경 쓰이는 게 아니었다. SHJ는 IT 공룡이었던 MS의 320억 달러 매출과 순이익 60억 달러를 이미 넘어선 지 오래였다. 진정한 IT 공룡으로 자리매김한 SHJ는 자신도 함부로 할 수 없을 정도로 성장해 있었다. 민주당 일색인 IT 산업에서 공화당 색을 띤 SHJ를 품에 넣기 위해 앨 고어의 움직임이 바빠지고 있었다.

"제임스 리가 막 도착했습니다."

"아직 내부 감청은 확인이 안 되는 건가?"

"갑자기 신호가 죽은 뒤로는 모두 먹통입니다. 요원을 내부에 파견했으니 잠시 기다려 주십시오."

이번 경환의 한국방문에 맞춰 급히 한국으로 파견 나온 스미스는 이를 갈고 있었다. SHJ의 보안 시스템을 깨기 위한 작전을 담당한 스미스는 NSA의 걸작으로 인정받는 에셜론 프로그램으로도 SHJ의 보안 시스템을 깨지 못하자 스스로 한국까지 경환을 따라나섰다. 이미 NSA는 SHJ의 보안 시스템에 자극받아 에셜론을 업그레이드한 엑스키스코아 프로그램을 개발 중에 있었다. SHJ와 NSA의 막고 뚫는 싸움은 프로그래머들의 자존심 대결로까지 발전하며 지금도 치열하게 진행되고 있었다.

"저, 저기 한국 경찰이 다가옵니다."

스미스의 인상이 구겨졌다. 동맹국이긴 하지만, 한국에서의 불법 감청이 걸리기라도 한다면 심각한 외교 문제가 발생할 수도 있었다. 운전석으로 연결된 조그마한 창틈으로 밖을 내다보던 스미스는 욕지거리를 뿜어대기 시작했다.

"젠장, 어서 차량 빼, SHJ 시큐리티 놈들한테 이미 발각됐어."

경찰과 함께 서너 명의 사내가 택배 차량으로 다가오는 걸 확인한 스미스는 운전을 담당한 요원을 닦달하기 시작했다. 좀처럼 허점을 드러내지 않는 SHJ에 분노가 치밀어 오른 스미스는 헤드셋을 벗어 바닥에 던져버렸다.

"회장님, 내부도 모두 정리되었습니다."

접대부로 보이는 여자가 SHJ 시큐리티 요원들에 의해 저지당하는 모습을 바라보고 있던 경환의 곁으로 알이 귓속말을 전했다. 경환은 고개를 끄덕이며 한복을 차려입은 여주인의 안내를 따라 예약된 방에 들어섰다.

"어이구, 이 회장님. 어서 오십시오. 우리 먼저 시작했습니다."

"죄송합니다. 서산에 들렀다가 오느라 제가 좀 늦었습니다. 후래자 삼배라 했으니 석 잔을 먼저 마시겠습니다."

자리에 앉은 경환은 서둘러 잔 세 개에 술을 따르고는 입에 부어 버렸다. 자신이 마련한 자리는 아니었지만 약속 시간에 늦었다는 건 변명의 여지가 없었다. 경환의 방문에 맞춰 오성그룹 이형우는 만남을 제안했고 이 자리엔 어울리지 않지만 김우상 대통령 비서실장도 자리를 같이하고 있었다.

"하하하, 역시 젊다는 게 좋은 거군요. 그나저나 작년에 SHJ가 선보인 세틀러-6에 제가 된통 당했습니다."

이형우가 너스레를 떨며 분위기를 잡아가기 시작했다. 한국에 대한 막대한 투자로 경기를 살리는 데 큰 몫을 담당한 SHJ였지만, 김우상의 표정은 밝지 않았다. 김우상의 살갑지 않은 표정을 무시한 채 경환은 이형우에게 시선을 돌렸다.

"왜 그러십니까? 오성전자 때문에 아주 죽을 지경입니다. 세틀러-6으로 겨우 수지타산은 맞췄지만 오성이 또 무슨 모델로 승부를 걸어올지 제 똥줄이 다 탑니다."

"이 회장님의 똥줄을 더 타게 하기 위해선 컴패니언 시리즈를 잡아야 하는데 도저히 넘을 수 없는 벽입니다. 하하하."

이형우는 입맛을 다셨다. 잡을 듯 잡히지 않는 SHJ는 이미 자신이 어찌해 볼 수 없는 위치에 도달해 있었다. 경쟁과 협력이 반복되면서 두 회사는 상생의 길로 접어들고 있었고, 경환의 손엔 오성전자의 지분 7.5%가 쥐어져 있었기 때문에 이형우도 나이 어린 경환에게 함부로 대할 수 없었다.

"기술연구소의 연구는 잘 진행이 되고 있나 모르겠습니다."

술잔만 기울이던 김우상이 한마디 내뱉었다. 경환은 그제야 김우상의 얼굴이 밝지 못한 이유를 알 수 있었다. 김우상의 잔에 술을 따라 부은 경환은 이번 정부와 선을 가를 준비를 시작했다. 이미 대북 지원 정책으로 대현그룹이 휘청거리기 시작했고, 미국과도 엇박자를 보이고 있어 SHJ에게 큰 부담이 될 가능성이 높아지고 있었기 때문이었다.

"아직 성과를 말씀드릴 수는 없지만, 몇 년 안으로 좋은 결과가 있지 않겠습니까. 아는 사람이 적어야 뒤탈이 없는 법이라고 생각합니다. 대통령님도 보고를 받지 않기로 하셨으니 실장님께 보고를 드릴 수야 없지 않겠습니까?"

"이 회장 말에 동감합니다. 이럴 줄 알았으면, 우리 오성도 참여해야 했는데 아쉽군요."

핵융합로 프로젝트의 성공 가능성을 높지 않게 판단한 이형우는 초전도도체 개발에 집중하며 핵융합로 개발과 관련된 오성중공업의 연구원을 SHJ로 넘긴 상태였지만, 마음 한구석이 찝찝해 오는 것을 참을 수 없었다. 대통령을 거론하자 김우상은 얼굴을 붉히며 연거푸 술을 입에 털어넣기 시작했다. 이형우는 그런 김우상을 바라보며 슬쩍 인상을 찌푸리더니 경환에게 질문을 던졌다.

"SHJ가 모바일 OS를 개발하고 있다는 소문을 여러 곳에서 들었습니다. 애플도 아이팟의 부진을 만회하기 위해 모바일 OS에 주력하고 있다고 하고요."

"사실입니다. 그거 때문에라도 회장님을 한번 뵙고 싶었습니다."

이형우는 침을 꿀꺽 삼켰다. 오성전자 내부에서도 모바일 OS에 대한 검토를 했었지만, 현재 3세대 휴대폰이 대세인 상태에서 성공 가능성을 높게 평가하지 않았기 때문이었다. 그러나 SHJ라면 상황이 달랐다. 단 10년 만에 MS를 뒤로 보내고 거대 공룡으로 자리 잡은 SHJ가 전면에 나선다면 상황이 어떻게 변할지 이형우 자신도 예측할 수 없었다. 이형우는 경환의 다음 대답을 기다리며 술잔을 입에 가져다 댔다.

"올 연말이면 좋은 소식을 발표할 수 있으리라 봅니다. 그 전에 SHJ-구글에서 개발한 모바일 OS와 관련해 컨소시엄을 구성할 생각입니다. 이 컨소시엄을 통해 모바일 기기의 공개 표준을 정하고 모바일 플랫폼을 발표할 것입니다. 이미 모토로라, 스프린트, T-모바일, 도시바 등이 관심을 보이고 있는데, 회장님께서 이 컨소시엄 구성을 맡아 주실 수 있으시겠습니까?"

SHJ 내부적으로도 컨소시엄 구성 문제를 놓고 설전이 벌어졌었다. 죽기 살기로 개발한 OS를 컨소시엄화해 이익을 놓치면 안 된다는 의견이 대세였지만, 에릭은 우후죽순으로 개발될 OS로 인해 치열한 경쟁이 발생하는 것보다는 컨소시엄을 통해 SHJ-구글이 개발한 OS를 기기의 표준으로 삼는 게 중요하다고 봤다. 구글스토어와 구글라인, 구글맵 등 SHJ-구글이 개발한 응용 프로그램과 SHJ-퀄컴의 칩셋을 장착하는 조건 그리고 OS 업데이트를 통해 장악력을 높여 이익을 창출하자는 것이었다. 이형우는 경환의 제안에 깔린 복선이 무엇인지 심각하게 고민하기 시작했다.


"얘, 아버지 기다리신다. 내려와서 밥 먹어라. 뭔 술을 그렇게 마시니?"

"씻고 내려갈게요."

시차도 문제였지만, 이형우와 김상우가 건넨 술을 넙죽넙죽 받아 마신 게 탈이었다. 12시 넘어서까지 두 사람에게 붙잡혀 있던 경환은 서산으로 향하는 차 안에서 잠에 취해 버렸다. 양가 부모님을 모시기 위해 지은 저택에는 이미 경환의 부모님이 거주하고 있었지만 L&K재단 이사장인 장인은 아직 서울에 머물 수밖에 없었다.

"아버지 죄송합니다. 어제 좀 늦었습니다."

"아니다. 사내가 일을 하다 보면 늦을 수도 있는 거지. 어서 앉거라."

미국에 건너간 이후로 과음하지 않던 경환은 부대끼는 속을 콩나물국으로 달랠 수밖에 없었다. 저택을 관리할 집사와 도우미들이 있었지만 경환 어머니는 아들의 국만큼은 자신의 손으로 끓여 주길 원했다. 경환의 국그릇이 빈 걸 확인한 어머니는 자신의 국그릇을 경환에게 넘겨주며 식탁에 앉았다.

"엄마, 국이 아주 시원해서 좋네요."

"내가 말년에 무슨 복인지 모르겠다. 아들 두 놈을 다 미국으로 보내고 손자들도 마음대로 못 보니. 어휴, 내 팔자야."

"거, 당신은 뭔 불만이 그렇게 많은 거야? 정우 어미가 그렇게 오라고 해도 안 간 게 누군데 그런 말을 해?"

"친구들이 여기 다 있는데 말도 안 통하는 미국엘 어떻게 가요? 그냥 그렇다는 소리예요."

그런 부모님의 모습을 바라보는 경환의 입가로 미소가 번졌다. 전생의 경환은 부모님을 살필 수 없었다. 아내와 시댁과의 불화는 경환을 항상 난처하게 만들었고, 자신의 이혼과 사업 실패로 대못이 가슴에 박힌 부모님은 차례로 세상을 등져 경환에겐 천추의 한으로 남았었다. 지금 이런 부모님의 투정도 경환은 기쁠 수밖에 없었다.

"죄송해요. 앞으로 방학이 되면 애들을 한국으로 보낼게요."

"제발 좀 그래라. 우리가 살면 얼마나 더 살겠니? 정우하고 희수 원 없이 보게 좀 해 줘라. 그리고 승연이는 결혼 소식 없는 거니?"

"오늘 만나 보려고요. 승연이가 비밀로 해 달라고 해서 그동안 신경을 안 썼거든요."

말은 마친 경환은 밥을 거들떠보지도 않은 채 국 사발을 들어 단번에 마시고는 자리에서 일어났다. 승연은 김혜리와 조심스럽게 장거리 연애를 시작했지만, 바쁜 일상으로 인해 서로 만남을 가질 수 없었다. 느닷없이 승연의 앞에 나타난 김혜리를 경환은 의심의 눈초리로 바라봤고 그동안 SHJ 시큐리티를 통해 김혜리와 관련된 모든 걸 조사한 후에야 의심을 풀수 있었다.

"밥 다 먹었으면 같이 출근하자."

"네, 아버지. 엄마 다녀오겠습니다. 저녁에 손님과 같이 올지도 모릅니다."

"그래라. 저녁엔 너 좋아하는 비지찌개 끓여 놓을 테니 일찍 들어와라."


아직 아시아 본사 사옥이 완공되지 않아 SHJ-퀄컴 한국 공장에 더부

살이하고 있는 본사로 출근한 경환은 SHJ 엔지니어링 고문으로 일하고 있는 아버지를 모셔다 드린 후 자신의 임시 집무실로 발걸음을 돌렸다. 경환은 하루나가 건네준 커피를 마시며 한창 마무리 공사 중인 아시아 본사 사옥을 바라보았다.

"회장님, 김혜리 변호사가 왔습니다."

하루나의 뒤에 서 있던 김혜리를 경환은 물끄러미 쳐다보고만 있었다. 사진과 다르게 늘씬한 미인형인 김혜리를 경환은 미소로 반겨 주었다.

"만나서 반갑습니다. 이경환입니다."

"회장님을 뵙게 돼 영광입니다. 김혜리 변호사입니다."

자리에 앉은 김혜리의 몸은 살짝 떨리고 있었다. 매년 세계 갑부 순위를 선정하고 있는 〈포브스〉에서 올해는 1위를 공석으로 놔두는 초유의 사태가 벌어졌다. 그 이유는 SHJ의 기업 가치를 추산할 수 없고, 이에 따라 정확한 경환의 자산을 확인할 수 없다는 것이었다. 이와 함께 최소 1,000억 달러는 넘을 것이라는 분석을 내보냈다. 〈포브스〉도 산정하지 못하는 막대한 재산을 가진 사내를 눈앞에 둔 김혜리는 회장 비서실의 호출에 긴장하지 않을 수 없었다.

"사진보다 미인이시군요. 저녁에 집으로 찾아올 수 있겠습니까?"

경환의 뜬금없는 소리에 김혜리의 주먹 쥔 손이 파르르 떨렸다. 가정적이라고 소문난 경환도 역시 사내일 수밖에 없다는 생각이 들었다. 이 자리를 박차고 나간다면 향후 자신의 변호사 생활이 순탄치 않을 거란 생각에 김혜리는 눈을 질끈 감았다. 재벌들의 여성편력은 익히 들어 알고 있었지만 그 마수가 자신에게까지 뻗어오자 김혜리는 당황할 수밖에 없었다.

"죄송합니다. 무슨 의도로 그런 말씀을 하셨는지 모르겠지만, 저는 사귀는 사람이 있습니다. 그리고 한 말씀 더 드리자면 회장님의 말씀은 성희롱에 해당합니다."

"하하하."

크게 웃는 경환이 뻔뻔하다고 생각한 김혜리는 아랫입술을 깨물었다. 물잔이라도 앞에 있다면 경환의 얼굴에 끼얹고 싶었다. 김혜리는 끓어오르는 분노를 참기 위해 치마를 손으로 꽉 쥐었다.

"사귄다는 사람이 SHJ-구글에 있는 스캇 리라는 남자입니까?"

"그, 그렇습니다."

김혜리의 목소리가 가늘게 떨렸다. 자신이 경환의 청을 거절한다면 스캇에게 피해가 갈 수도 있다는 생각이 들었지만 김혜리는 경환의 뜻대로 움직일 마음이 없었다.

"김 변호사가 뭘 오해했나 본데, 스캇 리 아니 이승연은 내 친동생입니다. 자립심이 강해 형 도움을 마다하고 있지만요."

"네, 네?! 스캇이 회장님 친동생이라고요?"

"사실입니다. 제 부모님이 김혜리 변호사를 만나보고 싶어 하시니 시간이 되면 저녁을 같이 합시다."

김혜리는 정신이 나간 사람처럼 눈의 초점을 잃어 갔다. 장거리 연애로 서로에 대한 애정 전선에 살짝 문제가 생기면서, 이번 여름휴가에 맞춰 휴스턴으로 승연을 만나러 가기로 계획한 김혜리는 승연이 경환의 친동생이란 소리에 정신을 차릴 수가 없었다.

"제 동생을 너무 나무라지 마세요. 자신의 힘으로 성공하려고 밤낮없이 노력하고 있는 놈입니다. 그리고 꼭 저녁 시간 비워 두세요. 저녁 메뉴는 비지찌개입니다."

"네. 그러겠습니다. 제가 오해해서 죄송합니다, 회장님."

'스캇, 아니 이승연, 이 새끼 너 오늘 나한테 죽었다고 복창해라.'

김혜리는 풀 죽은 목소리와는 다르게 속으로 승연을 잡아먹을 것처럼 욕하고 있었다. 경환은 김혜리의 속마음도 모른 채 수줍어하는 김혜리가 마음에 들었는지 입가에 미소가 가시지 않았다. 경환이 대화를 이어가려던 순간, 잭과 알이 노크도 없이 집무실에 들어섰다.

"회장님, 지금 대사관에서 연락이 왔습니다. 잠시……."

잭은 김혜리를 의식하며 말을 이어가지 못했다. 날짜를 확인한 경환은 좀 전의 밝은 미소를 거둬들이고 나지막이 김혜리에게 말을 건넸다.

"제가 지금 급한 일이 있으니 이따 저녁에 보기로 합시다."

눈치 빠른 김혜리가 자리를 벗어나자 경환은 서둘러 잭과 알을 가까이 불렀다. 빗겨가기를 바랐지만 역사는 경환의 의지와는 상관없이 되풀이되고 있었다.

"북한이 사고를 쳤나 보죠? 대사관에서 급히 연락을 취한 걸 보면."

"회, 회장님께서 그걸 어떻게 아셨습니까? 북한 해군이 연평도 앞바다에서 한국 해군과 교전을 벌였다고 합니다. 한국 해군의 피해가 상당하다는 정보입니다. 미국 시민들은 모처로 이동할 준비를 하라는 대사관의 전문입니다."

장비에서 월등한 한국 해군이 당했다는 것은 북한의 준비가 상당히 치밀하게 이뤄졌음을 알 수 있는 대목이었다. 직접적인 교전을 자제하고 차단 기동을 통해 북한 경비정을 밀어내는 교전 규칙이 한국 해군의 피해를 가중시켰다는 사실이 경환의 마음을 아프게 했다.

"회장님, 급히 한국을 벗어나는 걸 제안 드립니다. 경호 팀은 준비를 완료했습니다."

잭의 말을 받아 알이 급히 한국을 떠날 것을 종용하자 경환의 분노는 극에 달했다. 조국이 없는 한국인은 결국 세상의 천대를 받으며 떠돌이 신세가 될 수밖에 없다는 생각에 경환은 알을 향해 호통을 쳤다.

"어딜 벗어난단 말입니까! 내가 비록 독수리 여권을 들고 다닌다지만 엄연히 한국의 예비군입니다. 알은 SHJ 시큐리티를 통해 사태를 파악하시고 잭은 SHJ 타운에 속한 외국계 직원들의 동요가 없도록 만전을 기하세요. 그리고 저는 사태가 종료되기 전까진 한국을 벗어날 생각이 없습니다."

"회, 회장님. 여긴 제가 지키겠습니다. 그러니 회장님께서는 부모님과 함께 잠시 자리를 피하십시오."

"잭, 제 결정이 번복되는 일은 없을 겁니다. 어서 각자 맡은 일을 수행하십시오."

경환의 결심을 확인한 두 사람은 경환의 지시를 수행하기 위해 서둘러 자리를 벗어났다. 집무실에 홀로 남은 경환은 눈을 지그시 감았다. 더 이상의 도발은 없을 거란 사실을 이미 알고 있었거니와, 전쟁의 위험 속에도 자리를 지키고 있었다는 사실을 내외에 보여 주기 위한 행동이었다. 그러나 한반도가 전쟁의 중심에 놓이게 된다면 똑같은 행동을 할 수 있겠느냐는 내면의 질문엔 답을 할 수가 없었다. 경환도 나약한 인간일 수밖에 없었기 때문이었다.

경환은 급히 티비를 켰다. 티비에선 저녁에 있을 터키와의 3·4위전에 초점을 맞춰 분석 자료만 방영할 뿐 연평도 앞바다에서 발생한 남북 교전에 대한 보도는 아직 나오지 않고 있었다. 조국을 지키기 위해 죽어 가는 가운데서도 방아쇠를 놓지 않던 해군 병사의 모습이 눈에 서리며 경환의 가슴을 먹먹하게 만들었다.

청와대는 급박하게 움직이고 있었다. NSC(국가안전보장회의)가 소집된 가운데 심각한 분위기 속에서 대책을 논의하고 있었다.

"오전 9시 45분 북한 경비정 2척이 연평도 서해 7마일 해상에서 NLL을 침범하며 남하를 시작했고, 이에 우리 해군은 참수리 357, 358 두 대를 출동시켜 경고방송과 함께 차단기동을 시작했습니다. 오전 10시 25분 아무런 징후 없이 북한 경비정은 357호를 향해 85밀리미터 포를 발사했고, 이에 357, 358호의 반격과 함께 초계함이 교전에 가담, 10시 43분 북한 경비정이 퇴각하면서 교전은 중지되었습니다."

김환기는 참담함을 금치 못했다. 북한과 화해 모드를 조성하기 위해 여론의 비판을 무릅쓰고 추진하던 대북 지원이 빛을 바래는 순간이었다. 김환기는 상황을 수습하기 위해 자세를 바로잡았다.

"우리 군의 피해는 어느 정도입니까?"

"357호에 승선한 장병 중 5명이 전사하고 19명이 부상당했으며 357호는 침몰했습니다. 부상자 중에는 중상자가 많아 전사자는 늘어날 것으로 보입니다. 평택 2함대 사령부는 초계함과 구축함을 증강해 북한의 도발을 예의 주시하고 있습니다."

교전 내용에 대한 보고를 마친 김남현 국방장관의 이마엔 굵은 땀이 흘러내렸다. 2주 전 명령만 하달되면 발포하겠다는 북한 서해함대의 교신을 감청하고도 남북한 화해 분위기를 깨지 않기 위해 정보를 묵살했던 자신의 실책을 덮기에 급급했다.

"이렇게 피해가 컸던 이유가 무엇이란 말입니까?"

"5단계로 이뤄진 교전 수칙이 기습적으로 이뤄진 북한 경비정의 공격에 취약점을 드러냈다고 보고 있습니다. 해군의 교전 수칙을 다시 검토하겠습니다."

언성을 높이는 김환기의 질문에 김남현의 대책은 초라할 수밖에 없었다. 소 잃고 외양간 고친들 집 나간 소가 다시 들어오리라는 보장이 없었지만, 김남현에겐 이 대답 외에 상황을 돌파할 마땅한 대안이 없었다.

"지금 분위기에 내일 있을 일본방문을 감행하는 건 무리라고 봅니다. 일본에 우리의 상황을 잘 설명해 보세요."

"대통령님, 교전은 중단되었고 더 이상의 도발이 없는 것으로 판명된 만큼, 국가 간의 신뢰를 깨는 것은 바람직하지 않다고 생각합니다. 월드컵 폐막식에 참석하지 않는다면 한국의 상황을 위험하다고 인식시키게 될 것이고, 특히 6.15선언으로 어렵게 이룩한 남북 화해 분위기에 찬물을 끼얹을 수도 있습니다. 우선 김정일 국방위원장에게 강력한 항의를 보내고 부상자 방문은 일본방문 이후로 미뤄도 크게 문제 되지 않으리라고 판단되니 내일 일본 방문은 예정대로 강행해야 한다고 판단됩니다."

김환기는 통일특보의 말에 망설였다. 여론을 생각해야 할지 국가 간 신뢰를 생각해야 할지 쉽지 않은 결정을 내려야만 했다.


청와대가 바쁘게 움직이고 있을 무렵, SHJ도 매우 급한 행보를 보였다. 수장이 전쟁의 위험성이 높아진 한국에 나가 있다는 사실에 휴스턴은 새벽임에도 불구하고 전 임직원이 비상 체제로 운영되고 있었다. 반면 서산의 SHJ 타운은 그룹 회장이 버티고 있다는 사실에 안도하며 빠르게 안정을 되찾아 가고 있었다.

"북한의 전면적인 도발은 없는 것으로 판단됩니다. 한국정부는 대통령의 방일을 예정대로 진행한다는 보도와 함께, 이번 사태를 우발적인 교전으로 잠정 결론 낸 상황입니다."

알의 보고를 받은 경환은 착잡함을 지울 수 없었다. 우발적이든 계획적인 도발이든 조국의 영토를 지키기 위해 산화한 장병들은 추앙 받아야 한다고 생각하고 있었다. 북한과의 충돌 사고를 뉴스를 통해 들은 심석우가 쏜살같이 서산으로 내려왔다.

"형, 형님. 형님 말씀대로 북한의 도발이 실제로 벌어졌습니다."

"너무 호들갑 떨지 마라. 너는 전사 장병 영결식에 나와 함께 참석하는 걸 시작으로 전사 장병과 부상 장병 지원에 신경을 쓰도록 해. 누구이 말하지만 너 자신을 버리고 진심으로 다가갈 때 민심은 움직인다는 걸 잊지 말고."

"명심하겠습니다, 형님. 저도 재단 일을 하면서 느끼는 바가 컸습니다."

이번 사태를 이용해 심석우의 입지를 다지는 작업을 시작한다는 게 산화한 장병들에게 죄송스러웠지만, 경환은 죽어서 용서를 빌 생각이었다. 한국은 연평해전의 긴박함과는 무관하게 터키와의 월드컵 중계에 온 시선이 집중되어 있었다.


청와대의 만류에도 불구하고 경환은 연평해전으로 전사한 장병들의 영결식 참석을 강행했다. 정부 대표로는 해군참모총장만 참석한 가운데

거행된 영결식은 유가족들의 오열 속에 엄숙한 분위기 속에서 치러졌다. L&K재단은 전사자 2억 원, 부상자에 1억 원이라는 금액을 지원하겠다고 밝히고 제2 연평해전 전사자를 추모하기 위해 공원을 조성, 추모비와 전승탑을 건립하겠다고 발표했다.

심석우 본부장 명의로 발표한 성명에 한국정부는 즉각 우려를 표하며, L&K재단을 자중시키라는 내용의 공문을 SHJ 아시아 본사에 보내는 무리수를 감행했다. 그러나 정부의 공문을 받은 SHJ 아시아 본사는 재단의 운영은 재단 독자적인 문제일 뿐, SHJ가 관여할 사항이 못 된다는 뜻을 기자회견을 통해 밝혀 한국정부의 입장을 더욱 난처하게 만들었다.

연평해전에 대한 정부의 대처 미흡을 지적하는 토론이 온라인을 가득 채우고 있을 때, L&K재단이 발 빠르게 움직이자 국민들의 뇌리에는 이 일을 주도한 심석우란 인물이 서서히 자리 잡아 가기 시작했다.

예상외로 길어진 한국방문 일정을 마치고 경환은 휴스턴으로 향하는 전용기에 겨우 몸을 실었다. 판을 깔아 줬으니 이후의 일은 심석우의 능력에 맡길 수밖에 없었다.

"회장님, 백악관의 독촉이 심하다고 합니다. 부회장이 노심초사네요."

책을 접고 잠을 취하려던 경환 곁으로 하루나가 조용히 다가왔다.

"기장에게 말해 방향을 워싱턴으로 돌리라 하시고 휴스턴에 연락해 준비하도록 지시를 내리세요. 매도 빨리 맞는 게 좋겠지요."

하루나가 기장석으로 향하자 경환은 앨 고어와의 만남을 눈에 그리며 생각에 잠겼다. SHJ가 커지긴 했지만 앨 고어의 관심 밖이라 생각했었다. 앨 고어가 급히 만남을 요청한 거라면 한국에 설립한 기술연구소와 무관하지 않을 터였다. 경환은 노련한 정치가인 앨 고어와의 만남을 유리한 방향으로 이끌기 위해 장고를 거듭했다. 이륙 신호가 떨어졌는지 전용기는 서서히 인천공항 활주로를 달리기 시작했고 고된 한국 일정에 피곤했던 경환은 몸을 좌석 깊숙이 파묻으며 긴 잠에 빠져들었다.

"그래, 제임스 리는 도착했나?"

"네, 공항에 도착해 곧장 백악관으로 향했다는 보고입니다. 곧 도착할 시간입니다."

미국기업인인 경환의 돌출 행동으로 한국정부의 항의를 받은 앨 고어는 깊은 한숨을 내쉬었다. 한국의 해군력 증강은 일본과 중국을 자극해 군비경쟁의 명분을 제공한다는 분석으로 SHJ의 자중을 요청했지만, SHJ와 무관한 경환의 개인적인 기부라는 답변만 받았을 뿐이었다.

"확실한 경고를 보내야만 합니다. 한국계인 제임스 리 회장이 한국정부와 각을 세우면서 한국정부의 항의가 심해지고 있다고 합니다."

"허, 그것참, 고약한 인사야, 제임스는."

앨 고어는 팔짱을 낀 채, 집무실 밖의 정원을 바라보고 있었다. 앨 고어는 어디로 튈지 모르는 경환을 제어하기 위해 골머리를 앓고 있었다. IT업계가 SHJ를 중심으로 뭉쳐 있었고, 공화당과 텍사스 주 정부에선 'SHJ에 대한 탄압이 이뤄진다면 가만있지 않겠다'며 벼르고 있었다.

"대통령님, 제임스 리 회장이 도착했습니다."

비서실장인 다니엘 뒤로 동양계로는 보이지 않을 정도로 훤칠한 키의 경환이 환한 웃음을 보이며 앨 고어에게 다가갔다.

"대통령님, 불러 주셔서 영광입니다. SHJ를 맡고 있는 제임스 리입니다."

"하하하, 백악관에 오신 걸 환영합니다. 리 회장과는 꼭 한번 이런 자리를 마련하고 싶었습니다."

악수를 건네는 앨 고어의 손을 잡은 경환은 처음 방문한 대통령 집무실이 그렇게 화려한 건 아니라는 인상을 받고 있었다. 오히려 자신의 집무실이 화려하고 규모도 있었지만, 전 세계를 주무르는 미국의 심장이라는 무게감은 쉽게 사라질 수 있는 게 아니었다. 상의를 걸치지 않은 와이셔츠 차림의 앨 고어는 경환을 자리에 앉히고는 미소를 지었다.

"제임스라고 불러도 되겠습니까?"

"영광입니다, 대통령님."

친근감을 표시하려는 앨 고어의 요청을 흔쾌히 받아들인 경환은 양복 상의를 벗어 의자 턱에 걸쳤다. 건방진 행동일 수도 있었지만, 이미 편한 복장을 한 상태에서 경환을 맞이한 앨 고어도 경환의 행동에 큰 의미를 부여하지는 않았다. 잠시 두 사람의 기 싸움이 흐른 뒤 앨 고어가 먼저 입을 열었다.

"이번 한국 방문 시 있었던 제임스의 돌발행동으로 내 입장이 아주 난처해졌습니다. L&K재단이 SHJ와 상관이 없다 해도 제임스의 기부로 운영되고 있다는 것은 부정할 수 없는 사실 아닙니까?"

"재단 본부장이 제 매제이긴 하지만, 사람이 워낙 강골이라 제 말이 먹히지 않습니다. 저도 이번 일에 대해 나름대로 주의도 주고 경고도 했지만, 제삼자는 빠지라며 핀잔만 잔뜩 얻어먹었습니다."

말도 되지 않는 이유로 질문의 핵심을 피해 가는 경환이 괘씸했지만, 사소한 일에 정력을 낭비할 생각이 없던 앨 고어는 연신 헛기침을 하면서도 미소를 잃지는 않았다. 앨 고어의 눈빛이 반짝였다.

"제임스는 현 미국 경제 상황을 어떻게 보고 있습니까?"

직접적인 도발보다 우회적인 표현으로 경환의 의사를 확인하려는 앨 고어의 질문에 경환은 긴장했다. SHJ를 미국 금융 위기와 경기 하락의 돌파구로 삼으려는 앨 고어의 꼼수가 눈에 보였지만, 경환은 쉽게 앨 고어의 손을 들어줄 생각이 없었다.

"인플레이션을 잡기 위해 20%의 고금리 정책을 편 '볼커 쇼크'로 제조업이 무너지며 중산층이 붕괴한 게 미국의 약점입니다. 이후 미국의 경제 축은 제조업에서 금융업으로 빠르게 이동했지요. 소비 위축을 자산 효과로 해결하기 위해 저금리 정책을 펴면서 금융권의 무분별한 대출이 발생, 악순환이 반복되고 있습니다."

"제임스의 주장이 특이하군요. 당시에는 고통스러웠지만, 13%가 넘어가던 인플레이션을 잡고 이후 경제 성장의 동력을 제공했다는 평가로 FED(연방 준비제도) 의장 중 높은 평가를 받고 있지 않습니까?"

"제 말을 오해하셨나 봅니다. 볼커의 고금리 정책은 그 당시 어쩔 수 없는 선택이라고 생각합니다. 그러나 볼커가 주장한 상업 은행과 투자 은행의 업무를 규제한 글래스스티걸법이 1999년 전임 정부에 의해 폐지되면서부터 문제가 발생하고 있다는 점입니다."

안정적이던 미국의 주택 가격이 1997년부터 들썩이기 시작하면서 은행들을 규제한 글래스스티걸법이 폐지되자, 저금리를 앞세워 부동산 투자에 열을 올리기 시작했다. 이 문제엔 전임 정부의 주택 정책인 'NO IN-COME, NO JOB, NO ASSET'가 큰 몫을 담당했는데 수입과 직업, 자산이 없어도 은행에서 대출 받을 수 있게 만들어 부동산이라는 파이를 키워 가고 있었다.

"그럼 제임스는 내가 주장한 주택 소유 장려 정책에 반대하는 입장이 겠군요."

경환은 착잡한 심정에 앨 고어의 시선을 정면으로 부딪치고 있었지만, 미소를 잃지는 않았다. 자신의 기억으로 주택 소유 장려 정책은 조지 부시의 정책으로 알고 있었는데 앨 고어가 사회보장제도 정책에 관한 연설에서 이 용어를 사용할 줄은 몰랐었다. 결국 조지 부시나 앨 고어의 경제 정책이 큰 틀에서 움직이고 있다고밖에는 설명할 수 없는 상황이었다.

"서민들의 내 집 마련 정책에 반대하지 않습니다. 아니 적극적으로 찬성합니다. 그러나 이 정책이 성공하려면 은행들의 무분별한 대출과 금융기관들을 정부가 제대로 통솔해야 한다고 생각해서 드린 말씀입니다."

"의견 잘 들었습니다. 백악관의 싱크탱크가 제임스보다 못하다고 생각하지 않습니다."

경환은 쓸쓸한 미소를 날렸다. 조지 부시의 손에 떨어질 지금의 자리를 죽음의 위험을 무릅쓰고 앉혀준 자리였지만, 앨 고어의 경제 정책은 조지 부시와 별 차이가 없었다.

"제임스의 의견 중에 제조업의 붕괴가 소비 위축을 가져왔다는 것엔 나도 동감을 합니다. 플랜트와 IT로 성공 가도를 달리는 SHJ가 자국 내의 투자에는 등한시하면서 한국의 투자를 늘리는 것에 우려하는 시각이 아주 많습니다. 이런 지적을 제임스는 어떻게 생각합니까?"

올 것이 왔다는 생각에 경환은 자세를 바로잡았다. 이 질문을 하기 위해 먼 길을 돌아온 앨 고어가 측은해 보이기까지 했다. 그러나 미국 대통령이란 자리는 마음만 먹는다면 SHJ라는 기업 하나는 날릴 수도 있는 자리였기에 경환은 신중할 수밖에 없었다.

"휴스턴만으로 전 세계 시장을 아우른다는 게 어렵다는 걸 대통령님도 아시리라 봅니다. 새롭게 확대되고 있는 아시아시장을 놓치지 않기 위해선 IT 강국인 한국 투자가 SHJ의 세계 경영에 부합한다고 판단해서입니다. SHJ는 기술과 디자인 개발을 위해 작년 한 해만 해도 23억 달러를 미국에 투자했습니다. 한국보다 결코 낮은 금액이 아닙니다."

"좋습니다. 다 이해한다 쳐도 어째서 기술연구소를 미국이 아닌 한국에 설립했는지, 도대체 그 기술연구소에서 무엇을 연구하는지 설명이 필요할 거 같군요. 미국은 조국을 배신한 자에게 관대하지 않다는 걸 알아야 할 겁니다, 제임스."

웃음을 거둔 앨 고어의 눈빛은 사납게 빛났다. 청산유수처럼 논쟁의 핵심을 피해 가는 경환의 답변에 앨 고어는 폭발하기 일보 직전이었다. 공화당과 텍사스 주 정부의 압력 따위는 더 이상 앨 고어의 머리에 남아 있지 않았다. 경환은 앨 고어의 눈빛이 달라졌다는 것을 느끼며 마른침을 삼켰다.

"SHJ가 투자하는 핵융합로 사업은 성공 가능성이 불투명합니다. 그러나 연구가 성공한다면 그 이익은 상상을 초월하겠죠. 클린턴 행정부에 의해 본국에서의 핵융합로 연구가 막힌 상태에서, ITER 가입이 무산된 한국은 좋은 파트너였습니다. 저는 SHJ의 보장되지 않은 미래 이익을 위해 어쩔 수 없이 한국에 기술연구소를 설립한 겁니다."

경환은 가슴을 쓸어내렸다. 아무리 조심한다 해도 한국에서의 연구는 미국의 눈을 피할 수 없다고 판단해, 클린턴 정부에 핵융합로 사업 참여를 타진했고 예상대로 클린턴 정부는 SHJ의 제안을 반려시켰다. 경환의 반격에 앨 고어의 눈동자가 흔들리자 경환은 서둘러 다음 말을 이어

갔다.

"KSTAR에 대한 투자는 불투명한 한국정부의 관행에 대비해 기술을 SHJ 기술연구소로 옮기기 위한 전략입니다."

"제임스 말대로라면 SHJ가 연구에 성공하면 이 기술은 미국의 것이라고 봐도 되겠습니까?"

"한국정부의 지분도 있는 만큼 원천기술 사용에 대한 양국의 협상이 필요하겠지만, 지금의 한국은 미국과 떨어질 수 없는 관계이지 않습니까?"

미국정부를 상대로 막가파 식의 싸움을 할 수는 없다고 판단한 경환이 타협안을 제시하자, 사나웠던 앨 고어의 눈빛이 사그라지기 시작했다. 북한과의 대치 상황은 물론 중국과 일본의 틈바구니에서 살아가기 위해 미국의 입김을 무시할 수 없는 한국의 상황을 앨 고어는 잘 알고 있었다.

"제임스의 말을 믿기로 하죠. 마지막 제안이 있는데, 주가가 살아나지 않아 고민입니다. 이 기회에 SHJ 홀딩스를 상장하는 게 어떻겠습니까?"

경환은 썩은 미소로 앨 고어를 쳐다봤다. 물에 빠진 놈 건져 냈더니 봇짐 내놓으라고 멱살 잡는 앨 고어에 욕지거리가 목에까지 차올랐다. 린다에 의해 경영권 피해 없이 최대의 이익을 보기 위한 기업 공개 대책을 미리 연구해 놓은 것이 경환을 태연하게 만들었다.

"대통령님께서 제 조건을 들어주신다면, SHJ-퀄컴의 지분 중 35% 정도는 상장할 의향이 있습니다."

SHJ 계열사 지분을 관리하는 SHJ 홀딩스의 상장은 하늘이 무너져도 받아들일 생각이 없었다. 앨 고어는 사실 SHJ-구글을 상장시켜 정부의 인터넷 장악력을 높이려 했다. 하지만 이러한 술수가 SHJ-퀄컴을 들고 나온 경환의 발 빠른 대책에 막혀버린 것이다. SHJ-퀄컴은 MS엔 미치지 못하지만 IBM의 시가총액인 1,450억 달러는 넘는다는 게 그나마 위안이 되었다. 여기에 철옹성이었던 SHJ가 앨 고어 자신의 손에 의해 빗장을 풀었다는 데 의미를 둘 수 있었다. 한번 풀리기 시작한 빗장은 계속해서 열리기 마련이라 앨 고어는 자신의 임기 내에 SHJ의 빗장을 모두 풀어 버리겠다고 다짐했다.

"언제까지 가능하겠습니까?"

"이것저것 준비가 필요한 만큼 최소 10개월 후에나 증권거래위원회에 IPO(기업 공개) 신청서를 제출할 수 있지 않겠습니까?"

경환은 SHJ-퀄컴을 알몸으로 시장에 내놓을 생각이 없었다. 최대한 떡고물을 분산한 후 IPO를 하려면 최소한의 시간이 필요했다. 가장 중요한 건 IT버블 붕괴로 추락한 주가가 내년을 기점으로 서서히 살아난다는 것이었다.

"좋습니다. 이 면담이 끝나면 같이 브리핑 룸에서 기자들과 좋은 시간을 보냅시다."

"대통령님, 아직 제 조건은 입도 뻥긋하지 않았습니다."

피 같은 SHJ-퀄컴을 상장해서 얻을 수 있는 자본은 최대 600억 달러로 적지 않았다. 그러나 경영권이 분산된다는 것과 내부 정보를 공개하며 공시 의무를 진다는 것이 꺼림칙할 수밖에 없었다. 앨 고어에게 먹이를 준 만큼 받아낼 건 최대한으로 받아내야 직성이 풀릴 거 같았다.


"제임스는 떠났나?"

"제임스의 전용기가 방금 이륙했다는 보고가 들어왔습니다."

앨 고어는 다니엘의 보고를 한 귀로 들으며 CNN 속보에 집중했다. 자신과 함께 경환이 브리핑 룸에서 SHJ-퀄컴의 상장과 미국 경기를 일으키기 위한 대규모의 투자를 약속하는 장면이 방영되고 있었다. 추락하는 인지도를 상승시키기 위한 이벤트에 성공한 앨 고어의 가슴 한구석엔 여전히 찜찜함이 남아 있었다.

"다니엘, 제임스 그 친구 말이야. SHJ-퀄컴의 상장을 미리 계획하고 있었다는 기분이 드는데, 자넨 어떻게 생각하나?"

"연방거래위원회를 통한 압력도 코웃음 치던 제임스가 순순히 꼬리를 말았다고는 생각하지 않습니다. 나사에 대한 투자를 얻어 내긴 했지만, 결과적으로 최대 수혜자는 제임스라고 봅니다."

다니엘의 객관적인 분석에 앨 고어는 집무실 천정을 올려다보았다. 30년이 넘는 정치 연륜으로 제임스를 밀어붙였다고 생각했었지만, 결과적으론 경환의 전략에 말려들었다는 느낌을 지울 수 없었다. 앨 고어의 입가로 씁쓸한 미소가 그려졌다.

"엘론 머스크가 반발하지 않겠습니까?"

"NASA에 대한 올해 예산이 150억 달러로 10년 전과 비교해 40% 이상 줄었는데, 신생 기업인 스페이스X보단 SHJ가 현실적으로 도움이 되지 않겠나. 제임스 그 친구의 노림수가 기가 막히는군. 대규모 투자로 기업 이미지를 상승시키고 실속은 다 가져가니."

CNN 속보엔 SHJ가 예산 부족으로 허덕이는 NASA에 향후 10년간 총 50억 달러를 지원하고, 지원과는 별도로 NASA와 합작을 통해 상업용 인공위성 100기를 순차적으로 쏘아 올리는 프로젝트를 시행하며, 최종적으로 민간 우주왕복선 개발에 투자하겠다는 발표를 보도하고 있었다. 인공위성 한 기에 1억~3억 달러가 소요되는 만큼 상상을 초월한 금액일 수밖에 없었다.

CNN은 이러한 계획이 만성적인 예산 부족에 시달리는 NASA에 크게 환영 받을 것을 예측하며, 상업용 궤도 운송 서비스를 위해 올해 설립된 스페이스X가 SHJ의 물량 공세에 버티기 힘들 것이란 분석을 내놓고 있었다.

"젠장, 소는 농민이 키우고 돈은 상인이 번다더니. 제대로 당한 거 같군."

"SHJ 기술연구소를 인정했다는 게 더 큰 문제일 수도 있습니다."

"제임스가 대단한 친구라는 건 인정하지 않을 수 없겠어. 내가 너무 NASA에 대한 투자에 혹했던 거 같아. 결국은 SHJ의 입지만 키워 준 꼴이니."

앨 고어는 허탈하게 웃을 수밖에 없었다. SHJ 기술연구소의 연구를 모두 인정해 달라는 요구를 처음부터 받아 줄 생각은 없었다. 그는 달랑 SHJ-퀄컴의 상장을 이유로 핵융합로를 포함한 방위 산업 연구를 승인해 줄 만큼 멍청하지 않았다. 경환은 반대급부로 러시아 항공우주국인 RASA와 협의 중인 상업용 인공위성 프로젝트를 NASA로 돌리겠다는 조건을 추가했다.

최소 200억 달러가 넘어가는 사업을 러시아에 뺏길 수 없던 앨 고어는 현금 지원 50억 달러를 추가하는 조건으로 경환의 조건을 받아들였고, 경환의 흔쾌한 동의로 지루했던 머리싸움은 마무리될 수 있었다.

앨 고어가 고개를 절레절레 흔들고 있을 때, 전용기 안에서 앨 고어의 사인이 새겨진 서류를 바라보는 경환의 얼굴엔 미소가 떠올라 있었다.

휴스턴에 도착한 경환은 귀가를 잠시 미루고 경영진이 소집된 회의실로 급히 들어섰다. NASA에 대한 대규모 투자가 발표돼서인지 텍사스 주정부는 SHJ의 투자를 환영한다는 성명을 발표했고 NASA가 위치한 휴스턴은 항공 산업의 메카로 재도약하는 계기가 되었다며 들떠 있었다. 언제부터인지는 모르겠지만 휴스턴 시민들은 휴스턴을 대표하는 기업으로 서슴없이 SHJ를 꼽고 있었다.

"다들 모였습니까? 많은 일이 동시다발적으로 일어나다 보니 정신이 없으셨을 겁니다."

3년 전에 이런 대규모 투자 약속이 이뤄졌다면 빠듯한 자금으로 린다부터 반대하고 나섰겠지만, 지금은 그때와 사정이 달랐다. 매출 규모만 봐도 3배 이상의 성장을 했고 매출 이익은 250억 달러를 넘기고 있었다. 회의실에 모인 경영진들은 자신감을 넘어 기대감에 부풀어 있었다.

"고생하셨습니다, 회장님. 우리가 SHJ-퀄컴의 상장을 준비하고 있었다는 걸 앨 고어가 알면 아마 거품 물고 쓰러질 겁니다."

"하하하."

황태수의 농담으로 회의장은 웃음바다로 변했고 경환은 입가에 미소를 보이며 조용히 자리에 앉았다.

"린다, SHJ-퀄컴은 준비를 마쳤습니까?"

"준비는 오래전에 끝냈습니다. SHJ-구글과 연관된 기술과 특허는 양도를 마쳤고, SHJ 매니지먼트 및 SHJ 시큐리티와는 20년 장기 계약을 체결했습니다."

경환은 린다가 작성한 기업 상장 보고서를 통해 SHJ-퀄컴의 사업 분야와 SHJ-구글과 공동 연구된 특허기술을 분산하는 작업을 지시했다.

IPO로 SHJ-퀄컴의 내부 자료가 공개되어야 하는 만큼 서둘러 내부를 정리할 필요가 있었다.

"IPO 신청은 언제가 적격이라고 판단하나요?"

"SHJ-퀄컴의 기업 가치는 1,600억 달러로 추산됩니다. 내년 초가 적기라고 판단되며 35%를 일시에 내놓는 것보단 20%를 먼저 내놓는 게 가장 유리하다는 판단입니다."

"이 문제는 SHJ 홀딩스가 판단해서 시행하십시오. 그리고 슈미트 사장님, 오성전자에선 반응이 있습니까?"

"우리가 제안한 컨소시엄에 적극 참여하겠다는 의사를 밝혔습니다. 오성전자와 금성전자 모두 같은 반응이고 이미 MS와 모토로라, 도시바, T-모바일, AT&T, 스프린트 등은 기술 협력과 투자를 역으로 제안하고 있습니다. 또 어디서 소문을 들었는지 모르겠지만 중국 정보산업부에서 참여를 타진하고 있는데 머리가 좀 아픕니다."

최근 중국 정부는 자국의 검색엔진인 바이두가 서비스를 시작하면서 점유율을 높이기 위해 SHJ-구글에 대한 독과점 조사와 함께 민감한 키워드의 검색을 차단하려 하고 있었다. 경환은 철면피를 한 중국정부의 행태에 어이가 없었다.

"우선 컨소시엄 기업을 최대한 늘리세요. OS의 소스를 공개하는 이유는 SHJ-구글의 지배력을 늘리기 위한 수단입니다. 지배력을 늘리면서도 이익을 확보하는 방안에 대해 연구하시고, 중국기업의 참여는 당분간 보류시키세요."

"API(응용 프로그램 프로그래밍 인터페이스)는 오픈 소스로 제공하지만, 독자적으로 개발한 VM(가상 머신)은 철저히 닫도록 할 예정입니다.

그런데 문제는 선마이크로시스템스에서 API에 대한 저작권 침해를 문제 삼을 수도 있다는 자체 분석이 있습니다."

경환은 선마이크로시스템스를 인수한 오라클과 구글의 소송전을 어렵지 않게 떠올릴 수 있었다. 선마이크로시스템스와의 저작권 문제로 SHJ-구글은 독자적인 VM을 개발했지만, API를 오픈 소스로 제공해 저작권 문제를 해결할 생각이었다.

"슈미트 사장님, 혹시 선마이크로시스템스를 인수하려면 자금이 어느 정도 소요가 되겠습니까?"

"IT버블 붕괴로 시가총액이 떨어지긴 했지만, 그래도 50억 달러는 되지 않겠습니까?"

적은 금액이 아니었다. 선마이크로시스템스의 인수가 SHJ에 큰 도움을 줄 수는 없겠지만, 오라클과의 특허권 분쟁을 사전에 막기 위해선 필요하다는 판단이 들었다. 경환은 손에 쥔 펜을 두들기며 계산에 몰두하고 있었다.

"슈미트 사장님이 개인적인 인연이 있으니 조심스럽게 인수를 제안해 보십시오."

"회장님, 선마이크로시스템스가 우리에게 공격적인 자세를 취하리라고는 보지 않습니다. 굳이 인수를 추진할 필요는 없지 않겠습니까?"

"선마이크로시스템스가 다른 곳에 인수된다면 문제가 생길 수도 있다고 판단해서입니다. 우리가 지진 않겠지만 지루한 소송전으로 인해 낭비될 시간이 아까워서입니다."

이 문제를 일단락 지은 경환은 NASA와의 합작 제안서를 살피기 시작했다. 경환이 백악관에서 앨 고어와 피 튀기는 진검 승부를 펼치고 있을 때, SHJ는 이미 NASA에 대한 투자와 합작에 대해 검토를 마친 상태였다.

"NASA는 이미 우리의 투자에 대해 적극적으로 환영한다는 성명을 발표했습니다. 예산이 줄어든 만큼 한 푼이 아쉬운 상황입니다."

린다의 의견에 고개만 끄덕일 뿐, 시선을 제안서에서 떼지 않던 경환이 두 손을 맞잡으며 기지개를 켰다. 한국에서의 강행군으로 피곤이 덜풀린 상태에서 회의를 주재하는 자신의 집중력이 서서히 떨어지고 있다는 것을 스스로 느끼고 있었다.

"정리가 잘 되어 있네요. 수고했습니다. 린다는 NASA와 협상을 진행하시고, 이 사업을 추진할 인원을 확보하세요. 민간 우주왕복선 개발은 스페이스X와 중복되는 만큼 초장에 누를 필요가 있다고 봅니다."

"알겠습니다. 아무런 대가 없이 매년 5억 달러를 지원하겠다는 우리의 제안을 무시할 수 없을 겁니다. 더욱이 100기의 위성은 NASA로서는 놓치기 힘든 사업이고요."

"마지막으로 기술연구소 부분은 앨 고어와 타협을 했으니 눈치 보지 말고 연구에 매진하라고 전달하세요. 자, 고생들 하셨습니다. 급한 사항이 없으면 내일 다시 얘기합시다."

회의를 마무리한 경환은 집무실을 거치지 않고 귀가를 서둘렀다. 저택으로 향하는 경환의 옆 좌석엔 하루나가 아닌 미모의 여성이 자리를 지키고 있었다.

"아빠, 왜 이제 와?"

"아빠, 다녀오셨어요?"

"여보, 고생하셨어요. 한국이 위험하다고 뉴스에서 하도 떠들어서 많이 걱정했어요."

크리스토퍼의 인사를 받으며 저택에 들어서자 희수가 달려와 경환의 목에 안겨 어리광을 부리기 시작했다. 집 만한 장소가 없다고, 그제야 긴장이 풀린 경환은 아주 의젓해 보이는 정우의 머리를 쓰다듬어 주었다.

"승연이는 왜 안 보여? 이 자식 아직 안 온 거야?"

"뭐가 무서운지 거실에서 통 나오질 않네요. 그나저나 사람을 세워 놓고 뭐하시는 거예요? 인사라도 시켜 줘야지."

수정의 핀잔에 머쓱해진 경환이 고개를 돌렸고 희수는 경환의 목에 안긴 채 낯선 여자의 출현에 눈만 껌뻑이고 있었다.

"처음 뵙겠습니다. 김혜리라고 합니다."

"호호호, 반가워요. 앞으로 잘 부탁할게요."

승연의 참석 없이 상견례까지 마치자 경환은 김혜리의 동행을 권유했고, 양가 부모님의 동의를 얻을 수 있었다.

"정우하고 희수도 인사드려야지. 작은 엄마 되실 분이야."

경환의 품에서 내려온 희수는 정우의 손을 잡고 김혜리를 향해 머리를 숙였다. 그런 두 아이를 품에 안아 주는 것으로 김혜리는 인사를 대신했다. 정우와 희수를 크리스토퍼에게 맡긴 경환은 뻘쭘하게 서 있는 승연의 등을 후려치고는 거실로 향했고, 수정은 다소곳해 보이는 김혜리가 맘에 든 듯 손을 잡고 경환의 뒤를 따랐다.

"자, 양가 상견례도 끝났고 부모님들의 승낙도 떨어졌으니 지금부터 제수씨로 부르겠습니다. 승연이 너는 좋은 의도였다 하더라도 제수씨를 속인 건 속인 거니 따로 용서를 빌어."

"형이 나서지만 않았어도 내가 잘 설명하려고 했었다고. 남 연애사까

128

지 들쑤시면 어쩌자는 거야? 아니 이건……."

승연은 말을 잇지 못했다. 싸늘한 김혜리의 시선이 자신에게 향하고 있다는 것을 느꼈기 때문이었다.

"누가 사고 치라고 등 떠밀었냐? 자식이 입만 살았어요. 제수씨, 저놈 쉽게 용서해 주지 말고 아주 들들 볶으세요."

"이번엔 도련님이 백번 잘못하신 거예요. 형님 아니었으면 어쩌실 뻔했 어요?"

수정까지 경환을 거들고 나서자 사면초가에 빠진 승연은 고개를 숙일 수밖에 없었다. 승연을 바라보는 김혜리의 시선은 여전히 싸늘하기만 했다.

"승연이 너는 당분간 제수씨하고 이 집에서 머물도록 해. 아주 구석진 곳에 조용한 방 내줄 테니까. 여긴 방음도 아주 잘 되어 있다고."

"내 집 놔두고 불편하게 여길 왜 있어? 안 그래요, 혜리 씨?"

그동안 승연이 때문에 맘고생이 있었던지 경환은 이 기회에 제대로 앙 갚음을 할 생각으로 승연을 몰아세우고 있었고, 승연은 이런 숨 막히는 경환의 감시에서 벗어나고 싶었다. 자신의 힘으론 경환을 이길 수 없다는 생각에 승연은 김혜리의 동조를 원하며 어색한 시선으로 김혜리와 눈을 마주쳤다.

"감사합니다, 아주버니. 정우와 희수도 예쁘고 여기에서 머물겠습니 다. 그렇게 해요. 이, 승, 연 씨!"

"호호호, 도련님이 임자를 제대로 만났네요."

자신의 이름을 또박또박 끊어 말하는 김혜리의 대답에 승연은 고개 를 꺾으며 깊은 한숨을 내쉬었다. 이젠 대놓고 아주버니라는 호칭을 쓰는 김혜리가 승연은 무섭게 느껴졌다. 프로그래머로 자유로운 생활을 원했던 자신의 꿈이 여기에서 끊어지고 있음을 느낀 승연은 절망했다.


오성전자 경영진 모두가 모인 회의실 중심엔 심각한 표정의 이형우가 자리 잡고 있었다. 목덜미를 잡아챌 정도까지 다가가면 SHJ는 오성의 추격을 비웃듯 더 멀리 달아났다. 한국에 한정되긴 했지만 점유율에서 세틀러를 2위로 밀어내고 미국과 유럽에서도 선전하고 있는 오성의 휴대폰 사업이었다. 하지만 SHJ의 모바일 OS 개발은 오성전자의 추격 의지에 찬물을 끼얹었다.

"이철승 상무, SHJ가 퀄컴의 IPO를 준비하는 이유가 뭐라고 생각하나?"

하버드 MBA를 수료하고 작년부터 오성전자 경영기획 팀 상무로 복귀한 이철승은 자신의 아버지기도 한 이형우의 질문에 자세를 고쳐 잡았다.

"올해 SHJ그룹 총 매출은 650억 달러에 매출 이익 250억 달러 이상으로 추정됩니다. NASA와의 인공위성 사업에 막대한 자금이 필요하긴 하지만, SHJ가 감당하지 못할 정도는 아니라고 판단됩니다. 따라서 이번 SHJ-퀄컴의 IPO는 자금 문제라기보다는 백악관과의 특별한 교감이 필요해서 이뤄진 조치가 아닌가 생각합니다."

이철승의 대답을 들은 이형우는 만족했다. 3대 경영 체제를 준비하기 시작한 오성은 이철승의 후계자 작업에 공을 들이고 있었고, 핵심 계열사인 오성전자 경영기획 팀에서 무리 없이 자리를 잡아가고 있는 이철승을 대견하게 생각했지만, 이형우의 얼굴 한편에는 그늘이 드리워 있었다. 동년배이긴 하지만 이철승이 경환을 상대하기엔 너무도 부족하다는 생각

때문이었다.

지금이야 SHJ와 좋은 관계를 유지하고 있다지만, 기업 간의 관계는 한 치 앞을 알 수 없기 마련이다. 이런 상태에서 온실의 화초처럼 자란 이철승이 자신도 다루기 어려운 경환을 동등한 위치에서 상대할 수 있으리라곤 생각하지 않았다. 이형우는 잠시 고민을 마친 뒤 머리를 들었다.

"이세일 사장, SHJ-구글이 많은 투자로 개발한 모바일 OS를 오픈 소스로 제공한다는 게 어떤 의미가 있다고 생각하나?"

모바일 OS에 대한 검토가 없었던 것은 아니지만 이미 수익성 좋은 모바일 기기를 가지고 있는 오성으로선 기존 모바일을 파괴하는 혁신적인 모델을 고려하는 거 자체가 낭비라고 생각하고 있었다. SHJ에게 또 한 번 뒤통수를 제대로 맞은 이형우는 이세일만으로는 오성전자의 미래를 담보하기 힘들겠다는 생각을 하며 무덤덤한 시선을 던졌다.

"두 가지로 압축할 수 있다고 봅니다. SHJ-구글은 API만 오픈 소스로 제공하고 독자 개발한 VM은 공개하지 않음으로써 모바일 OS를 통해 업계 지배력을 키우려 한다고 봅니다. 두 번째는 현재 선마이크로시스템스와 인수 합병을 협의하는 것으로 보아, 발생할 수 있는 특허권 침해를 오픈 소스로 무마시키거나 혹은 컨소시엄으로 리스크를 분산하려는 조치라고 판단됩니다."

"오성전자는 매번 뒷북만 치고 있군요. 도대체 우리 오성은 언제까지 SHJ의 뒤꽁무니만 쫓아다닐 생각입니까!"

감정을 추스르지 못하고 격노한 이형우로 인해 회의실은 숨소리조차 들리지 않았다. 이세일은 자신의 임기가 얼마 남지 않았음을 느끼며 이마에 맺힌 땀을 손으로 훔치며 입을 닫을 수밖에 없었다.

"이경환 회장은 SHJ-구글을 설립할 때부터 철저하게 준비하고 있었다는 기분이 듭니다. 구글이란 검색엔진을 미끼로 해서 메일, 메신저, 구글 스토어, 구글라인과 함께 이번엔 디지털 위성회사인 키홀까지 인수해 구글어스까지 출시했습니다. 이는 이번 컨소시엄에 대비해 SHJ의 이익을 보전하기 위한 전략이었다고 봅니다. 작은 것을 던져 주고 큰 것을 먹겠다는 이경환 회장의 노림수라는 말입니다."

이형우의 한탄에도 회의에 참석한 오성전자의 임원들은 반론을 꺼낼 수 없었다. 무거운 분위기를 의식한 듯 이철승이 조심스럽게 마이크를 잡았다.

"회장님, SHJ의 차세대 휴대폰이 혁신적이긴 하지만 성공 여부를 확신할 수 없다고 봅니다. 컨소시엄에는 발만 담그는 형태를 취하고 IMT 2000 모델에 집중하는 게 어떻겠습니까? 지금이야말로 세틀러를 확실히 잡을 기회라고 봅니다."

"멍청한 놈. 우리가 무서워서 SHJ가 손을 내밀었다고 생각하는 게나!"

"회, 회장님. 그, 그게……."

"오성전자는 이번 SHJ의 컨소시엄에 적극적으로 참여하고 모바일 OS를 바탕으로 한 모바일 기기의 기능과 획기적인 디자인에 전력하세요. 당분간 SHJ와의 경쟁은 자제하고 협력 체제를 구축하는 데 전념해야 할 겁니다."

이철승에 대한 이형우의 분노는 극에 달했다. 자신의 시대가 서서히 저물어 가고 있는 것을 뼈저리게 느끼고 있었지만, 이철승의 시대를 준비하기 위해선 아직 많은 시간이 필요하다는 게 이형우를 초조하게 만들고 있었다. 이철승이 자신과 동년배인 경환을 상대할 수나 있을지. 이형우의 이마엔 깊은 주름이 한 줄 더 생긴 듯했다.

경환은 하루나가 건네는 〈타임〉의 표지를 보고는 별 관심 없다는 듯 책상 구석으로 밀어 버렸다. 올 초부터 타임지에서 끈질기게 인터뷰 요청을 해 왔지만 경환은 이를 계속 거절했었다. 그러나 SHJ-퀄컴의 IPO가 다가오면서 SHJ 내부에선 〈타임〉과의 인터뷰가 도움이 될 거란 분석에 경환의 인터뷰를 종용했고, 경환은 이를 마지못해 수락했다. 〈타임〉 표지는 올해의 인물로 선정된 경환의 얼굴로 장식됐고, 끊임없이 울려대는 축하 전화에 비서실 업무가 마비될 정도였다.

"회장님, 부회장님이 오셨습니다."

하루나 뒤로 황태수의 얼굴이 비치고 있었다. 경환이 그룹 업무를 부회장과 계열사 사장에게 위임하면서 경환이 한가해지는 만큼 황태수의 업무는 늘어날 수밖에 없었다. 50대 중반을 넘어가는 황태수는 아직도 젊은 사람 못지않은 열정을 SHJ에 쏟아 붓는 중이었다.

"퇴근 시간 다 돼 가는데 어쩐 일이세요?"

"회장님 칼퇴근하시는 거 배 아파서 찾아왔습니다. 위스키 한 잔 주십시오."

황태수의 투정에 경환은 위스키잔을 황태수에게 건넸다.

"IPO 분위기가 좋다는 보고는 받았습니다."

"지분의 20%를 1차로 시장에 풀다 보니 시장의 기대가 상당합니다. SHJ-퀄컴의 시장 가치가 부풀려 있다는 우려도 있긴 하지만 시가총액 1,600억 달러는 무난할 것이란 예상이 대세입니다."

20%만 하더라도 400억 달러를 이번 IPO로 조성할 수 있었다. SHJ-퀄컴 상장 소식에 관련 IT기업의 주가가 반등을 시작할 정도로 월가에 큰 이슈를 던져주었다.

"자제분이 군대에 입대했다는 소식은 들었습니다. 사모님 맘고생이 심하시겠네요."

"저도 사실은 군대를 보내야 할지 망설였습니다. 자식이 아비보다 낫더군요. 몸 성히 다녀오기만 바라고 있습니다."

황태수는 위스키를 단번에 입에 털어 넣었다. 경환도 황태수를 따라 술잔을 비우고는 빈 잔에 위스키를 채웠다. 황태수의 큰아들은 미국 영주권을 취득해 35세 전까지는 군대에 갈 이유가 없었지만, 부모의 만류에도 불구하고 한국 군대에 자원입대를 결정해 한창 훈련을 받고 있었다.

"훌륭한 아들을 두어서 자랑스러우시겠습니다. 저도 정우가 군대에 입대한다면 반대할 생각은 없습니다. 그렇지만 부모 마음이야 다 똑같지 않겠습니까?"

"회장님은 한국의 대선 결과를 어떻게 보십니까?"

대선이 얼마 남지 않은 한국은 지지율에서 앞서는 야당 후보와 이를 역전시키려는 여당 후보의 피 튀기는 각축전이 벌어지고 있었다. 정권 심판론을 기본 전략으로 삼은 야당 캠프의 네거티브 전략은 구태 정치 청산을 통해 새로운 정치를 열겠다는 여당 캠프의 포지티브 전략에 말려들어가면서 지지율 격차가 급속도로 좁혀지고 있었다. 더욱이 대선 막바지에 터진 야당 후보 아들의 군 면제 의혹은 지지율에 치명타를 가하고 있어 대선의 향방이 오리무중에 빠져 있었다.

"글쎄요. 현명한 국민들이 잘 선택하길 바라야겠죠. 우리가 이번 정부와 각을 세우고 있는 만큼 여당이 재집권에 성공한다면 우리에게도 영향이 있지 않겠습니까?"

"회장님께선 그렇게 보고 계시는군요. 여당과 야당 대선 캠프에서 은밀히 우리에게 지원을 요청하며 접근해 왔다고 합니다."

처음 듣는 소리에 경환은 마시던 잔을 급히 탁자 위에 내려놓았다. 한국 정치인들과의 유착을 강하게 반대해 온 경환에겐 달갑지 않은 소식이었다.

"금전적인 지원입니까?"

"그건 아닙니다. 양 대선 캠프의 경제 정책을 지지하는 선에서의 지원을 요청하고 있다고 합니다. 잭에겐 절대 개입하지 말고 중립을 지키라고 지시를 내렸습니다. 정부 여당보단 야당의 집권이 우리에게 유리하다면 적극적으로 개입하라는 지시를 내리겠습니다."

경환은 내려놓은 술잔을 들어 입술을 축였다. 딕 체니를 내쫓기 위해 미국 대선에 개입했지만, 한국은 상황이 달랐다. 미국과 밀착할 야당 후보보다는 어느 정도 미국과 불협화음을 보일 여당 후보의 집권이 경환이 준비하는 십년대계를 위해선 좋은 선택일 수도 있겠다는 생각이 들었다.

"아닙니다. 여당이든 야당이든 우린 이방인일 수밖에 없습니다. 철저히 중립을 고수하고 일절 개입하지 말라고 전하세요. 그건 그렇고 박화수 이사는 불만이 많을 텐데 부회장님이 잘 좀 다독여 주십시오."

"잘 설명했습니다. 한동안 고민하더니 다음 달부터 출근하겠다고 연락이 왔습니다."

SHJ-화성플랜트가 SHJ 엔지니어링에 합병되면서 애초 예상됐던 그룹 기획조정실장이 아닌 L&K재단 이사로 박화수를 발령했다. 경환의 뜻을 오해한 박화수는 자신이 버려졌다는 생각에 한동안 두문불출하며 자신의 억울함을 간접적으로 표현했었다. 경환은 그런 박화수를 휴스턴으로 불러들여 오해를 풀어 주기 위해 자신의 큰 계획을 상세히 설명했다.

"심 본부장은 아직 햇병아리입니다. 박화수 이사 같은 브레인이 중심을 잡아 주지 않는다면 어디로 튈지 모릅니다. 그나마 박 이사가 이해를 해 줘 다행입니다."

퇴근 시간은 이미 훌쩍 지나 버렸지만 두 사람은 여전히 술잔을 기울이고 있었다. SHJ 타운 서쪽으로 붉은 태양이 화려한 노을과 함께 서서히 가라앉기 시작했다.


"젠장, 조지 이 망할 자식."

딕의 대선 실패와 홀리버튼의 지원중단은 어렵게 키워 놓은 블랙워터를 공중분해시켜 버렸다. 믿었던 조지 브라운이 SHJ 시큐리티로 자리를 옮기면서 쓸 만한 인원들이 빠져나가자 더는 블랙워터를 운영할 수 없었다. 알콜에 의지해 하루하루를 버티던 에릭은 오늘도 어김없이 바에 앉아 술을 병째 들이붓고 있었다.

"앞에 앉아도 되겠소? 에릭 프린스 씨."

에릭은 중절모를 깊게 눌러쓴 사내를 죽일 듯 노려보았다. 에릭은 긴 다리를 앞 의자에 걸쳐 자리에 앉으려는 사내의 행동을 제지했다.

"죽기 싫으면 꺼져."

"후후, 예상대로 입이 무척 지저분하구먼. 난 좀 앉아야겠네."

사내의 행동은 빨랐다. 에릭이 발을 들어 사내를 제지하려 했지만, 사내는 그런 에릭의 행동을 한 손으로 가볍게 거두며 의자에 엉덩이를 붙였다. 에릭은 물 흐르듯 한 사내의 움직임에 눈을 번뜩였다.

"사람 무안하게 뭘 그리 노려보나. 술도 얼마 남지 않은 거 같은데, 내가 술 한잔 사도 되겠지?"

"당신 누구야?"

이미 자신의 이름까지 파악할 정도라면 목적을 가지고 접근했다는 것을 어렵지 않게 알 수 있었다. 에릭의 눈이 사내의 눈과 마주쳤지만, 사내는 에릭을 바라보며 묘한 미소를 지었다.

"줄 끊어진 블랙워터가 해체된 걸 아쉬워하는 사람 중 하나라고 해 두지. 한동안 잘 나가던 에릭 프린스가 이런 허름한 술집에서 자신을 썩히고 있을 줄 나도 몰랐어."

"터진 입이라고 함부로 놀려대다 명줄 끊어진 인간들이 많다는 걸 알아야 할 거야."

"하하하, 지금 상태로 총이라도 제대로 잡을 수 있겠어?"

에릭은 끓어오르는 분노에 자리를 박차고 일어났지만 사내는 여전히 알 수 없는 미소만 흘리고 있었다.

"워워, 위세가 대단하군. 이러다 눈먼 총알에 맞아 비명횡사할 수도 있겠는 걸? 내 부탁 하나 들어준다면 자금과 함께 블랙워터를 다시 재건할 수 있게 도와줄 수도 있는데 한번 들어 보겠나?"

사내의 능글거리는 말에 에릭은 자리를 박차고 나가려던 걸음을 멈췄다. 아직 에릭은 꿈을 완전히 접은 게 아니었다. 새로 놓인 위스키 병을 손에 쥔 에릭이 어정쩡한 자세로 사내의 정수리를 노려봤다.

"허튼수작이라도 부린다면 이 병이 네놈의 머리에서 터져나가게 될 거야."

에릭을 슬쩍 올려다본 사내는 입가에 미소를 짓더니 서류철 하나를 탁자에 올렸다. 한 손으로 서류를 넘기던 에릭은 순간 몸이 굳어지는 걸 느꼈다.

"현금 1,000만 달러, 블랙워터 재건은 옵션."

서류를 끝까지 넘긴 에릭은 어느새 술병을 손에서 놓고 자리에 앉아 있었다.

"현금 3,000만 달러."

"딜. 자세한 내용은 따로 연락하지. 그리고 술값은 내가 계산하고 나가겠네. 좋은 밤 보내라고."

사내는 재빠른 걸음으로 술집을 빠져 나갔다. 자신의 꿈을 다시 꿀 수 있게 되었다는 기쁨에 에릭은 술잔에 가득 차 있던 위스키를 바닥에 부어 버렸다.


한국에선 연속해서 터진 악재로 야당 후보가 스스로 자멸, 여당이 재집권에 성공했고 보수 진영은 위축될 수밖에 없었다. 그러나 신임대통령의 이상주의가 기득권 세력의 강한 저항에 부딪히면서 국정 장악력에 문제점을 보이기 시작했다. 더욱이 전임 정부의 소비 증대 정책으로 무분별하게 발급된 신용카드가 400만 명에 달하는 신용불량자와 260조 원 대 가계부채를 초래했다. 이는 의욕적으로 추진하려던 신임 정부의 경제 정책에 큰 걸림돌로 작용하며 외환위기에서 벗어나 재도약하려는 한국경제의 발목을 잡고 있었다.

이런 한국의 꼬인 정국과는 달리 SHJ의 IPO 진행은 일사천리로 진행되었다. SHJ-퀄컴의 IPO 주간사 선정을 놓고 금융업계의 로비가 극에 달

했고, SHJ는 골드만삭스와 시티은행을 주간사로 선정해 SHJ실사와 예비
심사를 진행했다. 그리고 증권거래위원회는 재심사 없이 SHJ의 IPO를 승
인했다. 사상 최대 규모인 400억 달러에 달하는 SHJ-퀄컴 상장은 침체한
주식 시장에 활기를 불어넣기 시작했고, 이번 IPO를 이끈 앨 고어의 지지
도 상승에 큰 역할을 하고 있었다.

하지만 월가를 뜨겁게 달구고 있는 SHJ-퀄컴의 상장은 경환의 관심을
끌지 못했다. 경환의 머리엔 방학을 맞아 한국에 들어가는 두 아이와 수
정에 대한 생각밖엔 없었다.

"당신도 같이 갔으면 좋았을 텐데 아쉬워요."

"SHJ-퀄컴 상장도 있고 자리 비우기가 쉽지 않아서 그래. 당신이 이해
를 좀 해 줘."

수정에게 미안하긴 했지만 지금은 휴스턴을 비울 여력이 없었다. 짐
정리하는 수정을 살포시 안은 경환이 수정의 입술을 찾자 그녀는 경환의
뜨거운 숨결을 받아들였다. 이어서 경환의 손이 수정의 하복부를 향하자
수정은 급히 경환의 손을 제지하고 나섰다.

"여보, 아이들이 봐요."

"내 마누라 내가 만진다는데 누가 뭐래? 정우와 희수가 빨리 커야 독
립이라도 시키지."

정우와 희수는 한국에 간다는 사실에 들떠 2층과 거실을 오르락내리
락하며 아빠 엄마의 애정행각을 힐끗거렸지만, 평소에도 그런 모습을 자
주 봐 왔던지 관심조차 없다는 표정이었다. 경환은 아쉬움에 입맛만 다시
며 수정을 품에서 놔 줘야만 했다.

"상황 봐서 나도 넘어갈 테니까 그때까지 서산에서 머물고 있어."

"그럴 거예요. 대단한 남편을 둬서 어디 돌아다니지도 못해요."

한국계로 〈타임〉의 표지 모델을 장식하고 세계 최대 갑부 대열에 합류한 경환의 일거수일투족은 한국뿐만 아니라, 전 세계 언론과 파파라치의 표적이 된 지 오래였다. 수정의 한국방문이 한국 언론에 의해 공개되면서 인천공항과 서산 SHJ 타운 주변은 벌써부터 기자들로 장사진을 이루고 있었다.

"회장님, 준비가 모두 끝났습니다."

"미셸, 아내와 아이들을 잘 부탁합니다."

수정의 한국 일정의 경호 책임자인 미셸의 어깨를 경환은 가볍게 두들겼다. 두 사람은 시선을 교환하며 서로의 신뢰가 손끝을 통해 전달되는 것을 느낄 수 있었다. 가족에 대한 특별한 애정을 알고 있는 알이 두 사람 사이를 파고들었다.

"너무 걱정하지 마십시오. 경호 팀 중에서도 최정예로 선발했고, SHJ 시큐리티 한국 지사에서 백업을 담당하기로 했습니다."

"내가 괜한 걱정을 하나 봅니다. 출발합시다."

공항에 도착한 경환은 수정과 아이들을 실은 전용기가 활주로를 이륙한 후에야 공항을 벗어날 수 있었다. SHJ-퀄컴의 상장과 SHJ-구글의 모바일 OS 발표가 연이어 잡히면서 SHJ는 시각을 곤두세우고 있었다.


"케빈, 너 소식 들었어? SHJ가 세틀러-6을 끝으로 시리즈를 종결한다고 했다더라고."

"뭔 뚱딴지같은 소리야? 난 세틀러-6으로 갈아탄 지 반년도 안 지났는데."

세틀러-6으로 애인과 영상통화를 하던 케빈은 노크도 없이 자신의 방에 침입한 애이든의 다급한 목소리에 급히 영상통화를 중단할 수밖에 없었다. 사용하던 노키아 구형 모델을 애인의 성화에 못 이겨 세틀러-6으로 바꿨지만, 이를 마지막으로 시리즈가 중단된다는 소리에 케빈은 울화통이 치밀어 올랐다.

"SHJ에서 혁신적인 새로운 형태의 휴대폰을 선보인다더라고. OS가 장착된 휴대폰이라고 하는데, 자세한 건 다음 주에 있을 모바일 OS가 발표돼야 알 수 있을 거 같아."

"젠장, 바꾼 지 얼마 되지도 않았는데, 도대체 이게 뭔 소리야. SHJ 이엿 같은 놈들."

케빈의 입에서 쌍욕이 터져 나왔다. SHJ-퀄컴의 상장을 극대화하기 위해 혁신적인 휴대폰을 선보이겠다는 기사를 본 기억이 났지만, 케빈은 세틀러 시리즈가 중단된다고는 생각하지 않았다. SHJ 추종자인 애인의 광분할 모습을 떠올리며 케빈은 인상을 찡그렸다. 분면 새 모델을 구매할 애인이 이번에도 자신에게 강매할 것이 뻔했기 때문이었다.

"케빈 네가 운이 없는 거지. 그래도 기존 세틀러를 사용한 고객은 보전해 준다니까 그나마 다행이지. 넌 30%는 받을 수 있을 거 같은데, 그만하면 불행 중 다행 아니야?"

"그게 정말이야? 휴대폰 하나 바꾸려면 두 달 동안 샌드위치만 먹어야 한다고."

전화를 걸고 받는 기능 이외에는 휴대폰을 사용하지 않던 케빈은 혁신적 기능엔 별 관심이 없었다. 케빈은 자신의 애인 손에 새로운 휴대폰이 들려지지 않기를 간절히 바랄 뿐이었다.

모바일 OS 작업이 마무리 단계인 애플도 어제 쇼케이스를 통해 발표된 SHJ-구글의 모바일 OS인 사이보그에 민감한 반응을 보이기 시작했다. 스티브 잡스는 손에 쥐고 있던 티비 리모컨을 바닥에 내동댕이쳤다.

"젠장, SHJ 이 자식들은 왜 항상 내 발목을 잡아당기는 거야."

"스티브, 선수를 또 SHJ에 뺏겼지만, 석 달 후면 아이폰을 선보일 수 있으니 우리가 너무 늦은 건 아니지 않나. 제임스 리는 영악한 놈이야. 선마이크로시스템스를 인수할 때부터 냄새를 풍기더니."

팀 쿡은 분을 참지 못하고 사무실을 서성거리는 스티브 잡스를 안정시키려 했지만 그의 귀에는 팀 쿡의 말이 전혀 들리지 않았다. 선마이크로시스템스의 인수를 단순한 특허권 확보로 생각했지만, 사이보그 발표로 특허 소송을 사전에 막기 위한 인수였다는 사실을 알 수 있었다.

"앤디 루빈이 SHJ에 합류한 게 우리로선 안타까울 수밖에 없는 일이된 거야. 사이보그란 이름도 개발자인 앤디 루빈의 의견을 반영했다고 하는 걸 보면 말이지. SHJ는 OS만 발표한 거야. 새로운 모델을 준비하려면 시간이 필요한 만큼 어쩌면 아이폰이 시장에 빨리 나올 수도 있지 않겠어?"

"팀, 지금까지 SHJ의 전략을 보면 모르겠어? 컨소시엄과는 별개로 이미 새로운 모델은 개발해 놓았을 거야. 내가 아는 제임스 리라면. 세틀러 시리즈를 종료하겠다고 발표했다는 건 이미 차기 작품을 준비했다고 봐야 해."

팀 쿡의 표정이 일그러졌다. 애플 내부에 SHJ의 마케팅을 전담해서 분석하는 부서가 있을 정도로 스티브 잡스는 SHJ를 최대 경쟁상대로 의식하고 있었다. SHJ는 허를 찌르며 사이보그를 오픈 소스로 제공해 휴대폰업계 전체와 애플의 양강구도를 만들어 버렸다. SHJ의 치밀한 전략에 말려들어 가고 있다고 생각한 스티브 잡스는 초조할 수밖에 없었다. 이번 아이폰이 실패라도 한다면 더는 자리에 붙어 있을 수 없다는 것을 누구보다도 잘 알고 있었기 때문이었다.

"아이폰이 좀 늦더라도 아이패드를 먼저 출시하는 방향으로 전략을 다시 수정해야 할 거 같아. SHJ가 태블릿 PC 사업엔 참여하지 않겠다고 발표한 걸 보면 MS와 오성전자를 의식했다고 봐. 태블릿 PC에서 MS와 오성전자를 깬다면 아이폰의 출시가 좀 늦더라도 충분히 SHJ를 추격할 수 있을 테니까."

"흠, 자네의 의견에 동감은 하지만 섣불리 아이패드를 출시해 잘못되기라도 한다면 아이폰까지 영향을 끼칠 수도 있지 않겠어?"

"팀, 우린 이게 마지막 기회야. 지금은 모험을 걸 수밖에 없는 상황이라는 거 자네도 잘 알지 않나."

스티브 잡스의 강한 어조에 팀 쿡은 입을 다물었다. 아이맥으로 기사회생했지만, 기대했던 아이팟의 판매 저조와 주가 하락은 애플의 유동 자금을 서서히 말리고 있었다. 스티브 잡스의 "마지막"이란 말에 팀 쿡은 반론을 제기하지 못했다. 어차피 자신도 스티브 잡스와 운명을 같이할 수밖에 없는 처지였기 때문이었다.


SHJ-퀄컴의 상장 일자를 새로운 형태의 차세대 휴대폰 출시일 뒤로 미룬 건 최대 효과를 보기 위한 경환의 전략이었다. SHJ 내부에서도 OS 장착 휴대폰의 성공을 의심하며 상장 일자를 당기자는 의견이 많았지만, 경환은 이런 의견을 일거에 일축해 버렸다.

"누오보 소장님, 생각한 것보다 사이보그폰이 잘 나온 거 같습니다."

경환은 시제품으로 나온 휴대폰을 만지작거리며 화면 속에 나와 있는 응용 프로그램을 조작했다. 소형화가 추세인 일반 휴대폰과 다르게 다소 커 보이는 사이보그폰은 한 손으로 조작하기에 어딘가 어색해 보였다. 디자인연구소장인 프랭크 누오보는 경환 앞이라 그런지 긴장했다.

"회장님의 의견을 받고 디자인연구소에서 심혈을 기울였습니다. 4.7인치로 다소 크다는 지적이 있긴 하지만 한 손 조작이 가능한 범위 내에서 디자인했습니다."

"수고하셨습니다. 차기 모델의 디자인 작업은 예정대로 진행되고 있습니까?"

"그렇습니다. 이미 시안은 마쳤고 탑재 기능이 확정되면 수정 작업을 할 예정입니다."

경환은 전면 터치스크린 방식의 사이보그폰을 앞뒤로 살펴보다 뒷면을 열어 배터리 연결 부분까지 세세하게 살폈다. 2007년 첫 선을 보인 아이폰보다 4년을 앞당겨 출시하는 만큼 시장의 반응에 대해선 확신을 할 수 없었지만, 분명 모바일 시장은 사이보그폰으로 인해 큰 변화를 겪을 것이었다.

"제이콥스 사장님, 애플이 태블릿 PC를 먼저 선보인다는데 업계는 어떻게 받아들이고 있습니까?"

"그게 오성전자는 나름대로 출시 일을 조율하고 있지만 MS 쪽의 분위기가 심상치 않은 것 같습니다."

경환은 사이보그폰을 만지던 손을 잠시 멈추고 어윈을 바라봤다. MS와의 지분 교환 이후로 밀접한 협력 관계를 유지하고 있었지만 동종업계의 협력 관계란 유리잔과 같이 쉽게 깨질 수 있었다. 경환은 어원의 말을 이해한 듯 입술을 슬쩍 말아 올렸다.

"윈도우의 영향력이 줄어들까 염려를 하는 건가요?"

"그렇습니다. MS 내부적으로 사이보그와는 별개의 모바일 OS를 개발하자는 의견이 지배적이라고 합니다. 그러나 아직 성공 여부를 판단할 수 없어 노키아처럼 관망하려는 것 같습니다. 태블릿 PC는 오성전자와 소니가 준비하고 있지만 애플보단 늦어질 거 같습니다."

"떡을 손에 쥐어줘도 싫다는 애를 무슨 수로 달래겠습니까? 심각하게 대처하지 말고 MS가 우리와 결별했을 때를 대비하세요."

경환은 SHJ-구글의 이익을 극대화하기 위해 사이보그폰에 장착된 구글스토어와 애플스토어, 구글라인과 구글어스 등 다양한 응용 프로그램을 조작하다 회의에 참석한 임원들을 향해 조용히 속삭였다.

"저는 이 사이보그폰이 앞으로의 모바일 시장을 좌지우지할 것으로 판단합니다. 세틀러의 경험에서 알 수 있듯이 경쟁 업체들은 우리의 기술과 디자인을 뛰어넘을 수 있는 잠재력이 있다는 것을 항상 기억해야 할 것입니다. 경쟁 업체들이 우리를 추월할 거란 가정 하에 미래에 대한 예측과 기술 개발에 소홀하면 안 됩니다."

"알겠습니다. NASA와의 계약이 성사된 만큼, 올해부터 우리 소유의 인공위성을 우주에 띄우게 될 겁니다. 순간의 이익에 안주하지 않고 먼 미래를 바라보는 계획을 수립하겠습니다."

경환은 입맛 까다로운 소비자들을 SHJ가 독식할 수 있다고 보지 않았지만, 모바일 시장 지배력을 놓고 싶은 생각은 없었다. 45억 달러란 엄청난 자금으로 선마이크로시스템스를 인수하고, 그보다 더 많은 금액으로 개미핥기처럼 IT기업을 싹쓸이해 SHJ-구글의 덩치를 키운 이유도 자신이 경험하지 못한 미래에 대비하기 위한 어쩔 수 없는 선택이었다. 경환은 자신의 말뜻을 이해한 황태수에게 신뢰의 눈빛을 전했다. 그때 알이 메모지 한 장을 경환에게 건넸고, 메모지를 읽던 경환의 표정이 시시각각 변하기 시작했다.

"어원 사장님과 누오보 소장님은 최종 점검을 해 주시고 쇼케이스에 대비해 주십시오. 특별한 안건이 없다면 오늘 회의는 이것으로 끝내겠습니다."

서둘러 회의를 마친 경환은 임원들과의 인사도 마다한 채 알과 함께 자신의 집무실로 향했다. 경환은 굳은 표정으로 알을 향해 질문을 던졌다.

"제대로 확인한 내용입니까?"

"80% 정도 신빙성이 있는 내용입니다. 내려가시겠습니까?"

경환이 고개를 끄덕이자 알은 경환의 집무실 밖으로 SHJ 시큐리티 인원을 배치해 다른 사람의 출입을 통제하기 시작했다. 경환이 자신의 방과 직접 연결된 엘리베이터에 손을 올려놓자 엘리베이터의 문이 열렸다. 두 사람을 태운 엘리베이터는 끝없이 지하를 향해 내달렸다.

혁, 혁.

뒤를 돌아볼 새도 없는지 모자를 깊게 눌러 쓴 사내가 경기도 화정의 야산을 숨 가쁘게 내달렸다. 한겨울임에도 불구하고 사내의 이마에는 굵은 땀방울이 흘러내렸다. 서서히 좁혀오는 추격을 느껴서인지 흐르는 땀을 닦을 정신조차 없어 보였다. 야산만 벗어나면 아파트 단지로 숨어들어 유리한 지형을 확보할 수 있다고 생각했기에 사내의 동작엔 거침이 없었다.

'젠장. 살아만 돌아가면, 내 손으로 다 죽여 버리고 말겠어.'

한 달 전부터 준비한 계획은 완벽했다. 야산의 정면으로 보이는 L&K 직업 훈련원과 거리는 800미터로, 최적의 장소에 저격을 위한 비트를 확보한 상태였다. 직업 훈련원 졸업식 하루 전에 비트에 도착해 저격 대상을 기다렸지만, 서산에서 출발한 차량은 시간이 지나도 도착할 기미가 없었다. 어느 순간 뒷골에서부터 전달되는 살기에 몸을 급히 옆으로 굴리지 않았다면 뒤에서 덮쳐오는 정체불명의 인물에 꼼짝없이 당할 수밖에 없었을 것이다. 준비해 뒀던 나이프로 상대방을 어렵게 제압했지만 자신의 볼을 스치며 나무에 박힌 탄알을 확인한 사내는 저격용 소총을 챙기지도 못한 채 급히 그 자리를 벗어나야 했다.

경찰은 아닌 것 같았다. 총기 휴대가 불가능한 한국에서 소음총을 휴대할 수 있는 조직이 있다는 사실에 놀랄 수밖에 없었지만 지금은 안전 지역을 확보하는 것이 우선이었다. 미리 확보한 탈출 동선을 포기하고 도심지로 이동하기 위해 사력을 다하고 있었지만 촘촘하게 거리를 좁혀오는 포위망은 쉽게 뚫리지 않았다.

잠시 숨을 고르기 위해 멈추면 어김없이 총탄이 날아들었다. 그는 자신이 토끼몰이를 당하고 있다는 걸 알고 있었다. 그래도 쉽게 잡혀 줄 수는 없었기에 사내는 이를 악물고 도심지를 향해 달리기 시작했다.

퍽.

갑자기 다리에서 피가 튀며 달리던 속도를 이기지 못한 사내의 몸이 허공을 향해 크게 튕겨 올랐다. 숨을 헐떡거리는 사내의 헝클어진 몸 앞으로 두 명의 사내가 몸을 일으켰다.

"젠장, SHJ 시큐리티였나?"

"더 용을 써 보지 그랬냐. 다리가 아니라 주둥아리에 총알을 박아 줬어야 했는데."

"이봐, 한국말 못 알아들으니까. 만국 공용어인 영어로 해 달라고."

총상이 심각했는지 나무에 기대고 있는 사내의 허벅지에선 굵은 핏줄기가 솟구쳐 올랐다. 위장한 두 요원이 비릿한 웃음을 보이며 사내 곁으로 서서히 이동을 시작했다. 그와 동시에 나무에 기대어 마지막 기회를 살피고 있던 사내의 감춰진 손은 허리춤의 나이프를 향했다.

"꼴에 지랄을 떨어요. 좋아 영어로 해 주지. 네 손가락이 1센티라도 움직이면 총알이 네 대가리에 박히게 될 거야, 이 개자식아."

사내는 소음기의 총구가 자신의 머리로 향하는 것을 눈으로 바라보며 손을 멈출 수밖에 없었다. 하지만 의외로 사내는 미소를 지으며 평정심을 찾아가고 있었다.

"여긴 한국이라고. 자네가 미국인인 나를 어찌할 수는 없지 않겠어? 그러니 어서 총상을 치료할 의사나 불러 주지 그래."

"어이구, 그러세요? 미국 놈이라 아주 좋으시겠어요. 네놈이 칼침 먹인 자식이 내 동기야, 이 개새끼야."

총구를 겨누고 무장을 해제당한 사내는 고개를 절레절레 흔들며 웃어 보이려고 애썼지만, 묵직한 워커가 자신의 배를 강타하는 걸 느끼며 정신을 놓을 수밖에 없었다.


사이보그폰과 SHJ-퀄컴의 상장이 얼마 남지 않은 상태에서 느닷없이 한국을 방문한 경환으로 인해 서산의 SHJ 타운은 분주하게 움직이고 있었다. 한국정부와 여론은 갑자기 이뤄진 경환의 한국방문에 대해 촉각을 곤두세우고 있었지만, 경환은 SHJ 타운을 한 발짝도 벗어나지 않아 의문만 증폭시키고 있었다.

"여보, 갑자기 어쩐 일이세요? 회사 일도 바쁠 텐데."

"왜? 마누라하고 애들 보고 싶어, 한걸음에 왔더니 푸대접만 받으니. 괜히 왔나?"

"그런 말이 어디 있어요? 직업 훈련원 졸업식에 참석하라고 신신당부하더니 갑자기 와서는 참석하지 말라고 하고, 궁금해서 그런 거죠."

눈을 흘기는 수정을 가만히 안은 경환이 수정의 어깨를 토닥거렸다. 수정은 영문을 몰라 경환의 품에 가만히 안겨 있었지만, 경환의 얼굴엔 분노가 서려 있었다. 며칠 전부터 SHJ 시큐리티 직원들이 SHJ 타운과 저택 주위로 배치되고 그동안 볼 수 없었던 총기까지 착용한 모습에 수정은 불안했었다. 경환까지 갑자기 한국에 오자 수정은 자신의 신변에 위험이 발생했다는 것을 어렴풋이 알 수 있었지만, 경환에게 걱정을 주기 싫었던 수정은 모른 척 이를 넘길 생각이었다.

미셸과 심각한 표정으로 대화를 나누던 알이 급히 경환에게 다가왔다.

"알, 좋은 소식이라도 있습니까?"

"네, 회장님. 보고 드릴 일이 있습니다."

눈치 빠른 수정이 아이들을 살피기 위해 미셸과 함께 자리를 뜨자 경환은 수정을 향했던 미소를 급히 거둬들였다. 자신의 생명보다도 소중한 가족을 노린 이번 일을 경환은 쉽게 넘길 생각이 전혀 없었다.

"직업 훈련원 뒤 야산에서 방금 저격수를 확보했습니다. 다리에 총상을 입어 현장에서 응급조치한 후 서산으로 이동하고 있다는 보고가 들어왔습니다."

"SHJ 시큐리티의 피해는 없었습니까?"

"체포하는 과정에서 한국 지사의 직원 한 명이 복부에 자상을 입어 후송 중입니다. 생명엔 지장이 없다는 보고입니다."

"부상자가 쾌유할 때까지 모든 지원을 아끼지 마세요. 그리고 에릭 프린스는 어떻게 되었습니까?"

경환은 가슴을 쓸어내렸다. SHJ 시큐리티의 보안과 정보 수집 업무를 SHJ-퀄컴과 SHJ-구글의 연구진을 SHJ 시큐리티로 이동 배치하면서까지 강화했었다. 첫 번째 목적은 경쟁 업체의 산업 스파이를 대비하고 NSA의 도청과 감청 시스템을 무력화하기 위한 방어 프로그램 개발이었다. 휴스턴 SHJ-구글의 서버와 견줄 만한 시설을 SHJ 타운 지하에 건설한 이후 구글라인과 구글메신저가 쏟아내고 있는 엄청난 양의 빅데이터를 이용해 이번 테러를 사전에 감지할 수 있었다.

온라인에서 SHJ나 SHJ와 관련된 언어나 내용 등을 실시간으로 분석하는 방식으로 정보를 취합했다. 정보 취합 부서를 세분화해 자신이 무슨 일을 담당하는지 자세히 알 수 없도록 해 자칫 내부에서 정보가 유출되는 일이 없도록 신경을 썼다. NSA의 애설론과 비교해 아직 위성을 이용한 정보 수집은 불가능했지만, 올해부터 발사되는 SHJ-구글의 인공위성이 본격적인 사업 궤도에 오른다면 애설론에 필적할 만하다는 자체 분석을 가지고 있었다. 혹시라도 이런 사실을 미국정부나 국민들이 알게 된다면 SHJ의 도덕성에 타격을 입고 사법 처리가 될 수도 있었겠지만 경환은 이런 정보 취합을 포기할 생각이 없었다.

"카일이 직접 팀을 이끌고 에릭의 근거지를 급습했지만 이미 종적을 감춘 상태입니다."

"지구 끝까지 쫓아가는 한이 있더라도 에릭 프린스를 잡으십시오. 생포가 목적이긴 하지만 직원들의 안전에 조금이라도 걸림돌이 된다면 사살해도 좋습니다."

경환의 입에서 사살이란 단어가 나오자 알은 가족을 끔찍하게 생각하는 경환의 분노를 알 수 있었다. 처음 느끼는 경환의 살기에 알도 긴장하지 않을 수 없었다.

"알, 우리가 사전에 정보를 입수했다면 NSA도 어느 정도는 감지했다고 봐야겠지요?"

"정확한 판단을 내릴 수는 없지만 NSA의 기술이라면 충분히 인지했을 거라고 생각합니다. 그리고 에릭은 이번 일을 계획할 만한 인물이 되지 못합니다, 회장님."

경환의 머리가 복잡하게 돌아가기 시작했다. NSA에서 이런 정보를 놓칠 리 없다고 생각했지만 왜 자신에게 알려 주지 않았을까 경환은 고민하고 있었다. 또한 에릭을 사주한 조직이나 인물에 대해서도 아직은 오리무중이었다.

"회장님, SHJ 시큐리티 내에서도 베테랑만으로 꾸린 팀이 에릭을 뒤쫓고 있습니다. 당분간 경호 팀을 증강하고 정보 팀을 최대한 가동하겠습니다."

"머리가 없어도 SHJ는 돌아가지만 머리가 미쳐 버리면 SHJ도 무너진다고 생각했나 봅니다. 알, 이번 일에 관여한 자들은 누가 되었든 절대 용서하지 않을 생각입니다. SHJ 시큐리티의 모든 자원을 동원해 뒤를 추격하세요. 정보기관보다 빠르게 시행돼야 합니다."

구급차 두 대가 어떠한 저지도 받지 않고 SHJ 타운의 검문소를 통과해 들어갔다. SHJ를 나락으로 떨어트릴 수도 있었던 테러는 SHJ 시큐리티의 빠른 대처로 막을 수 있었지만 혹시 모를 2차 테러에 대비라도 하는 듯 보안 요원들은 무장을 풀지 않고 있었다. 외부 경비를 담당하고 있는 32사단 병력은 갑작스러운 SHJ 시큐리티의 경계 강화를 이해하지 못한 채 외곽 경비를 강화하는 선에서 SHJ와 보조를 맞춰 갔다.

이번 테러 사건이 외부에 알려지지 않은 채 조용히 묻혀 가고 있을 때 SHJ 타운은 SHJ-퀄컴의 쇼케이스로 몰려드는 인파를 정리하는 데 정신이 없었다. 폐쇄적인 SHJ 타운이 쇼케이스 때문에 잠시 개방된다는 소식은 전 미국을 들썩이게 했다. 사전 신청을 받아 신원 조회를 마친 사람에 한해 출입을 허가하겠다는 공고가 있었지만, 허가를 받지 못한 사람들이 무작정 휴스턴으로 몰려드는 바람에 경비를 담당하는 SHJ 시큐리티는 전 인원을 투입하고도 손이 모자랄 지경이었다.

휴스턴 경찰이 외곽을 정리하는 사이 SHJ에서 제공한 차량으로 SHJ 타운을 돌아보던 방문자들은 어느 도시보다도 깔끔하게 정리되고 친환경적인 모습에 놀랄 수밖에 없었다. 요람에서 무덤까지란 말이 무색하게 SHJ가 직원 개인에 대한 복지를 가족까지 확대해 시행하고 있다는 것을 실감할 수 있었다. 이번 SHJ 타운의 일시 개방은 직원들의 자긍심을 고취하고 소비자들에게 좋은 이미지를 각인시키려는 조치로 절반의 성공을 거둔 상태였다.

주택단지를 돌아 경비가 한층 더 삼엄한 SHJ-퀄컴에 도착한 차량에서 방문자들이 쏟아져 나왔다. 사진 촬영이 엄격히 금지되어서인지 사진을 찍으려는 방문자들과 이를 제지하려는 SHJ 시큐리티 직원들 간 실랑이가 벌어지기도 했지만, 큰 사고 없이 쇼케이스가 진행되는 장소로 방문자들이 모여들었다. 방송용 카메라가 설치되자 조명이 서서히 어두워지기 시작했다.

"SHJ-퀄컴을 방문해 주셔서 감사합니다."

대형 스피커에서 들리는 매혹적인 여성의 목소리는 방문자들의 시선을 끌며 좌중을 조용하게 만들었다. 이어서 대형 스크린으로 미래형 도시가 펼쳐지며 가족들의 평온한 일상이 화면을 가득 채웠다. 인간을 닮은 안드로이드들이 인간을 시중들며 벽 전체로 비추던 숲이 아이의 손짓 한 번으로 우주로 바뀌는 모습은 방문자들의 탄성을 자아내기에 충분했다.

탁자 위에 놓인 사이보그폰을 들어 터치스크린 방식을 통해 영상통화와 메일 전송, 인터넷 검색과 구글스토어를 통한 MP3 다운로드, 사진을 찍어 구글라인에 올리는 모습까지 화면을 통해 전달되었다. 스크린 하단에 엘리시움(ELYSIUM)이란 자막이 뜨며 어두웠던 조명이 서서히 밝아졌다.

"휴우, 정신이 하나도 없었습니다. 제이콥스 사장님, 수고 많았습니다."

"별말씀을 다 하십니다, 부회장님. 회장님이 계시지 않은 상태에서 엘리시움을 발표하게 돼서 아쉬울 따름입니다."

"저도 아쉽긴 하지만, 쇼케이스보다 가족의 안위가 더 급하셨겠지요."

성공적이라는 평가를 받은 쇼케이스였지만 경환은 참석할 수 없었다. 이번 엘리시움 발표는 10년 전부터 준비된 만큼 큰 기대를 하고 있었지만, 엘리시움보단 가족들이 경환에겐 더 소중했다. 황태수는 후속 조치를 위해 어원에게 다가갔다.

"시장 반응을 면밀히 살피시고, 대대적인 광고에도 신경을 쓰십시오. 다음 달에 있을 상장에 극적인 효과를 주기 위해선 엘리시움이 모바일 시장을 뒤흔들어야 합니다."

"이미 SHJ 에이전트와 함께 준비를 마쳤습니다. 오늘부터 골든타임 광고는 엘리시움으로 도배하게 될 것입니다."

"수고하셨습니다. 회장님의 부재로 인해 직원들이 동요할 수도 있으니 제이콥스 사장님은 최대한 직원들을 안심시키기 바랍니다. 그리고 한국에서의 일은 철저히 비밀에 부치라는 엄명이 있었습니다."

"너무 걱정하지 마십시오. 이런 때일수록 뭉치는 모습을 보여 줘야 하지 않겠습니까? 이런 일을 위해 SHJ 시큐리티를 키웠다고 저는 생각합니다."

주사위는 던져졌다. 시기적으로 너무 앞서 간다는 우려와 함께 기존 휴대폰 시장에 영향력을 행사하긴 어렵다는 분석이 있는 것도 사실이었다. 엄청난 투자와 기술이 집약된 엘리시움이 시장의 외면을 받기라도 한다면 SHJ도 큰 타격이 예상됐지만, 황태수와 어원은 경환이 공들인 엘리시움의 성공을 의심하지 않았다. 그날 저녁 모든 방송은 오늘 있었던 쇼케이스를 방영하며 모바일 시장이 엘리시움으로 인해 한 치 앞을 모르는 경쟁으로 빠졌다는 분석과 함께 다음 달에 있을 애플의 차기작을 분석하기 시작했다.

엘리시움은 SHJ-퀄컴의 마케팅과 무차별적인 광고 전략에 힘입어 '영향력이 적을 것이란 전문가들의 분석을 무색하게 만들어 버렸다. 기존 휴대폰 시장의 패러다임을 급속도로 바꾸기 시작한 것이다. 휴스턴과 한국의 생산 공장은 24시간 생산 라인을 가동하고 있었지만 수요를 따라가지 못하고 있었다.

세틀러 시리즈 구매자에 한해 시행한 5~30%의 보전 전략이 소비자들의 소비 심리를 자극한 것도 한몫 했지만, 구글스토어와 구글라인 등 그동안 개인용 컴퓨터에서 접속이 가능하던 응용 프로그램들을 휴대폰으로 간단히 접속할 수 있다는 것이 구매를 이끈 원동력이었다.

엘리시움의 급격한 판매는 컨소시엄에 참여했던 모바일 업체들의 적극적인 사이보그폰 개발을 자극했다. 또한 컨소시엄에 참여하지 않았던 노키아와 에릭슨은 부랴부랴 중단했던 모바일 OS를 개발하며 엘리시움을 따라잡기 위해 노력했지만 너무 늦은 결정이었다. SHJ는 애플 아이패드의 성장세에 주목하며 다음 달에 출시될 아이폰을 대비하고 있었다.

"제이콥스 사장님, 슈미트 사장님, 두 분 모두 수고 많았습니다. 어느 정도 예상은 했지만, 예상치를 훨씬 웃도는 실적은 두 분의 노력 덕분이라고 생각합니다."

엘리시움 실적 보고서를 살피던 경환은 고무된 얼굴로 두 사람을 맞이했다. 가족들과 함께 서둘러 미국으로 귀국한 경환은 블랙워터의 잔존 세력을 의식하며 식구들의 SHJ 타운 밖 외출을 자제시키고 있었다.

"저희도 이 정도 성과를 보일 줄은 사실 몰랐습니다. 운이 좋았습니다."

"운은 절대 아닙니다. 전 두 분의 공로를 잊지 않을 겁니다. 사이보그는 모바일 OS의 대세로 자리매김하게 될 것입니다. 그러나 문제는 리눅스를 기반으로 한 사이보그가 해킹에 취약할 수도 있다는 점입니다. 슈미트 사장님은 이 문제에 대한 대책을 연구하셔야 합니다."

"저희도 그 문제를 심각하게 생각하고 있습니다. 어플스토어를 개방형으로 운영하다 보니 해킹 앱에 취약한 게 사실입니다. 우선 어플스토어를 통해 앱을 관리하고 사이보그를 사용하는 제조업체의 통솔력을 확대해 보안프로그램 개발에 중점을 둘 생각입니다."

경환은 스마트폰 해킹으로 사회적 문제가 발생했던 기억을 떠올렸다. OS를 오픈 소스로 제공하고 있지만, 예전 구글과는 달리 제조업체에 대한 통솔력과 지배력을 포기할 생각은 없었다. 경환은 에릭의 답변에 고개를 끄덕일 뿐이었다.

"슈미트 사장님, 노키아와 에릭슨이 모바일 OS 개발을 선포했고 이 문제는 오성전자와 MS도 마찬가지일 겁니다. 애플도 벅찬 상태에서 우후죽순으로 모바일 OS가 개발되는 건 결과적으로 우리의 의도와 다른 만큼 강압적인 태도를 보일 필요도 있습니다."

"노키아와 에릭슨은 컨소시엄에 참여하지 않아 우리의 통솔력이 미치지 못하지만 오성전자와 MS만큼은 컨소시엄에서 탈퇴시키는 한이 있더라도 확실히 기선을 제압하겠습니다."

아버지인 이형우와 다르게 이철승의 주도로 모바일 OS를 개발하고 있다는 정보를 입수한 경환은 오성전자를 손아귀에서 놓아 주고 싶지 않았다. OS 개발이 하루아침에 이뤄지는 게 아닌 만큼 컨소시엄의 탈퇴는 대세로 자리잡아가는 사이보그폰 시장에 참여하지 못한다는 것을 뜻하는 것이었다. 경환은 이를 무기로 오성전자에 잔인한 선택을 강요할 생각이었다.

156

"회장님, 애플에서 구글라인과 구글어스 등 우리의 앱을 아이폰과 호환시켜 달라는 요청이 들어왔습니다."

"저들 좋은 것만 받아 내겠다는 생각이군요. 거절하세요. 우리가 아이폰 매출에 기여할 생각은 전혀 없습니다."

5년 넘게 응용 프로그램을 준비하며 출시한 엘리시움과는 달리 애플의 준비는 아직 미약할 수밖에 없었다. 엘리시움의 놀라운 성공을 옆에서 지켜보던 애플은 아이폰 출시에 박차를 가하면서도 이런 내부적인 고민에 빠져 있었다. 경환의 단호한 지시에 에릭은 입을 굳게 닫고 고개를 끄덕였다.

"제이콥스 사장님은 SHJ 홀딩스와 상장 준비를 시작하십시오. 이번 엘리시움의 성공으로 SHJ-퀄컴의 시가총액은 아마 기하급수적으로 늘어나게 될 것으로 보는데."

"그렇습니다. 시가총액 1,600억 달러는 넘어설 것이란 분석이 대세를 이루고 있습니다. 총 2억 주 중에서 4,000만 주만 풀리게 되면 곧 품귀 현상으로 주가는 더 오를 것으로 보입니다."

SHJ-퀄컴의 지분 중 20%가 시장에 풀리게 되더라도 경환의 지분은 80%로 안정적인 경영엔 큰 문제가 없었다. 경환은 SHJ-퀄컴 주식을 황제주로 만들기 위해 발행 주식을 주간사의 의견을 무시하고 최소화했다.

"SHJ-퀄컴의 소유 지분 중에서 5%를 전 직원의 보너스로 내놓을 생각입니다. 매매할 수 없는 우리사주 형태로 조합을 만들어 보세요. 그리고 SHJ-구글은 그 정도의 금액을 현금으로 직원들에게 지급하시고요."

두 사람의 놀란 표정과는 달리 경환은 담담했다. 미국과 한국의 재단에 SHJ 홀딩스 지분 2%씩을 이미 기부한 상태에서 경환의 기부액은 하루가 다르게 증가하고 있었다. 휴스턴 시 정부는 이런 경환의 기부에 시 정부가 주관하는 복지 프로그램을 사전에 SHJ와 협의할 정도였다. 지금까지 SHJ를 키우기 위해 직원들의 희생을 강요했기에, 이제부터라도 진정한 가족의 의미를 실천할 생각이었다.


오성전자 경영기획실은 살얼음판을 걷고 있었다. SHJ-구글에서 느닷없이 들어온 한 통의 공문으로 인해 이철승의 분노는 하늘을 찌를 기세였다. 이세일 사장을 퇴진시킨 오성전자는 김선중 부사장을 사장으로 임명해 이철승으로 넘어가는 후계 체계를 준비하기 시작했다.

쾅.

공문을 읽던 이철승은 책상을 주먹으로 내려치며 분노를 참지 못했다.

"이, 이런 말도 안 되는."

말을 잇지 못하는 이철승을 대신해 이학승 부장이 SHJ-구글의 공문을 읽어 내려가기 시작했다. 책상을 내려친 이철승의 주먹이 파르르 떨리는 것과 대조적으로 이학승의 표정은 변화가 없었다.

"SHJ-구글이 칼을 빼 들었군요. 예상은 했지만 대응이 무척 빠르네요."

"이 공문이 회장님께 보고된다면 이 부장이나 나나 온전치 못할 겁니다."

이철승은 이해가 되지 않았다. 온라인 게임 개발을 위해 자신이 설립한 오성IT를 통해 개발하려던 모바일 OS는 아버지인 이형우의 눈을 피해 비밀리에 추진하려던 사업이었다. 자신과 동년배인 경환과 사사건건 비교를 당하던 이철승은 이번 기회를 통해 자신의 능력을 과시할 생각이었지만 SHJ의 정보망을 피할 수는 없었다.

"이세일 전임 사장이라면 모를까 김선중 사장은 상무님의 눈치를 보는 인물입니다. 잘 마무리 한다면 회장님께 올라가는 보고는 막을 수 있습니다."

"그나저나 '모바일 OS를 개발하려면 컨소시엄에서 탈퇴하라'는 SHJ-구글의 요구를 어떻게 받아들여야겠습니까?"

모바일 OS는 아직 본격적인 개발에 착수한 상태도 아니었다. 그렇기에 SHJ의 치밀한 정보망에 이철승의 얼굴은 흙빛으로 변해가고 있었다.

"아직 회장님이 건재하신 관계로 상무님의 운신 폭은 넓지 않습니다. 회장님께 보고가 들어가기 전 SHJ-구글의 요청을 받아들이거나 아니면 컨소시엄에 참여하지 못한 중국기업과 손을 잡고 모바일 OS를 개발하는 방법도 있긴 합니다."

"OS개발이 하루아침에 되는 게 아닌데, 그동안 엘리시움의 독주는 막을 수 없게 됩니다. 더욱이 중국과 손을 잡으려면 회장님의 승인이 필요하다는 걸 모르십니까?"

아버지인 이형우는 SHJ와의 경쟁보다는 상생을 지시했다. SHJ와의 관계를 회복하기 위한 아버지의 노력을 옆에서 그대로 지켜본 이철승이었다. 이번 문제로 SHJ와 갈등이라도 벌어진다면 아버지의 분노를 피할 수 없을 것이란 생각에 몸서리가 쳐졌다. SHJ-퀼컴의 칩셋과 플래시메모리 그리고 초전도도체까지 SHJ와의 합작은 오성그룹의 한 축을 담당할 정도로 성장해 있었고, 혹시라도 SHJ가 합작을 철회한다면 오성그룹이 받을 타격은 상상을 초월했다.

"모바일 OS 개발을 중단하도록 지시 내리세요. 그리고 SHJ-구글엔 잘못된 정보로 인해 오해를 사게 돼 유감이라는 공문을 보내시고요."

"그보다는 상무님이 이경환 회장을 만나 보시는 게 어떻겠습니까? 어찌 되었건 우리와 SHJ는 다방면으로 합작을 추진하고 있고, 후계자인 상무님과 교분을 쌓는 걸 이 회장도 반대만 하지는 않을 거라고 봅니다."

이철승의 고민은 깊어지고 있었다. 성장 배경이 자신과 판이했지만 지금의 경환은 자신이 쳐다볼 수 없는 위치에 올라 있었다. 또한 시티은행이 소유한 오성전자의 지분 일부를 인수한 SHJ 홀딩스는 오성전자 우리사주의 11%를 제외하고 두 번째로 많은 9.3%를 소유하고 있는 대주주였다. 경환의 입김에 오성전자도 자유로울 수 없는 상태였지만, SHJ는 오성전자의 경영엔 관심을 보이지 않았다. 이철승은 사태를 파악하고 꼬리를 내릴 수밖에 없었다.


"하하하, SHJ에 오신 걸 환영합니다. 두 분께서 갑자기 휴스턴에 오신다고 해서 제가 많이 놀라고 긴장했나 봅니다. 제가 제임스 리입니다."

겉으로 웃고 있었지만 두 사람을 바라보는 경환의 눈빛은 날카로웠다. 두 사람과 악수하는 경환의 손에 저절로 힘이 들어갈 정도로 반갑지 않은 인물들을 맞이하고 있었다.

"비밀리에 방문한 만큼 우리들의 방문 사실이 새어 나가지 않게 협조 부탁합니다."

"개인의 사생활이 보장된 미국에서 전체를 통제할 수는 없지 않겠습니까? 최대한 노력은 하겠지만, 100% 자신 있는 대답은 드릴 수 없겠군요."

처음부터 날이 선 대화를 할 정도로 경환은 좋은 감정으로 두 사람을 맞이할 수 없었다. 특히 얼마 전 한국에서의 사건으로 두 사람에 대한 경환의 감정은 격해지기 시작했다.

"어쩐 일이십니까? 펜타곤과 NSA 수장이 아무런 이유 없이 SHJ 타운을 방문했다고는 생각하지 못하겠네요. 참고로 여기에서 대화는 도청과 녹음이 되지 않는다는 것을 먼저 말씀드리겠습니다."

"흠, 걱정하지 마십시오. SHJ 시큐리티의 능력은 이미 잘 알고 있습니다."

NSA 어거스트 기븐스 국장이 묘한 미소를 지어 보였다. NSA와 SHJ는 뚫으려는 자와 막으려는 자의 소리 없는 전쟁을 통해 서로를 인정하는 단계까지 도달해 있었다. 경환은 미소를 보이는 어거스트 기븐스의 면상을 후려치고 싶었지만 최대한 자제하고 있었다.

"기븐스 국장님이 인정해 주신다니 감사하다고 표현해야 하겠죠? 요샌 SHJ 타운 위로 인공위성까지 떠다니고 있다고 하더군요."

"그런 적이 있었습니까? 전 금시초문입니다. 알아봐야 하겠군요."

120여 개의 인공위성을 이용해 정보를 입수하는 NSA는 일반적인 방법으로 SHJ를 감청할 수 없게 되자 인공위성까지 투입하는 강수를 쓰고 있었다. 하지만 동영상을 제외하고는 특별한 정보를 입수할 수 없어 NSA의 자존심은 또 한 번 상처를 입을 수밖에 없었다. 인공위성을 꺼내 어거스트 기븐스를 궁지에 몬 경환이 입꼬리를 말아 올리자, 어거스트 기븐스의 미간이 살짝 좁혀졌다.

"SHJ가 한국에서 불미스러운 일이 있었다는 소문이 들리던데 큰일은 아닌 거 같아 다행이군요. 도움을 필요하시면 언제든지 찾아 주십시오."

"그러게 말입니다. NSA에선 제가 죽기를 바라는 거 같습니다. 그런데 말입니다. 제가 명이 좀 깁니다. 그리고 막기만 한다고 우습게 보다간 오히려 큰 상처를 입을 수 있다는 것을 아서야 할 겁니다."

"이곳이 SHJ 타운이라 해도 엄연히 미합중국의 영토입니다. 연방 요원을 협박했다간 아무리 명이 길다 해도 지킬 수 없게 된다는 걸 알아야 할 겁니다."

"그럼 한번 해 보시죠. 자국민이 심각한 위기에 처해 있는 상태에서도 이를 이용하려는 연방정부가 무슨 꼴을 당할지 저도 무척 궁금합니다."

한국에서의 암살 테러를 NSA가 사전에 인지하고 있었다는 것을 확인한 경환은 죽일 듯한 눈빛으로 어거스트 기븐스를 노려보았다. 무소불위의 권력을 가지고 있는 NSA 국장을 서슴지 않고 위협하는 경환의 발언은 뒤에 서 있는 알의 입술을 바싹 마르게 하기에 충분했다. 경환의 명령이라면 NSA 국장이라도 숨통을 끊을 자신이 있지만, 미국 정보기관과의 싸움에서 자신이 지켜야 할 경환과 가족들의 목숨을 보장할 수 없다는 걸 알은 잘 알고 있었다. 두 사람의 대치가 길어지면서 접견실의 분위기는 험악해지고 있었다.

"두 사람 모두 그만두세요. 그리고 기븐스 국장은 남의 집에 와서 무슨 실례입니까? 제임스 리 회장이 말한 내용은 워싱턴에 올라가 내 손으로 다시 조사하겠습니다. 기분이 언짢았다면 내가 대신 사과를 하겠습니다."

윌리엄 페리 국방장관이 나서 중재를 하는 바람에 경환은 어거스트 기븐스와의 대치 상황을 풀 수밖에 없었다.

"장관님이 사과하실 일은 아니라고 봅니다. 저도 감정을 주체하지 못한 점 사과합니다. 이곳을 찾아 주신 이유를 설명해 주십시오."

"NSA와 SHJ의 일은 비공식적으로 잘 알고 있습니다. NSA가 유일하게 뚫지 못하는 곳이 SHJ란 사실을요. 이런 이유로 긴히 부탁할 일이 있어 찾아온 겁니다."

윌리엄 페리를 바라보는 경환의 얼굴이 굳어졌다. 정부와 엮이는 것을 극도로 자제하고 있던 터라 장관과 국장이 만사를 제치고 휴스턴에 온 사실 자체가 경환에겐 달갑지 않은 일이었다.

"부탁할 일이란 게 무엇인가요? 저는 SHJ의 이익을 최우선시하는 기업인이란 사실을 먼저 알아주셨으면 합니다."

"흠, 이건 극비 내용이지만, 제임스 리 회장을 믿고 말하겠습니다. 펜타곤이 중국 인민해방군에서 운영하는 해커 부대에 해킹을 당해 극비 자료 일부가 넘어갔습니다."

경환은 의외란 표정으로 윌리엄 페리의 답변에 귀를 기울였다. 사실 SHJ도 중국의 무차별적인 해킹 시도에 인내심의 한계를 느끼던 중이었다. SHJ는 이런 해킹 시도를 방어하기 위해 SHJ-구글과 SHJ-퀄컴을 통해 화이트 해커를 대거 양성하는 중이었고 이미 수백 명이 SHJ 시큐리티 소속으로 SHJ 타운의 지하에서 활동하고 있었다. 경환은 펜타곤이 뚫렸다는 사실에 의문을 제기했다.

"NSA만 하더라도 중국 정도는 방어하고도 남을 인력이 있는 것을 알고 있습니다. 장관님이 SHJ를 찾은 이유를 확실히 모르겠군요."

"그건 여기 기븐스 국장의 추천이 있었기 때문입니다. SHJ만큼 보안에 많은 투자를 하고 철저한 기업은 없다고 하더군요. 펜타곤의 보안 시스템을 맡아 주실 수 있겠습니까?"

"NSA 기술이라면 충분할 텐데요. 방어가 아니라 근원을 타격할 수도 있지 않습니까?"

경환은 SHJ의 보안 시스템을 외부에, 특히 미국정부에 공개할 생각이 없었다. 상황이 급박해 SHJ의 지원을 요청하고 있지만 상황이 정리된다면 그 칼이 부메랑이 되어 자신의 목으로 향할 수도 있었기 때문이었다. 윌리엄 페리는 경환의 완강함에 난처한 표정으로 어거스트 기븐스를 바라봤다.

"제임스 리 회장이 무엇을 걱정하는지 잘 압니다. 펜타곤과 NSA, SHJ가 공동으로 연구하자는 얘깁니다."

경환도 사실 중국의 끊임없이 이어지는 해킹 시도에 역공격을 준비하는 중이었다. 그러나 두 여우를 상대하기 위해선 적절한 포커페이스가 필요했다.

"중국의 거대 시장을 포기할 정도로 SHJ가 아둔하다고 생각했나 보군요. 중국 시장을 포기하는 대가가 있습니까? 전 SHJ의 이득이 무엇인지 묻는 겁니다."

"중국 시장에서 제일 자유로운 기업이 SHJ란 걸 모르지 않습니다. 또한 중국 해커들의 집중 공격 대상이 SHJ란 사실도요. 자, 그러니 원하시는 걸 말해 보시죠."

경환은 피식 웃음을 흘렸다. 경환은 처음부터 중국을 경계해 왔었다. SHJ 타운에는 모든 인종이 모여 있었지만, 유일하게 중국계는 그 수가 많지 않았다. 인재 채용 사규엔 정해져 있지 않았지만, 아무리 뛰어난 인재라 하더라도 중국계 이민 3세까지는 SHJ 입사를 하지 못하는 게 정설로 통용될 정도였다. 펜타곤 해킹 문제는 윌리엄 페리를 더욱 초조하게 몰아가고 있었다.

"글쎄요. 쌓인 돈이 넘쳐서 돈은 필요가 없을 거 같고. 우선 뭐 하나 궁금한 게 있습니다. NSA는 한국에서의 암살 위협을 사전에 감지하고도 내게 통보를 하지 않은 이유가 뭡니까?"

"솔직한 대답을 원합니까?"

경환은 어거스트 기븐스를 향한 시선을 돌리지 않은 채 고개만 살짝 끄덕였다. 헛소리라도 지껄인다면 경환은 중국을 상대하기 위해 준비한 공격을 NSA로 돌릴 생각마저 하고 있었다. 어거스트 기븐스 또한 경환의 분위기를 읽었는지 한숨을 깊게 내쉬며 말을 시작했다.

"우린 SHJ 시큐리티의 능력을 눈으로 확인하고 싶었습니다. 아직 서산에 구류 중인 스티븐 조던의 동선을 파악해 미국에서부터 추적했고 비트까지 확인을 마친 상태였습니다. 결정적인 순간에 체포하려 했지만 생각 이상으로 SHJ 시큐리티의 대응이 빨라 개입할 시간을 놓친 것뿐입니다. 그리고 미시즈 리는 서산에서 출발하지도 않더군요."

말을 마친 어거스트 기븐스는 사진 몇 장을 경환에게 전달했다. 스티븐 조던의 입국 장면과 SHJ 시큐리티와 대치하는 장면, 구급차에 실려 출발하는 사진이 찍혀져 있었다. 어거스트 기븐스의 말을 어디까지 믿어야 할지 확신할 수 없었지만 우선은 한 수 접어 줄 필요를 느꼈다.

"이번 한국에서의 사건에 대해 정부의 공식 논평을 발표해 주시고, 에릭 프린스와 그 상부 조직에 대한 처결권을 우리에게 주십시오. 또한 아직 지켜지지 않고 있는 백악관의 약속을 이행해 주시기 바랍니다."

"흠, SHJ는 이번 해킹 사건에 대해 어느 정도 정보를 가지고 있는 것 같군요. 전화 한 통 하겠습니다."

윌리엄 페리는 깊은 탄식을 흘렸다. NSA의 애설린을 통해 펜타곤에 심어진 중국 스파이를 검거하는 과정에서 해킹을 인지했지만, 체포 직전 스파이가 자결을 하는 바람에 그 실체에 대한 정확한 내용은 가지고 있지 않았다. 윌리엄 페리가 백악관과의 전화로 자리를 비우자 어거스트 기븐스가 경환에게 질문을 던졌다.

"백악관의 판단이 어떻게 나올지 모르겠지만, NSA는 SHJ의 제안에 반대할 생각이 없습니다. 정확한 정보를 준다는 가정 하에 말입니다."

"경제력으로 무장한 중국은 분명 산업 기밀 탈취와 미국의 무기, 혹은 방어 시스템을 뚫는 데 국력을 집중할 것입니다. 이 사실은 국장님도 아실 겁니다. 펜타곤뿐만 아니라 이미 IT기업과 우주항공 분야는 중국의 침투가 시작되었다고 생각합니다."

"개인적인 질문을 드리겠습니다. SHJ는 보안과 방어 시스템만 가지고 있습니까?"

"노코멘트 하겠습니다. 한 가지 말씀드리자면, 제 개인적으로는 최선의 방어는 공격이라는 말에 크게 동감합니다."

베일에 싸인 SHJ 시큐리티의 능력을 이번 한국에서의 작전을 통해 확인할 수 있었던 어거스트 기븐스는 경환의 말을 한 귀로 흘릴 수 없었다. 그동안 SHJ란 벽을 깨기 위해 중국을 소홀히 했던 자신의 과오는 어떠한 변명으로도 희석시킬 수 없었고, 중국에 대한 역공격을 위해서도 SHJ의 기술과 정보는 절실히 필요했다. 긴 시간 동안 백악관과 협의를 마친 윌리엄 페리가 이전보다 밝은 표정으로 자리에 앉았다.

"두 달 후에 있을 대통령의 방한에 맞춰 약속은 지켜질 겁니다. 예전부터 리 회장은 남다른 정보 라인을 가지고 있다고 하더군요. 이제 공은

SHJ로 넘어갔습니다."

경환은 윌리엄 페리가 넘겨준 문서를 확인했다. 비록 대통령을 대리해 윌리엄 페리가 사인한 문서였지만, 경환은 느긋했다. 어차피 중국에 대한 공격은 미국정부가 아니었더라도 이미 계획된 작전이었다. 경환은 자리에서 일어나 알에게 눈짓을 보냈고, 두툼한 서류철 하나를 조심스럽게 윌리엄 페리에게 건네주었다.

"이번 펜타곤 해킹을 주도한 부대는 중국 인민해방군 총참모부 산하의 전문 해커 부대인 61398부대입니다. 1990년대 초부터 사이버전을 준비했으며 10년 이상의 IT 전문가와 블랙 해커를 흡수해 비밀리에 운영되는 부대입니다. 보시는 사진은 상하이 푸동에 위치한 본부로 최소 2,000명이 상주하고 있고, 이런 조직은 광동성 광조우에 한 곳 더 있습니다. 상하이 본부로는 차이나텔레콤의 광케이블이 설치되어 있고요."

"아니, SHJ에서 어떻게 이런 상세한 정보를 파악할 수 있었습니까?"

경환은 미소로 대답을 대신했다. 윌리엄 페리는 경환이 건넨 자료에서 눈을 떼지 못하고 있었고, SHJ의 광범위한 정보수립 능력에 어거스트 기브스는 입을 굳게 걸어 잠갔다. SHJ의 이런 정보 수집 능력이라면 SHJ에 대한 분석을 새로운 각도에서 접근해야만 했다.

"정보는 넘겨드리겠습니다. 그 정보를 활용하는 건 두 분의 몫이라고 보는데요."

"흠, 정부 차원에서의 대응은 사실 외교적인 문제로 인해 쉽지 않습니다. SHJ가 이 정도로 준비했다는 것은 나름대로 공격을 계획하고 있었다는 의미 같은데, SHJ가 주도하면 안 되겠습니까?"

"하하하, 장관님은 농담도 잘하십니다. 두 분이 꼬리를 자르기라도 한다면 후폭풍을 SHJ가 다 짊어지란 말씀이십니까? 피해를 입은 건 펜타곤이지 SHJ가 아닙니다."

경환은 정부의 들러리를 설 생각이 없었다. 과거 딕 체니로 인한 치욕을 입었을 때와는 상황이 달랐다. 최악의 경우 정부의 탄압으로 휴스턴을 포기한다 하더라도 서산이 남아 있었기 때문이었다. 그러나 SHJ를 해킹하기 위해 치졸한 짓을 벌이는 중국을 그냥 보고 넘어갈 수도 없었다. 곤혹스러운 두 사람의 표정을 보며 경환이 입을 열었다.

"정부의 공식 문서를 통한 요청이라면 생각해 보겠습니다. 또한 장소는 SHJ 타운이 아닌 NSA 혹은 정부가 지정한 장소여야 하고 펜타곤과 NSA의 기술진이 포함되어야 한다는 조건입니다."

윌리엄 페리와 어거스트 기븐스의 얼굴이 급격히 굳어졌다. SHJ가 아니더라도 중국에 대한 사이버 보복은 가능했지만, SHJ 시큐리티만큼 체계적이지 못하다는 게 두 사람의 고민이었다. 경환은 두 사람의 심각한 표정을 즐기며 여유롭게 커피를 입에 넘겼다.

주당 800달러, 시가총액 1,600억 달러로 예상했던 SHJ-퀄컴의 주가가 상장과 동시에 급속도로 오르기 시작해 980달러로 마감되자, 경환은 360억 달러라는 거금을 모집할 수 있었다. 모든 언론사가 사상 최대의 IPO 성공을 이룩한 SHJ-퀄컴에 대한 심층 보도를 방영하고 있을 때, 캘리포니아 스탠퍼드대 외곽의 10층 건물에선 알 수 없는 긴장감이 흐르고 있었다.

"최종 점검을 하겠습니다. 준비 사항을 확인하십시오. 다들 프로겠지만, 아마추어 냄새를 풍겨야 합니다."

이번 작전을 준비하면서 한 달 넘게 휴스턴을 떠나 있었던 케빈 미트닉이 피곤한 몸을 이끌고 대형 콘솔 박스 앞에 섰다. FBI의 연구 리스트에 최초의 해커로 이름을 올린 케빈 미트닉은 경환의 삼고초려를 받아들여 SHJ 시큐리티의 보안 책임자로 근무하고 있었다. SHJ가 이번 공격을 주관하겠다고 하자, NSA와 펜타곤은 심한 반대를 하며 갈등을 보였지만 책임자로 케빈 미트닉이 나타나자 모두 입을 다물 수밖에 없었다.

SHJ와 NSA, 펜타곤의 전문가가 포함된 이번 작전은 외부에 알려지지 않은 비밀스러운 작전이었다. 한 달 넘게 준비한 작전을 시행하려는 케빈 미트닉의 표정에선 긴장감을 찾을 수 없었다. 수백 명의 인원 중에서 세미 엘리트 수준의 해커를 '로컬 어택(Local Attack)' 팀과 '리모트 어택(Remote Attack)' 팀으로 분류하고 엘리트급의 핵심 인원은 자신이 직접 통솔할 생각이었다.

"로컬 어택 팀 보고하세요."

"준비 완료했습니다."

"리모트 어택 팀 보고하세요."

"준비 완료했습니다."

"좋습니다. 두 팀이 활동을 시작하면, 저와 나머지 팀원들은 제 지시에 따라 움직여 주시기 바랍니다. 지금 시간부로 킬 더 드래곤(Kill The Dragon)을 시행합니다."

케빈 미트닉의 말이 떨어지자 건물 안에는 자판 두들기는 소리와 함께 여기저기서 고함이 들려오기 시작했다.


"대단하군요. 케빈 미트닉이 SHJ 시큐리티 소속이었다니, 이런 사실도 파악하지 못한 FBI가 무능해 보이기까지 합니다."

바쁘게 돌아가는 캘리포니아와 달리 메릴랜드 주에 위치한 NSA 본부에선 윌리엄 페리와 경환이 사이버전을 수행하는 인원들을 모니터로 확인하고 있었다. 경환은 NSA의 사이버 부대를 눈으로 확인하며 그 어마어마한 규모에 놀랐다. SHJ 시큐리티의 자원만으론 장기전을 펼칠 수 없음을 알 수 있었다.

"NSA 사이버 부대도 만만치 않더군요. NSA 혼자서도 충분히 공격할 수 있어 보이는데 우리를 끌어들인 이유는 구글메일과 구글라인의 감청을 원하기 때문이겠죠?"

"하하하, 당할 수가 없군요. 왜 우리가 SHJ를 뚫지 못했는지 리 회장님을 보면서 알게 되었습니다. 협력하시겠습니까?"

경환은 어거스트 기븐스를 향해 미소를 보였다.

"국장님의 농담이 대단하십니다. NSA가 무서워서라도 SHJ가 미국을 떠야 하겠군요."

"하하하, SHJ가 미국을 뜨게 된다면 제일 먼저 제가 옷을 벗게 될 겁니다. 우리는 지금 이번 작전이 수립된 후부터 SHJ와의 시소게임을 중단했습니다. 자존심에 상처를 입긴 했지만 SHJ를 인정하지 않을 수 없더군요."

어거스트 기븐스의 말에 사심이 없다는 걸 알고 있었지만, 정권이 바뀐 후에도 이 정책이 유지되리라고는 생각하지 않았다. NSA와의 소모전을 당분간 중단할 수 있게 된 경환은 그 시간을 빌려 보안 시스템 강화와 인공위성 발사에 매진할 생각이었다.

"국장님이 인정해 주시니 어깨가 으쓱해집니다. NSA 국장이란 자리가 평생 지킬 수 있는 자리가 아니니 국장님을 위해 좋은 자리를 마련해 놓고 기다리겠습니다."

경환은 어거스트 기븐스의 시선을 의식하지 않고 대형 모니터를 바라보고 있었다. 차이나텔레콤을 시작으로 차이나유니콤, 바이두, 163에 차례로 붉은 등이 켜졌고, 그와 동시에 중국 국방부와 국방연구소, 국무원, 제2포병부대, 국가안전부로 향하는 파란색 화살표가 깜빡거리기 시작했다.

오전부터 시작된 비상 회의가 계속 진행되는 가운데, 참석한 중국 국무위원들의 표정은 그리 밝지 못했다. 회의를 주관하는 총리 또한 사태의 심각성을 인지해서인지 독한 담배연기를 뿜어대고 있었다. 매년 10%를 넘나든 경제 성장률로 체력을 비축한 중국이 세계 강대국으로 나아가기 위해선 재래식 무기의 열세를 극복해야 한다고 판단했었다. 10년 넘게 준비한 사이버 전력으로 큰 성과를 보이고 있는 지금 생각하지도 못한 타격에 국무원은 초비상사태였다.

"츠아이핑 부장! 국방부의 피해가 가장 컸다고 하는데 어느 정도입니까?"

"상대의 공격이 너무 치밀했다고밖에는 볼 수 없을 거 같습니다. 차이나텔레콤 등 정보통신업계를 해킹하면서 뒤로는 국방부와 국무원, 국방연구소, 국가안전부 등 국가 안보에 관한 자료를 탈취한 것으로 보입니다."

츠아이핑은 흐르는 땀을 손으로 훔치며 국무원 수장인 총리를 바라보고 있었다. 몇 달 전 펜타곤을 성공리에 해킹하면서 어마어마한 미국의 신무기 설계도를 빼돌렸을 때와는 사뭇 다른 분위기였다.

"츠아이핑 부장, 제2포병부대에서도 기밀 자료가 빠져나갔다고 하는데, 그 부분은 왜 말이 없습니까? 어떤 자료가 탈취당한 겁니까?"

츠아아핑의 얼굴이 하얗게 질려가기 시작했다. 여태껏 볼 수 없었던 새로운 형태의 바이러스인 IRC BOT으로 인해 지금도 수천 대의 PC가 감염되고 있었지만, 제2포병부대에서 빠져나간 기밀 문건과는 비교 자체가 되지 못 했다.

"정확한 피해는 확인 중이지만, 정황을 보자면 동펑-31A와 동펑-21D의 개발 자료가 빠져나간 거 같습니다."

쾅, 쾅.

"뭐요! 지금 동펑-31A와 동펑-21D의 핵심 자료가 빠져나갔다는 말입니까? 도대체 보안 시스템을 어떻게 운영했기에 이런 일이 발생한 겁니까!"

재떨이를 집어 책상을 내려치는 총리의 굳은 얼굴에 츠아이핑은 눈을 감았다. 미국 미사일 방어 시스템을 무력화시키는 기술과 대기권 재돌입 조종 기술을 포함한 동펑-31A는 중국의 차세대 ICBM(대륙 간 탄도미사일)으로 올해부터 실전 배치된 핵심 미사일이었다. 아직 15기밖에 배치가 안 된 첨단 미사일 시스템이 유출되었다는 것은 심각한 문제가 아닐 수 없었다. 더욱이 미국의 항모를 잡기 위해 개발되고 있는 사거리 2,000킬로미터의 동펑-21D가 개발도 완료되기 전에 유출된 게 뼈아플 수밖에 없었다.

"국가안전부에서는 이번 사태를 어떻게 분석합니까?"

국가안전부 역시 이번 해킹을 피해갈 수 없었던 관계로 펑더화이 부장은 총리의 질문에 쉽게 입을 열 수 없었다. 하지만 날카로운 총리의 시

172

선이 자신에게 향하자 자리에서 천천히 일어났다.

"전문가들을 총동원해 추적하고 있지만 쉽게 그 꼬리를 드러내지 않고 있습니다. 심증은 있지만 물증을 확보하기 어려운 상태입니다."

"관공서와 국가의 핵심부서가 심각한 피해를 보았는데 심증은 있지만 물증이 없다는 게 말이 됩니까!"

총리의 시선을 마주칠 수 없었던 펑더하이는 눈을 질끈 감아 버렸다. 잘못했다간 자신의 목이 날아갈 수도 있다고 판단한 펑더하이는 빠르게 생각을 정리해 나갔다.

"이런 대규모 공격을 진행할 곳은 미국밖에는 없다고 봅니다. 미국 현장 요원들과 곳곳에 심어 둔 조직들을 움직이는 중입니다. 펜타곤의 전산망에 침투한 것을 문제 삼아 같은 방법으로 공격해 온 것으로 판단하고 있습니다. 더욱이 61398부대의 보안을 담당한 소교(소령급)와 상위(대위급) 두 명의 행방이 묘연한 상태입니다."

"무슨 수를 써서든지 두 명의 신병을 확보하세요. 10년 넘게 들인 공이 쥐새끼들로 인해 무너질 수는 없습니다. 무엇이 얼마만큼 적들의 수중에 떨어졌는지 철저하게 분석하고 필요하다면 의심되는 곳부터 발본색원하도록 하세요. 그리고 미국을 경제적으로 피곤하게 만드는 전략 수립에 박차를 가하십시오."

상하이와 광저우의 61398부대가 막대한 피해를 입은 건 내부 인원의 협조 없이는 불가능한 일이었다. 갈아 마셔도 시원치 않은 두 사람의 신병을 확보하지 못한다면 자신의 명줄이 끊어지게 될 것임을 알고 있는 펑더하이의 얼굴색이 급히 변해 가기 시작했다.

중국 중남해가 발칵 뒤집혀 있을 시각, 경환은 자신의 집무실에서 이번 일을 설계한 케빈 미트닉과 자리를 함께하고 있었다. SHJ 시큐리티의 능력이 외부로 노출되는 상황이 반갑지는 않았지만 이번 중국에 대한 사이버 공격으로 SHJ의 사이버 전력이 만만치 않음을 NSA나 펜타곤이 느끼도록 해 줬다는 것에 만족하고 있었다.

"케빈, 수고가 많았습니다. 케빈의 존재를 철저히 숨겼어야 했는데 상황이 여의치 않았네요."

"괜찮습니다. 언제까지 지하에 숨어 있을 수만은 없지 않겠습니까? 각오는 하고 있었습니다."

경환은 케빈 미트닉의 빈 술잔에 위스키를 가득 부었다. 북미 공군 방어 시스템과 DEC사를 해킹해 수감 생활을 했던 케빈 미트닉은 출소 후에도 모토로라와 노키아 등 기업체를 해킹하면서 명성을 얻고 있었다. FBI의 추격을 받는 중에도 자신의 마지막 작품을 SHJ로 정한 케빈 미트닉은 SHJ-퀄컴의 휴대폰 제조 프로그램을 해킹하다 SHJ 시큐리티에 발각되어 FBI보다 먼저 경환에게 끌려오는 처지가 되었었다. 경환은 그의 해킹 실력에 탄복하며 지루한 설득 끝에 1995년 그를 SHJ 시큐리티의 보안팀장에 임명할 수 있었다. 지금까지도 FBI의 추적을 받고 있던 그를 경환은 철저히 보호했고, 이번 중국에 대한 사이버 공격을 미끼로 그에 대한 면책권을 백악관으로부터 받아 낼 수 있었다. 그러나 아직 FBI는 조심할 필요가 있었다.

"백악관으로부터 면책을 받긴 했지만 FBI에선 케빈을 잡아넣기 위해 수를 쓰고 있을 겁니다."

"제가 여기에 남아 있게 되면 FBI와의 갈등은 불 보듯 뻔하다는 말씀으로 들립니다."

"하하하, 난 내 식구는 무슨 수를 쓰든 지켜 내는 사람입니다. 이번 작전을 통해 케빈이 따로 뺀 기밀이 우리 손에 있다는 걸 NSA가 알게 된다면 면책이 취소될 수도 있어요."

"아셨습니까?"

경환은 술잔을 들어 입을 축이고는 고개를 끄덕였다. 중국의 국방연구소와 제2포병부대를 해킹하면서 모든 자료를 미 정부에 넘기기로 약속했지만 케빈 미트닉은 NSA와 펜타곤의 눈을 피해 따로 정보를 빼돌렸다. 그러나 경환은 케빈 미트닉의 행동을 알아차리고도 그를 몰아세우지 않았다.

"중국의 최첨단 무기 체계를 SHJ 기술연구소에 제공할 생각이었습니다. 회장님의 조건을 백악관이 받아들였다고는 하지만 우리도 칼은 하나 쥐어야 한다고 생각했습니다. 제가 확보한 정보에는 펜타곤에서 유출되었던 기밀도 포함됩니다."

"압니다. 난 케빈을 의심한 적이 없습니다. 그래서 하는 말인데 이참에 서산 SHJ 타운으로 옮기는 건 어떻겠습니까? 기술연구소도 서산에 있고, 여기보단 케빈이 자유로울 수 있다고 생각하는데."

목이 탄 케빈 미트닉은 40도가 넘어가는 위스키를 단번에 털어 넣었다. 경환의 보호 아래 지냈던 7년여는 케빈 미트닉을 SHJ에 동화시키기에 충분한 시간이었다. 케빈 미트닉은 경환의 지시에 고개를 끄덕였다.

"가겠습니다. 한국은 IT 기술이 발전한 나라이긴 하지만 보안에는 상대적으로 취약하더군요. 휴스턴과 비교해 서산은 보안에 취약할 수도 있으니 제가 필요할 수도 있겠네요."

"당분간 MSS(국가안전부)에서 얻은 스파이 색출로 NSA나 펜타곤이 케빈에게 눈 돌릴 시간이 없을 때 떠나는 게 좋겠습니다. 전용기를 바로 준비할 테니 서둘러 떠날 채비를 하세요. 그리고 서산에 도착하면 SHJ 기술연구소와 정보를 분석해 우리 것으로 만듭시다."

이번 사이버 공격으로 중국의 신무기 체계와 핵시설 보안 시스템, 더 나아가 MSS에서 운영하는 스파이 명단을 해킹할 수 있었다. 각계각층에 퍼져 있는 조직을 확인한 NSA와 펜타곤은 경악할 수밖에 없었고, 일망타진을 위해 서서히 올가미를 죄고 있었다. 경환이 케빈 미트닉과 아쉬움을 달래고 있을 때 알이 두 사람 곁으로 다가왔다.

"회장님, 상해와 광저우에서 무사히 서산으로 도착했다는 연락이 들어왔습니다."

"지내는 데 불편함이 없도록 지원을 아끼지 말고, 필요하다면 성형수술을 포함해 신분을 철저히 세탁시키세요. 61398부대를 발가벗긴 건 두 사람이 공이 컸으니까요."

케빈 미트닉은 경환의 말을 이해하고는 미소를 보였다. 61398부대를 애당초 공격 대상으로 설정하지 않은 점이 의문이었다. 하지만 내부로부터 무너졌다는 사실을 알게 된 케빈 미트닉은 경환의 용의주도함에 고개를 절레절레 흔들었다.

"중국이 그냥 당하고만 있지는 않을 겁니다. SHJ 시큐리티는 더욱 보안을 강화하세요. 이제부턴 우리도 당하고만 있지는 않을 겁니다."

사이보그OS의 컨소시엄에 가입하기 위해 중국 정보통신부를 위주로 중국기업의 프러포즈가 이어지고 있었지만, 한편으로는 해커를 동원해 하루에도 몇 번씩 해킹을 시도하는 이중적인 모습을 보이고 있는 중국에 경환은 아직 문을 열어줄 생각이 없었다.

"여보, 정부가 발표한 말이 사실이에요?"

케빈 미트닉과 가볍게 저녁을 마친 경환이 집에 들어서자, 수정은 불안한 얼굴로 경환을 맞이했다. 티비에서는 네이비실 출신인 스티븐 조던이 경환과 가족에 대한 납치를 시도했고 이를 FBI가 사전에 발각해 저항하는 스티브 조던을 사살했다는 보도가 흘러나오고 있었다. 어거스트 기븐스와 조율한 내용으로 발표된 테러 미수 사건은 미국 전 지역을 경악하게 만들었고, 납치를 사전에 방지한 FBI의 능력에 갈채를 보내고 있었다.

"크게 걱정 안 해도 돼. 이미 다 끝난 일이니까."

"그래서 당신이 급히 한국으로 온 거군요. 난 그것도 모르고⋯⋯."

경환은 불안에 눈물까지 글썽이는 수정을 살포시 안아 주었다. 수정의 흐느낌을 느낀 경환의 가슴은 터질 것만 같았다.

"자기하고 아이들은 지구가 망하는 날이 온다 하더라도 내 손으로 지킬 거니까 나만 믿어. 그리고 부모님들께도 연락을 드렸으니까 나중에 자기가 다시 한 번 전화 드리고."

경환은 수정의 불안함을 이해하면서도 아직 그 행방이 묘연한 에릭 프린스를 향해 이를 갈았다. 정부와의 협상으로 에릭 프린스와 그 배후에 대한 처결권을 확보했기에 머뭇거릴 이유가 없었다.

"아빠, 우리를 납치하려는 나쁜 놈을 FBI가 잡았대."

초등학교에 입학하면서부터 부쩍 자란 희수가 정우와 함께 2층 계단을 뛰어 내려왔다. 알이 붙여 준 교관에게 매일 경호술을 배우고 있어서인지 희수는 발차기까지 선보이며 경환과 수정에게 웃음을 선사했다.

"희수가 있는데 뭐가 무섭겠어? 공부도 중요하지만 운동도 열심히 해야 한다."

경환이 희수의 머리를 쓰다듬자 희수는 냉큼 경환의 품에 안겼다. 정우는 풀이 죽은 모습으로 경환의 앞에 섰다.

"아빠, 괜찮으신 거죠? 저도 많이 걱정했어요."

"정우야, 아빠가 집에 없으면 네가 엄마와 희수를 지켜야 하는 거야. 아빤 널 믿는다. 네가 하고 싶은 일은 무엇이든지 반대할 생각은 없지만 가족을 항상 잊지 말아야 한다."

경환은 의젓해 보이기까지 하는 정우에게 미안한 감정이 들었다. 사내라는 이유 하나로 희수보단 경환의 직접적인 사랑을 덜 받아 삐뚤어지지 않을까 걱정했지만 정우는 잘 성장해 주고 있었다. 좋아하던 미술을 포기하진 않았지만 우주와 물리에 관심을 보이면서 방 전체를 천체 망원경과 우주 관련 과학서적으로 꾸밀 정도였다.

"여보, 아직 중학생도 안 된 애한테 너무 부담 주지 마세요. 아직은 뛰놀 나이인데 방에 틀어박혀서 책만 읽어대니 걱정이 많단 말이에요."

경환은 엄마의 편잔에도 아무 대답 없이 입을 다문 정우에게 시선을 돌렸다. 성장하면서 말수가 줄어드는 정우가 정서적으로 문제가 있다고는 생각하지 않았지만 자신만의 틀에 박혀 살게 하고 싶지는 않았다.

"그래? 그럼 안 되지. 정우하고 희수는 수영복으로 갈아입고 아빠와 같이 수영하러 가자. 당신도 수영복으로 갈아입고 나와."

아빠와 같이 수영한다는 게 좋았던지 희수는 정우의 손을 잡아끌고는 환호성을 지르며 2층으로 뛰어갔다. 경환은 음흉한 눈빛으로 수정의 몸을 아래위로 훑었다.

"왜 그렇게 사람을 쳐다보는 거예요?"

"몰라서 물어? 아직도 당신을 보면 설레거든. 아이들 일찍 재우고 오늘 밤은 우리만의 시간을 좀 가져 보자고."

경환의 엉큼한 손이 수정의 엉덩이를 훑어 내리자 불안감이 많이 가신 수정은 눈을 흘기며 경환을 째려보았다. 수정이 몸을 돌려 수영복을 챙기러 사라지자 경환은 '이 행복을 지키기 위해서라면 내 손에 피를 묻히는 것도 불사하겠다'고 다짐했다.

애플이 엘리시움의 뒤를 이어 아이패드와 아이폰을 출시했지만, 아이패드와 달리 아이폰의 판매는 애플의 주주를 만족시키기에 충분하지 못했다. 엘리시움의 꾸준한 강세와 함께 모토로라와 오성전자, 금성전자 등에서는 연이어 사이보그폰을 선보이기 시작했다. 반면 애플을 폐쇄적인 정책으로 일관했고, 엘리시움과 경쟁할 만한 응용 프로그램이 매우 모자랐다. 그러나 애플의 고정 이용자들로 인해 10%대 점유율을 보이며 나름대로 선방하고는 있었다.

SHJ-퀼컴의 주가는 하루가 다르게 올라 지금은 1,300달러를 호가하고 있었지만 시장에 나오는 주식은 찾아볼 수가 없었다. 복잡했던 2003년을 어렵게 보낸 SHJ는 새로운 전기가 될 2004년을 맞이해 나사와 합작한 위성 사업으로 이미 3기의 위성을 우주에 띄운 상태였다. 위성 한 기에 2억 달러의 큰 비용이 소요되는 사업이었지만, SHJ-퀼컴의 상장과 SHJ의 안정적인 수입 구조 덕에 SHJ의 자금 운용에는 큰 영향을 주지 못했다.

"회장님, 긴히 드릴 말씀이 있습니다."

에릭이 집무실이 아닌 저택의 서재로 찾아오자 경환은 복잡한 문제가 발생했다는 것을 직감적으로 알 수 있었다.

"슈미트 사장님, 급한 일이라도 생기셨나요?"

"중국에서 안 좋은 일이 벌어지고 있습니다. 중국정부에서 중국 국내 법을 준수하지 않는다면 인터넷 영업 면허를 취소하겠다고 통보해 왔습니다."

중국정부의 구글 차단을 예상하고는 있었지만 예상보다 빠르게 행동에 나서자 경환의 머릿속은 복잡해졌다. 작년에 있었던 사이버 공격으로 심각한 피해를 입은 중국은 61398부대 재편을 위해 시간을 벌어야만 했고, 그 희생양으로 SHJ-구글을 선정한 듯했다. 사이보그 OS 컨소시엄에 참여하기 위해 휴스턴을 제집 드나들 듯하면서도 한편으론 SHJ-구글에 칼을 들이대는 중국정부의 이중적인 자세에 어이가 없었다.

"모든 중국 사업을 접고 철수한다면 피해는 어느 정도입니까?"

"중국정부의 견제로 서버를 홍콩으로 이전했기 때문에 큰 피해는 없습니다. 단지 감정싸움이 엘리시움에까지 이어진다면 중국 판매가 어려워질 수 있습니다."

"한번 끌려가기 시작하면 안방까지 내 달라고 할 겁니다. 중국 시장이 아깝기는 하지만 강경한 견해를 밝히세요. 그리고 SHJ-퀄컴과 상의해 중국으로 수출되는 칩셋을 막고 컨소시엄에 참여한 제조업체들과 공동 전략을 만들어 보세요."

"애플이 이 기회를 이용해 중국 시장의 판매를 늘릴 수도 있지 않겠습니까?"

SHJ는 사업 초기부터 중국을 견제하며 언제라도 발을 뺄 준비를 하고 있던 터라 큰 피해는 없었다. 하지만 SHJ의 뒤꽁무니를 쫓아오는 애플이 이 기회를 놓치지 않을 것을 에릭은 우려했다. 그러나 경환의 생각은 에릭과 달랐다.

"중국 사업은 양면이 존재합니다. 파이가 커 보인다고 달려들었다간 쉽게 빠져나오지 못하고 본전을 생각하다 보면 자신이 알몸이 되었다는 것도 인지하지 못하는 곳이 중국입니다. 그런 시장 애플한테 줘 버린다는 생각으로 협상에 임하세요. 중국도 쉽게 우리를 치지 못할 겁니다."

SHJ가 중국 사업 전체를 철수할 준비를 하는 것과는 다르게 백악관은 중국의 변화된 경제 정책으로 골머리를 썩기 시작했다. 사이버전으로 한 수씩 주고받은 미국과 중국은 2차전을 경제로 옮겨 상대방에 카운터펀치를 먹이기 위해 기회를 살피고 있었다. 그러나 중국이 한발 빨리 움직였다.

"이런 젠장, 왜 하필 지금이냐고."

"우려할 정도로 높은 경제 성장률을 보이고 있는 중국이 경기 과열에 따른 급격한 인플레이션을 가라앉힌다는 의미에서 재정과 금융의 긴축재정을 실시한다고는 하는데…… 어쩔 수 없는 선택이라고 하지만 타이밍이 너무 절묘합니다."

앨 고어는 인상을 풀지 못하고 있었다. 이번 중국의 긴축재정 발표는 바닥을 치고 상승하는 주가를 다시 곤두박질치게 만들었고, 특히 미국의 경기 하락은 재선을 준비하고 있는 앨 고어에 악재로 작용할 소지가 농후했다. 다니엘을 바라보는 앨 고어의 미간이 급속도로 좁혀지고 있었다.

"결국은 위안화 평가절상 압력을 긴축재정으로 돌파하고 작년에 있었던 사이버전을 보복하겠다는 의미가 강한 거 같은데."

"아직 공격의 주체를 파악한 건 아니라고 생각합니다. 단지 심증만 가지고 우리를 지목한 거겠죠. 보복의 성격이 짙지만 자국의 경제 정책에 대해 우리가 간섭할 명분이 없다는 게 답답할 따름입니다."

"이후의 진행은 어떻게 될 거라고 분석을 하는 건가?"

"중국 금리가 인상되겠지만 중국의 경제 성장률은 8% 후반대로 조정기를 거치게 될 거란 분석이 많습니다. 아울러 에너지와 원자재 부문에서 중국의 싹쓸이가 예상되고 우리 IT 기업의 매출이 중국에 많이 의존하고 있어 IT버블 붕괴 못지않은 여파가 있을 것이란 의견이 대세입니다."

이미 상황은 벌어졌고 주가는 큰 폭으로 떨어지기 시작했다. 미국의 권위에 도전하며 머리를 들기 시작한 중국이 괘씸했지만, 마땅한 제지 수단이 없는 미국은 종이호랑이일 수밖에 없었다.

"IT기업의 피해가 예상된다면 SHJ도 그 여파를 피해갈 수 없단 소린가?"

"중국정부가 국내법을 준수하라며 SHJ-구글을 압박하고 있지만 의외로 모든 사업을 중국에서 철수하겠다며 맞불작전을 펼치고 있다 합니다. 중국 투자에 소극적이었던 SHJ의 주가는 오히려 상승하고 있습니다."

앨 고어는 경환의 경영 방침이 독특하다는 생각을 지울 수 없었다. 모든 기업이 중국에 진출하며 막대한 투자를 집행하고 있던 시기에도 SHJ는 한국과 일본, 동남아시아 투자에 집중했을 뿐 중국은 거들떠보지도 않았다. 앨 고어는 경환과의 독대에서 나눴던 얘기를 떠올리며 중국에 대한 견제를 심각하게 고민하기 시작했다.

"다니엘, 다음 달에 있는 한국 방문은 잘 준비되고 있겠지? 제임스와 약속한 일을 이번엔 지켜야 할 거 같아."

"한국정부를 길들이기 위해 방한 일정을 연기한 게 한국 국민들의 감정을 자극한 거 같습니다. 감정을 누그러트리기 위해 몇 가지 퍼포먼스를 준비해 보겠습니다."

"그리고 제임스에게 이런 사실을 통보해 주게. 재선에 성공하기 위해서도 지금은 SHJ의 협력이 절대적으로 필요한 시기야."

다니엘은 한숨을 깊게 내쉬며 대답을 대신했다. SHJ 주도로 비밀리에 수행했던 '킬 더 드래곤' 작전은 백악관을 놀라게 하고도 남았다. 말로만 들어왔던 SHJ 시큐리티의 정보 수집 능력과 작전 능력이 여실히 드러나면서 NSA도 SHJ 시큐리티라면 한 수 접어준다는 말이 심심치 않게 들렸기 때문이었다. 미국의 각 정보기관은 SHJ 시큐리티와의 협조 체계 구축을 위해 물밑작업을 하고 있었지만, 사이버 공격 이후 약속을 이행하지 않고 있는 백악관으로 인해 SHJ는 백악관과 심한 갈등을 보이기까지 했다. 다니엘은 마음속에 담아 둔 말을 꺼내지 않을 수 없었다.

"SHJ는 연방 정보기관들의 제안을 모두 거절했습니다. 이것은 백악관에 대한 무언의 항의라고 생각합니다. 우리가 먼저 보여 주지 않는다면 제임스 리 회장의 협조는 절대 얻을 수 없다고 봅니다. 공화당의 유력 후보로 거론되는 존 매케인 상원 의원이 SHJ와 선을 대기 위해 은밀히 접근하고 있다고 합니다."

애국심과 솔직함을 내세워 호감도 1위를 달리고 있는 존 매케인은 앨 고어도 벅찬 인물이었다. 반골 성향으로 공화당의 골수 보수주의자들에게 많은 비판을 받고는 있지만 정권 교체를 희망하는 공화당으로서는 존 매케인의 지지도를 능가하는 인물을 찾을 수 없는 게 현실이었다. 앨 고어는 자신에게 불리하게 돌아가는 흐름이 답답했다.

"존 매케인이 SHJ를 찾는 이유라도 있는 건가?"

"SHJ의 자금력과 SHJ 시큐리티의 정보력 그리고 기획력은 이미 알 사람은 다 알고 있습니다. SHJ이 우리를 양치기 소년쯤으로 생각하고 있다는 게 문제입니다. SHJ가 존 매케인과 손을 잡는다면 쉽지 않은 싸움이 될 겁니다."

"방일 일정을 하루 단축하고, 방한 일정을 3박 4일로 늘리는 것을 한국정부와 협의해 보게. 그리고 다니엘 자네는 중국의 압력을 받고 있는 SHJ-구글을 핑계로 중국에 대한 지원과 협조체계를 통해 SHJ와의 관계를 다시 회복하게."

일본이 반발하겠지만 지금 상황에서 일본까지 봐줄 여력이 없었다. 재선에 실패해 야인으로 살아가기에는 아직 이루지 못한 꿈이 너무 많았다. 외교 관례에 어긋난 지시를 받은 다니엘은 대통령 집무실을 벗어나며 넥타이를 풀어헤쳤다.


사이버 공격의 주체를 아직 파악하지 못해 살얼음을 걷고 있던 국무원은 오랜만에 들리는 웃음소리로 가득 찼다. 물증을 확보하지 못 해 미국을 거세게 압박할 수 없는 것이 아쉽긴 했지만, 작년에 당했던 것에 대해선 이번 경제 정책 변화를 통해 어느 정도 분풀이할 수 있었다.

"미국은 어떻게 반응하고 있습니까?"

"세계 경제를 위축시킨다며 강한 반발을 보이고 있지만 대체로 조용한 편입니다. 자국의 경기 하락이 발등의 불 아니겠습니까? 하하하."

"이 기회에 세계의 공장이란 오명을 떨쳐 내야 합니다. 우리의 산업 구조를 노동집약형에서 첨단산업 위주로 재편해 세계 경제를 우리 손으로 끌어 나가야 한다는 것을 잊지 마세요. 그러기 위해선 SHJ를 끌어들이는 게 가장 현실적인 방법이긴 한데……."

회의를 주도하던 총리는 각을 세우고 덤벼드는 SHJ를 머리에 떠올리며 인상을 썼다.

"총리, 문제는 이경환 회장입니다. 베이징 유학 시절의 행적에서도 알 수 있듯 이경환 회장은 지금의 중국 현실을 이미 예측했다고 봐야 합니다. 쌈짓돈은 중국에서 벌고 사업은 미국에서 할 정도로 영악한 친굽니다."

"혹시 말입니다. 작년에 있었던 사이버 공격에 SHJ가 개입한 정황은 없습니까?"

"어디에서도 SHJ가 개입됐다는 증거는 발견할 수 없었습니다, 총리."

냄새는 나는데 실체가 없으니 SHJ를 옭아맬 명분이 없었다. 단지 SHJ-구글을 압박하고 있지만 SHJ는 다른 외자 기업과 달랐다. 인터넷 영업 면허를 취소한다면 SHJ-퀄컴과 체결한 무선통신 특허권 사용 계약을 취소하고 중국으로 수출되는 칩셋을 중단함과 동시에 중국에서 미련 없이 철수하겠다며 역으로 중국정부를 압박하고 나선 것이다. 무선통신과 IT 기술이 라이선스로 묶여있는 상태에서 양자택일을 하라며 공세를 취하고 있는 SHJ는 여간 골치가 아니었다.

"SHJ는 우리 중국 시장이 탐나지도 않는다는 겁니까? SHJ를 더욱 압박한다면 기세를 꺾을 수도 있지 않을까요? 애플과 손을 잡고 SHJ에 대항할 수도 있을 거 같은데 말입니다."

"아닙니다, 총리. 이경환 회장 성격상 우리가 강하게 나간다면 애플이

든 오성전자든 상관없이 사업을 철수할 것으로 판단됩니다. 이런 일을 예상이라도 한 듯 SHJ는 의도적으로 중국 시장을 키우지 않았습니다. SHJ는 잃은 게 별로 없다는 분석입니다. 한마디로 SHJ의 꽃놀이패에 우리가 걸려든 형국입니다."

"시간을 최대한 끌어 봅시다. 상대를 지치게 하는 게 최고의 전략 아니겠습니까?"

"죄송합니다. 총리. SHJ는 다음 달 초로 기한을 못 박았습니다."

생각할수록 열불이 터지는지 회의를 주도하던 총리는 뜨거운 차를 한 모금 마셨다. 미국정부를 상대하는 것보다도 일개 기업인 SHJ를 상대하기가 더 벅차다는 것이 그의 인상을 구기게 하고 있었다.

"총리, 이경환 회장이 다음 달 식구들과 함께 한국을 방문한다고 합니다. 앨 고어의 방한과 맞물려 있는데 아마 모종의 거래가 있지 않았겠느냐는 분석이 있습니다."

"확인된 정보입니까?"

"많은 인원이 사라졌지만 아직 한국의 정보 라인은 가동 중입니다."

사이버 공격으로 빠져나간 정보의 피해는 상상 이상으로 정보 라인에 큰 타격을 주었다. 특히 미국과 한국의 정보 거점들이 FBI와 KCIA에 의해 와해되는 피해를 입었다는 게 아쉬웠지만, 미국에 비해 한국은 새로운 거점들을 설치하는 데 큰 어려움이 없었다. 한국에서 중국의 정보 조직이 뚫을 수 없는 곳은 서산의 SHJ 타운이 유일할 정도였다.

"이경환 회장이 방한한다면 어떻게 이용하는 게 우리에게 유리하겠습니까?"

"미국 주재 대사관을 통해 이경환 회장과 접촉을 시도해 보겠습니다.

아직은 SHJ를 중국에서 벗어나게 하면 안 됩니다. 최대한 시간을 번 후에 중국방문을 제안해 보는 게 어떻겠습니까?"

서산 SHJ 기술연구소에서 연구 중인 핵융합로와 핵융합 에너지는 중국 역시 관심을 둔 사업이었다. 아직 중국의 기술력으로는 요원했지만 미래 대체에너지를 가진 자가 미래 경제를 좌지우지한다는 생각엔 변함이 없었다.

"접촉을 시도해 보세요. 필요하다면 북한을 이용해 한국정부에 협조를 요청하는 것도 생각하시고요."

미국에 대한 보복으로 화기애애하던 회의실은 애물단지인 SHJ로 인해 웃음이 사라진 지 오래였다. 한국의 전자와 IT 기업을 통해 기술력을 빠르게 쌓아가고 있었지만 중국의 IT 기업이 세계에 이름을 올리기 위해서라도 SHJ의 앞선 기술과 특허는 절대적으로 필요했다. SHJ를 잡아먹기 위한 전략이 국무원의 회의실에서 비밀리에 진행되고 있었지만 정작 떡 줄 사람은 중국에 대한 미련을 버리고 있다는 게 문제였다.


NASA 소속으로 천체물리학의 권위자인 폴 허츠는 우주의 블랙홀과 초신성 폭발을 관측·연구하고 있었다. 하지만 1999년 우주 폭발이 관측된 후 규모가 큰 폭발은 아직 발견되지 않은 상황이었다. 줄어든 NASA 예산으로 인해 필요한 연구가 지연되고 있던 상태에서 SHJ의 지원은 오아시스와 같았다.

그런 와중에 SHJ의 부탁을 받은 폴 허츠는 앞뒤 가릴 것 없이 그 제안을 받아들일 수밖에 없었다. 많은 민간 기업의 지원을 받고 있었지만 SHJ만큼 장기적으로 지원하고, 심지어 인공위성 사업을 통해 NASA의 이익까지 고려하는 기업은 없었기 때문이었다.

"박사님, 어떻습니까?"

"잠시만 기다려 주세요. 아직 테스트 중입니다."

자기 앞에서 미적분 문제를 풀고 있는 아이로 인해 폴 허츠는 정신을 차릴 수가 없었다. 단순하게 천체물리학을 좋아하는 아이를 응원해 주려는 차원이었지만, 잠깐의 대화로 확인한 아이의 지능은 폴 허츠를 사로잡았다.

"다 풀었습니다, 박사님."

아이가 내미는 답안지의 문제풀이 방법을 꼼꼼히 살핀 폴 허츠의 눈이 흔들리기 시작했다. 초등학교 5학년 수준으론 이해조차 할 수 없는 미적분 문제를 너무도 쉽게 풀었고, 문제를 풀어가는 과정 또한 전혀 막힘이 없었기 때문이었다. 폴 허츠는 아이의 초롱초롱한 눈빛을 바라보다 좀 더 어려운 문제를 아이에게 내놓았다.

"수영장의 지름이 10미터이고 깊이는 동서 직선을 따라 일정하지만 남쪽 끝의 1미터부터 북쪽 끝의 2미터까지 선형으로 증가한다면 수영장 안 물의 부피는 어느 정도겠니?"

대학에서 수학을 전공하지 않는다면 삼중적분을 이해하기 쉽지 않았다. 폴 허츠는 이 아이의 지적 수준이 어느 정도인지 확인하기 위해 좀 무리한 문제를 제출한 거였다. 그런데 아이는 문제를 풀 생각도 하지 않고 눈만 아래위로 굴리고 있었다.

"$75/2\pi$인데요."

폴 허츠는 정신을 차리지 못하며 입만 크게 벌리고 있었다. 삼중적분 문제를 간단히 암산으로 풀어내는 이 아이를 어떻게 해석해야 할지 갈피를 잡을 수 없었다. 폴 허츠의 목소리가 가볍게 떨리기 시작했다.

"너, 천체물리학에 관심이 있다고 했는데, 블랙홀에 대해 설명할 수 있 겠니?"

"중력이 강한 별이 중력이 무너지면서 계속 축소되고 마지막에는 한 점으로 모이게 됩니다. 이 점의 밀도나 중력의 세기는 무한대이기 때문에 공간이 변형되고 시간이 늦어지게 되는 거고요. 안에서는 강한 중력으로 빛조차도 빠져나올 수 없는 사건의 지평선이 생기는데 그 안쪽을 블랙홀 이라고 합니다."

초등학생 아이의 입에서 나올 만한 내용이 아니었다.

"박사님, 궁금한 게 하나 있는데요. 여쭤 봐도 될까요?"

"그래, 뭐든 물어봐. 너라면 내 지식을 모두 전해 줄 수도 있으니까."

"만약에 빛보다 빠른 물질인 타키온을 발견하게 된다면 광속 이상으로 비행할 수 없다는 아인슈타인의 특수상대성 이론이나 UFO는 있을 수 없다는 칼 세이건의 이론은 모두 틀리게 되는 거겠지요? 또한 블랙홀 도 통과할 수 있고 시간 여행도 가능해지겠죠?"

폴 허츠는 움찔했다. 소립자론의 계산으로는 타키온의 출현 가능성이 제기되기도 했지만, 아직은 이론상으로만 존재할 뿐 상식적으로 불가능 한 입자였다. 새로운 물질을 찾겠다고 CERN(유럽 입자 물리 연구소)에서 실험을 계속하고 있지만 폴 허츠는 그 가능성을 크게 보고 있지 않았다.

"이론상으로는 가능한 물질이지만 그 실존 여부조차 아직 불분명하 고 지금의 기술로는 타키온의 속력을 측정하는 게 불가능하단다. 네가 도 전해 보면 어떻겠니?"

"아직 모르겠어요. 지금은 천체물리학에 관심이 있지만 제가 뭘 좋아하는지 아직 찾는 중이거든요. 오늘 박사님을 만나서 너무 즐거웠어요."

박사와 초등학생의 대화를 멍하니 듣고만 있던 승연은 조카인 정우의 능력에 입을 다물지 못했다. 자신이 읽기에도 벅찬 천체물리학 서적을 동화책 읽듯이 읽어가는 정우를 승연은 그냥 넘길 수 없어 폴 허츠 박사를 찾았다. 자신의 형인 경환이 특별나다고는 생각했지만 결코 천재라고 인정할 수는 없었다. 그러나 오늘 자신의 눈으로 본 정우는 일반적인 아이라고는 도저히 볼 수 없을 정도로 뛰어났다. 경환의 허락도 받지 않고 찾아온 NASA였기에 승연은 정우에 대한 문제를 어떻게 설명해야 할지 막막해지기 시작했다.

"작은아빠, 나 배고파요."

"어, 어. 그래 작은 엄마 불러서 같이 점심 먹자. 너 먹고 싶은 건 뭐든지 다 사줄게."

승연의 손을 잡고 방을 나서자 폴 허츠는 급히 전화기를 들었다. 이런 아이를 촌구석인 휴스턴에 썩히는 것은 국가적인 낭비라고 생각했기 때문이었다.

[폴, 통 연락도 없던 친구가, 오늘은 어쩐 일이야?]

"마커스, 인사는 나중에 하기로 하고 휴스턴으로 건너올 수 있겠나?"

[이 사람아, 이유라도 알아야 가거나 말거나 하지.]

"만약에 9살짜리 아이가 삼중적분 문제를 암산으로 풀어내고 블랙홀의 개념을 이해하는 건 물론, 타키온을 거론하는 수준이라면 자넨 어떡하겠나?"

[자네 꿈이라도 꾼 거야? 말이 되는 소리를 해야 할 거 아냐.]

폴 허츠는 자신의 친구이자 천체물리학으로 유명한 캘리포니아공대

교수 마커스 브라운을 찾았다. 정우라고 불리는 이 아이를 무슨 수를 쓰든 천체물리학계로 끌어들일 생각이었다.


승연이 정우와 함께 NASA를 방문했다는 보고를 받았지만 경환은 큰 의미를 두지 않았다. 우주에 대한 관심은 어린아이라면 당연한 거였고 그 호기심을 풀기 위해선 NASA만큼 좋은 곳도 없다는 단순한 생각으로 가볍게 넘긴 것이다.

"회장님, 중국대사님이 도착하셨습니다."

"모시세요."

중국정부와 SHJ-구글 간 감정싸움은 간을 보는 중국정부로 인해 소강상태에 빠졌지만, SHJ는 중국정부의 답변을 기다리면서도 이미 철수 준비를 모두 마친 상태였다. 워싱턴D.C에서 급히 건너온 중국대사는 외교관례를 무시하고 SHJ 타운 입구에서부터 철저하게 진행된 검문검색으로 짜증이 나 있는 상태였다.

"SHJ에 오신 걸 환영합니다, 왕즈펑 대사님."

"흠, 흠. SHJ의 검문검색을 받다 보니 제가 꼭 도둑이 된 기분입니다. 제임스 리 회장님."

왕즈펑의 불만에 경환은 물끄러미 중국대사의 눈을 바라봤다. 무슨 수를 가지고 왔는지 왕즈펑의 눈매는 날카롭게 빛나고 있었지만, 경환은 엷은 미소를 보이며 왕즈펑의 오만한 눈빛을 되받아쳤다.

"지금도 중국의 해커들은 SHJ를 해킹하기 위해 물불 안 가리고 덤비더군요. 참는 것도 한계가 있다는 것을 아셔야 할 겁니다. 그리고 대사님이야 그러지 않겠지만 수행원 중에 스파이가 없다고 장담하실 수 있으십니까? 왕즈핑 대사님."

눈에서 살기를 띠며 몰아세우자 왕즈핑의 입술은 경련을 일으키기 시작했다. 현재 미국에서 외교적으로 가장 강력한 힘을 구사하고 있는 중국 대사인 자신을 아무런 대우 없이 몰아세우는 경환이 어이가 없었다. 시간을 벌면서 SHJ와의 감정싸움을 원만하게 처리하라는 본국의 훈령만 없었다면 자리를 박차고 일어났겠지만, 왕즈핑은 분노를 삼킬 수밖에 없었다. 사실 수행원 중 일부는 MSS 소속의 무관이었지만 검문검색을 통해 전자장비를 모두 압수당했고 수행원 수보다 더 많은 SHJ의 보안 요원들이 인의 장막을 치고 있었다.

"앉으시죠. 먼 곳에서 오셨는데 차라도 한잔하시죠."

"좋습니다. 세월이 좀 먹긴 않으니까요."

자존심이 상한 왕즈핑은 자리에 앉으면서도 불편한 감정을 속이지 않았다. 그런 왕즈핑을 바라보는 경환의 입꼬리가 말려 올라갔다. 하루나가 차를 내려놓을 때까지 두 사람은 여전히 기 싸움을 그치지 않고 있었다.

"중국 본토보단 못하지만, 그리 나쁜 차는 아닌 거 같군요."

"그렇습니까? 입맛에 맞으셨다니 다행이군요. 그런데 중국 본토 운남성에서 직접 공수해 온 보이차를 몰라보시는군요."

한국계인 경환이 당연히 한국에서 생산된 차를 내어 놓을 줄 알았지만, 경환은 왕즈핑의 머리 위에서 놀고 있었다. 왕즈핑의 얼굴에 홍조가 가득했지만 경환은 차만 홀짝거릴 뿐이었다. 찻잔을 탁자에 내려놓은 경환이 첫 운을 뗐다.

"자, 대사님이 어렵게 여기를 찾은 이유를 말씀해 주시겠습니까?"

"흠, 중국은 엄연히 법치국가입니다. 외자 기업들은 응당 중국의 국내

법을 따라야 할 의무가 있습니다. 이번 SHJ-구글에 대한 조치는 세간의 말이 많긴 하지만 법률을 공정하게 집행하려는 의지라고 이해해 주시기 바랍니다."

인터넷 영업 허가를 취소하겠다던 강경한 자세에서 한풀 꺾인 표현을 쓰는 왕즈핑을 바라보는 경환의 표정엔 변화가 없었다. 속셈이 뻔히 보이는 중국정부의 행태에 짜증이 몰려왔지만 그는 그걸 내색할 만큼 하수가 아니었다.

"대사님 말씀 잘 들었습니다. 인터넷을 통제하려는 중국정부에 우리는 반대의사를 명확히 밝혔습니다. SNS인 구글라인의 접속도 현재 방해를 받고 있다고 하더군요. 언론 통제 목적도 있겠고, 자국 검색엔진 바이두와 163을 키우기 위해서라도 SHJ-구글은 눈엣가시였겠죠. 말 돌리지 마시고 원하는 걸 말씀해 보시죠."

"좋습니다. 중국정부는 지금까지의 문제를 닫고 미래 지향적인 자세로 임할 생각입니다. SHJ-구글에 대한 유예 기간을 5년까지 확대하는 조건으로 사이보그OS 컨소시엄에 중국기업 참여를 원합니다. 또한 엘리시움 생산 공장을 중국에 설립해 줄 것을 제안합니다."

경환은 이 말을 전하는 왕즈핑이 불쌍해 보이기까지 했다. 경환은 왕즈핑에게 펜으로 갈겨쓴 메모지 한 장을 건네주었다. 메모지를 바라보는 왕즈핑의 눈이 사정없이 흔들리기 시작했다.

"제가 심심해서 대사님이 과연 무슨 제안을 할까 적어봤습니다. 토씨 하나 틀리지 않고 정확히 맞히는 걸 보니 저도 예언가 기질이 있나 봅니다. 대사님의 제안 모두 거절하겠습니다. 우리의 요구 사항은 이미 서면으로 전달했고 중국정부의 시간 끌기나 핑퐁게임은 제 스타일과는 거리가 멉니다. 대사님."

"SHJ는 16억 중국 시장에서 퇴출당하는 게 무섭지 않나 봅니다."

왕즈핑은 아차 하며 눈을 감았다가 떴지만 내뱉은 말은 주워 담을 수 없었다. 경환의 눈초리가 매섭게 변하기 시작하며 왕즈핑을 죽일 듯 바라보았다.

"함부로 말하지 마세요, 왕즈핑 대사. 아시아만 해도 아직 24억이란 인구가 버티고 있습니다. SHJ가 중국 시장에서 퇴출당하는 걸 무서워하는지 아니면 우스워하는지 대사 앞에서 직접 보여 주겠습니다."

경환은 하루나를 통해 급히 황태수를 찾았고 밖에서 대기하던 황태수가 급히 집무실에 들어섰다. 경환의 노기를 접한 황태수는 일이 틀어졌다는 것을 직감적으로 알 수 있었다.

"부회장님은 제 지시를 바로 시행하도록 하세요."

"알겠습니다. 회장님."

"중국정부는 약속한 시간을 한 시간 전에 넘겼습니다. 이것은 우리를 무시한 처사라고밖에는 볼 수 없습니다. 따라서 중국에 진출한 모든 사업을 철수하십시오. 또한 베트남과 인도, 태국에 엘리시움 생산 공장 설립을 빠르게 추진해 내년 말부터는 생산할 수 있도록 조치하시고 오성전자에 국한된 칩셋 생산을 대만에서도 진행할 수 있도록 협의하세요."

"바로 지시를 내리겠습니다."

황태수가 급히 집무실 밖으로 사라지자 왕즈핑은 눈알만 돌릴 뿐 제대로 상황을 파악할 수조차 없었다. 혹 떼러 왔다 혹만 하나 더 붙인 꼴로 변하자 왕즈핑의 이마엔 굵은 땀이 연신 흐르기 시작했다.

"우리는 SHJ의 태생에 대한 기밀을 손에 쥐고 있습니다. 왕샹첸과 장성귀가 SHJ와 연결된 문제로 수감 중인 걸 잊으시면 안 된다는 말입니다."

왕즈핑의 마지막 발악은 사태를 더욱 극한으로 몰아가기 시작했다. 정권이 바뀌고 가장 먼저 왕샹첸과 장성귀가 부패 관리와 기업인으로 찍혀 체포되었지만 정확한 죄명은 발표되지 않았다.

"쥐고 있다면 까면 될 거 아닙니까! 왕샹첸과 장성귀의 비자금이 어디로 흘러들어 갔는지, 지금 중국정부 수뇌부의 누가 연결되어 있는지, 전임 주석의 비자금 규모와 현 주석의 비자금 내역을 내가 모른다고 생각합니까? 당신이 못 까면 내가 깔 테니, 단단히 준비하고 있어야 할 겁니다. 아셨소! 왕즈핑 대사!"

"그, 그런 말도 안 되는."

"말이 되는지 안 되는지는 서로 까 보면 알 거 아닙니까! 지금 이후에 벌어지는 일은 모두 왕즈핑 대사의 책임이란 걸 잊지 말아야 할 겁니다."

경환은 더 이상 왕즈핑의 얼굴을 보고 싶지 않았는지 인터폰으로 알을 급히 찾았다. 왕즈핑은 경환의 강공에 기를 다 빼앗긴 듯 정신을 차리지 못했다. 본국의 훈령을 무시하고 경환의 기선을 빼앗으려던 계획은 오히려 경환의 반발에 무너져 내렸다. 화려했던 미국대사 생활에 종지부가 찍히는 소리가 왕즈핑의 귓가에 맴돌기 시작했다.

"손님 나가십니다. 먼저 수행원들의 몸을 철저히 수색하세요. 만약 이쑤시개 하나라도 발견되면 이유 여하를 막론하고 산업스파이 혐의로 체포하십시오."

자리에서 일어나지 못하던 왕즈핑은 SHJ 시큐리티 직원의 손에 엉거주춤 일어날 수밖에 없었다. 경환의 바짓가랑이라도 잡고 애원해 보고 싶었지만 경환은 왕즈핑을 무시하며 집무실과 연결된 서재로 사라져 버렸다.

"총리는 일이 이 지경까지 될 때까지 도대체 무얼 한 겁니까!"

중남해 주석실에 호출되어 들어온 윈즈보 총리는 주석인 후콴더의 불같은 노여움을 온몸으로 받아내고 있었다. 시간을 벌고 경환의 방중을 성사시키기 위해 파견한 왕즈핑 대사가 오히려 패착이 될지는 상상조차 하지 못했었다. 왕즈핑 대사가 고압적인 자세로 경환을 상대하다 SHJ 타운에서 굴욕을 맛보며 쫓겨났다는 이야기가 워싱턴D.C 외교가에 퍼지면서 제대로 망신을 당하는 중이었지만, 오만한 중국대사를 옹호하는 나라는 한 곳도 없었다. 그러나 문제는 중국이 당한 망신이 아니었다.

"본국의 훈령을 제대로 파악하지 못한 왕즈핑 대사의 독단적인 행동이 이경환 회장의 반발을 산 것 같습니다."

"중국통인 이경환 회장의 반발조차도 예상하지 못했단 말입니까? 총리는 이번 일을 어떻게 처리할 생각입니까?"

윈즈보는 난감할 수밖에 없었다. SHJ는 자신의 예상을 깨고 이미 언론을 통해 중국에 대한 모든 사업을 중단한다는 발표를 했고, 그 발표를 뒷받침하듯 철수를 암시하며 후속 조치를 발 빠르게 진행하고 있었다. 더욱이 모종의 중대 발표를 준비 중이라는 뉘앙스를 언론에 흘리고 있어 중국정부는 긴장하지 않을 수 없었다.

"왕즈핑 대사의 직무를 정지시키고, 문책성 소환을 검토하고 있습니다."

"검토가 아니라 그 돌대가리 놈은 바로 경질시키세요. 문제는 SHJ가 왕즈핑이 거론한 비자금 문제를 터트리겠느냐는 겁니다."

"이경환 회장의 성격으로 본다면 터트릴 가능성이 농후합니다. 죄송합니다, 주석."

흐르는 땀을 닦을 새도 없이 윈즈보는 고개를 숙일 수밖에 없었다. 중국 철수를 단순하게 엄포로만 생각했던 게 자신의 큰 오판이었다는 것을 깨달았지만, SHJ는 SHJ-구글의 컨소시엄을 유럽과 동남아시아로 확대하며 중국을 사방에서 포위하기 시작했다. IT기술을 따라잡기 위해 고군분투 중인 상태에서 SHJ가 중국에서 빠져나간다면 지금까지의 노력이 헛고생이 될 수도 있는 문제였다. 더욱이 SHJ 시큐리티의 정보력을 익히 알고 있는 터라, 비자금에 대한 문제가 터진다면 지금 정권은 도덕성에 심각한 타격을 입을 수도 있었다. 윈즈보는 자신을 나락으로 떨어트린 왕즈핑을 씹어 먹고 싶었다.

"비자금도 문제긴 하지만, SHJ는 기다렸다는 듯 대만과 베트남, 태국, 인도까지 투자를 확대한다는 발표를 했습니다. 단 하루만에요. 느끼는 거 없습니까, 총리."

윈즈보의 입술은 바싹 말라가고 있었다. 국가도 아닌 일개 기업이 인접국들과의 협력으로 중국을 에워싼다는 게 맘에 들지 않았지만, 폭주하는 SHJ를 통제할 수단은 전혀 없다는 게 윈즈보의 발목을 잡았다.

"주석의 걱정을 이해합니다만, SHJ를 통제하기 위해선 우리가 머리를 숙여야 할 거 같습니다."

"뭐요! 한국과 일본을 깔아뭉개고 미국을 상대하는 우리가, 한낱 기업인에게 고개를 숙이자니. 총리 당신 제정신으로 하는 말입니까!"

"주석, 현재로선 폭주하는 SHJ를 제어할 방법이 없습니다. SHJ는 중국 시장을 포기해도 아쉬울 게 전혀 없는 구조라는 게 큰 문제입니다. 총영사를 보내 사과를 함과 동시에 외교부를 통해 왕즈핑의 독단적인 행동에 대한 유감 성명을 발표하는 선에서 마무리해 SHJ를 붙잡아 두는 게 상수라고 생각합니다. 아직은 SHJ의 기술이 우리에게 필요합니다."

후콴더는 미간을 좁히며 눈을 감아 버렸다. 작년의 사이버 공격부터 SHJ의 철수까지 너무나 완벽한 시나리오에 중국이 갇혀 버렸다는 느낌을 지울 수 없었지만, 이 모든 건 SHJ가 아닌 중국이 먼저 계획하고 실행했던 것이었다.

"진행하세요. 총영사를 대사 대리로 임명해 파견하고 허튼짓을 못 하게 철저히 교육하세요. 그리고 비자금만큼은 무슨 수를 써서라도 막아야 합니다. 알겠습니까! 총리."

"알겠습니다. 실수가 없도록 최선을 다하겠습니다."

원즈보가 서둘러 집무실을 빠져나가자 후콴더는 참았던 분노를 터트리며 재떨이를 벽을 향해 던져 버렸다.


저택으로 동생 부부를 부른 경환은 임신으로 배가 부른 김혜리의 뒤편에서 자신의 눈치를 살피고 있는 승연을 한심한 듯 혀를 차며 바라보았다. 구글라인을 구글스토어에 필적할 정도로 성공시킨 승연은 SHJ-구글의 핵심 인원으로 자리 잡고 있었지만, 경환 앞에선 고양이 앞의 쥐 신세일 수밖에 없었다.

"동서, 몸도 안 좋은데 너무 일에만 몰두하는 건 태아에게 좋지 않아."

"괜찮아요, 형님. 몸이 더 무거워지면 쉴 생각이에요. 그나저나 정우가 너무 대단하지 않아요? 태어날 아기도 정우를 닮았으면 좋겠는데, 형 만한 아우 없다는 말이 요샌 가슴에 팍팍 꽂히고 있네요."

수정이 김혜리의 손을 이끌며 거실로 향하자 어정쩡한 승연이 뒤를 따라 나섰다.

"얘기 들었다. 캘리포니아공대의 마커스 교수가 정우 문제로 상의하자고 하는데, 승연이 네 생각이 어떤지 듣고 싶어 부른 거야."

"형이 그때 분위기를 몰라서 그런데, 어떻게 천재를 자식으로 두고 있으면서 그 재능을 몰라볼 수 있어? 그건 부모로서 심각한 직무 유기라고 봐, 나는."

뜬금없이 NASA의 폴 허츠 박사와 캘리포니아공대의 연락을 받은 경환은 승연을 통해 자초지종을 듣긴 했지만 실감이 나지 않았다. 커 가면서 말수가 줄어드는 정우가 걱정되긴 했지만 사춘기가 일찍 찾아오는 것이겠거니 하며 크게 신경 쓰지 않았다. 또래 아이보다 사색이 깊고 지능이 높다는 정도로만 생각했던 경환은 승연이 말한 직무 유기란 소리에 반박할 수 없었다.

"그래, 그건 네 말이 맞는 거 같다. 입이 열 개라도 할 말이 없다. 네가 객관적으로 봤을 때 정우의 지능이 캘리포니아공대에서 주목할 정도라고 보는 거야?"

"형, 정우가 내 조카라서 하는 소리가 아니라고. 블랙홀과 타키온에 대해 들어보기는 했어? 아니 고등학교 수학 문제를 가져다주면 풀 자신은 있는 거냐고. 대학 수준의 수학 문제를 암산으로 해결할 정도면 말 다한 거 아니야?"

경환은 정우를 등한시한 자신을 용서할 수 없었다. 말로만 가족을 지키겠다고 떠들었지만 정작 정우가 원하는 게 뭔지, 어떤 재능을 가졌는지에 대해선 큰 관심을 두지 않았다. 경환은 정우에 대한 미안함에 두 손으로 얼굴을 쓸어내렸다.

"부끄럽다. 이제부터라도 정우의 미래에 대해 같이 의논해 보자. 네 말대로 우선 NASA와 캘리포니아공대의 요청을 받아들일 생각이다. 그리고 내가 할 일을 대신해 줘서 고맙다."

"여보, 정우는 아직은 뛰어 놀아야 할 나이인데, 걱정이 많아요."

"너무 걱정하지 마. 난 정우가 하고 싶은 일을 하게 할 생각이니까."

경환은 걱정하는 수정의 손을 살포시 잡아 주었다. 경환의 불호령이 있지는 않을까 노심초사하던 승연은 그제야 안도의 한숨을 내쉴 수 있었다. 그때 알이 경환에게 다가왔다.

"회장님, 카일 디푸어 사장이 서재에 도착해 있습니다."

알의 보고에 경환의 눈에선 다시 살기가 뻗어져 나왔다.

"승연이 너는 폴 허츠 박사를 저택으로 부르도록 해. 난 잠시 서재에 다녀올 테니 네가 날 대신해서 정우에 대한 테스트를 지켜봐."

굳은 표정으로 승연에게 부탁을 건넨 경환은 알과 함께 엘리베이터에 올라 지하 서재로 향했다.


SHJ 타운의 초입 검문소는 원하지 않는 손님들의 방문으로 인해 자그마한 소란이 벌어지고 있었다. 동양인으로 보이는 몇몇이 검문소를 통과하기 위해 수단과 방법을 가리지 않았지만, 검문소의 바리케이드는 이들의 진입을 허락하지 않고 있었다.

"이 분은 중국대사 대리입니다. 제임스 리 회장님과 긴히 드릴 말씀이 있어 찾아온 거니, 최소한 말은 전해 줄 수 있는 거 아닙니까?"

"이거 보세요. 여기가 중국 땅인 줄 아십니까? 사전 예약도 없이 무턱대고 찾아와도 열리는 곳이 아니란 말입니다."

휴스턴 주재 중국영사관의 영사를 대사 대리로 임명한 중국정부는 SHJ 타운을 급히 찾도록 지시를 내렸다. 왕즈핑 대사의 낙마를 지켜본 휴스턴 영사는 본국의 훈령이 떨어지자마자 SHJ 타운을 찾았지만, 외교 차량이라 하더라도 사전 예약을 하지 않은 차량을 통과시킬 정도로 SHJ 시큐리티 보안 팀의 경비는 허술하지 않았다. 검문소의 강경한 자세에 차에 탑승했던 대사 대리가 문을 열고 나왔다.

"사정이 급하다 보니 미리 연락을 할 수 없었습니다. 실례인 줄 알지만 제임스 리 회장님께 말씀이라도 전해 주십시오. 그래도 통과가 안 된다면 돌아가겠습니다."

대사 대리가 직접 나서서 사정을 하자 검문소 직원은 곤란한 표정을 지으며 인터폰을 집어 들었다. 곤혹스러운 얼굴로 통화를 나누던 직원이 인터폰을 내려놓고 중국대사 대리의 얼굴을 빤히 쳐다보았다.

"회장님께서는 다른 일정으로 시간을 낼 수 없다고 합니다. 정중하게 돌려보내라는 지시가 내려왔습니다."

"어쩔 수 없군요. 그럼 이 서신만 회장님께 전달해 주시기 바랍니다. 중요한 서신이니 가능하면 바로 전달될 수 있도록 해 주십시오."

쉽게 통과되지 않는다고 생각은 하고 있었기에 크게 실망은 하지 않았지만 대사 대리의 표정은 어두울 수밖에 없었다. 양복 안주머니에서 서신을 꺼내 검문소에 전달한 대사 대리는 올라왔던 길을 되돌아갈 수밖에 없었다. 그 순간 자신의 차를 빠르게 지나치며 SHJ 타운 정문을 통과하는 존 매케인 상원의원이 눈에 들어왔다.

"화면을 띄우세요."

서재 정면에 설치된 대형 모니터에선 SHJ 시큐리티의 작전이 실시간으로 비춰지고 있었다. 여러 개의 화면은 모두 한 사람에게 집중되어 있었고 그 화면의 중심엔 결코 잊을 수 없는 에릭 프린스의 모습이 비치고 있었다.

"접선 인물이 에릭 프린스의 배후라고 보고 있습니다. 팀원들의 배치는 모두 마친 상태고 접선 인물의 등장과 함께 작전을 개시할 예정입니다."

경환의 시선은 에릭 프린스에 고정되어 카일의 보고조차 제대로 들리지 않았다. 반년 전에 에릭 프린스를 포착했지만 배후를 찾기 위해 원거리에서 감시와 감청을 하며 지루한 수 싸움을 했고 오늘 드디어 배후를 밝힐 기회를 잡을 수 있었다.

"총기를 소지했다는 가정 하에 직원들의 안전을 우선시하는 작전이 돼야 합니다."

식구를 암살하기 위해 킬러까지 고용한 에릭 프린스를 경환은 결코 용서해 줄 생각이 없었다. 미국정부의 처결권까지 확보한 마당에 자신을 막을 수 있는 아무것도 존재하지 않았다. 에릭 프린스의 얼굴을 자세히 확인하기 위해 경환은 자리에서 일어나 모니터로 다가갔다.


태국 파타야의 밤은 네온사인의 흔들림만큼이나 화려했다. 위킹스트리트의 구석진 골목 스트립바에선 사내들의 본능을 자극하기 위해 티팬티만 걸친 접대부들이 풍만한 가슴을 사정없이 흔들고 있었다. 한국 관광객들로 보이는 사내들이 1달러짜리 지폐를 티팬티 끈 사이로 꽂으며 접대부의 젖가슴을 쓰다듬고 있는 모습이 에릭의 눈에 들어왔다.

"젠장, 내 꼴이 우습군. 냄새나는 원숭이 새끼들 침 흘리는 모습만 보고 있다니."

1년이 넘는 도피생활은 에릭을 점점 파멸시키고 있었다. 도피 자금은 바닥나고 SHJ 시큐리티의 집요한 추적으로 언제 잠을 잤는지 기억조차 없었다. 이런 고통에서 벗어나기 위해 손댄 마약은 에릭의 의지를 나락으로 떨어트리고 있었다.

"오랜만이야, 에릭. 더는 만날 일이 없을 줄 알았는데."

에릭은 마시던 맥주병을 탁자에 내려놓고 자신의 앞에 앉은 사내를 죽일 듯 올려보았다. 오랜 연결 시도에도 반응을 보이지 않던 사내는 FBI에 자수하겠다는 의사를 밝히자 태국까지 한걸음에 달려왔다.

"약속된 돈을 다 달라는 것도 아니야. 최소한 내 도피 생활이 유지될 정도는 뒤를 봐줘야 하는 거 아닌가?"

"1차 대금은 이미 지불을 완료한 것으로 아는데. 실패한 거래에 돈을 달라는 건 상도의에 어긋나는 행동이라고."

능글거리며 실실 웃고 있는 사내의 면상에 총알을 박고 싶은 생각이 굴뚝같았지만, 에릭은 자신의 떨리는 손을 멈추게 할 마약 살 돈이 당장 필요했다.

"평생 고자로 지내고 싶지 않다면, 딴 생각하지 않는 게 좋을 거야. 약속된 돈을 주든지 아니면 여기서 죽어 나가든지 선택은 자유롭게 하라고."

사내는 탁자 밑으로 자신의 심벌을 겨누고 있는 총을 슬쩍 바라보고는 입가에 미소를 지어 보였다. 전라에 가까운 접대부가 맥주를 올려놓자 사내는 맥주를 들어 입에 가져다 댔고 에릭은 그런 사내의 태연함에 당황하기 시작했다.

"너무 과격해졌군. 수전증이 심해 보이는데, 내 심벌을 제대로 맞출 수 있겠어? 그래도 눈먼 총알에 섹스의 참맛을 잃어버릴 수는 없겠지. 자, 돈은 준비되어 있으니 냄새나는 여기서 좀 벗어나자고."

그때 에릭의 뒤통수로 차가운 금속의 느낌이 전달되며 에릭을 옭아매기 시작했다. 거친 호흡을 내뿜고 있는 에릭은 뒤통수에서 양쪽 관자놀이를 겨누는 총구에 의해 옴짝달싹 못 했고, 사내는 에릭의 손에서 권총을 빼앗아 안쪽 호주머니로 집어넣었다.

"이런 위험한 물건은 자네에게 어울리지 않아. 자, 밖으로 나가서 자네에게 필요한 만큼 돈을 들고 가라고. 나갈까, 에릭?"

사내가 눈짓을 보내자 양복 안쪽으로 에릭의 관자놀이에 총을 겨누던 두 수하 중 하나가 에릭의 몸을 천천히 일으켜 세웠다. 에릭이 자신의 죽음을 직감하며 밖으로 향하기 위해 몸을 돌릴 때, 접대부들이 춤을 추던 무대가 시끄러워지며 접대부의 젖가슴을 쓰다듬던 한국 관광객 한 명이 무대 위로 올라섰다.

"돈맛 제대로 보여 줄 테니, 여기 가시나들 확실하게 한번 놀아 보라고."

20달러짜리 지폐를 양손 가득 쥔 사내가 지폐를 공중에 던졌다. 여성 접대부뿐만 아니라 일부 손님들까지 지폐를 줍기 위해 무대 앞으로 달려가면서 에릭을 부축해 밖으로 향하던 사내들은 입구가 막혀 움직임이 둔해졌다.

"분위기가 수상해. 주위 경계를 게을리 하지 마라."

사내가 급히 소리를 쳤지만 에릭을 끌고 나가기 위해 총을 겨누던 수하 둘이 사지를 떨며 쓰러지는 모습에 사내는 급히 양복 안쪽의 권총으로 손을 뻗쳤다.

"어이, 존 해밀턴, 이 씹탱아. 너 때문에 지긋지긋한 안남미를 6개월 동안 먹었거든요."

알아듣지 못하는 한국어에 존 해밀턴이 뒤를 돌아보려는 순간, 몸으로 전해지는 380만 볼트의 전기를 온몸으로 느끼며 눈을 뒤집을 수밖에 없었다. 시끄럽던 스트립바는 정리되었지만, 젖가슴에 광분하던 한국 관광객들이나 에릭을 끌고 가려던 사내들의 모습은 어디에서도 찾을 수 없었다.

"카일 디푸어 사장님, 훌륭한 작전이었습니다. 무슨 수를 써서라도 존 해밀턴의 입을 여세요. 모든 책임은 제가 지겠습니다."

"아닙니다, 회장님. 할 일을 한 거뿐입니다. 에릭의 배후가 존 해밀턴일 줄은 몰랐습니다. 짐은 오늘 저녁 서산으로 모두 옮길 예정입니다. 에릭이나 존은 서산을 살아서는 빠져나갈 수 없을 겁니다."

경환도 존 해밀턴의 모습이 모니터에 나타나자 놀랄 수밖에 없었다. 4년 넘게 연락이 없었던 존 해밀턴이 암살의 배후였다는 사실을 쉽게 받아들일 수 없었다. 존 해밀턴 역시 일개 하수인에 불과했기에 경환의 분노는 사그라지지 않았다.


약속된 시간보다 일찍 도착했다고는 하지만 존 매케인은 자신을 마냥 기다리게 하는 경환이 쉽게 이해되지 않았다. 그러나 중국대사까지 경질시킬 정도의 힘을 지닌 SHJ인 만큼 지금 아쉬운 사람은 경환이 아닌 자신이었다.

"존 매케인 상원의원님. 회의 중이라 몸을 뺄 수 없었습니다. 죄송합니다."

"하하하, 아닙니다. 제가 일찍 도착한 거뿐입니다. 신경 쓰지 마세요."

60대 후반인 존 매케인은 나이답지 않게 정열적으로 경환과 포옹을 나눴다. 에릭의 체포로 배후에 한발 가까이 갔다는 흥분을 감추며 경환은 존 매케인을 맞이했다. 앨 고어의 강력한 경쟁자로 부상하는 존 매케인은 경환에겐 하나의 도구에 지나지 않았다.

"대선 준비로 한창 바쁘실 텐데, 이곳까지 방문해 주셔서 감사합니다."

"아닙니다. SHJ가 벌인 이번 중국과의 다툼을 보면서 제 속이 다 후련했습니다. 중국에 끌려만 다닌 앨 고어 정권으로 답답했는데 정치권을 대표해 제가 오히려 SHJ에 감사를 드려야 할 판입니다."

SHJ를 치켜세우며 앨 고어를 깎아내리는 존 매케인을 경환은 미소로 반겨주었다. 경환은 앨 고어와 존 매케인이란 떡을 양손에 쥐고 가늠해 최상의 선택을 하고 싶었다.

"SHJ는 정치에 있어선 절대 중립을 표방하고 있습니다. 제가 도움을 드릴 만한 일이 있을지 걱정이 앞섭니다."

"동양 속담에 과유불급이란 표현이 있더군요. 겸손도 지나치면 교만이란 뜻입니다. 백악관엔 많은 쥐가 살고 있습니다. 그렇다 보니 SHJ가 정부와 추진했던 일이나 앨 고어에게 이용만 당한 것은 저도 잘 알고 있고요. 전 한 입으로 두말하는 성격은 아닙니다."

솔직한 성격의 존 매케인이 적극적으로 경환에게 다가왔지만, 경환은 묘한 웃음만 보이며 그의 애를 끓게 만들었다.

"국가에 충성했을 뿐입니다. 정부에 뭘 바라고 한 일은 아니지요. 그러나 저도 인간이다 보니 신뢰를 잃은 파트너와는 다시 일하기가 꺼려지는 것도 사실이더군요."

"당연하지요. 이 나라의 미래가 안정되기 위해선 정치뿐만 아니라 경제 또한 막힘이 없어야 한다고 봅니다. 그러기 위해선 미래 산업에 끊임없이 투자하는 SHJ 같은 기업이 큰 버팀목이 되어야 합니다. 전 골통 보수주의자인 딕 체니와는 노선이 다릅니다. 하지만 강한 미국을 만들어야 한다는 생각엔 변함이 없어요. 이번 SHJ와 중국과의 싸움을 전 감명 깊게 지켜봤습니다."

청산유수처럼 말을 내뱉는 존 매케인에 대한 판단이 잘 서지 않았다. 하지만 경환은 오늘 존 매케인을 만났다는 것 자체만으로도 소기의 성과를 얻을 수 있다고 판단했다.

"상원의원님의 열정에 박수를 보냅니다. SHJ는 법이 정한 한도 내에서 의원님을 지원할 생각입니다."

"하하하, 첫술에 배부르지 않지요. 전 저와 리 회장이 좋은 파트너가 될 것이란 기분이 듭니다."

떡 줄 사람은 생각하지도 않는데 먼저 김칫국부터 마시는 존 매케인을 경환은 물끄러미 바라보았다. 지루한 대화 속에서 경환의 생각은 캘리포니아공대의 테스트를 받고 있을 정우에게 향해 있었다.


저택으로 빠르게 발걸음을 옮긴 경환은 생각보다 많은 사람으로 인해 인상을 찌푸렸다. 정우의 재능을 확인하는 자리였지 실험용 모르모트로 만든 자리가 아니었기 때문이었다.

"뭔 사람이 이렇게 많은 거야?"

불편한 심기를 숨기지 않은 경환의 차가운 목소리에 거실에 모여 있는 사람들의 대화가 일순간 정지되었다.

"처음 뵙겠습니다. 저는 NASA 소속의 폴 허츠라고 합니다. 이 친구는 캘리포니아공대 천체물리학 교수인 마커스 브라운 박사입니다."

"반갑습니다. 마커스 브라운이라고 합니다."

두 사람이 건네는 악수를 건성으로 받아넘긴 경환은 소파에 자리를 잡고 앉았다. 미국 경제의 핵심으로 자리를 잡아 가고 있는 SHJ 회장을 처음 만난 두 사람은 경환이 내뿜는 분위기에 압도될 수밖에 없었다.

"정우는 어디 있습니까?"

"여기 있는 사람들은 저와 같이 온 심리학과 팀원들입니다. 자제분의 지능을 확인하는 게 중요할 거 같아서요. 자제분은 심리학 박사인 로버트 졸릭과 함께 있습니다."

"여보, 서방님이 테스트하는 자리에 같이 있어요. 너무 걱정하지 마세요."

SHJ 시큐리티 경호 팀이 삼엄한 경계를 피고 있어 특별한 문제는 없을 거란 걸 알고는 있었지만, 경환은 정우가 테스트 받고 있는 2층에서 눈을 떼지 않고 있었다. 수정은 경환의 옆자리로 다가가 조심스럽게 경환의 손을 잡고는 나지막이 귓속말을 건넸다.

"여보, 사람들이 불안해하잖아요. 정우가 어떻게 되는 것도 아니고, 우리를 도와주러 온 사람들이니 분위기를 좀 풀어 주세요."

잡은 손에 힘을 주며 말을 하는 수정에게 시선을 돌린 경환은 고개를 가볍게 끄덕였다. 존 해밀턴 체포와 존 매케인과의 만남 등 피곤한 하루를 보낸 경환은 자신이 너무 예민했다는 것을 느낄 수 있었다. 경환은 좌불안석인 폴 허츠와 마커스 브라운을 향해 궁금한 질문을 던지며 분위기를 풀려고 노력했다.

"미안합니다. 복잡한 일로 인해 두 분을 불편하게 했던 것 같습니다. 제 동생은 정우를 천재라고 표현하고 있는데, 두 분의 객관적인 의견을 들어보고 싶습니다."

"아직 로버트 졸릭 박사의 결과가 나오지 않아 정확한 말씀은 드릴 수 없지만 제가 판단한 자제분의 능력은 놀라울 정도입니다. 특히 물리학에 대한 이해력은 제 상상을 초월하고 있습니다. 한 가지 더 부연 설명을 드리자면 자제분이 그동안 읽었던 수많은 책의 내용과 위치를 기억하는 것으로 봐서, 완전기억능력(Photographic Memory)을 소유하지 않았나 싶습니다."

마커스 브라운은 자신의 눈으로 확인하고서도 믿지 못하는 듯 고개를 절레절레 흔들었다. 천체물리학 이론과 관련해 정우와 의견을 나누던 마커스 브라운은 책의 내용과 페이지 수까지 정확히 맞히는 정우의 기억력에 놀라지 않을 수 없었다. 지금이라도 당장 정우를 대학으로 데리고 가고 싶은 마음이 굴뚝같았지만, SHJ그룹 회장의 아들이란 사실이 부담스러웠다. 마커스 브라운의 생각을 어렴풋이 알 수 있었던 경환은 서둘러 선을 그어 버렸다.

"전 제 아들이 원하는 일을 하게 할 겁니다. 그 일이 제가 생각하는 하찮은 일이라 하더라도 말입니다."

"회, 회장님. 교육만 뒷받침해 준다면 자제분은 제2의 니콜라 테슬라가 될 수도 있는 자질이 충분하다고 생각합니다. 다시 한 번 생각해 주십시오."

경환은 아직 9살인 정우에게 세상을 너무 빨리 보여 주고 싶지 않았다. 그러나 정우의 재능을 썩히는 것도 싫었다. 무엇이 정우에게 최선의 선택일지 한창 고민하고 있을 때, 로버트 졸릭과 함께 승연의 손을 잡고 2층에서 내려오는 정우의 모습이 눈에 들어왔다. 경환은 소파에서 일어나 계단에서 내려오는 정우를 안아 들고 머리를 쓰다듬었다.

"힘들었지?"

"아니에요, 아빠. 재밌었어요. 박사님이 내 준 문제도 재밌었고 대화도 즐거웠어요."

밝게 웃는 정우를 확인하고서야 안심이 된 경환은 정우를 크리스토퍼에게 넘기고 다시 거실로 발을 돌렸다. 거실에선 정우의 IQ 검사를 진행한 로버트 졸릭과 마커스 브라운이 심각한 표정으로 대화를 나누고 있었다.

"어떻습니까?"

경환의 질문을 받은 마커스 브라운이 진지한 표정으로 경환의 질문에 답을 하고 나섰다.

"로버트 졸릭 박사의 의견으로는 자제분의 IQ가 최소 200은 넘는다고 합니다. 또한 뛰어난 기억력과 언어능력을 보이고 있어 완전기억능력을 소지하지 않았나 유추하고 있다고 합니다. 시설이 갖춰진 캘리포니아 공대에서 자제분의 정확한 능력을 재검사할 것을 강력히 제안합니다."

"고민해 보겠습니다. 제 아들은 아직 초등학교 5학년입니다. 남들보다 뛰어나다는 게 좋은 면만 있는 건 아니지 않습니까? 사회에 동화되지 못해 외롭고 나약한 삶을 살게 될 수도 있는 문제인 만큼 쉽게 판단할 일은 아닌 거 같습니다. 고민해 보겠습니다."

경환은 학창 시설 수학을 낙제할 수밖에 없었던 아인슈타인을 머리에 떠올렸다. 공식이 필요 없던 아인슈타인은 답만 적어 시험지를 제출했고 담당 교수는 공식을 쓰지 않았다는 이유로 매번 낙제점을 주었다. 이런 이유로 많은 천재는 일반인과 동화되지 못한 채 항상 외톨이였고 '미친 사람'이라는 시선 속에서 살아가야만 했다. 경환은 그런 삶을 정우에게 줄 수 없었다.

"회장님의 생각 너무 잘 알고 있습니다. 그러나 정우를 이렇게 방치한다면 국가적인 낭비입니다. 한 명의 천재로 인해 세상이 바뀐다는 거 회장님이 더 잘 아시지 않습니까?"

마커스 브라운은 집요했다. 그만큼 정우가 탐이 났다. 그러나 그 전에 경환을 설득해야 한다는 게 마커스 브라운에겐 넘을 수 없는 벽이었다. 잠시 정적이 흐르고 마커스 브라운의 입이 열렸다.

"회장님, 자제분은 일반 교육이 무의미합니다. 캘리포니아공대를 강력히 추천하지만, 휴스턴의 라이스대도 천체물리학에선 어느 정도 명성을 가지고 있는 대학입니다. NASA와 함께 라이스대에서 자제분을 가르치게 하는 건 어떻겠습니까?"

"제 아들의 의견을 충분히 반영하겠습니다. 라이스대라면 저도 큰 반대는 하지 않을 생각입니다. 오늘은 모두 수고하셨습니다."

마커스 브라운은 착잡한 심정을 얼굴에 그대로 표현하고 있었다. 폴 허츠의 전화를 받았을 때만 해도 이 정도의 흥분은 느낄 수 없었지만, 지금 마커스 브라운의 머릿속엔 정우로 인해 바뀌게 될 세상에 자신의 이름을 같이 새겨 넣고 싶은 생각밖엔 없었다.

밤늦은 시간이었지만, 청와대 대통령 집무실은 아직도 불이 꺼질 줄 몰랐다. 2004년이 새롭게 열리자마자 한국은 초유의 사태인 대통령 탄핵 소추안이 야당의 치밀한 작전 하에 국회를 통과했다. 나라는 보수와 진보로 분열하며 진흙탕 싸움을 지속했다. 7차 변론까지 가는 지루한 싸움에서 헌법재판소는 탄핵 심판 기각을 결정해 대통령의 직권은 복원되었지만, 이 때문에 대외신인도는 하락했고 경제에 좋지 않은 영향을 끼치기 시작했다. 이런 대통령 탄핵엔 여당과 야당, 멀리 미국과 중국, 일본의 복잡한 수가 얽혀 있었다. 그중에는 북한도 큰 몫을 담당했다.

"대통령님, 좀 쉬시죠."

"괜찮습니다. 죽었다 다시 살아났는데 하룻밤 새는 거 그게 뭐 대수겠습니까? 문 실장이나 좀 쉬십시오."

비서실장인 문상국은 측은한 눈으로 노기찬 대통령을 바라보았다. 집권 초기부터 보수 기득권 세력에 의해 철저히 무시를 당하고 있었다. 특히 재벌 언론의 왜곡 보도와 의혹 제기는 이미 도를 넘어서고 있어 원활한 국정을 할 수 없을 정도였다. 이런 이유로 재벌 개혁에 필요한 여론을 조성할 수 없었고, 재벌들은 불황을 핑계로 투자와 고용을 최소화하며 대통령과의 타협을 모색하기에 이르렀다. 국민들의 지지로 청와대에 입성했지만, 기득권 세력의 방해와 재벌 개혁 실패는 안정을 추구하는 중장년층을 이탈시키며 조기에 레임덕이 올 수도 있다는 위기설을 증폭시키고 있었다. 문상국의 입으론 자그마한 한숨이 새어나왔다. 돌파구가 필요했기 때문이었다.

"왜 그렇게 보십니까? 문 실장이 무슨 생각을 하는지 압니다. 그러나 저 아직 안 죽었습니다."

"아닙니다. 일본의 일정을 하루 줄이면서까지 방한에 무게를 두는 앨 고어의 꼼수에 진절머리가 납니다. 재선이 급하긴 했나 봅니다."

문상국은 작년 방미 때의 치욕이 머리에 떠올랐다. 대통령과 리차드 홀부르크와의 면담에서 미군 장갑차 사건으로 희생된 여중생을 거론하며 미국의 적극적인 자세를 주문했지만, 리차드 홀부르크는 서해해전으로 희생된 해군 장병들의 이름을 기억하느냐는 질문으로 대답을 대신하는 무례를 저질렀다. 그러나 장병들의 이름을 기억할 수 없었던 노기찬은 그런 무례를 삼킬 수밖에 없었다.

"와 달랄 땐 오지 않고 자기 필요로 일정까지 변경하는 걸 보면 우린 안중에도 없다는 말이죠. 이런 결례에도 감지덕지하란 투가 맘에 들지 않더군요."

"앨 고어의 일정을 봐도 그렇습니다. 단독 회담은 1회에 그치고, 모든 일정이 SHJ 타운과 L&K재단에 초점이 맞춰져 있습니다. 결국 이번 방한은 공화당 존 매케인과 SHJ의 틈을 벌리려는 앨 고어의 꼼수라고밖에는 볼 수 없습니다."

노기찬은 하던 일을 멈추고 야식으로 준비된 두부 한 점과 함께 막걸리를 한 사발 들이켰다. 미국 경제와 정계의 핵으로 부상하고 있는 SHJ가 큰 영향력을 가지고 있음에도 한국에서만큼은 그 영향력을 펼치지 않고 있는 것을 이해하기 힘들었다. 특히 회장인 경환이 한국계란 사실은 더욱 노기찬을 궁금하게 하기에 충분했다.

"이번 SHJ와 중국정부와의 힘겨루기는 SHJ의 승리라는 분석이 대세라고 보는데, 미국과 중국도 어쩔 수 없는 SHJ가 유독 한국에서는 조용한 정책을 추구하는 이유가 뭐라고 봅니까?"

"조용한 건 아니라고 봅니다. 한국 경제는 SHJ의 눈치를 살피기 급급합니다. 오성전자의 주식 10%가 이미 SHJ 수중에 있습니다. 오성뿐만 아니라, 대현그룹, 대후그룹이 SHJ의 영향력 안에 있다고 봐야 합니다. 중요한 건 L&K재단의 심석우 본부장이 서서히 움직이고 있다는 것입니다."

"서서히 움직이고 있다니요?"

노기찬은 처음 듣는 소리에 마시던 막걸리 사발을 책상 위에 올려놓았다. 노기찬에게 있어서도 SHJ는 넘기기 힘든 거목과 같은 존재였다. 전임 정권들과는 막후에서 거래했던 SHJ가 유독 이번 정권과는 어떠한 거래나 접촉조차 시도하지 않고 있었다. 만약 막대한 자금력과 정보력을 가진 SHJ가 한국 정치에 영향력을 행사한다면 그 여파는 상상을 초월할 것이었다. 노기찬은 문상국의 답변을 재촉했다.

"이경환 회장의 매제인 심석우 본부장은 지난 서해해전으로 얻은 국민적 지지를 자신의 정치적 야심에 십분 활용하고 있습니다. 아직은 양의 탈을 쓰고 있지만 앨 고어가 L&K재단을 방문해서 단독 면담이라도 성사된다면 쓰고 있던 양의 탈을 벗게 될 겁니다."

"허, 개성공단과 금강산을 시작으로 남북 화해 분위기가 조성되고 있는 지금 심석우의 등장이 이런 분위기에 찬물을 끼얹게 될까 걱정입니다."

노기찬은 한미일 군사협정에 강한 반발을 보이며 일본의 한반도 개입을 철저히 막는 한편, 투자를 통해 북한을 개방시키려는 노력을 기울이고 있었다. 그러나 노기찬의 이런 노력에도 북한은 노기찬의 이상향에 쉽게 손을 내밀지 않고 있었다.

"그게 좀 묘합니다. 심석우 본부장은 분명 자주국방을 통해 주변국의 입김에서 벗어나자고 주장하며 야당과는 일정 부분 거리를 두고 있습니다. 또한 일본과 중국의 군사 대국화에 우리가 살길은 그에 상응하는 국방력을 키우는 것밖에는 없다는 말로 젊은 층의 호응을 이끌고 있습니다."

"허, 그 친구 갈피를 못 잡게 하는군요. 그 친구 뒤에 이경환 회장이 있다고 봐도 무방하겠나요?"

"재단의 일에 SHJ는 관여하지 않는다고 하지만 박화수 사장이 SHJ를 나와 재단에 합류한 것을 보면 이경환 회장의 작품이라는 생각이 듭니다."

노기찬은 밀려오는 두통에 관자놀이를 주먹으로 지그시 눌렀다. 일본을 등에 업은 미국은 작계5029를 통해 한미일 군사협정을 체결하고 일본의 한반도 개입을 사실상 인정하고 있었고, 중국은 경제력을 근거로 군사 대국화의 길로 들어선 지 오래였다. 국내 정치 이상으로 꽉 막힌 한반도 정세를 어떻게 풀어야 할지 노기찬의 고민은 깊어지고 있었다.

"대통령님, SHJ와 손을 잡는 게 어떻겠습니까?"

"SHJ와 손을 잡다뇨?"

"현 상황에서 앨 고어를 통제할 수 있는 사람은 이경환 회장밖에는 없습니다. 심석우는 아직 자라나는 새싹이라 차기는 힘들고 차차기를 노리게 될 겁니다. 한국의 재벌을 통제하고 미국의 양보를 얻어 내기 위해선 이경환 회장이 적격입니다."

"흠, 늑대를 쫓기 위해 호랑이를 불러들이자는 소리군요."

노기찬은 빈 사발에 막걸리를 부었다. 야식으로 나온 안주는 거들떠보지도 않은 채 막걸리를 입에 부었고, 꿀꺽거리는 목젖을 타고 막걸리 한

줄기가 흘러내렸다.

　라이스대에서 진행한 정우에 대한 지능 검사는 IQ 245라는 경이적인 수치를 기록하며 휴스턴을 들썩이게 만들었다. SHJ 회장의 자식이 천재라는 소문과 함께 캘리포니아공대의 입학 제안이 들어오자 라이스대에선 휴스턴 시 정부와 학교 총장이 직접 나서며 정우를 타교에 뺏기지 않기 위해 물밑작업을 치열하게 진행했다. 그러나 아직 경환과 수정은 정우에 대한 문제를 결정하지 못하고 있었다.

　정우와 희수가 방학을 맞이하자 한국에서 긴 휴가를 보내기로 한 경환은 SHJ 타운의 운영을 부회장인 황태수에게 넘기며 마지막 점검을 위해 모든 경영진을 소집했다. SHJ-퀄컴은 애플의 아이폰을 출시 전부터 경계했지만, 애플의 아이폰은 스티브 잡스와 경환의 기대에 미치지 못한 10%대에서 오르락내리락하고 있었다.

　"두 달가량 서산 SHJ 타운에서 업무를 하겠습니다. 휴스턴은 황태수 부회장님이 경영을, 린다 쿡 사장님이 자금을 맡아 주세요. 지금 자금 상황은 어떻습니까?"

　"엘리시움의 판매가 급성장하고 SHJ-구글과 SHJ 플랜트의 영업 매출이 늘면서 750억 달러의 가용자금이 확보되어 있습니다. 부동산과 주식에 투자된 자금을 더한다면 현 시가로 1,000억 달러가 넘습니다. 이런 와중에 월가에서는 우리가 SHJ-퀄컴의 지분 15%를 언제 시장에 풀지 관심을 모으고 있으며 공시 요청도 계속되고 있습니다."

　SHJ-퀄컴의 주식은 이미 1,500달러를 돌파하며 식을 줄 모르는 황제주로 등장했지만, 4,000만 주밖에 풀리지 않아 거래는 전혀 이뤄지지 않고 있었다. SHJ-퀄컴과 SHJ-구글은 성장을 지속하며 IT업계의 새로운 공룡이 되었고, 새로운 기술 개발과 함께 M&A의 큰손으로 자리 잡고 있었다. R&D(연구개발)에 막대한 금액을 투자하고 있었지만, 가용자금은 매년 증가하는 특이한 상황이었다. 경환은 린다의 보고에 흡족함을 표시했다.

"가용자금을 적정선에서 확보하고 나머지는 R&D와 직원 복지에 투자하십시오. 특히 서산의 기술연구소는 막대한 투자에도 아직 결과물이 나오지 않고 있다 보니 위축될 수도 있습니다. 투자를 요청 받기 전에 미리 그 이상으로 지원해 주세요. 그리고 우리가 버는 만큼 지역사회에 환원하는 기업 이미지를 심어 줘야 합니다. 각종 기부와 지역사회 복지에 신경을 쓰십시오. 백악관과 약속한 SHJ-퀄컴의 지분 15%는 당분간 시장에 내놓을 생각이 없으니 그렇게 알고 준비해 주세요."

"알겠습니다. SHJ그룹의 적정 가용자금을 다시 산정하도록 하겠습니다."

린다는 경환의 뜻을 이해할 수 있었다. SHJ-퀄컴 상장으로 400억 달러가량의 자금을 확보할 수 있었지만, 백악관은 처음 약속한 사항을 아직 이행하지 않고 있었다. 가용자금이 넘치는 상황에서 15%를 시장에 풀 이유가 전혀 없다는 경환의 생각에 린다 또한 동조하고 있었다.

"슈미트 사장님, 인공위성이 5기 발사되었고 내년 말까지 5기를 더 발사하게 된다면 SHJ-구글만으로는 운영이 힘들 것 같아 보이는데 대안은 있습니까?"

"회장님 말씀에 동감합니다. 아직은 운영에 큰 문제가 없지만 내년부터는 특수 목적을 가진 위성을 우리 기술로 만들 생각입니다. 따라서 현재 운영 중인 유니버스(Universe) 팀을 확대해 분사시키는 방안을 연구하고 있습니다."

"좋은 생각이라고 봅니다. 인원을 확보하시고 분사 계획을 수립해서 보고해 주십시오."

"회장님, 아직 보고 드릴 상태는 아니지만 장기 계획으로 자체 발사대를 보유하는 게 어떻겠습니까?"

경환은 에릭의 보고에 고개를 갸우뚱거렸다. 총 100기 이상의 위성 발사계획을 가진 것은 사실이지만, 자체 발사대를 보유한다는 것은 막대한 자금이 들 뿐 아니라 유지비 역시 상당하기 때문이었다.

"자세히 설명해 주십시오. 수지타산이 맞겠습니까?"

"NASA에 대한 지원을 확대하고 있다 보니, 자금력에서 밀리는 스페이스X는 우리와의 경쟁에서 한발 물러나 관망하고 있는 상태입니다. NASA에서도 스페이스X가 추진하던 사업을 우리가 진행해 줄 것을 간접적으로 요청하고 있습니다. 인공위성을 넘어 우주왕복선까지 갖게 된다면 자체 발사대는 꼭 필요하다는 분석입니다."

미래 산업의 동력은 대체에너지와 우주 산업이라는 판단에 앨 고어와의 담판으로 얻어 낸 결과였다. 자칫 밑 깨진 항아리에 물만 부어 넣을 수 있는 자체 발사대 건설에 신중할 필요가 있었다.

"우선 텍사스 주 정부, NASA와 협상을 진행하십시오. 정확한 실사 보고서가 나온 후에 다시 검토하는 것으로 하겠습니다."

"알겠습니다. 조만간 보고서를 작성해 따로 보고 드리겠습니다."

"엘리시움 후속 모델은 언제 출시 예정입니까?"

중국 외교부의 유감 성명 발표에도 SHJ는 중국 사업에 대한 철수를 결정했고, 베트남과 태국, 인도와 합작을 통해 생산 기지를 건설하는 중이었다. 중국정부는 SHJ-구글의 검색을 차단하고 엘리시움의 수입을 규제하는 법률을 제정해 맞서고 있었지만, 아시아와 유럽의 지속적인 판매 성장으로 심각한 영향은 없는 상태였다. 어원은 경환의 질문에 빠르게 보고를 시작했다.

"올 4/4분기 출시를 목표로 하고 있습니다. 오성전자가 OS개발을 중단했고, 노키아와 에릭슨이 컨소시엄에 가입하면서 SHJ-구글의 영향력이 서서히 증대되고 있습니다. 중국정부가 SHJ-구글의 자체 응용 프로그램 구동을 막고 있지만, 이 조치는 중국의 IT 기술을 퇴색시키는 조치라고 판단하고 있습니다."

"중국정부와는 강경 대응을 유지하세요. 길을 잘못 들여놓으면 끌려다닐 수밖에 없습니다. 백기 투항이라는 판단이 들 때까지 현 상태를 유지하시면서 SHJ-구글은 빠르게 철수하시고, SHJ-퀄컴은 특허 사용 중단으로 중국정부를 압박하십시오."

경환은 중국정부에 대해 강대강 전략을 유지할 생각이었다. 무대포식의 중국 전략에는 더 강한 무대포로 맞서는 게 장기적인 안목에서 필요하다는 판단에서였다. 어느 정도 회의가 끝나갈 무렵 황태수가 조용히 의견을 개진했다.

"앨 고어의 방문은 사전 협약대로 이뤄질 것 같지만, 청와대에서 요청한 노기찬 대통령의 서산 방문에 대해 검토해야 하지 않겠습니까?"

"그렇긴 하네요. 느닷없이 서산을 방문하겠다는 목적이 뭐라고 생각하십니까?"

경환은 청와대의 제안이 달갑지 않았다. 노기찬의 소탈하고 인간적인 면을 탓한다기보다 제대로 국정을 이끌지 못하는 주변 인물들의 한계성에 좋은 점수를 줄 수 없었기 때문이었다. SHJ 아시아 본사는 청와대의 요청에도 답을 뒤로 미룬 채 분위기 파악에 여념이 없었다.

"지금 한국정부는 사면초가입니다. 탄핵이 기각되었지만 국정 운영엔 심각한 타격을 받은 상태이기도 하고요. 한국정부는 우리를 이용해 앨 고어와의 협상에서 우위를 점하고 지지부진한 재벌 개혁과 경제 활성화를 이끌려는 노림수가 있다고 판단됩니다."

"뿌리가 약하다는 게 한국정부의 아킬레스건이겠지요. 대통령이 똑똑하다고 밑의 수하들이 똑똑하다고 볼 수는 없지 않겠습니까? 제가 노기찬 대통령을 만난다면 우리가 얻을 수 있는 이익은 뭡니까?"

전임 정부들과의 협상은 끌려 다닐 수밖에 없었다. 그러나 지금은 상황이 달랐다. SHJ 아시아 본사는 한국정부의 어떠한 간섭에도 콧방귀를 뀌며 독자적인 정책을 펼칠 수 있는 영향력을 확보한 상태였다. 한국의 기업순위 1~2위를 다투는 오성그룹과 대현그룹 주식의 상당수가 외환위기를 통해 SHJ의 수중에 떨어졌다. SHJ가 전경련에 참여하지 않고 있다고 해서 그 영향력까지 없다는 것은 아니었다. 경환은 노기찬의 생각과 달리 SHJ의 이익을 먼저 생각했다.

"현재 한국은 국론 분열이 심각한 상태입니다. 아울러 군대의 분위기도 좋지 못한 상황이고요. 또한 미국정부와 관계가 좋지 못한 노기찬 대통령을 만난다는 건 우리에게 득보단 실이 많다고 봅니다."

경환은 황태수의 의견에 반론을 제기하지 않았다. 황태수의 말대로 득보단 실이 클 수밖에 없었기 때문이었다. 그러나 역으로 노기찬 또한 이런 사실을 알고 있다면 더 큰 이득을 얻을 수도 있다는 생각이 순간 떠올랐다.

"하이 리스크 하이 리턴인 만큼, 사면초가인 한국정부를 밀어 준다면 더 많은 이익을 볼 수도 있지 않겠습니까?"

"그렇지 않을 수도 있습니다. 기득권 세력이 현 정부와 각을 세우고 있습니다. 또 가장 큰 문제는 노기찬 대통령이 아닌 현 내각과 여당을 믿지 못한다는 데 있습니다. 우리가 대통령의 확답을 받아낸다 해도 그 약속이 지켜지리란 보장이 없습니다. 그럴 바에야 심석우 본부장의 입지를 더 키우는 게 좋을 수도 있습니다."

경환은 긴 한숨을 내뿜었다. 한국의 정치만큼 단순하면서도 복잡한 정치는 찾아볼 수가 없었다. 세계를 좌지우지하는 미국의 정치와도 비교할 수 없을 정도로 한국 정치는 쉽게 발을 담글 수 없는 진흙탕이라는 게 경환을 깊은 고민에 빠트렸다.

"이렇게 합시다. 몇 가지 퍼포먼스를 준비해 심석우 본부장과 SHJ가 각을 세우는 모습을 보여 줘야 할 시기라고 봅니다. 앨 고어의 방한 이후로 해서 심석우 본부장의 지지도를 끌어올리는 방안을 검토해 주시고 청와대의 요청을 받아들이세요. 그리고 노기찬 대통령 방문 후에 서울시장 측의 제안도 받아들이십시오."

"차기를 노리는 서울시장과도 만나 보실 생각입니까? 제 개인적인 생각은 경제인 출신인 서울시장이 우리에게 유리할 수도 있다고 봅니다."

경환은 황태수의 대답에 어색한 웃음을 지었다. 경환의 머릿속엔 청와대나 서울시장은 안중에도 없었다. 그 결과를 너무나 잘 알고 있었기 때문이었다. 경환은 두 사람과의 만남에서 확실한 이득을 챙길 생각이었다. 한국정부나 서울시장보다는 SHJ의 이익이 경환에겐 무엇보다도 중요했다.

"회의는 이것으로 마칩니다. 중요한 사항은 서산에서 보고를 받겠습니다. 이번 한국방문은 기술연구소의 연구 진행 상황을 확인하고 SHJ의 미래를 점검하기 위한 자리입니다. 부회장님은 법정 한도 내에서 존 매케인 캠프에 대한 지원을 아끼지 마십시오. 앨 고어 대통령이 눈이 뒤집힐 정도라도 상관없습니다."

회의를 마친 경환은 전용기가 준비된 사설 비행장으로 향했고, 미리 비행기에 탑승한 가족들과 함께 긴 여행을 시작했다.

경환의 전용기가 태평양 상공을 날고 있을 때, 서산 SHJ 타운 내부 깊숙한 곳에선 에릭과 함께 체포된 존 해밀턴에 대한 심문이 삼엄한 보안 속에 진행되고 있었다. 존 해밀턴의 배후를 알지 못한 상태에서 SHJ 시큐리티는 휴스턴의 정예 요원까지 파견하며 혹시 모를 공격에 대비했다. 초췌한 모습의 존 해밀턴은 양손과 양발이 모두 묶인 채, 사방이 온통 흰 벽으로 된 방의 중앙 책상에 앉아 있었다.

"지문이나 홍채, DNA를 통해서도 자네의 실체가 파악되지 않더군. 귀신을 만들 정도의 조직이라니 정말 대단해."

"카일 디푸어, 당신이 직접 심문을 하다니 내가 살아 나가긴 틀린 거 같군."

존 해밀턴은 허탈한 웃음을 지을 수밖에 없었다. SHJ 시큐리티라고 판단은 하고 있었지만, 수장인 카일이 직접 얼굴을 드러낸다는 것은 '살아서는 이곳을 벗어나지 못한다'는 의미나 다름없었다. 한순간의 방심으로 수갑을 찬 신세가 된 존 해밀턴은 삶의 끈을 놓을 수도 없는 신세였다.

"너무 걱정하지 말라고. 유일하게 어깨의 문신을 지운 흔적이 있더군. 시간이 걸리긴 하겠지만, 자네의 신분을 파악하는 건 그리 어려운 일은 아니야. 자네도 우리의 능력은 어느 정도 파악하고 있지 않겠어?"

"우리와 전쟁이라도 하겠다는 거로군. SHJ가 입을 피해가 어느 정도 일지는 생각하고 있는 거겠지?"

퍽.

카일의 눈이 매섭게 빛나며 존 해밀턴의 가슴을 구둣발로 가격했다. 책상과 연결된 쇠사슬 때문에 넘어지진 않았지만, 존 해밀턴은 심한 고통에도 신음조차 흘리지 않았다.

"너무 과격한데? 역시 명불허전이야."

"후후, 칭찬해 줘서 고맙네. 웬만한 고문은 자네에게 효과가 없을 것 같거든. 그래도 해 볼 만큼은 해 볼 생각이야. 스코폴라민하고 암페타민, 피프라드롤 중에서 맘에 드는 것으로 하나 골라 봐. 약물 훈련도 돼 있겠지만, 자네가 밥만 축내는 거보다는 좋잖아?"

CIA의 자백 유도제로 쓰고 있는 약물의 이름이 흘러나오자 존 해밀턴은 입술을 깨물었다. 다른 약물은 몰라도 스코폴라민은 소량만 사용해도 자의를 상실하게 하여 '좀비 약'으로 불릴 정도로 악명이 자자했다. 존 해밀턴의 얼굴이 순간 굳어지는 걸 목격한 카일은 와이셔츠의 소매 단추를 풀고 걷어 올렸다.

"넌 넘지 말아야 할 선을 넘었어. 따라서 쉽게 가든 어렵게 가든 자네가 가는 길의 목적지는 어차피 한 곳이야. 선택은 온전히 자네 몫이니 알아서 하라고. 우선 쉽게 가 보자고. 이름이 뭐지?"

"후후, 직접 알아봐. 나도 내가 누군지 잘 모르니까."

카일은 음흉한 미소를 건네며 신호를 보냈다. 뒤에서 신호를 기다리던 부하가 주사약을 건네자 카일은 일고의 망설임도 없이 존 해밀턴 곁으로 다가섰다.

인천국제공항. SHJ의 전용기 세 대가 차례로 착륙했다. 휴가를 겸한 경환의 장기 방한에 한국의 재계와 정계는 들썩거렸다. 미국에서는 SHJ의 중요성을 고려해 오산 미 공군기지를 이용할 것을 제안했지만 경환은 이런 백악관의 제안을 거절하고 인천국제공항을 선택했다. 그러나 각국의 언론이 경환의 방한을 집중적으로 보도하며 공항에 대거 기자를 파견하자, 한국정부와 알의 의견을 받아들여 VIP 통로를 이용해 빠르게 공항을 벗어날 수밖에 없었다.

"지난번보다는 SHJ 타운이 제 모습을 갖춘 거 같군요. 수고 많으셨습니다."

"아닙니다. 회장님. 제가 한 일도 아닌데요."

유창한 한국어로 의사를 전달하는 잭이 경환에겐 새로운 모습으로 다가왔다. 아직 발음이 어눌하긴 했지만 정확한 문법과 표현은 경환을 놀라게 했다. 경환은 영어를 접고 한국어로 잭과의 대화를 이어 나갔다.

"한국어가 유창합니다. 잭이 귀화를 신청했다는 소리에 자다가 침대에서 굴렀다는 거 아십니까? 조안나도 잭의 의견에 동의한 겁니까?"

"부끄럽지만, 조안나의 한국어 실력은 저보다 낫습니다. 귀화 신청을 제안한 것도 제가 아닌 조안나였습니다."

경환은 만감이 교차하는 느낌을 받았다. 미국 국적을 포기하고 한국 국적을 취득한 열정이 대단하긴 했지만 한편으론 미국에서 버림받았다는 생각에 국적까지 포기한 잭과 조안나가 안쓰럽게 느껴졌다. 경환의 회귀만 아니었어도 잭은 KBR에서 승승장구할 인물이었다.

"그리고 감사합니다. 린다를 통해 SHJ 홀딩스의 지분 2%를 저에게 양도했다는 소식을 들었습니다. 돈이 중요한 건 아니지만 제가 SHJ의 진짜 가족이 되었다는 사실이 더 기뻤습니다."

경환은 고개를 숙이려는 잭의 어깨를 잡았다. SHJ 내부에서도 잭의 주주참여를 달갑지 않게 생각하는 목소리가 있었지만, 잭의 의지를 확인한 경환은 린다와 황태수의 도움으로 그러한 반감을 불식시켰다.

"한 번의 실수는 용서할 수 있습니다. 그리고 잭은 제가 신뢰할 수 있는 사람이고요. 앞으로도 서산을 키우는 건 잭의 몫입니다. 전 그저 잭의 뒤를 봐줄 뿐입니다."

"감사합니다. 저는 서산의 제 집무실에서 죽는 게 소원입니다. 그때까지 자르시면 안 됩니다."

"하하하. 오래 살기나 하십시오. 평생 부려 먹을 테니. 그건 그렇고 손님 맞을 준비는 다 된 건가요?"

잭과 함께 경환의 집무실로 들어서자 하루나가 이끄는 비서실은 이미 업무 준비를 마친 채 경환을 맞이하고 있었다. 휴스턴의 집무실과 똑같은 배치와 가구들로 인해 경환은 자신이 서산에 왔다는 사실조차 인지하지 못할 정도였다. 잭은 경환이 커피로 목을 축이는 모습을 본 후에야 보고를 이어 갔다.

"청와대와는 큰 문제가 없었지만 백악관 경호팀과 문제가 좀 있습니다. 앨 고어의 동선에 맞춰 경호 라인을 점검하겠다는 이유로 서산 SHJ 타운의 설계도와 각 건물의 비상 출구를 실사하겠다고 통보해 왔습니다."

"뭐라고요?"

경환은 어이가 없다는 표정으로 급히 카일을 불러들였다. 경환은 불쾌감을 지울 수 없었다. 카일이 급히 경환을 찾아오기 전까지 경환은 헛웃음만 연신 터트렸다. 집무실에 들어서는 카일은 경환의 이런 모습을 이해할 수 없어 고개를 갸우뚱거렸다.

"회장님, 무슨 일이라도 있으십니까?"

"하도 어이가 없어서 그럽니다. 굳이 앨 고어가 서산을 방문하지 않아도 된다는 의사를 전달하세요. 그래도 만남을 원한다면 서산이 아닌 오산 미 공군 기지나 앨 고어의 방문이 예정된 용산 기지에서 하자고 하십시오. 선택은 백악관에 맡기고, 장소가 정해지면 경호 점검을 위해 기지의 설계도를 요구하십시오. 아울러 SHJ 시큐리티의 실사도 포함해서요."

카일은 그제야 이유를 알았다는 듯 엷은 미소를 지었다.

"너무 걱정하지 마십시오. 이미 불가하다는 통보는 전달한 상태입니다. 회장님의 의견을 다시 백악관 경호 팀에 전달하겠습니다."

방한 후부터는 재선을 위해 치열한 싸움을 벌여야 할 앨 고어가 어떤 표정을 지을지 경환은 자못 궁금했다. 앨 고어는 미국의 경쟁상대로 빠르게 부상하는 중국에 대한 통제력을 확보하지 못했다는 비판을 받고 있었다. 이로 인해 지지도가 곤두박질치면서 민주당을 긴장시켰다. 이런 와중에 존 매케인과 경환의 만남은 앨 고어를 초조하게 만들기에 충분했다. 경환은 앨 고어와의 만남이 성사되지 않더라도 아쉬울 게 없었다.

"회장님, 회장님의 장기 일정으로 인해 한반도 주변국들의 방문 요청이 쇄도하고 있습니다. 중국뿐만 아니라 일본, 그리고 우리의 투자가 진행되고 있는 베트남과 태국, 인도 등 각국에서 회장님의 방문을 요청하고 있어 비서실 업무가 마비될 상황입니다."

"그건 잭이 알아서 판단하세요. 가능하면 여기서 만나는 것도 좋지 않겠습니까? 오랜만에 가족들과 함께할 수 있는 시간을 방해받고 싶은 생각은 없습니다."

SHJ 아시아 본사에 대한 보고를 받은 경환은 식구들이 기다리고 있는 저택으로 일찍 몸을 돌렸다. 이번 방한에는 승연 내외도 동행해 모든 가족이 모인 자리였다. 경환은 이런 시간을 방해받고 싶지 않았다.


"로저 밀러 실장, 일을 이 지경으로 만든 이유가 뭡니까? 이번 SHJ 타운 방문을 어렵게 성사시킨 이유를 정말 몰라서 이런 겁니까?"

다니엘 핑크 비서실장은 SHJ 시큐리티 명의로 날아온 문서에 불같이 언성을 높였다. 백악관 경호실을 관장하는 로저 밀러는 다니엘 핑크의 호통에도 얼굴색 하나 변하지 않았다.

"경호의 기본 매뉴얼을 따른 거뿐입니다. 저는 오히려 SHJ 시큐리티의 과민대응을 이해하지 못하겠습니다."

"SHJ는 오히려 오산 공군 기지와 용산 기지의 설계도와 실사를 요구하고 나섰습니다. SHJ의 반응이 괘씸하긴 하지만 지금은 우리가 물러서야 할 시기란 말입니다. 대통령의 이번 방한 목적이 SHJ에 있다는 사실을 모르십니까?"

다니엘 핑크의 질책에도 로저 밀러는 물러설 수 없었다. 대통령의 경호는 비서실장이 아닌 자신의 고유 업무였고 그 방문지가 어디든 간에 사전 시찰은 반드시 필요한 절차였기 때문이었다. SHJ 시큐리티의 반응이 의외이긴 하지만 그 문제는 자신이 관여할 문제가 아니었다.

"고압적인 자세를 버리고 다시 SHJ 시큐리티와 협상을 진행하십시오. 제임스 리의 성격으로 봤을 때 대통령의 방문을 거절하면 거절했지 SHJ 타운의 문을 경호실에 열어 주지는 않을 겁니다. 제 말 아셨습니까?"

한국의 청와대를 고압적인 자세로 굴복시킨 경호실이었지만, SHJ 시큐리티는 '그럴 바에야 오지 말라'는 투로 비웃고 있었다. 로저 밀러도 백악관이 돌아가는 사정은 알고 있었다. 지지도가 끝없이 추락하고 있는 상황에서 SHJ는 재선의 끈을 놓치지 않으려는 앨 고어의 마지막 수단이란 걸 모르지 않았다. 매뉴얼을 지키며 옷을 벗을 것인지 타협을 선택해 자리를 보전할지 로저 밀러는 선택을 강요받고 있었다.

"SHJ 시큐리티와 다시 협상을 진행하겠습니다. 그러나 기본을 놓칠 수는 없습니다."

"뭐요? 당신 옷 벗고 싶은 거야!"

다니엘 핑크의 노기에 찬 목소리를 뒤로하고 로저 밀러는 비서실을 빠져나가 버렸다.


SHJ 시큐리티의 삼엄한 경계를 알과 함께 살핀 경환은 서둘러 부모님이 계시는 저택으로 향했다. 승연이 미국으로 떠난 후 모처럼 모든 식구가 자리를 함께해서인지 경환의 부모님은 웃음을 거두지 못했다.

"아빠, 나 할아버지가 내일 일하는 곳에 데리고 가 주신다고 했어. 그런데 할아버지가 아빠보다 더 높은 사람이지?"

"그럼, 할아버지가 아빠보다 훨씬 높은 분이시지. 아빠도 할아버지 말씀을 들어야 하거든."

"히히, 그럴 줄 알았어. 아빠가 잘못하면 할아버지한테 일러야지."

할아버지 품에서 벗어나지 않으려는 희수가 얼굴만 내민 채 경환의 퇴근을 반겼다. 수정의 잔소리에도 희수는 도통 할아버지 곁을 떠날 생각이 없는 듯 보였다. 수정은 배부른 동서를 대신해 준비된 음식을 살피느라 경환의 퇴근한 모습도 살피지 못하고 있었다.

"형님, 정우의 IQ가 245란 말을 들었는데 이게 무슨 말입니까? 그런 천재가 우리 집안에서 태어났다니 좌우지간 부럽습니다, 형님."

정아와 함께 서산을 찾은 심석우가 놀란 듯 경환이 자리에 앉기도 전에 질문을 퍼부었다. 경환의 아버지도 흐뭇한 표정으로 정우의 머리를 쓰다듬어 주었다.

"애는 애처럼 커야지. 아직 정우의 앞길은 정한 게 하나도 없으니 너무 설레발치지 마라. 그나저나 박화수 이사의 말은 잘 따르고 있는 거야? 철저히 준비하라고. 괜히 너무 오버해서 한 방에 훅 갈 수도 있다는 거 명심해."

"그런 말씀 마십시오. 박화수 이사가 죽으라면 죽는 시늉까지 하고 있습니다. 무슨 모임을 그렇게 많이 주선하는지 오늘도 언론사 인터뷰를 두 건이나 했습니다."

겉으론 힘든 표정을 보이면서도 심석우의 눈빛은 강렬하게 빛나고 있었다. 경환의 지시가 있었긴 하지만, 박화수가 재단이사로 임명되면서 심석우의 인지도를 높이는 작업을 꾸준히 진행하고 있었다. 각종 언론사 인터뷰는 물론이고 소외당하는 계층을 직접 발로 찾아다닌 결과 심석우란 인물이 사람들의 입에 오르내리고 있었다. 아직은 심석우 개인에 대한 관심보다는 경환의 매제라는 사실이 세간의 호기심을 자극하고 있다는 게 문제였다.

"그런데 형님, 박화수 이사는 앨 고어와의 만남을 통해 인지도를 높일 생각인 거 같은데, 그래도 되는지 모르겠습니다."

"인지도가 하늘에서 그냥 뚝 떨어지는 줄 알아? 전략과 계산이 없다면 그 인지도는 물거품과 같은 거야. 앞으로 힘든 일이 많을 테니, 처신에 각별히 조심하면서 신경 써."

"아시면서 왜 이러십니까? SHJ 시큐리티에서 똥 누는 시간까지 확인하는 걸 제가 모른다고 생각하십니까? 감옥이 따로 없습니다, 감옥이."

"왜? 싫어? 싫으면 지금이라도 당장 그만두든지."

경환의 말에 심석우는 입을 다물 수밖에 없었다. 단순한 투정으로는 경환의 위안을 받을 수 없다는 걸 안 심석우는 경환의 눈치를 보고 있었다. 심석우의 성격을 잘 알고 있던 경환은 심석우를 손바닥에서 내려놓을 생각이 없었다. 자리가 사람을 만든다고 심석우가 자신이 원하는 목표에 다다른다면 지금과는 다른 모습으로 자신을 대할 것을 알고 있던 경환은 심석우의 주변 인물을 자신의 사람으로 채워 가는 방법으로 심석우를 통제권 안에서 벗어나지 못하게 할 작정이었다.

"오빠, 너무 심 서방 몰아세우는 거 아니야? 나도 언니한테 제대로 시누이 노릇 한번 해 볼까?"

"호호, 아가씨. 어머니가 제 편이란 사실 모르셨나 봐요. 하나도 안 무서운데요?"

원군이 도착했다는 걸 알았는지 심석우는 정아를 방패삼아 숙였던 고개를 빳빳이 세웠다. 수정이 경환 곁에 서며 부부 대 부부의 기 싸움이 벌어지자 경환은 이 상황이 재미있는 듯 웃고 말았다.

"자식, 가재는 게 편이라더니 인마 넌 출가외인이거든. 안 그래요, 아버지?"

"그래도 그건 아니지. 난 누나 의견에 한 표를 던지겠어."

경환의 질문을 받은 아버지는 난감한 표정을 지으며 누구의 손도 들어 주지 못하고 있었다. 경환에게 쌓인 게 많았던 승연이 정아에게 들러붙자 경환은 싸늘한 눈빛을 승연에게 던졌다. 이 상황은 경환 어머니의 한마디로 깨끗이 정리되었다.

"너희들은 제발 철 좀 들어라. 어째 정우보다도 못하냐? 시답잖은 짓 그만하고 빨리 와서 밥이나 먹어."

한바탕 소란이 정리되자 모두 식탁으로 자리를 옮겼다. 오랜만에 모든 식구가 모인 자리라서 그런지 식탁 위엔 빈 곳이 없을 정도로 음식들이 채워져 있었다. 술이 한 잔씩 오가면서 분위기는 화기애애하게 흘러갔다. 경환은 가족들의 밝은 표정에서 진정한 행복을 느낄 수 있었다. 회귀후 14년이란 짧지 않은 시간이 흐르면서 이뤄 낸 행복에 경환은 식구들이 알 수 없는 혼자만의 감회에 빠져들었다.

"아빠, 내일 기술연구소에 저도 데리고 가실 수 있으세요?"

밥을 입에 한가득 넣어 씹고 있던 정우의 말에 경환은 미소를 보이며 정우의 머리를 쓸어내렸다.

"기술연구소를 구경하고 싶은 거니?"

"네, 희수도 할아버지 사무실 구경하러 가는데 저도 기술연구소를 구경하고 싶어서요. 그리고 제니퍼가 서울로 놀러 온다는데 어떡할까요?"

경환은 수정을 바라봤다. 제니퍼가 정우를 좋아한다는 건 알고 있었지만, 아무런 이유 없이 한국에까지 온다는 건 독단적인 생각은 아니라는 판단이 들었다.

"멜린다한테 전화가 왔었어요. 우리만 좋다면 빌과 함께 서산에서 며칠 휴가를 보내고 싶다고 해서 그러라고 했거든요. 온다는 사람 막을 수가 있어야죠."

"잘했어. 빌에게 당한 거 이번엔 좀 벗겨 먹어야겠어."

결국 제니퍼를 핑계로 빌이 수를 부렸다는 걸 알 수 있었지만, 경환은 모른 척 넘어갈 생각이었다. SHJ 홀딩스 지분 5%를 강탈당한 앙갚음을 해 줄 생각에 경환의 입꼬리가 올라갔다.


며칠간 SHJ 아시아 본사의 보고와 점검으로 시간을 보낸 경환은 정우와 약속한 SHJ-JWH 기술연구소를 찾았다. 서산 SHJ 타운 안에서 SHJ-퀄컴 다음으로 규모가 큰 기술연구소는 경환의 전폭적인 지원에 힘입어 연구개발에 속도를 붙이고 있었지만 아직 그렇다 할 성과는 내지 못하고 있었다.

정우의 손을 꼭 쥔 채 기술연구소장인 황정욱의 안내를 받은 경환은 분야별로 자신들의 열정을 쏟아내는 연구진들의 모습에 감개가 무량했다. 그러나 황정욱의 얼굴은 경환과 달리 밝지 못했다.

"회장님, 특별한 성과를 보이지 못해 죄송합니다."

입을 굳게 닫은 황정욱의 심정을 이해하는 듯 경환은 노쇠한 황정욱의 손을 덥석 잡아 주었다. 막대한 자금이 투입되고 있는 현재의 기술연구소는 물먹는 하마일 뿐이었다.

"소장님, SHJ그룹의 전체 매출이 얼만지 아십니까? 작년 기준으로 1,800억 달러에 영업 이익만 해도 700억 달러입니다. 올해는 2,000억 달러를 가볍게 넘길 겁니다. 이 중 R&D로 매년 220억 달러가 지출되고 80

억 달러가 기술연구소의 몫입니다. 물론 실패하는 연구도 있겠지만 SHJ의 미래는 기술연구소에 달려 있습니다. 모든 책임은 제게 있으니 너무 조급해하지 마십시오. 10년이든 20년이든 연구에만 매진해 주십시오."

5년 만에 여덟 배의 성장을 이뤘지만 경환은 매출의 12%를 연구개발비로 할당했다. 지금의 성장을 유지하고 미래를 대비하기 위해선 어쩔 수 없는 선택이었다. 연구개발비의 많은 부분이 기술연구소에 할당된 건 미래의 SHJ 동력원을 찾기 위한 고육지책이었다. 경환은 황정욱을 위로하며 모든 연구를 직접 확인하고 연구원들을 격려하는 데 심혈을 기울였다.

"아빠, 저 핵융합로 개발하는 곳을 보고 싶어요."

사탕을 입에 문 아이처럼 호기심 가득한 눈빛으로 연구원들과의 대화를 듣던 정우가 경환을 올려다보며 핵융합로에 관심을 보였다. 경환은 핵융합로를 보고 싶다는 정우를 물끄러미 바라만 보고 있었다. 한 번도 말을 꺼낸 적 없는 핵융합로에 대해 정우가 어떻게 알았는지 쉽게 이해할 수 없었다. 경환이 아무 말 없이 정우를 바라보자 황정욱이 급히 무릎을 굽히며 정우와 눈높이를 맞췄다.

"네가 정우로구나. 핵융합로가 뭔지는 알아?"

"조금요. 핵분열과 핵융합은 원자의 질량이 손실되면서 그에 상응하는 에너지가 발생한다는 상대성 원리가 적용됐다고 들었어요. 핵융합은 중수소와 삼중수소를 마이크로파로 가열해 1억 도까지 올리면 플라스마 상태가 되고 이때 질량의 차이로 에너지가 발생하는 거고요. 이런 고온의 플라스마를 가두는 장치가 핵융합로인 토카막인 거예요."

황정욱뿐만 아니라 경환과 연구원들 모두 정우의 말에 아무 말도 하지 못한 채 멍하니 서 있을 수밖에 없었다. 정우는 핵융합로의 개념을 이해하고 있었다. 경환은 단지 핵융합이 미래 대체에너지의 구심점이 될 거란 사실만 알았지 정우의 답변을 이해할 정도의 수준은 아니었다. 이어지는 정우의 말에 주위 사람들은 입을 떡 벌렸다.

"박사님, 핵융합로는 재료 기술이 중요하다고 들었어요. 여기서 연구하는 고온 초전도체와 플라스마 대항면 재료 기술, 증식재와 냉각제, 저방사화 재료 기술을 보고 싶어요."

경환은 자신도 모르는 세부적인 기술까지 정우의 입에서 나왔다는 사실이 믿기지 않았다. 이런 생각은 정우의 주변으로 몰려드는 연구원들역시 하고 있었다.

"지금 정우가 말한 기술이 중요한 기술입니까?"

"정말 놀랍네요. 정우가 말한 기술은 핵융합로 건설에 절대적으로 필요한 기술입니다. 재료 기술 개발은 현재 순조롭게 진행되고 있고, 올해말부터 건설되는 핵융합로에 적용할 수 있습니다."

경환은 조용히 정우의 머리를 쓰다듬으며 번쩍 안아 들었다. 정우는영문을 몰라 초롱초롱한 눈을 껌뻑거렸다.

"정우야. 아빤 네가 핵융합로를 어떻게 알았는지 궁금하단다. 아빠한테 말해 줄 수 있겠니?"

라이스대의 지능 검사를 받을 때만 해도 또래보단 특별한 아이라고만생각했지, 평소 접하기 힘든 영역까지 이해하리라곤 생각조차 못 했다. 알수 없는 불안감이 마음속 깊은 곳에서부터 흐물흐물 올라오기 시작했지만 정우 앞에서 미소를 잃을 수는 없었다.

"아빠가 린다 아줌마와 얘기하는 걸 들었어요. 핵융합로를 개발한다고. 그래서 〈네이처〉와 〈사이언스〉를 읽어 봤어요. 아빠한테 도움을 주고 싶었는데, 제가 잘못했나요?"

"그랬구나. 아빤 정우 네가 너무 책만 읽는 게 걱정이야. 친구들과 뛰어 놀고 좋아하던 그림도 다시 그렸으면 좋겠어."

"그림도 열심히 그려요. 근데 책 읽는 게 더 좋아요."

경환은 정우를 꼭 안아 주었다. 수정의 독단적인 행동으로 얻은 아들이었지만 정우에 대한 애정은 항상 변함이 없었다. 그러나 희수만큼 특별한 애정을 쏟아 주지는 못했었다. 경환은 짠한 마음에 정우를 품에서 놓지 않았다.

"아빠, 여기 있을 동안엔 매일 연구소에 나와서 놀아도 돼요?"

"소장님이 허락하시고, 네가 연구를 방해하지 않는다고 약속하면 반대하지 않을 거야."

정우는 고개를 돌려 황정욱을 바라봤다. 연신 고개를 끄덕이는 황정욱을 향해 웃음을 보인 정우가 경환의 목을 세차게 끌어안았다. 경환은 정우를 잠시 하루나에게 맡기고 황정욱과 함께 비밀장소로 향했다.


경환이 한국에 도착한 지 며칠 지나지 않아 MS 로고가 선명한 전용기 한 대가 인천공항에 착륙하기 위해 고도를 낮췄다. 10시간이 넘는 긴 비행에 빌과 멜린다는 지친 기색이 역력했지만 제니퍼만큼은 창밖으로 보이는 한국의 경치에 푹 빠져 있었다. 빌 게이츠는 자신과 함께 한국을 찾은 스티브 발머와 마지막 와인 잔을 기울이고 있었다.

"우리가 호랑이 새끼를 키웠어. 싹을 자르거나 흡수했다면 지금 상황은 많이 달라졌을 거야."

"만약 우리가 SHJ를 죽이려고 했다면 제임스가 어떻게 나왔을까? 모르긴 해도 우리 역시 큰 타격을 입었을 거야. 그 당시에도 SHJ는 힘든 상대였다고."

스티브 발머의 푸념에 빌은 웃고만 있었다. IT 공룡 자리를 SHJ에 넘긴 이후 MS도 SHJ의 입김에서 자유로울 수 없었다. 2000년을 기점으로 매출과 영업이익을 역전당했고, 지금은 400억 달러 매출로 2,000억 달러에 육박하는 SHJ를 역전한다는 것 자체가 말이 되지 않았다.

"꼬리 흔들러 이 먼 한국까지 왔다는 게 자존심 상해서 그런 거야. 자넨 배알도 없어?"

"이봐, 그런 자존심은 개한테나 줘 버려. 모바일 OS와 윈도폰 개발로 인해 SHJ와 척을 진 건 분명 우리의 판단 착오야. 실수에 대한 대가를 현금으로 갚으라는 제임스의 농담이 아직도 귀에 생생하다고. 반대로 제임스가 우리의 독과점을 치고 들어온다고 가정하면 어떻겠나? 우리를 이기진 못하겠지만 영업 이익은 곤두박질칠 거고 성난 주주들에 의해 우리 목이 달아나지 않겠어?"

스티브 발머는 답답한 마음에 남아 있던 와인을 단번에 입으로 넘겼다. 화가 치밀어 올랐지만, 빌 게이츠의 말에 반박할 근거를 찾지 못했다. 독과점을 유지하려면 기술과 더불어 자금력이 뒷받침되어야 했지만, 기술과 자금 모두 SHJ에 밀리는 판국이었다.

"모바일 OS야 그렇다 처도 윈도폰 개발은 아무도 모르는 일인데 제임스가 안다는 건 너무 확대해석하는 거 아닌가?"

"자네가 SHJ 시큐리티의 정보 능력을 몰라서 하는 얘기야. 제임스는 내가 오늘 입은 팬티 색깔도 아마 알고 있을 거야. 인정하긴 싫지만 우린 지금 제임스의 손바닥 안에 있다고."

빌 게이츠의 말대로 SHJ는 MS의 모바일 OS 개발과 병행하여 개발 중인 윈도폰에 대한 정보를 이미 확보한 상태였다. 빌 게이츠의 빠른 판단이 아니었다면 SHJ와 MS는 좋았던 관계를 청산하고 무한경쟁 체제로 바뀔 수도 있었다. 인정하기 힘들었지만 지금의 상황을 냉철하게 분석하고 빠르게 대응하는 방법으로 빌 게이츠는 한국행을 선택할 수밖에 없었다.

"제임스는 내가 가진 SHJ 홀딩스 지분 5%를 다시 팔라고 하더군. 그런데 말이지. 내가 MS의 지분은 전부 포기할 수 있어도 SHJ 홀딩스의 지분은 죽을 때까지 가지고 있을 생각이거든."

"그래서 생각한 방안이 나를 한국에 데리고 오는 거였나?"

"명분이 좋잖아? 중국에 건설하려던 데이터 센터를 한국으로 돌리고, 한국정부에 생색을 좀 내는 걸로 대신한다면 제임스가 좀 배 아프겠지만 우린 손해가 없잖아."

"SHJ 때문에 모양새가 빠진 중국이 우리에게 화살을 돌리며 난리 칠 생각은 하지 않는가 보는군."

빌 게이츠가 와인 잔을 입에 가져다 대는 순간, 비행기가 덜컹거리며 활주로에 착륙하는 진동이 몸에 전달됐다. 빌 게이츠는 환호성을 지르는 제니퍼에게 시선을 돌렸다. 딸을 사업에 이용했다는 자책감보다도 제니퍼가 정우의 짝으로 빨리 성장하기를 은근히 바라고 있었다. MS를 대표하는 두 사람의 입국은 인천공항을 다시 들썩이게 했지만, 간단한 포토타임을 제외하고 빌 게이츠와 스티브 발머는 각자의 역할을 위해 다른 방향으로 공항을 빠져나갔다.

"처음 뵙겠습니다. 오성전자의 이철승입니다."

"반갑습니다. 잭 무어라고 합니다."

수행원들의 통과가 허가되지 않은 상태에서 이철승은 홀로 잭의 집무실에 들어섰다. 경환과의 만남을 꾸준히 요청했지만, SHJ에선 이철승의 요청을 받아들이지 않았다. 오히려 격에 맞지 않는 만남을 요청하는 오성그룹을 향해 불편함을 노골적으로 드러내며 오성그룹을 긴장에 빠트릴 뿐이었다. 그나마 아시아 본사 사장인 잭 무어를 만날 수 있었다는 걸 감지덕지해야 할 판이었다.

"컨소시엄에 남는다는 결정은 현명했다고 생각합니다. 컨소시엄에서 빠졌다면 심각한 문제가 발생했을지도 모릅니다."

잭은 이철승이 숨도 돌리기 전에 아픈 곳을 찌르고 들어갔다. 잭 무어에게 있어 이철승은 부모 잘 만난 애송이에 불과했다. 처음부터 강하게 밀어붙이는 잭으로 인해 이철승의 얼굴은 굳어질 수밖에 없었다. 그러나 잭 무어를 몰아세울 수단이 전혀 없는 이철승은 어색한 웃음을 지을 뿐이었다.

"오해를 풀기 위해 찾아뵌 겁니다. 오성전자는 컨소시엄에서 중요한 역할을 수행했다고 자부합니다. 앞으로도 SHJ와는 동반자 관계를 유지한다는 방침엔 변함이 없습니다."

"그랬군요. 우리의 정보가 어디서부터 잘못되었는지 살펴봐야겠습니다. 사실 이철승 상무님과 이학승 부장이 주도했다는 정보가 있었거든요."

"저, 그게……."

사회 경험이 많지 않은 이철승은 산전수전을 다 겪은 잭의 상대로 격이 떨어졌다. 처음부터 다시 시작해 보자는 잭의 대답에 이철승은 식은 땀을 흘렸다. 아버지인 이형우의 귀에 이번 사태의 전말이 들어간 후로 이철승의 입지는 좁아져 갔다. 자신의 영향력을 살리기 위해서라도 SHJ와의 관계 회복은 필수불가결했지만, 잭은 이철승의 머리 위에서 여유롭게 거닐 뿐이었다.

당황하는 이철승의 표정을 읽은 잭은 한숨을 내쉬었다. 자신도 두 손 두 발 다 드는 경환을 만났다면 이 정도에서 그치지 않았다는 것을 알고 있었다. 경환이 사막의 선인장이라면 이철승은 잘 가꿔진 온실 속 화초에 지나지 않았다.

"오늘은 중요한 손님이 오십니다. 길게 시간을 내드릴 수 없으니 본론으로 들어갑시다. 상무님이 직접 서산에 오신 이유가 중국 때문입니까?"

"그, 그렇습니다."

"불가합니다. 상무님의 제안은 우리로선 받아들일 수 없다는 것을 미리 말씀드립니다."

말도 꺼내기 전에 불가론을 펼치는 잭을 이철승은 꿔다 놓은 보릿자루처럼 바라만 보았다. SHJ가 중국정부와 전쟁 아닌 전쟁을 펼치는 와중에 오성전자가 그 혜택을 가장 많이 보고 있었다. 중국정부가 엘리시움의 수입금지로 맞대응하자 그 빈 공간을 오성전자의 사이보그폰이 빠르게 채워 가고 있었다. 그러나 SHJ-구글의 응용 프로그램을 삭제한 후 자체 응용 프로그램으로 대체해 출시하라는 중국정부의 압력에 오성전자는 진퇴양난에 빠졌다.

"그래도 저희의 제안이라도 들어 보시는 게……."

"SHJ-구글이 모바일 OS를 컨소시엄에 공개하면서 내민 원칙은 단 하나입니다. SHJ-구글의 응용 프로그램 삭제는 어떤 이유로라도 용납하지 않겠다는 것이었습니다. 지금 오성에서는 이 원칙을 무시할 생각입니까?"

이철승이 말을 마치기도 전에 잭은 말꼬리를 잡아챘다. 경환이 막대한 개발비까지 포기하면서 OS를 오픈 소스로 공개한 이유는 모바일 업체에 대한 통제력을 확보하기 위해서였다. SHJ와 중국정부와의 힘겨루기에 어부지리를 보고 있는 오성전자가 잭은 괘씸했다.

"구동도 되지 않는 응용 프로그램으로 중국 소비자의 불만이 많습니다."

"한 말씀 더하자면, 상무님이 애당초 중국기업과 OS개발을 검토했다는 것을 우리가 모른다고 생각하십니까? 우린 오성전자에 대한 모니터링을 강화할 겁니다. 원칙에 위배된 사실이 적발된다면 어떤 조치가 이뤄질지는 상무님이 더 잘 아실 겁니다."

컨소시엄의 탈퇴와 소급 적용된 매출액 10%에 대한 위약금이 이철승의 머리를 스치고 지나갔다. 오늘 있었던 내용이 이형우의 귀에 들어간다면 자신의 후계 구도도 변할지 모른다는 생각에 이철승은 목을 조이던 넥타이를 풀었다.


SHJ 시큐리티 소속의 차량이 한국경찰의 호위를 받으며 SHJ 타운으로 빠르게 진입해 들어갔다. 한국정부로부터 준 자치권을 인정받고 있는 SHJ 타운은 경환의 방한이 있기 전부터 경계가 삼엄했지만, 소수 인원을 제외하고는 그 이유를 아는 사람이 없었다.

핵심 지역의 외곽 도로를 빠르게 타고 올라가던 차량은 큰 저택이 보이면서 속도를 줄여 갔다. 이미 저택 앞에는 차량을 마중하기 위해 경환과 수정이 나와 있었고 멈춰선 차에서는 빌 게이츠의 식구들이 내리고 있었다.

"빌, 오랜만입니다. 바쁘신 분이 한국까진 무슨 일입니까?"

"환영 인사치곤 제임스의 말에 가시가 돋아 있습니다. 하하하."

진담 반 농담 반 식으로 건네는 말에 빌은 개의치 않고 농담으로 받아쳤다. 경환은 넉살 좋은 빌의 행동에 피식 웃어 보였다. 멜린다는 수정과 반갑게 포옹을 나누고는 처음 본 빌의 아들과 함께 저택으로 향했다.

"희수, 정우 오빠는 어디 간 거야?"

"정우 오빠 바빠. 넌 친구인 나는 보이지도 않아? 어쭈 너 입술이 왜 빨개? 화장까지 한 거야?"

정우가 보이지 않자, 제니퍼는 실망한 듯 입술을 삐죽 내밀었다. 그런 제니퍼의 모습이 재미있었는지 희수가 놀리자 제니퍼의 얼굴은 순식간에 붉게 달아올랐다. 제니퍼가 희수와 함께 둘 만의 공간으로 사라지자 경환은 빌과 함께 조용히 저택 주변을 거닐었다.

"MS는 정체된 느낌인데 SHJ는 볼 때마다 그 성장의 끝이 어디인지 알 수 없을 정도입니다. 서산도 휴스턴 못지않네요. 난 제임스가 무서우면서도 부럽습니다."

"그래서 OS와 윈도폰으로 우리의 목줄이라도 잡아채려고 했습니까? 말이 나와서 하는 말인데, 지난번 교환했던 지분이나 다시 내놓으시죠. 값은 아주 후하게 쳐 드리겠습니다."

"농담이라도 그런 말 하지 마세요. 내 눈에 흙이 들어가도 그 지분은 내놓을 생각이 없습니다. 하하하."

불편한 심기를 농담으로 표현했지만, 빌은 경환의 의도에 말려들 정도로 어리숙하지 않았다. 그 가치를 짐작하기조차 힘든 SHJ 홀딩스의 지분은 절대 되팔지 않았을 거란 걸 알고 있었지만, 지분 문제를 건드려 다른 이득을 취할 생각이었다. 경환은 다시금 빌을 압박해 들어갔다.

"우리와의 관계가 틀어진 건 전적으로 MS의 책임입니다. 그리고 야후를 통해 MS가 SHJ-구글과 경쟁 구도를 만들 거란 정보가 있던데, 적대적 M&A를 통해 야후를 먹겠다는 것은 빌의 생각입니까?"

경환은 움찔거리는 빌의 어깨를 보며 입술을 말아 올렸다. 아직 이사회의 안건으로 오르지도 않은 MS에서도 가장 핵심 인원만 아는 정보가 경환의 손에 올려진 상황을 빌은 쉽게 받아들일 수 없었다. 빌은 흐트러졌던 표정을 급히 수습하며 긴 한숨을 내쉬었다.

"휴, 도대체 그런 정보는 어떻게 입수하는 겁니까? 이거 FBI에 신고라도 하든지 해야지 SHJ 시큐리티 때문에 제대로 잠도 못 자겠네요."

"빌 편한 대로 하시면 될 겁니다."

경환은 어깨를 으쓱거리며 양 손바닥을 뒤집어 펼쳐 보였다. 경환의 자신감 있는 행동에 빌은 고개를 절레절레 흔들었다. NSA도 SHJ와의 정보전을 자제하고 있는 마당에 FBI라고 뾰족한 수가 있을 리 만무했기 때문이었다.

"그런 논의가 없었던 건 아니지만 포기했습니다. 서산으로 급히 날아온 이유도 사실은 SHJ와의 관계를 원위치시키기 위해섭니다. 그건 제임스도 잘 알지 않습니까?"

"MS가 태블릿 PC 출시를 망설이는 바람에 애플의 숨구멍을 막는 기회를 놓쳤다는 걸 잘 아실 겁니다. 뭐 오성전자가 발 빠르게 애플의 뒤통수를 쳤기 망정이지 엘리시움까지 큰 영향을 받을 뻔했습니다."

경환의 말에 거짓이 없다는 걸 빌도 알고 있었다. 주주들의 자체 OS 개발 압박에 굴복하며 SHJ와의 약속을 지킬 수 없었던 빌은 쥐구멍이라도 찾고 싶은 기분이었다. 빌을 쉴 새 없이 몰아친 경환은 이쯤 해서 빌의 숨통을 놓아줄 생각이었다. 궁지에 몰린 쥐는 고양이에게 덤빌 수 있었기 때문이었다.

"여기까지 먼 길을 달려온 사람에게 너무 심했네요. 빌의 얼굴을 보니 반가움보다는 화가 나서 그랬습니다. 이해하세요."

"하하하, 이 정도는 각오했습니다. 과거는 다 잊고 미래를 생각해야 하지 않겠습니까? 나도 나름대로 선물을 준비했으니 저택으로 들어가 확인을 같이 합시다."

"나한테 줄 선물은 SHJ 홀딩스 지분밖에 없으니 기대해 보겠습니다."

저택 안은 손님들을 맞이하느라 분주했다. 연구소에서 돌아온 정우는 제니퍼를 요리조리 피해 다녔지만 제니퍼는 정우의 이름을 외치며 졸졸 따라다녔다. 빌의 식구를 부모님께 소개한 경환은 빌의 독촉에 티비를 켰고, 티비로 보도되는 속보에 황당함을 금치 못했다. 의기양양한 빌의 모습을 바라보던 경환은 빌의 꼼수에 또 당했다는 생각에 몸서리를 쳐댔다.

"이게 나한테 줄 선물이란 겁니까? 도대체 이게 나한테 무슨 이득이 있다는 겁니까?"

뉴스 속보는 MS의 스티브 발머와 정보통신부의 협상 내용이 보도되고 있었다. 한국에 3조 원 규모의 MS 데이터 센터를 건립하고, 한국 IT 기업에 기술 개발 명목으로 매년 300억 원 규모를 투자하겠다는 내용이었다. 방송은 MS의 투자로 인해 고용 창출과 IT 강국의 면모를 다시 세우는 계기가 될 거란 분석이 이어지고 있었다.

"데이터 센터는 원래 중국에 건립할 예정이었어요. SHJ가 중국정부에 날을 세우고 있는데, 우리라도 나서서 SHJ의 한쪽 팔을 거들지 않으면 누가 하겠습니까? 무슨 선물을 줄까 고민 많이 했습니다, 제임스. 하하하."

경환은 고개를 소파 뒤로 젖혔다. 빌을 뜯어 먹는 덴 성공했지만, 그 방향이 SHJ가 아닌 한국으로 향한 게 문제면 문제였다. 어차피 건립해야 할 데이터 센터를 중국에서 한국으로 살짝 방향만 바꿔 명분을 획득한 빌의 약은 수에 경환은 말도 못한 채 끙끙 앓는 소리를 낼 수밖에 없었다.

"우리 제니퍼가 나날이 예뻐지지 않습니까? 성인이라면 당장 정우와 결혼이라도 시킬 텐데 아쉬워요."

좀 전에 당했던 일에 복수라도 하듯 연이어 빌의 잔펀치가 들어오자 경환의 짜증은 극에 달했다. SHJ 홀딩스의 지분 5%를 강탈당한 것도 억울한데 하나밖에 없는 아들인 정우까지 넘보는 빌을 도저히 용납할 수 없었다.

"초등학생 애들한테 도대체 뭔 소립니까? 그리고 나는 부자 며느리 볼 생각 없습니다."

"제임스, 그런 염려 하지 않아도 됩니다. 난 자식에게 내 재산을 물려줄 생각이 전혀 없습니다. 그리고 개인 교사를 붙여 한국어와 한국 문화를 배우게 하고 있어요. 난 결혼만큼은 본인이 사랑하는 사람과 시킬 생각입니다."

경환은 오르는 혈압에 목을 잡고 소파에 누워 버렸다. 빌의 뻔뻔함은 익히 알고 있었지만 빌의 말에 멜린다까지 동조하고 나설 줄 몰랐다. 부부가 쌍으로 정우를 탐낸다는 걸 알게 된 경환은 조기 교육을 통해서라도 정우에 대한 단속을 단단히 해야겠다는 생각을 했다.

MS의 한국 투자 발표는 실시간으로 중국정부에 전달되었다. SHJ-구글의 컨소시엄을 와해시키기 위해 오성전자를 비롯해 외국계 모바일 업계를 압박하던 중국정부는 믿어 의심치 않았던 MS의 데이터 센터 건립이 중국이 아닌 한국으로 결정되자 비상이 걸렸다. 윈즈보 총리의 집무실은 퇴근 시간이 지났음에도 불을 훤히 밝히고 있었다.

"왕 부장, 정보통신부는 이런 정보를 어떻게 놓칠 수 있습니까? 도대체 그 많은 돈을 가져다 쓰면서 제대로 일은 하는 겁니까?"

"죄송합니다. 총리. MS 중국 지사도 이번 결정에 당황하고 있습니다. 아마도 빌 게이츠와 스티브 발머의 독단적인 결정인 거 같습니다."

윈즈보의 불호령에 왕츠후 정보통신부 부장은 고개를 들지 못했다. 모든 논의를 끝내고 MOU 체결만 남겨 놓은 상태에서 전격적으로 이뤄진 MS의 한국투자는 예상 밖의 충격이었다. IT 강국으로 도약하려는 중국정부의 계획은 그 끝을 모르는 SHJ라는 거대한 암초에 부딪히며 좌초를 걱정해야 할 상황으로 몰리고 있었다.

피우던 담배를 신경질적으로 비벼 끈 윈즈보는 처음부터 잘못된 SHJ와의 관계를 곱씹어 생각했다. 여타 외자 기업처럼 강하게 밀어붙이면 끌려올 것으로 생각했던 것 자체가 실수였단 것을 느낄 수 있었다. SHJ는 보란 듯이 역공세를 폈고 지금 정세는 중국정부가 유리하다고 말할 수 없을 정도로 그 피해가 사방에서 터져 나오기 시작했다.

"오성전자와 금성전자, 노키아는 어떻습니까? 중국에 대규모의 시설이 투자된 만큼 우리의 제안을 무시할 수는 없을 텐데요."

"저, 그게 노키아는 일언지하에 우리의 제안을 거절했고, 오성전자나 금성전자는 고민하는 모습을 보이고는 있습니다만 SHJ-구글 눈치를 보는 거 같습니다. 위약금과 함께 컨소시엄에서 탈퇴하라며 선택을 강요받고 있다고 합니다."

"제대로 되는 게 전혀 없군요."

다시 입에 문 담배를 한숨과 함께 내뿜는 윈즈보의 이마에 주름이 잡히기 시작했다. 외교부의 유감 성명에도 SHJ는 묵묵부답으로 일관하며 초지일관 다가설 틈을 보이지 않고 있었다. 대규모의 시설이라도 투자되었다면 그걸 목줄 삼아 복종을 강요했겠지만 여우같은 SHJ는 부품 공장 하나도 중국에 설립하지 않았다. 그동안 수입하던 중국산 부품조차 대만과 베트남으로 수입처를 바꿔 버렸다. 더욱이 엘리시움마저 홍콩을 통해 밀수돼 들어오면서 수입 금지 조치를 무색하게 만들어 버렸다.

"총리, 문제는 SHJ그룹이 대규모 소송단을 준비하고 있다는 사실입니다. 미국정부는 SHJ의 소송에 발맞춰, WTO에 이 문제를 제소할 움직임까지 보이고 있습니다. 이러다 긴축 재정으로 얻은 명분을 미국에 뺏길 수도 있습니다."

"그래서 뭐 어쩌라는 겁니까? SHJ 타운이 있는 휴스턴과 서산에 핵이라도 쏘란 말입니까!"

"SHJ 이경환 회장은 우리의 약점을 너무 잘 아는 자입니다. 중국 투자에 인색할 때부터 이런 사태를 예견하지 않았나 싶을 정도입니다. 이런 자와 부딪히는 것은 득보단 실이 많을 수밖에 없으니, 모양새가 빠지더라도 SHJ의 요구를 수용하는 게 어떻겠습니까?"

점점 더 중국을 죄어 오는 SHJ의 행보가 윈즈보는 맘에 들지 않았다.

그러나 국가 간의 대결이 아닌 SHJ라는 기업을 상대로 한 싸움에서 승기는 중국에 있지 않다는 것을 인정할 수밖에 없었다. 윈즈보는 마시던 찻잔을 바닥에 던져 버렸다.

"이봐, 존 해밀턴이라고 불러야겠지? 당신 이름을 모르니 우선은 존 해밀턴으로 하자고."

24시간 켜 있는 밝은 불빛으로 인해 숙면이 뭔지 잊어버린 존 해밀턴은 감겼던 눈을 힘겹게 뜨며 목소리의 방향을 찾아 고개를 돌렸다. 탈출도 생각해봤지만 사방에 카메라가 부착되어 사각이 없었고 한 시간씩 두 명의 무장 인원이 교대되며 감시를 하고 있어 틈을 찾을 수 없었다.

"이게 누구십니까? 카일 디푸어에 이어 제임스 리 회장님이 직접 나를 찾아오다니 내가 유명인사가 되었나 봅니다."

"약물에도 강한 저항을 한다고 들어서 궁금해서 직접 와 봤어. 자네의 정체가 뭔지 곰곰이 생각해 봤거든. FRB를 반대한다는 자네의 말이 진심이라면 FRB의 반대 세력일 테고, 역정보를 뿌린 거라면 FRB의 뒤를 미는 세력이라는 답이 떠오르더라고. 어찌 되었건 둘 중의 하나 아니겠어?"

태연한 경환의 모습에 존 해밀턴의 입술이 가볍게 떨렸다. 약물에 내성이 있다고는 하지만 지속적인 약물 투입으로 존 해밀턴의 정신은 흩어지기 일보 직전이었다. 손톱을 스스로 벗겨 내는 고통을 통해 흩어지는 정신을 간신히 붙잡고 있었지만, 버틸 수 있는 시간이 줄어들고 있다는 걸 존 해밀턴은 느끼고 있었다.

"그 둘 중 하나라고 하면 SHJ 실력으로 감당할 수 있겠습니까?"

"쉽지 않겠지. SHJ란 이름이 사라질 수도 있을 테고. 그런데 말이지. 누가 되었건 방향을 잘못 잡았어. 차라리 날 암살하려 했다면 화해의 기회는 있었을 거야. 그러나 내 가족을 노렸다는 게 난 용서가 안 되거든. 그래서 난 자네에게 두 가지 선택을 강요할 생각이야. 사실을 말하고 깨끗한 죽음을 맞이하든지, 아니면 평생을 여기서 썩든지. 잘 생각해 봐."

낮게 깔리는 차가운 경환의 목소리에 존 해밀턴의 동공이 심하게 반응했다. 삶을 포기하면서부터 삶에 대한 애착은 강하게 자신을 잡아채고 있음을 느꼈다. 삶을 애걸하고 싶은 생각이 들다가도 강하게 자신을 채찍질하는 이성이 아직은 남아 있었다.

"야, 제임스! 내가 이곳에서 나간다면 네 와이프의 젖가슴부터 네 앞에서 직접 도려내 주겠어. 그러니 날 그냥 깨끗이 죽이는 게 좋을 거야! 죽이라고, 어서 죽여!"

"너무 걱정하지 마. 넌 어차피 내 손에 죽어. 그때까지 잘 버텨 봐."

몸부림치는 존 해밀턴을 뒤로하고 경환은 몸을 돌렸다. 경환의 꽉 깨문 입술에서 붉은 핏줄기가 흘러내렸지만, 끓어오르는 분노는 고통까지 삼켜 버렸다.


노기찬 대통령의 방문을 맞아 SHJ는 분주하게 움직이고 있었고, 그중 SHJ 시큐리티는 카일의 지시를 받으며 대통령의 동선에 맞춰 경호와 보안을 다시 점검하고 있었다. 그러나 생각지도 못한 이유로 SHJ 타운 정문에선 작은 소란이 벌어졌다.

"경호원의 숫자를 제한하겠다는 이유가 도대체 뭡니까? 그리고 경호원의 무기 휴대를 불가하겠다니 말이 된다고 보십니까?"

"경호실과 합의한 내용입니다. 이곳은 SHJ가 준 자치권을 행사하는 곳이란 말입니다. 우리가 청와대를 들어갈 때 무기를 휴대할 수 있겠습니까? 대통령님의 경호와 안전은 우리 SHJ 시큐리티에서 책임집니다."

"백악관 경호실에도 똑같은 말을 할 수 있겠습니까?"

"백악관 경호실도 같은 조건을 받아들였습니다."

청와대 경호실 책임자와 SHJ 시큐리티 경호팀장 간 설전이 오가며 서로의 양보를 얻으려 했지만, 서로 쉽게 결론을 얻지는 못하고 있었다. 그러나 백악관 경호실마저 같은 조건을 받아들였다는 말에 경호실 책임자의 얼굴은 똥색으로 변했다. 정문이 시끄럽다는 보고에 급히 내려온 카일은 두 사람의 실랑이를 바라볼 뿐 개입을 자제하고 있었다. SHJ 시큐리티의 강경함에 곤혹스러운 표정의 청와대 경호실 책임자는 할 수 없이 휴대폰을 들어 심각한 통화를 나누기 시작했다.

"SHJ 방침을 수용하세요."

"대통령님, 우리가 너무 저자세를 보일 필요는 없다고 봅니다."

"죽이기라도 하겠습니까? 이미 합의한 내용을 뒤집은 우리에게 잘못이 있는 겁니다. MS가 중국의 반대에도 무릅쓰고 한국에 투자를 결정한 게 누구 덕이라고 생각합니까? 괜한 분란 일으키지 말고 기쁜 마음으로 이경환 회장을 만나겠습니다."

노기찬은 문상국 비서실장과 함께 서해안고속도로를 달려 SHJ 타운으로 향하고 있었다. 노기찬은 창밖으로 시선을 돌렸다. 막힌 정국은 풀릴 기미가 없어 보였고 믿었던 여당에서도 정부와 대립하는 계파로 인해 추진하는 정책마다 제동이 걸리기 일쑤였다.

"각하, 10분 후 도착 예정입니다."

경호실장의 보고가 회상에 잠긴 노기찬을 깨웠다. 고속도로 끝으로 어렴풋이 SHJ 타운의 초입이 눈에 들어오면서 노기찬은 벗었던 양복 상의를 걸쳐 입었다.

SHJ 타운 정문에는 미리 도착한 언론사 기자들로 북새통을 이루고 있었고, 32사단 경비 병력과 SHJ 시큐리티 경호 팀 직원들이 정문 주위를 통제하며 대통령의 차량을 맞을 준비를 하느라 분주하게 움직이고 있었다. 잠시 후 객과 함께 정문에 모습을 드러낸 경환은 기자들의 끊이지 않는 질문에 반응하지 않고 대통령의 도착을 기다렸다. 카메라의 플래시가 사방에서 터지고 있었지만 경환의 굳은 표정은 풀리지 않았다.

"대통령님, SHJ 방문을 진심으로 환영합니다. 보안이 까다로운 점 미리 양해 부탁드립니다."

"하하하, 어디나 원칙과 법칙이 존재합니다. 여긴 한국 땅이면서도 한국 땅이 아니지 않습니까? 너무 신경 쓰지 마세요."

경환은 정중히 고개를 숙여 방탄 리무진에서 내리는 노기찬을 맞이했고, 노기찬은 환한 웃음으로 경환에게 악수를 청했다.

"여기서부턴 제가 모시겠습니다. 준비한 차량에 탑승하십시오."

알이 나서기도 전에 경환은 준비한 리무진의 뒷좌석 문을 열어 노기찬의 탑승을 권했고, 경환의 파격적인 모습에 SHJ 시큐리티 직원들은 당황할 수밖에 없었다. 한국의 대통령을 맞이하는 자리긴 했지만 SHJ 타운에서만큼은 대통령의 권위도 경환에겐 미치지 못했기 때문이었다.

경환과 함께 SHJ 타운의 주택 단지부터 돌아보던 노기찬은 잘 정돈된 모습에 놀라면서도 자신에 대한 호불호가 갈리는 모습에 쓸쓸한 표정을 지었다. 타운 내 일부 주민들은 리무진 밖으로 걸어 나온 노기찬에 환호성을 보냈지만, 일부 주민들은 냉랭한 표정으로 발걸음을 돌리는 모습이 여기저기에서 보였기 때문이었다.

"허허, 저에 대한 호불호는 SHJ 타운에서도 갈리는 거 같습니다."

"SHJ는 개인의 정치적 성향까지 통제하지는 않습니다. 대통령님도 있는 그대로 받아들여 주셨으면 합니다."

고개를 가볍게 숙이며 대답하는 경환에게 노기찬은 미소를 잃지 않았다. 화제를 돌리기 위해 주변을 살피던 노기찬은 한곳을 손으로 가리켰다.

"주변에 마트도 보이고, 저기 보이는 SHJ BANK는 은행인가요?"

"SHJ 타운 내에만 존재하는 은행입니다. 사설 은행이 들어올 수 없기에 직원들의 금융 업무를 대리해 주는 곳입니다. SHJ 타운에서는 현찰이 아닌 자체 개발한 전자 화폐를 사용합니다. 이건 휴스턴과 동일한 시스템으로 모든 관리는 SHJ 매니지먼트에서 주관합니다."

"대단하군요. 학교에서부터 은행까지, 규모만 작을 뿐이지 국가라고 해도 무방하네요."

경환은 순간 미간을 살짝 좁히며, 노기찬이 아무 생각 없이 내뱉은 국가라는 말에 민감한 반응을 보였다. 이 말이 언론에 노출이라도 된다면 꼬투리 잡기 좋아하는 정치권의 역풍에 곤욕을 치를 수도 있는 문제였다. 경환은 답변을 회피할 수밖에 없었다.

"주위가 많이 혼잡해졌습니다. 들어가시는 게 어떻겠습니까?"

"그럽시다. 내가 너무 흥분했나 봅니다."

변호사 출신으로 언변에 능한 노기찬이 쉽게 말을 꺼냈을 리 없다는 것은 경환도 알고 있었다. 희미하게 헛웃음을 보인 경환은 시선이 집중된 외부를 빨리 벗어날 생각에 걸음을 재촉하며 준비된 접견실로 향했다. 제대로 선공을 맞은 경환은 이번 만남이 쉽게 풀리지 않을 수도 있다는 생각을 했다.

"이 회장님은 정부가 추진하는 경제 정책에 어떤 의견을 가지고 계십니까?"

접견실에 들어서자마자 노기찬은 강한 어퍼컷을 경환에게 꽂아 넣었다. 노기찬을 수행하는 문상국 비서실장과 변상규 정책실장은 경환의 입이 열리기를 기다렸다.

"제가 경제 관료도 아니고, 단지 SHJ란 기업을 이끄는 사람에 불과합니다. 단지 제가 주위들은 얘기로는 전임 정부가 소비 촉진을 위해 무분별하게 발급한 신용카드 문제로 경제의 발목을 잡고, 부동산 대책과 환율 정책에 뒷말이 많다는 정도만 알고 있습니다. 어찌 되었건 똥을 치우는 사람이 욕을 먹는 게 인지상정 아니겠습니까? GDP도 4%를 유지하고 있으니 성공도 실패도 아니라고 봅니다."

"하하하, 이 회장님은 능구렁이를 삶아 드셨나 봅니다."

호탕하게 웃는 노기찬을 향해 경환은 가벼운 미소로 대응했다. 이번 정부는 집권 초기부터 혁신 도시 건설과 지역 균형 발전이라는 부동산 안정화 대책을 발표했지만, 의도와는 다르게 정부의 환율 정책과 맞물리면서 막대한 현금이 토지 가용 대금으로 풀렸다. 결국 시세 차익을 노리는 투기꾼들의 손에 들어가 다른 투기 시장을 조성하는 결과를 초래했다. 지역 균형 발전은 반드시 필요한 정책이었지만 정책을 실행하는 주관 부서와 금융권에 대한 통제력 상실로 인해 엉뚱한 방향으로 흘러가며 노기찬의 발등을 찍고 있었다. 그러나 경환은 하고 싶은 말을 꺼내지 않았다. 경제논리로 노기찬과 설전을 벌일 이유가 없었기 때문이었다.

"저는 정부의 정책과 관련해서는 대통령님께 드릴 말씀이 없습니다."

"난 말을 돌리는 성격이 아닙니다. 내 주위 사람들은 SHJ와 손을 잡고 이 난국을 헤쳐 가자고 하는데 솔직하게 물어봅시다. 이 회장님은 나와 손을 잡겠습니까?"

예상은 하고 있었지만, 노기찬의 직설 화법에 경환은 잠시 숨을 골랐다. 경환이 한국계라고 해도 SHJ는 엄연히 미국의 법 테두리 안에 있는 미국기업이었다. 사면초가를 SHJ를 이용해 돌파하려는 노기찬의 심정은 이해했지만 쉽게 결정할 문제는 아니었다.

"죄송합니다. SHJ는 한국에 있어 외자 기업일 뿐입니다. 정치권, 특히 한국 정치에 개입할 생각은 없습니다."

"다른 말로 하면 SHJ에 득이 될 게 없다는 말이겠군요. 그럼 한국의 대통령으로서 부탁 하나 합시다. 난 정부와 재벌 간 의사소통이 원활하게 진행되기를 바랍니다. 그러나 태생적인 뿌리가 약하다 보니 기득권 세력의 반발 속에 재벌과도 척을 지게 되더군요. 이 회장님이 나서서 재벌들과의 교량을 좀 연결해 주셨으면 합니다."

강한 제안으로 경환의 반대를 이끌고 얻고 싶은 것을 뒤로 흘려 거절 못 하게 만드는 노기찬의 화법에 경환은 포커페이스를 유지하며 태연한 모습을 보이려 애를 썼다. 노기찬의 재벌 정책은 재벌, 특히 오성그룹의 반발에 부딪히며 표류하기 시작했고, 오성그룹을 통제할 수 있는 사람은 경환뿐이란 사실에 주목해 이번 방문을 성사시켰다. 더 이상 노기찬의 언사에 말릴 수 없다 생각한 경환은 대통령에 대한 예우를 접기로 했다.

"얻는 게 있으면 주는 것도 있어야 하지 않겠습니까? 한국정부의 제안을 받아들여 SHJ가 얻는 건 무엇입니까? 제가 한국계이긴 하지만 무턱대고 퍼 주는 사람은 아니란 걸 아셔야 합니다."

"이 회장님의 솔직한 말을 들으니 대화가 더 편해집니다. KSTAR의 실패 선언과 SHJ 기술연구소에서 연구 중인 핵융합로의 정부 지분을 현금 거래로 일부 넘기겠습니다. 이 정도면 나쁜 거래는 아니지 않습니까?"

경환은 노기찬의 의도를 파악할 수 있었다. 정부가 나서 KSTAR의 실패를 선언한다면 매년 헛돈을 투자하고 있는 자금은 확보할 수 있겠지만 사실 그 정도 자금은 SHJ의 가용자금에 흠집을 낼 정도도 되지 못했다. 그러나 핵융합로 사업에 대한 정부 지분을 넘긴다는 말은 상황이 달랐다.

"대통령님은 이 연구가 실패한다고 보시는군요. 후대가 이 거래를 최악의 거래로 꼽게 될 수도 있습니다."

"그렇지 않습니다. SHJ의 기술력이라면 성공할 거라 봅니다. 나는 이 회장님을 개인적으로 존경합니다. 정부의 지분이 많을수록 후임 정부는 SHJ와 충돌하게 될 겁니다. 나는 이 회장님을 믿고 그런 분란을 사전에 막으려는 겁니다. 그 대신 단 하나만 약속을 해 줘야 합니다."

전임 대통령으로부터 KSTAR 사업을 SHJ로 이관시키면서 정부의 지분 38%를 인정해 주었다. 그리고 10%를 오성중공업과 대현중공업 등에서 연구 인력과 기술을 이전 받는 대가로 지불해, SHJ의 지분은 52%였다. 지금이야 경영권 다툼이 없지만 연구에 성공한다면 노기찬의 말대로 상황이 달라질 수도 있었다.

"조건을 말씀해 주십시오."

"연구에 성공하더라도 대외 협상은 SHJ의 주도로 이뤄지겠지만, 한국정부도 참여한다는 것과 아무런 대가 없이 기술을 타국에 빼앗기지 않는 다는 조건입니다. 이를 수용한다면 한국정부가 가진 지분 중 23%를 유상 양도하겠습니다."

충분히 수용할 수 있는 조건이었다. 경환은 노기찬의 제안을 거절할 이유가 없었다.

"나는 말입니다. 전임 대통령의 정책 중에서 SHJ와의 거래를 성공한 거래로 보고 있습니다. 나는 단지 양념을 좀 치려는 거지요."

"좋은 제안을 주셔서 감사합니다. 좋은 거래가 되도록 지시하겠습니다. 다음 주면 앨 고어 대통령이 방한하는데 준비는 잘하고 계십니까?"

경환은 화제를 돌렸다. 한국 재벌들과의 교량 역할을 해 주는 대가치 고는 너무 과분하다는 걸 알고 있던 경환은 노기찬이 가장 원하는 게 앨 고어와의 회담이란 것을 어렵지 않게 유추할 수 있었다. 노기찬의 눈이 반짝 빛나며 이마에 주름이 잡히도록 환하게 웃었다.

"앨 고어 대통령의 방한이 청와대보다는 SHJ에 집중되어 있다는 게 한국 대통령으로서 자존심 상하긴 합니다. 한미일 군사협정과 대북 문제 가 핵심 쟁점이 될 텐데 내게 조언을 좀 해 줄 수 있습니까?"

"글쎄요. 전 경영을 하는 사람이지 외교나 군사, 경제에는 문외한입니다. 단지 인재를 적재적소에 배치하는 능력을 지닌 것뿐입니다. 한 말씀 드리자면 대통령님 주위에 검증된 인재들이 포진해 있는지 돌아보시는 게 정답이라고 생각합니다."

경환은 답답했지만 최대한 말을 아꼈다. 강직하고 변화를 추구하려는 노기찬의 개인적 인품은 인정하더라도 모든 것을 자신이 떠안고 가려는 행동에는 찬성할 수 없었다. 그리고 이번 앨 고어의 방한은 한국정부를 위해 준비한 무대가 아니었다.

"L&K재단이 요새 이슈로 떠오르고 있습니다. 직업 훈련원과 각 대학 연구소에 지원을 하고 특히 정치에도 많은 관심을 보이고 있더군요. 이 회장님이 말을 아끼시는 건 심석우 씨와 관계가 있다고 봐도 무방하겠지요?"

"처음에도 말씀드렸듯이 개인의 정치적 성향까지 통제하지 않습니다. 더욱이 L&K재단의 운영은 저와는 상관이 없다는 걸 다시 말씀드리겠습니다."

노기찬은 심석우와의 연대를 생각하고 있었지만 경환은 이를 받아들일 생각이 없었다. 노기찬은 이 문제를 더는 거론할 생각이 없어 보였다. 눈에 보이는 성과보다는 SHJ가 정부에 유연한 자세를 보인다는 것을 확인함으로써 이미 소기의 성과를 얻었기 때문이었다.

"떠들었더니 배가 고프네요. 염치 불고하고 좀 얻어먹어야겠습니다. 밥 한 끼 주십시오."

"자리를 옮기시죠. 대통령님이 좋아하시는 막걸리로 준비했습니다."

노기찬은 서울시장과 경환의 만남이 신경 쓰였지만, 경환의 페이스에 말리지 않기 위해 화제를 돌렸다. 경환 역시 노기찬의 의견에 동조하며 연회가 준비된 장소로 안내했고, 연회장에 미리 도착해 있던 빌 게이츠가 두 사람을 반갑게 맞아 주었다.

청와대는 SHJ 타운의 방문을 정치적 이슈로 활용하며 막혔던 재벌 문제와 경제 개혁 문제를 돌파하기 위한 수단으로 이용했다. 노기찬에 칼을 세우던 보수 언론들은 이번만큼은 정부에 긍정적인 태도를 보였는데, 그건 오성그룹 다음으로 광고 지분을 상당량 가지고 있는 SHJ의 눈치를 볼 수밖에 없었기 때문이었다.

노기찬이 경환과의 만남을 통해 소기의 목적을 이뤄 가고 있을 무렵, SHJ는 핵융합로 사업에 지분을 가지고 있는 한전과 치열한 물밑 협상을 시작했다. 정부의 이번 조치에 대해 일부 에너지 공학자들 사이에서는 '미래를 보지 못한 졸속행정'이란 비난이 없었던 건 아니었지만, 핵융합로라는 생소한 아이템으로 국민들의 관심이 집중되지 않았기에 소수 의견은 묻힐 수밖에 없었다.

방일일정을 줄이면서까지 방한일정을 늘린 앨 고어의 결정에 미국의 동북아시아 정책이 한국을 중심으로 움직이게 되었다는 자화자찬 식의 기사가 연일 보도되고 있는 가운데, L&K재단은 심석우 본부장의 기자회견으로 분주했다.

"김 기자, 뭐 좀 아는 거 있어?"

"나라고 뾰족한 정보가 있겠어? 심석우 본부장이 정치에 대한 야심을 드러내는 수준이겠지. 어차피 이경환 회장의 똘마니란 얘기가 있으니 SHJ가 한국 정치에 개입한다는 오명을 뒤집어쓰겠지."

앨 고어의 일본방문이 코앞으로 다가온 시점에서 느닷없는 심석우의 기자회견은 언론의 관심을 받고 있었다. 그러나 심석우 개인에 대한 관심이 아닌, SHJ가 한국 정치에 대해 개입을 하는 것 아니냐는 우려 섞인 관심이었다. 기자들의 웅성거림 속에서 단상에 나타난 심석우는 박화수와 가벼운 귓속말을 나눈 후, 서둘러 마이크를 손으로 끌었다.

"L&K의 심석우입니다. 바쁘신 와중에도 찾아 주셔서 먼저 심심한 감사를 드립니다. L&K재단은 그동안 직업 훈련원과 더불어, 미래 과학과 국방기술 연구에 많은 지원을 하고 있었습니다. L&K재단의 설립 목적은 부의 재분배 원칙을 근거로 우리가 잃을 수 있는 인재를 육성하고 한국의 미래를 책임질 과학기술 개발을 지원하는 것입니다. 여기서 얻어진 결과는 어느 개인이나 기업이 아닌 온전히 한국의 몫이 될 것입니다. 앞으로도 이러한 원칙은 지켜질 것이며, 아울러 L&K재단은 소외계층이 사회에 참여할 기회를 제공하기 위해 재단의 지원 규모를 지금의 두 배로 증액할 것임을 말씀드리겠습니다. 또한 이런 사회문제를 분석할 경제 연구소를 설립할 계획입니다."

장내가 웅성거렸다. 심석우의 정치 참여 선언을 예상했지만 정작 발표 내용은 기대감을 저버렸다. 그러나 20년 넘게 정치부 기자로 현장을 뛰어다닌 한 기자의 눈이 반짝거렸다.

"말씀하신 '기업의 몫이 될 수 없다'는 것은 SHJ도 포함된다는 말씀입니까? 그리고 소외계층의 사회 참여를 말씀하셨는데, 이걸 심석우 본부장님의 정치 행보라고 봐도 문제가 없겠습니까?"

기자의 질문에 모든 시선이 심석우로 향했고 장내는 타닥거리는 노트북 타이핑 소리만 들릴 뿐이었다.

"혹자는 L&K의 태생에 근거해 SHJ의 입김이 작용한다지만, 저는 그 말에 동의하지 않습니다. L&K재단은 SHJ그룹의 운영과는 전혀 관계가 없다는 걸 다시 한 번 강조합니다. 아울러 제가 말씀드린 내용에는 SHJ그룹도 포함이 됩니다."

목이 타는지 심석우는 단상 위에 놓인 물 컵을 집어 들었다. 그러나 기자의 질문은 다시금 날카롭게 심석우를 향했다.

"그럼 이번 대통령의 SHJ 타운 방문에서 논의된 재벌 간 의사소통

창구를 SHJ가 맡은 것에 대해서는 어떤 의견을 가지고 계십니까? 아울러 사석이긴 하지만 자주국방에 대한 강한 의지를 표명하셨는데 이것은 L&K재단 일과는 무관한 거 아닙니까?"

"SHJ는 기업의 이익을 최우선으로 하는 다국적 기업입니다. 국가의 대통령이 나서서 다국적 기업의 총수에게 경제 정책을 자문했다는 것에 저는 심히 유감을 표합니다. 아울러 어떠한 이득을 서로 교환했는지 청와대는 밝혀야 할 것입니다. 그러나 정부에서 추진하는 자주국방 계획으로 이지스함과 강습상륙함 건조, 국산 전투기 개발 등의 군 현대화 작업엔 찬성합니다. 다만 재정적 부담을 어떤 식으로 해결할지에 대한 논의가 있어야 한다고 봅니다."

기자들의 타이핑 소리는 점점 커졌다. 상상할 수 없었던 말이 심석우의 입에서 터져 나왔기 때문이었다. 경환의 기부로 설립된 L&K, 거기에 혈연으로 엮인 심석우에 대한 대다수의 시선은 그리 곱지 않았다. 그러나 SHJ를 넘어 경환까지 비난 대상에 포함하자 특종을 찾은 기자들의 입꼬리가 올라가기 시작했다. 청와대의 국방 정책에 지지를 표명한 심석우의 발언은 기자들의 관심 밖이었고, '심석우, SHJ와 결별'이란 자극적인 타이틀이 기자들의 노트북 화면에 뜨고 있었다.

"자식, 아주 열변을 토하네. 정아 무서워서 갈아치울 수도 없고."

집무실에서 티비를 시청하던 경환은 심석우의 쇼맨십에 감탄하며 입맛을 다셨다. 잘 짜인 각본에 의해 만들어진 것이었지만, 이익만 아는 악덕 기업주가 된 자신이 썩 달가울 수는 없었다.

"박화수 이사가 회장님께 아주 섭섭했나 봅니다. 이익만 아는 기업주가 되신 걸 축하합니다. 하하하."

"타케우치 사장은 살 좀 빼세요. 옛날 얼굴이 사라져서 알아볼 수가 없네요."

자리를 같이하던 코이치에 괜한 심통을 부리자 코이치는 연신 헛기침을 하며 시선을 먼 산으로 돌렸다. SHJ 엔지니어링은 플랜트의 강자로 부상하며 중동과 아프리카, 남미의 대형 플랜트 공사를 싹쓸이하고 있어 동종업계의 불만이 극에 달해 있었다. 한동안 경쟁의 칼을 세운 KBR도 이젠 그 힘을 잃고 SHJ 엔지니어링의 눈치만 보며 떡고물을 찾아 헤맬 정도였다. 그 성장의 중심엔 코이치가 있었고 경환은 플랜트 입찰에 대한 모든 권한을 코이치에 넘겨주었다.

"플랜트 업계가 카르텔을 형성해 우리와의 경쟁에 대비한다고 들었습니다."

"너무 걱정 않으셔도 됩니다. 기업의 이익이 걸려 있는 상황에서 페드로곽이 주도하는 카르텔의 연결고리는 약할 수밖에 없습니다. 이미 KBR과 JSC가 우리에 붙었고, KENTZ도 눈치를 보는 상황입니다. 적절히 합작을 배분하면서 외곽에서 카르텔을 붕괴시키고 있습니다."

경환은 고개를 끄덕였다. KBR로 시작해서 JSC, KENTZ와의 기술 제휴로 SHJ는 노하우를 습득했고 지금은 보유한 기술을 흡수해 독자적인 기술로 발전시켰다. 지금은 어느 업체보다도 많은 라이선스를 확보해 기술적인 우위를 점할 정도였다. 시작은 경환의 몫이었지만 지금은 코이치가 바통을 이어받아 성장을 주도했다.

"SHJ의 근간은 플랜트입니다. SHJ-퀄컴과 SHJ-구글에 그룹의 발전 방향이 맞춰져 홀대 받는다는 느낌이 들 수도 있겠지만, 나는 근간을 잊는 사람은 아닙니다. 플랜트가 SHJ의 든든한 버팀목이 되도록 수고해 주세요."

"그런 말씀 마십시오. SHJ는 가족 아닙니까? 동생이 잘 나간다고 해서 배 아파할 형은 없습니다. 최석현 사장에게 귀띔으로 들었습니다. SHJ 엔지니어링 몫으로 전용기를 구매하셨다니 감사합니다, 회장님."

이 정도에도 고마워하는 코이치에 경환은 미안했다. 분명 소외감을 느끼고 있었을 테지만, 코이치는 어떠한 내색도 하지 않고 SHJ 엔지니어링을 성장시키는 데 전력투구하고 있었다. 경환이 직접 내린 커피 한 잔을 코이치에 건네고 있을 때 잭이 급히 집무실 문을 열어젖혔다.

"회장님, 휴스턴의 급한 전갈입니다. 내용을 먼저 살펴보시죠."

잭인 전달한 서류를 살피던 경환의 얼굴에 미소가 번졌다. 황태수가 작성한 보고서엔 중국정부의 공식 문서가 첨부되었고, 예상과 다르게 중국정부는 이번 SHJ와의 싸움을 조기에 종식하기 위해 백기를 들었다.

"모양새는 지키겠다는 소리군요. 공식 논평은 없는 것으로 하자는 걸 보니."

"그래도 자국 검색엔진과 달리 SHJ-구글은 통제하지 않겠다는 중국정부가 대단한 결심을 한 것으로 보입니다. 홍콩을 통해 밀수되어 들어가는 엘리시움과 가상 사설망으로 접속이 가능한 우리 서비스를 막을 수 없다는 게 고민이었을 겁니다."

경환은 표면적으론 중국에서 철수했지만, 홍콩의 밀매업자를 통해 밀수되는 엘리시움을 방치했고 VPN(가상 사설망)을 개발해 무료로 배포하는 강수를 통해 중국정부의 신경을 분산시켰다. 중국의 젊은 층을 중심으로 빠르게 보급된 사이보그폰을 막기란 사실상 불가능했고, 열악한 애플의 응용 프로그램으로는 아직 그 한계를 넘어서지 못했다. 중국정부는 다음 기회를 노리며 한 수 접었지만, 경환은 중국정부에 칼자루를 넘길 생각이 눈곱만큼도 없었다.

"슈미트 사장은 이쯤에서 정리를 하자는 의견을 보내왔네요."

"이 정도면 우리가 호락호락하지 않다는 것을 보여 준 만큼 적당한 선에서 타협하는 게 좋지 않겠습니까?

경환은 중국정부의 문서 마지막에 적힌 내용을 보며 웃음을 흘렸다. 최대한 협조할 테니 중국기업 한 곳을 컨소시엄에 참여할 수 있도록 해 달라는 내용과 중국 현지에서 엘리시움을 생산했으면 좋겠다는 간곡한 표현이었다.

"1차전을 이겼다고 해서 나태해지면 안 됩니다. 홍콩을 반환 받기 위해 100년을 참아 온 민족이에요. 경각심을 잃는 순간 우린 중국의 먹이가 될 수밖에 없습니다. 이번 일은 여기서 마무리하고 우선은 중국정부의 제안을 받아들이기로 합시다. 오성전자가 나대는 꼴도 보기 싫네요."

경환은 지시 사항을 잭에게 전달하기 시작했다. SHJ에서 중국의 무서움을 아는 사람은 자신밖에 없었기 때문에 경환은 중국에 빌미를 제공하지 않기 위해 고민할 필요가 있었다.

"SHJ-퀄컴은 계약을 유지하라 전하시고, SHJ-구글의 영업을 재개하라고 하십시오. 중국산 부품 사용을 다시 승인하되 완제품 생산 공장은 불허합니다. 마지막으로 규약과 제재 방안은 기존 컨소시엄 업체보다 강화하는 선에서, 중국 업체의 컨소시엄 참여를 긍정적으로 검토하겠다는 의사를 전달해서 문서화하십시오. 사실 문서가 필요 없는 나라이긴 하지만 그래도 명분은 우리가 가져야 합니다."

끝을 모르고 강대강으로 맞섰던 싸움은 중국의 백기 투항으로 막을 내렸다. 민족주의와 맞물려 군사력 확보에 나서는 중국의 행보로 인해 미국과 일본, 중국 사이에서 햄버거 패티 꼴로 변하게 될 한국이 경환을 답답하게 만들었다.

"정우야, 뭐가 그리 재밌니?"

하루가 멀다고 기술연구소로 출근 아닌 출근을 하는 정우로 인해 황정욱은 지칠 법도 했지만, 스펀지가 물을 빨아들이듯 한번 보면 절대 잊어버리지 않는 정우의 완전기억능력을 보는 것만으로도 즐거웠다.

"책으로 보는 것보다 눈으로 보는 게 너무 좋아요. 특히 핵융합로는 정말 재밌어요."

정우는 많은 시간을 할애하며 핵융합로 연구원들과 지냈다. 그리고 그들과의 질문과 대화 속에서 신세계를 접한 것처럼 기뻐했다. 연구원들 또한 어린아이와의 단답형 대답이 아닌 이론과 개념을 근거로 한 대화를 통해 정우가 어린아이란 사실을 머릿속에서 지워 가고 있었다.

"그런데 박사님, 플라스마를 밀폐시키고 다양한 플라스마를 생성하기 위해선 토로이달과 폴로이달 자기장이 필요한데, 이 장치를 위해 두 종류의 필드코일이 필요한 것까지는 이해하겠어요. 그런데 만약 필드코일의 자기장과 전자이동 방향에 따라 자석 전류가 발생하지 않을 수도 있지 않을까요?"

나날이 일취월장하는 정우를 황정욱의 머리로는 도저히 이해할 수 없었다. 지금 정우가 말한 내용은 핵융합로 연구 팀에게도 큰 숙제로 남아 있는 상태였다. 필드코일의 전류 방향을 바꿔 주면 되겠지만 쉽게 해결할 수 있는 문제가 아니었기에 연구원들의 골머리를 썩이고 있었다.

"하하, 만약 정우 너라면 이 문제를 어떻게 해결하겠니?"

황정욱은 농담 식으로 정우의 의견을 물었다. 답을 구했다기보다는 정우의 생각이 어디까지 미치고 있는지 그 한계를 보고 싶었다는 표현이 옳았다. 눈을 굴리며 한참을 생각하던 정우가 앞에 놓인 메모지에 그림을 그려 넣었다.

"필드코일 전류 방향의 전환이 가능하도록 커버나이프 스위치를 2개 장착해서, 핵융합 반응이 제대로 일어나지 않으면 수동으로 전류의 흐름을 바꾸면 되지 않을까요?"

황정욱은 정우가 그린 그림을 살피기 위해 벗었던 안경을 급히 찾았다. 정우의 그림은 단순하면서도 이 문제를 해결할 수 있는 가장 좋은 방안이었다. 기술적인 장치로 이 문제를 해결하려던 생각이 잘못이었다. 황정욱은 급히 연구원들을 모아 정우가 그린 그림을 보여 줬고 연구원들은 이런 간단한 방법을 놓친 자신들을 질책하면서도 정우가 어떻게 이런 생각까지 할 수 있었는지 황당한 표정을 지었다.

"정우 너, 외계인이지? 도대체 네 머릿속에 뭐가 들었는지 알아보고 싶을 정도다."

연구원들이 정우를 잡기 위해 달려드는 시늉을 하자 정우는 놀란 눈을 크게 뜬 채 미셸을 급히 찾았다.

"미셸 아줌마, 나 희수와 제니퍼 데리고 수영하기로 했는데 빨리 가야겠어요. 안녕히 계세요."

의자에서 뛰어내려 미셸에게 뛰어간 정우는 급히 연구소를 빠져나갔다. 핵융합로 연구원들은 정우가 그린 그림을 참고하며 서로 열띤 토론을 벌였고, 토카막 제작은 빨라지기 시작했다.

언론에선 심석우와 경환의 갈등이 사실인 양 흥미 위주의 추측성 기사에 많은 지면을 할애하며 국민들의 관심을 쏠리게 했다. 불에 기름을 붓는 식으로 SHJ의 노조가 L&K재단을 항의 방문하고, SHJ그룹 홍보실에선 L&K재단에 대한 비난 수위를 높이며 심석우의 발언을 강하게 비판했다. 그러자 추측성 기사는 사실로 인지되면서 온라인을 중심으로 SHJ의 울타리를 벗어나려는 L&K재단과 심석우에게 박수갈채를 보내기 시작했다. 그만큼 아직 한국은 정당하게 부를 취한 재벌이 존경받는 사회는 아니란 걸 방증하고 있었다.

또한 재단 이사장인 경환의 장인까지 공개석상에서 심석우를 옹호하는 발언을 하자, 언론은 경환과 수정의 이혼을 기정사실화하는 기사까지 내보내고 있었다. 빌 부부와 레몬 소주를 기울이고 있던 경환과 수정은 신문을 보며 쓴웃음을 지을 수밖에 없었다.

"제임스, 내일이면 앨 고어가 한국에 도착할 텐데, 앨 고어의 손을 잡을 생각입니까?"

"미국 대통령이 손을 잡는다고 잡히는 자리입니까? 가뜩이나 한국 언론 때문에 머리가 아파 죽겠는데, 괜히 부채질하지 마세요."

핀잔을 들은 빌은 어깨를 으쓱거렸다.

"알 만한 사람은 다 압니다. 앨 고어와 존 매케인이 SHJ의 지지를 확보하기 위해 노력한다는 것을요. 대선으로 바쁜 와중에 한국까지 오는 게 어디 쉬운 일입니까?"

경환은 말을 삼가며 달짝지근한 레몬 소주를 입에 털어 넣었다. 수정은 레몬 소주로 경환과 연결되었다며 멜린다에게 권했고 빌과 멜린다는 레몬 소주에 푹 빠져 버렸다.

"왜? 심정적으로 민주당을 지지하는 빌은 내가 앨 고어와 손을 잡기를 원합니까?"

"앨 고어는 자기 독선이 심한 사람입니다. 쓸데없이 탄소세라는 말도 안 되는 세금을 만들려고 하는 자를 누가 좋아하겠습니까? 클린턴에 이어 12년간 해 먹었으면 바뀔 때도 되었다고 나는 생각합니다."

존 매케인 캠프에선 비밀리에 SHJ에 추파를 계속 던지고 있었지만, 경환은 묵묵부답으로 존 매케인과 거리를 두고 있었다. 그렇다고 자신과의 약속을 이런저런 핑계로 흐지부지 만드는 앨 고어의 손을 들어 줄 수도 없는 처지였다. 앞으로의 8년이 SHJ에겐 중요한 시기였기에 경환의 고민은 깊을 수밖에 없었다.

"난 중립입니다. 대통령이 누가 되든 SHJ의 앞길만 방해받지 않으면 그걸로 충분합니다."

"경기는 계속 살아날 기미가 보이지 않고, 서브프라임 모기지(비우량 고객 주택담보대출)는 점점 폭풍의 핵으로 다가오는데 걱정이 많습니다."

경환은 서브프라임 모기지를 폭풍으로 표현하는 빌을 유심히 바라봤다. 미국의 경기 하락에 따른 초 저금리 정책은 통화량 증가에 기여하면서, 주택 거래 활성화와 가격 폭등을 가져왔다. 클린턴 정권부터 시작한 서브프라임에 대한 무분별한 대출 확대는 앨 고어의 복지정책과 맞물리면서 소득 없는 극빈층까지 이어졌다. 금융권은 풀린 자금에 대한 안전장치로 모기지론을 채권화해 파생 상품으로 금융권의 투자를 유도했지만, 이것은 깊은 늪으로 작용하기 시작했다. 경환은 빌의 안목에 감탄할 수밖에 없었다.

"FED(미국 연방 준비제도)에서 금리를 인상하고 있으니 안정되지 않 겠습니까?"

경환은 내심 모른 척 빌의 질문에 대한 답변을 회피했다. FED에선 부 랴부랴 금리를 올리며 부분별한 모기지론 파생 상품에 대한 경계를 시 작했지만, 한번 풀린 고삐를 다시 움켜쥘 수는 없었다. 오히려 모기지 상 품들의 이자를 증가시키며 서브프라임 연체율을 서서히 증가시킬 뿐이 었다.

"앨 고어가 미쳤다는 겁니다. 금리를 올린다 해도 막을 방법이 있겠습 니까? 95%가 넘는 우량 모기지론이 5%도 안 되는 서브프라임 모기지에 발목을 잡힐 겁니다. SHJ야 차입금이 없어 금리 인상에 직접적인 영향은 없지만 우린 상황이 다릅니다."

정확한 분석을 내놓는 빌에 경환은 감탄하지 않을 수 없었다. 빌의 동 물적인 경제 감각은 SHJ 홀딩스의 지분을 교환할 때부터 알고 있었지만, 4년 후에나 터질 문제를 예측한다는 건 쉬운 일이 아니었기 때문이었다.

"빌의 말이 사실이라면, 차기 대통령은 똥 치우기 바쁘겠네요."

"앨 고어나 존 매케인은 이 문제로 골치깨나 썩이게 될 겁니다. 그나저 나 이곳 서산은 사람을 차분하게 하네요. 휴스턴도 그렇고, 제임스는 어 떻게 이런 생각을 다 했습니까?"

"고용주와 피고용인가 아닌 가족으로 생각하면 빌도 쉽게 답을 얻을 수 있을 겁니다."

서해로 저무는 노을은 장관이었다. 빌은 깊은 사색에 빠졌다. 그는 누 구도 생각하지 못한 기발한 발상으로 기업 문화의 새로운 패러다임을 열

고 있는 경환이 미래에서 온 사람은 아닐까 생각하다 이내 고개를 흔들
었다.

일본정부의 반발에도 앨 고어는 일본방문을 1박 2일의 짧은 일정으
로 마치고 오산 미 공군 기지에 에어포스 원을 착륙시켰다. 삼엄한 경계
속에 한국 총리의 영접을 받은 앨 고어는 귀찮은 일정을 먼저 처리하기
위해 서둘러 청와대로 향했다. 앨 고어의 머리에는 복잡한 한반도 문제를
풀려는 의지보단 경환과 존 매케인과의 밀약이 무엇인지 확인할 생각으
로 가득 차 있었다.

앨 고어의 의전 차량이 청와대로 향하고 있을 무렵, 오성그룹 회장실
엔 긴 외유를 마치고 돌아온 이형우가 회의를 주재하고 있었다. 특이하게
도 후계 구도를 굳혀 가던 이철승의 모습은 보이지 않았다.

"SHJ가 중국과 화해를 한 게 우리에겐 어떤 영향이 있다고 보십니
까?"

SHJ와 분란을 조성한 이철승이 자숙 시간을 갖는 동안 오성전자는
김선중 체제로 운영되며 SHJ와의 관계 회복을 위해 노력했다. 하지만 한
번 틀어진 관계는 쉽게 복원되지 않고 있었다. 오히려 SHJ는 10%가 넘는
오성전자 지분을 들어 경영 참여를 노골적으로 강요해 이형우를 혼란에
빠트렸다.

"우리에게 집중된 중국의 압력에서 벗어났다는 긍정적인 면이 있긴 하
지만, 엘리시움의 수입이 풀리면서 시장 점유율이 급격히 하락하고 있습
니다. 우리에겐 양날의 검일 수밖에 없습니다."

"김 사장, 당신은 관리를 어떻게 했기에, 이 지경까지 되도록 방치를

한 겁니까?"

이형우의 진노에 김선중은 고개를 숙였다. 후계자인 이철승을 막을 힘이 없다는 건 누구도 부정할 수 없는 사실이었기에 자신에게 쏟아지는 질타는 억울할 수밖에 없었다. 그러나 이형우 앞에서 억울함을 나열할 수는 더더욱 없었다.

"죄송합니다. SHJ가 중국정부와 맞서는 동안 이득을 취하며 관망하려 했던 것이 SHJ의 불만을 키운 거 같습니다. 모두 제 불찰입니다."

이형우는 불쾌한 표정을 감추지 않았다. 그러나 이철승의 독주는 자신이 방조한 부분이 컸기에 더는 김선중을 몰아세울 수는 없었다.

"MS의 데이터 센터가 한국에 투자되면서, 우리에 대한 여론이 급속도로 악화하고 있다는 건 다들 잘 알 겁니다. 여우같은 빌 게이츠는 아직도 서산에 머물고 있다지요?"

"모든 공식 일정 없이 서산에서 휴가를 즐기고 있다고 합니다."

분명 MS와 SHJ 사이에선 긴장감이 흐르며 일전을 준비하고 있었고, 오성은 이 상황을 즐기며 줄타기를 했다. 그러나 빌 게이츠의 발 빠른 대처로 MS와 SHJ는 더욱 돈독한 관계를 유지하게 됐고, 뒷북 타던 오성그룹은 좋았던 관계까지 말아먹으며 SHJ의 처분만 기다리는 신세로 전락하고 말았다. 이형우는 자식에 대한 기대감으로 이런 상황을 방치한 자신을 용서할 수 없었다. 복잡하게 엉킨 실타래를 풀지 못한다면 오성전자는 SHJ의 경영 참여를 받아들일 수밖에 없을 것이고, 이것은 후계 구도에 심각한 잡음을 발생시킬 수도 있는 문제였다.

"회장님, 노기찬 대통령은 재벌과의 의사소통 역할을 이경환 회장에게 주문했습니다. 핵융합로 지분까지 넘기면서요. 이런 상황을 이용한다면 SHJ와의 틀어진 관계를 회복할 수도 있다고 봅니다."

"아직 SHJ에선 제안조차 들어오지 않았어요. 지금 당신 무슨 소리를 하는 겁니까!"

"회장님, 우리가 먼저 움직여 SHJ에 동조하는 모습을 보여 준다면, 이경환 회장의 틀어진 심기를 바꿀 수도 있지 않겠습니까? 노기찬 대통령이 SHJ에 주문을 한 건, 결국은 정부와 각을 세우는 우리를 향한 메시지라고 생각합니다."

"제안을 받기 전에 우리가 먼저 호응을 하자는 말이군요."

이형우는 김선중의 의견을 되씹으며 노기를 풀었다. 경환과 동년배인 이철승을 경환의 파트너로 내세우려던 자신의 잘못된 계획이 심각한 위기로 다가오면서 이형우를 더욱 곤란한 지경으로 내몰았다. 이형우는 마땅한 대안이 없는 상태에서 김선중의 의견을 택할 수밖에 없었다.

"비서실은 청와대에 독대 요청을 넣으세요. 그리고 청와대에 안겨 줄 선물을 최대한 준비하십시오. 앞으로 SHJ와 척을 지는 행동은 지위 고하를 불문하고 엄벌에 처하겠습니다. 이건 내 사후에도 유지될 것이니 모두 행동에 각별히 주의하세요."


노기찬이 주최한 만찬을 마치고 호텔에 돌아온 앨 고어는 답답하게 목을 죄던 보타이를 풀어헤쳤다. 지루한 노기찬과의 정상회담은 서로 감정의 골만 깊게 만들어 앨 고어의 짜증은 극에 달해 있었다.

"죽다 살아난 사람치고는 노기찬이 기가 많이 살았더군. 아주 기도 안 차."

"SHJ 때문에 어쩔 수 없이 일본 일정을 줄였다고는 하지만, 한국보단 일본이 동북아시아의 진정한 동맹국 아니겠습니까?"

소련의 해체 이후 중국이 그 바통을 넘겨받으며 빠르게 미국의 상대 국으로 부상하기 시작했다. 태평양에 진출하려는 중국의 패권주의를 막기 위해선 강력한 해상 자위대를 보유한 일본의 역할이 한국보단 우위에 설 수밖에 없었다. 그러나 전쟁은 바다에서만 이뤄지는 게 아니었다. 미국에 있어 한국은 계륵과도 같은 존재였지만, 지상군을 투입하기 위해서라도 한국에서의 역할을 포기할 수 없었다. 앨 고어는 사사건건 미국의 정책에 반대 의사를 보이는 노기찬이 마땅치 않았다.

"한미일 군사협정을 반대하는 것은 일본과의 역사적 배경으로 이해한다고 쳐도, 우리의 북핵 정책에도 반대하니 눈꼴사납더군. 만찬이고 뭐고 집어치우고 싶었어."

"동북아 4강의 FTA(자유무역협정)와 PTA(인민무역협정)를 통해 북핵을 해결하겠다는데 너무 이상적인 주장이더군요. 이 의미는 전쟁을 담보로 평화를 유지하겠다는 말로 해석할 수 있습니다. 결국 노기찬도 평화주의자는 아니라는 것이죠. 단지 전쟁을 통한 평화 유지란 우리 원칙에 어긋날 뿐입니다."

목이 타는지 앨 고어는 생수병을 움켜잡았다. 자주국방을 주장하며 국방비를 늘린 노기찬은 미국의 반대를 무시하고 군함과 신형 전투기 개발, 러시아의 초음속 대함미사일 수입에 열을 올리고 있었다. 일본과 대만이 태평양을 지키는 방패 역할이라면 한국은 적을 찌르는 미국의 창이 되어야만 했다.

"다니엘, 노기찬을 그냥 놔둘 수는 없지 않겠나?"

"SHJ와의 밀약으로 힘을 얻긴 했지만, 노기찬을 통제할 수단은 많이 있습니다. 우선 작전권 환수와 FTA 협상으로 한국의 보수 진영을 움직일 생각입니다."

"그게 가능할까?"

"우린 한국을 포기할 수 없습니다. 그러나 노기찬에 의해 작전권 환수 일정이 앞당겨진다는 냄새를 풍기고 주한미군이 완전히 철수한다는 분위기를 조성한다면 보수 진영이 가만있지는 않을 겁니다. 그리고 L&K 직업 훈련원 방문 때 제임스와 약속한 일을 시행하면 노기찬도 궁지에 몰릴 수밖에 없을 겁니다."

결국 대화의 종착지는 SHJ가 되고 말았다. 다국적 기업으로 빠르게 성장한 SHJ를 통제할 수단이 마땅치 않다는 게 앨 고어의 인상을 구기게 하고 있었다. 앨 고어는 고개를 흔들었다. 지금은 경환과 날을 세울 시기가 아니라 자신이 내민 손을 잡게 하는 게 가장 시급한 문제였다. 손보는 건 재선에 승리한 후에 생각해도 늦지 않았다.

"그런데 심석우가 제임스와 다른 길로 접어들었다는데 어떻게 해석해야 하는 건가?"

"확실한 정보를 갖고 있지 않습니다. L&K재단과 SHJ 간의 설전이 계속 진행되고 있는데, 심석우를 키우기 위한 정치 쇼라고 보기엔 그 도가 지나치다는 분석이 많습니다."

"흠, 심석우가 개인적인 욕심을 부릴 수도 있다는 말이군."

"오히려 우리에게 나쁜 상황은 아니라고 봅니다. 제임스의 약속을 이행하면서 노기찬과 제임스에게 한 방 먹일 수 있는 카드로 활용할 수도 있으니까요. 약속을 이행했으니 제임스도 어찌해 볼 도리가 있겠습니까? 우린 SHJ의 자원과 소스가 존 매케인에게 흘러들어 가지 못하게만 막으면 되는 거니까요."

음흉한 미소가 앨 고어의 얼굴에 가득 피어났다. 재선만 성공한다면 미국 내 존재하는 모든 정보기관을 동원해서라도 SHJ의 실체를 까발려 볼 생각이었다.

스칸디나비아 반도 서부에 위치한 노르웨이는 유럽에서도 알아주는 복지국가지만 특이하게도 몇 안 되는 입헌군주 국가이기도 했다. 제1차, 제2차 세계대전의 막대한 피해 속에서도 노르웨이는 중공업 위주의 경제 정책을 펼쳤다. 그리고 현재는 수력 분야와 세계 선박의 10%를 통제하는 경제 강국으로 부상했고, 석유와 가스, 정보 처리 기술에 많은 투자를 하고 있었다.

여성으로서 차세대 당수로 유력시되는 에르나 솔베르그 지역 개발 장관은 급히 분데빅 총리를 찾기 위해 서두르고 있었다. 노동당으로부터 정권을 되찾긴 했지만 지금은 자신이 속한 보수당의 정권을 유지할 수 없을 정도로 지지도가 하락한 상황이었다.

"총리, 소식 들었습니까?"

"무슨 소식 말입니까? 앞뒤를 다 끊어 버리면 제가 어떻게 알겠습니까?"

분데빅은 짜증이 밀려왔다. 노동당이 사회당과 중앙당과의 적녹연정을 구성한 후로 보수당의 입지는 줄어들었고, 정권 재창출은 요원한 상태였다. 분데빅은 에르나가 남자로 태어났다면 못 돼도 오성장군은 되었을 거란 생각이 들었다.

"아직 사실 확인이 필요하지만, SHJ가 유럽에 SHJ 타운 건설을 검토

중이란 정보입니다. 만약 우리와 손을 잡고 노르웨이로 SHJ 타운을 유치한다면 노동당의 연정은 긴 시간 동안 바닥을 기게 될 겁니다."

"그런 소식은 어디서 입수했습니까?"

분데빅은 관심을 보이지 않을 수 없었다. SHJ는 유럽에 큰 공을 들이고 있었고, 이미 노르웨이에도 지사를 설립해 운영 중에 있었다.

"영국과 프랑스, 독일, 스페인이 SHJ의 정보를 파악하는 과정에서 우리에게까지 흘러들어 왔습니다. SHJ 노르웨이 지사장은 부인도 시인도 하지 않더군요."

사실 SHJ 타운만 유치하게 된다면 노르웨이 경제는 호황세를 지속할 수 있을 것이다. 하지만 유럽에서 노르웨이는 변방에 지나지 않았다. SHJ가 유럽 경영을 선포한다면 지리적 위치를 고려하지 않을 수 없을 테고, 스웨덴과 핀란드에 막혀 해상 통로만 가지고 있는 노르웨이는 우선순위에 끼기 힘들 것이었다. 에르나의 정보에 입맛을 다지던 분데빅은 현실을 직시해야만 했다.

"경제적 효과는 둘째 치더라도 SHJ 타운 유치는 유럽연합 국가들에게도 치열한 경쟁을 불러오게 될 겁니다. 에르나 장관이 SHJ 총수라면 노르웨이를 선택하겠습니까? 나라면 독일이나 프랑스를 선택하겠습니다."

분데빅의 질문에 에르나는 쉽게 답을 할 수 없었다. 질문의 의도를 자신도 너무 잘 알았기 때문이었다. 그러나 SHJ 타운만 유치할 수 있다면 경제적 효과는 물론이고 자신의 정치적 야심 역시 급격히 키워나갈 수 있다는 생각이 에르나의 머리에서 떠나지 않았다.

"그렇다고 손 놓고 있을 수만은 없지 않습니까? 지레 겁먹고 포기하는 것보다는 실패하더라도 부딪혀 봐야 후회도 없을 것 아닙니까?"

"에르나 장관은 뾰족한 수라도 있습니까?"

"제게 유치전에 따른 전권을 주신다면 말씀드리겠습니다."

분데빅은 하던 일을 멈추고 에르나를 빤히 바라봤다. 그녀의 정치적 야심은 익히 알고 있었고, 이 유치전을 통해 얻으려 하는 것이 무엇인지 분데빅의 신경을 건드렸다. 그러나 가능성 없는 유치전을 공식 발표한다면 떨어진 지지도를 상승시킬 기회가 될 수도 있다는 게 분데빅을 망설이게 했다.

"좋습니다. 타당한 전략이라고 인정되면 전권을 주겠습니다."

에르나는 슬쩍 웃음을 흘렸다. 분데빅이 원하는 게 무엇인지 정도는 자신도 눈에 그릴 수 있었다. 자신도 밑지는 장사는 아니었다. 되면 좋고 안 되더라도 국민적 호감도는 끌어올릴 호기였기 때문이었다.

"제임스 리 회장의 그간 행동을 본다면 정치적 논리보단 경제적 논리로 접근해야 합니다. 물론 우리 노르웨이가 지리적으로 불리한 건 사실이지만, 그 이상의 이익을 보장해 준다면 답이 없는 건 아니라고 생각합니다."

"그건 익히 아는 얘기고, 본론으로 빨리 들어갑시다."

주변만 맴도는 에르나의 설명에 분데빅의 짜증이 깊어졌다. 허리를 의자 깊숙이 파묻어 에르나의 답변을 재촉하기 시작했다.

"플랜트로 시작해 통신과 인터넷을 장악한 SHJ가 가장 심혈을 기울이며 투자에 열을 올리는 게 우주 산업과 대체에너지입니다. 우리는 폴란드와 프랑스 다음으로 많은 양의 셰일가스를 보유한 국가입니다. 폴란드는 미국과 러시아의 입김이 상충하고, 프랑스는 원래 욕심이 가득한 나라니 우리가 스타토일(Statoil)과 SHJ 간의 셰일가스 공동 개발을 제안한다면 SHJ도 관심을 보일 것으로 생각합니다."

석유가 고갈되어 가고 있는 상황에서 차세대 에너지로 떠오르고 있는 셰일가스는 노르웨이의 국가사업으로 선정해 대규모 투자를 진행하고 있었다. 미국이 어마어마한 셰일가스를 가지고 있지만 잘나가는 SHJ도 이 높은 장벽을 넘을 수는 없었기에 에르나의 전략이 먹힐 수도 있다는 생각이 들었다.

"셰일가스의 경제적 효과는 막대합니다. 이걸 굳이 SHJ와 나눌 필요가 있습니까?"

"SHJ 타운이 조성된다면 고용 창출과 IT 기술 도입으로 발생하는 경제적 효과 또한 무시할 수 없습니다. 혹시라도 SHJ가 연구 중인 핵융합 에너지 개발에 성과를 보인다면, 셰일가스를 조금 떼 주는 건 일도 아니지 않겠습니까?"

"스타토일이 우리의 제안을 받아들이겠습니까?"

분데빅의 마음이 돌아섰다는 걸 확인한 에르나는 짜릿한 성취감을 맛볼 수 있었다. 정치 9단의 분데빅을 넘어 자신도 그 반열에 오를 수 있다는 자신감에 주먹 쥔 두 손에 힘이 들어갔다.

"총리를 만나기 전에 이미 스타토일과 협의를 했습니다. 유럽 내 SHJ 타운이 건설된다면 노르웨이 유치를 위해 적극적으로 협조하겠다는 답변을 받았고요. 다행히 스타토일은 SHJ 엔지니어링과 기술 제휴를 통해 플랜트 합작을 추진하고 있어 협상 창구가 될 수도 있습니다."

분데빅은 허탈했다. 여우같은 에르나는 자신을 찾기 전 이미 주변 정리를 끝낸 상태였다. 분데빅은 자신의 시대가 서서히 저물어 가는 것을 느끼며 전권을 에르나에게 위임해 줄 수밖에 없었다.

앨 고어의 L&K 직업 훈련소 방문은 한국과 미국 언론에 대서특필되면서 또 다른 반향을 이끌어 냈다. 국빈 방문 중인 미국 대통령이 일개 재단의 이사장과 이사를 면담했다는 사실에 보수와 진보 언론은 각기 다른 방향의 기사를 보도하고 있었고, 청와대는 뒷전으로 밀려날 수밖에 없었다.

더욱이 심석우와 개별 면담을 요청한 앨 고어는 L&K재단의 사업 방향에 깊은 관심을 보이는 발언과 함께, 심석우가 주장한 자주국방 정책을 미국도 지지하며 한국의 해군력과 공군력 향상에 도움 되기를 바란다는 말로 청와대와 정치권을 발칵 뒤집어 놓았다. 앨 고어의 발언은 중국을 자극해 '동북아의 군비 경쟁을 불러일으키는 좋지 못한 선례를 남겼다'는 유감 성명을 발표하게 만들었지만, 이상하게도 일본정부는 어떠한 논평도 내놓지 않아 궁금증을 증폭시켰다.

심석우는 정치권의 다크호스로 등장하며 서서히 정치적 행보를 준비하기 시작했고, 여야는 심석우를 끌어들이기 위해 치열한 물밑 접촉을 시도했다. 하지만 심석우는 모든 제안을 거절하며 L&K재단의 사업에 몰두하는 모습만 보여 주고 있었다.

한국 정치권을 쑥대밭으로 만든 앨 고어는 마지막 일정으로 SHJ 타운을 방문했고, 경환은 노기찬 방문 때와 동일한 방식으로 앨 고어를 맞이하며 최소한의 예우를 지켰다. SHJ 타운의 구석구석을 돌아본 두 사람은 모든 수행원을 뒤로 물린 채 단독 면담을 위해 자리를 함께했다.

"규모에 놀랐습니다. 기술연구소를 봤다면 좋았을 텐데 아쉽군요."

최대 관심사인 기술연구소를 방문하지 못한 앨 고어는 아쉬움에 어색한 미소를 지어 보였다. 백악관은 기술연구소 방문을 끊임없이 요청했지만 경환은 결코 밥줄을 드러낼 생각이 없었다.

"아직 연구 중이라 위험한 부분이 많습니다. 정리도 잘되지 않아 대통령님이 방문하시기엔 적절치 않다고 생각했을 뿐입니다."

"SHJ가 미국이고 미국이 SHJ니 기술연구소에서 나온 기술도 결국은 미국의 소유가 아니겠습니까? 좋은 결과를 보여 주세요."

SHJ 타운 정문을 들어서면서부터 계속된 경환의 싸늘한 표정은 앨 고어를 당황케 하고 있었다. 앨 고어의 질문에도 고개만 끄덕일 뿐 경환은 무거운 분위기를 유지했다. 정작 하고 싶은 말은 따로 있었지만 앨 고어는 쉽게 말을 꺼낼 수가 없었다.

"제임스와의 약속을 오늘에서라도 지키게 돼 기쁩니다. 그동안 복잡한 일들로 지연되다 보니 사실 나도 많이 불편했습니다."

"재임 초기에 한 약속이 재임 말에야 지켜지게 되는군요. 대선이 곧 시작되는데도 잊지 않고 약속을 지켜 주셔서 감사할 따름입니다."

앨 고어가 원하는 건 뻔했지만 경환은 쉽게 답을 줄 생각이 없었다. 실패는 한 번으로 충분했기 때문이었다. 경환은 담배를 꺼내 앨 고어에 권했지만 비흡연자인 앨 고어는 손사래를 쳤다. 경환은 앨 고어의 의사도 확인하지 않고 담배를 입어 물어 불을 댕겼다. 다니엘이라도 자리에 있었다면 경환의 행동에 길길이 날뛰었겠지만, 둘 만의 공간에서 앨 고어는 경환을 제지할 명분이 없었다.

"텍사스 주지사가 SHJ를 또다시 압박한다면 가만있지 않겠다고 엄포를 놓더군요. 이거 주 정부가 무서워서라도 제임스를 홀대할 수 없을 거 같아요. 외지인인 제임스가 텍사스를 구워삶은 비결 좀 알려 주세요. 따로 노는 주 정부들 때문에 내가 아주 골치가 아픕니다."

"특별한 비결이 있겠습니까? SHJ가 중앙정부에 핍박받는 모습이 텍사스 주 정부를 자극한 거라고 봅니다. 원래 텍사스는 공화당이 강세 지역이기도 하고요. 제가 그 문제로 도움을 드릴 수는 없지 않겠습니까?"

예전과 달라진 경환의 모습에 앨 고어는 존 매케인을 떠올렸다. 지금이야 전 세계를 아우르는 미국 대통령이란 자리로 경환에게 우위를 점할 수 있지만, 재선에 실패하고 야인으로 돌아간다면 이런 자리는 두 번 다시 자신에게 허락되지 않는다는 것쯤은 알고 있었다. 앨 고어의 눈빛이 흔들리며 초조해지는 것과 달리 경환은 싸늘한 눈빛으로 태연함을 유지하고 있었다.

"존 매케인과 만났다고 알고 있어요. 우리 솔직해집시다. 원하는 게 뭡니까?"

경환은 앨 고어를 싸늘한 눈빛으로 바라봤다. 이미 여러 번의 기회를 앨 고어에게 줬지만 그 기회를 차 버린 건 자신이 아닌 앨 고어였다. 경환의 대답은 짧았다.

"없습니다. 일개 기업인이 국가수반인 대통령에게 무엇을 원하겠습니까?"

"제임스, 내가 SHJ의 힘이 아니더라도 재선에 성공할 수 있다는 것을 아셔야 합니다. 다시 말해서 지금 이 자리는 제임스나 SHJ에도 중요하다는 사실입니다. 후회는 나만 하는 게 아니라 제임스가 할 수도 있다는 걸 기억하세요."

경환의 표정으로 이미 존 매케인과 밀약을 맺었다고 확신한 앨 고어는 다른 방법으로 경환을 압박하려 했지만 그런 협박에도 경환의 표정은 변하지 않았다.

"대통령님의 좋은 충고 감사합니다. 혹시 조지 부시와의 대선 경쟁을 기억하십니까? 네오콘을 등에 업은 조지 부시의 강펀치를 잘 피하시던데요."

"국민들의 현명한 선택으로 이 자리에 있는 겁니다. 재선에 실패하더라도 아직 재임 기간은 반년이나 남았다는 것을 잊으면 안 됩니다."

무소불위의 권력을 휘두르는 대통령이란 자리는 일개 기업이 상대하기란 벅찰 수밖에 없었다. 연방정부의 모든 기관을 움직여 SHJ를 털어 낸다면 SHJ도 쉽게 버틸 수 없다는 생각에 앨 고어는 경환을 다시 극한으로 몰아세우며 협박을 서슴지 않았다. 입가에 미소를 보이며 태연한 경환의 모습에 앨 고어는 인상을 찡그렸다.

"혹시 이 말의 뜻을 알 수 있겠습니까?"

경환은 펜을 꺼내 메모지에 천천히 글자를 써 가기 시작했다. 그 모습을 본 앨 고어는 경악을 금치 못하며 아무 말도 꺼낼 수가 없었다. 메모지엔 "밑져야 본전"이란 글자가 선명히 그려져 있었다.

"그, 그럼 제임스였단 말입니까?"

"무슨 말씀을 하시는지 잘 모르겠습니다. 단지 정부가 SHJ를 탄압하는 조치를 취한다면 저도 가진 모든 역량을 동원하겠다는 뜻으로 쓴 글입니다. 어차피 제겐 어떠한 행동도 밑져야 본전이니까요. 다시 말씀드리지만 SHJ는 누가 백악관 주인이 되는지 관심 없습니다. 그러나 SHJ가 불이익을 당한다고 판단되면 SHJ란 이름이 지구에서 사라질 때까지 그 근원과 대결을 할 겁니다."

앨 고어와의 면담은 그것으로 끝이었다. 기자들과의 브리핑에선 서로 유익한 대화가 오갔다는 짤막한 성명만 발표한 채 앨 고어는 급히 SHJ 타운을 떠나 버렸다.

집무실에 홀로 남은 경환은 앨 고어와 다니엘과 나눈 대화를 도청한 파일을 다시 확인하며 입술을 깨물었다. 경환의 곁으로 잭과 알이 다가왔다.

"회장님, 앨 고어는 우리를 단지 이용할 생각이었습니다."

"그러게 말입니다. 잭은 예상되는 정부의 압박을 분석하고 대비하라는 전달을 넘기세요. 또한 은밀히 존 매케인과 선을 대라고 하시고요. 알은 SHJ 시큐리티를 통해 앨 고어의 약점을 존 매케인 캠프에 전달하라고 하십시오. 죽이지 않으면 우리가 죽습니다."

서산에서의 휴가가 한 달을 넘어서고 미국 대선은 존 매케인의 선전으로 아무도 예측할 수 없는 박빙의 게임으로 전개되고 있었다. 그 근원에 SHJ가 넘겨준 앨 고어의 약점이 자리 잡고 있다는 것을 아는 사람은 소수에 불과했다. 한국은 한국 나름대로 차기를 노리는 여러 잠룡들이 서서히 기지개를 켜고 있었고, 그 선두엔 청계천을 성공리에 복원한 서울시장이 후발 주자들의 견제를 여유롭게 따돌리며 치고 나가는 모양새를 취하고 있었다.

"하하하, 서산은 제가 대현건설을 이끌 때 개발이 시작된 간척지입니다. SHJ와의 인연을 제 손으로 준비하게 될 줄은 몰랐습니다."

서산 간척지는 이미 고인이 된 정규병 회장의 업적이라는 사실을 부인할 수 없었지만, 서울시장인 이상민은 교묘한 말솜씨로 자신의 업적으로 둔갑시켰다. 그러나 경환의 입가에 살짝 미소가 걸리는 걸 이상민은 보지 못했다.

"바쁘신 와중에도 SHJ 타운을 방문해 주셔서 감사합니다. 청계천 복원이 좋은 평을 받고 있다고 들었습니다."

"하하하, 반대가 심했지요. 저는 옳다고 믿는 건 밀어붙이는 성격이거든요. 이런 점에서 본다면 이 회장님 역시 못지않다고 봅니다만."

잇몸이 보일 정도로 환한 웃음을 보인 것과는 달리 이상민은 날카로운 눈으로 경환의 눈을 마주쳤다. 하지만 경환은 그런 이상민의 시선을 가볍게 흘려버렸다. 노기찬을 압박하기 위한 수단으로 이상민의 요청을 받아들였지만 경환이 이상민과의 합작으로 얻을 수 있는 건 없었다. 두 사람의 자리는 동상이몽 그 이상도 이하도 아니었다. 이상민은 야당 내부에서 입지를 다지고 있었지만 아직은 당내 위상을 확고히 했다고 볼 수 없는 만큼 SHJ의 협력으로 돌파구를 찾을 심상이었다.

"저도 기업인으로서 시장님을 존경합니다. 그러나 기업을 운영한다는 것과 국가를 운영한다는 것은 엄연한 차이가 존재한다고 보는데 시장님은 어떻게 생각하시는지요?"

"저는 그렇게 생각하지 않습니다. 규모의 차이가 있다고는 하지만, 기업과 국가도 경영이란 측면에서 이해한다면 같은 맥락이라고 볼 수 있습니다. 경제를 살리기 위해선 경제를 아는 인물이 국가를 경영해야 하지 않겠습니까? 국민들의 열망도 저와 같다고 생각합니다."

이상민의 대권을 향한 야망을 다시금 확인한 경환의 입꼬리가 살며시 올라가고 있었다. 전생의 경환도 이상민의 이 말을 믿고 열렬히 그를 지지했지만 돌아온 건 절망과 배신감이었다. 경환이 KSTAR를 SHJ로 끌고 들어온 이유도 이상민에 의해 일본과 미국에 모든 기술을 헐값에 넘긴 이유가 컸기 때문이었다. 심석우를 성장시키기 위해서라도 이상민은 확실히

282

누를 필요가 있었다.

"좋은 말씀 잘 들었습니다. 시장님은 제게 무엇을 바라는 건가요? SHJ 는 정경유착을 사규로 엄정하게 단속하고 있다는 것은 아시리라 봅니다."

"잘 압니다. 단도직입적으로 제안을 드리겠습니다. 국내 건설 경기가 그리 좋지 못합니다. 그래서 드리는 제안인데 SHJ 아시아 본사에서 국내 건설사 한 곳을 인수해 주셨으면 합니다. 국내 경기를 활성화시키기 위해서라도 국내 건설 경기를 일으켜 세울 필요가 있다고 저는 생각합니다. 제안을 받아들이신다면 SHJ에도 좋은 기회가 될 것입니다."

건설 경기 하락으로 건설사의 자금 압박이 최고조로 달려가고 있어 큰돈 들이지 않고도 중견 건설사를 인수할 수 있는 상황이었다. 물끄러미 이상민을 바라보던 경환의 눈빛이 싸늘하게 변하기 시작했다.

"청계천 복원으로 자신감을 얻으신 듯합니다. 시장님은 루스벨트의 뉴딜정책과 같은 대규모 국책사업을 통해 경기를 부양시킬 생각이신 모양이군요."

이상민의 눈썹이 파르르 떨리고 있었다. 경환은 당황한 이상민을 아랑곳하지 않고 말을 이어나갔다.

"뉴딜정책은 실업자 고용을 통해 소비를 증진한다는 개념이지만, 시장님이 생각하시는 국책사업은 몇몇 대기업의 배만 불려 주지 않을까 걱정입니다. 솔직히 요샌 사람보단 기계가 일을 다 하지 않습니까? 주신 제안은 감사하지만 SHJ는 그 제안을 받아들일 수 없을 것 같군요."

조용히 커피 향을 음미하고 있는 경환 앞에서 이상민은 말을 쉽게 꺼내지 못했다. 단지 건설사 인수를 제안했을 뿐이었지만 경환은 자신이 준비하는 미래에 대한 청사진을 읽고 있었다. 이상민은 30대 후반의 경환이 자신의 속내를 읽고 있다는 생각에 수치심을 느꼈다. 그러나 지금은 참아야 할 시기였다. 이상민은 얼굴에 다시 미소를 그리며 경환을 향했다.

"하하하, 역시 이 회장님은 앞을 보는 능력이 탁월하시군요. 그러나 대기업을 위한 정책이란 말엔 동의할 수 없습니다. SHJ가 서산에 자리를 잡은 후 이 지역의 경제는 다른 지역보다 월등한 성장을 보이고 있습니다. 저는 지역 경제를 살리기 위해 SHJ를 모티브로 삼으려는 겁니다."

"그러셨군요. 시장님의 원대한 계획에 도움을 드리지 못해 죄송합니다. 부디 좋은 정치를 해 주시기 바랍니다."

이상민과의 만남은 이것으로 끝이었다. 큰 기대를 하지 않아서인지 이상민과의 만남은 경환의 관심을 불러일으키지 못했다. 심석우와 거리감을 만들고 노기찬을 압박하기 위한 수단이었던 이 만남은 차기를 준비하는 여야 대선 주자들의 촉각을 곤두서게 할 뿐이었다. 아무런 이득을 얻지 못한 이상민이었지만 경환과의 만남을 최대한 부풀리며 포부도 당당하게 SHJ의 정문을 나섰다. 하지만 정치적 약점으로 치부되던 부동산 불법 취득과 차명계좌를 이용한 불법자금 조성의 증거 서류가 자신의 정적들에게 조용히 전달되고 있다는 것은 알지 못했다.


"정우와 희수가 눈에 밟혀서 걱정이다. 시간이 왜 이리 빨리 지나는 건지 모르겠다."

"한 달 넘게 같이 지냈으면 됐지, 당신은 왜 또 그러는 거야? 그렇게 보고 싶으면 미국 가서 같이 살면 되잖아."

"말도 못 해요? 당신은 애들이 보고 싶지도 않은 거예요?"

떠나는 날을 하루 남기고 정아 내외를 제외한 모든 가족이 모인 자리

284

에서 경환의 어머니는 정우와 희수를 양쪽 가슴에 품은 채, 떠나보내는 아쉬움을 달래고 있었다. 수정은 경환을 대신해 아쉬워하는 시어머니의 마음을 다독였다.

"어머니, 겨울방학이 되면 다시 올게요. 그리고 아이들이 보고 싶으시면 언제든지 휴스턴으로 오셔도 되고요."

"말이라도 고맙구나. 황정욱 소장이 정우를 서산에서 공부시키면 안 되겠느냐고 하는데 그건 어렵겠지?"

경환과 수정은 난처한 표정을 지었다. 기술연구소에 살다시피 한 정우는 황정욱뿐만 아니라 연구원들의 사랑을 받고 있었다. 황정욱은 정우를 서산에 남게 해 달라며 부탁 아닌 부탁을 했고, 경환은 이를 거절하는 데 진땀을 흘렸었다. 경환을 공략하는 데 실패한 황정욱은 경환의 어머니에게 따로 청을 넣을 정도로 정우를 탐내고 있었다.

"미국에서 고민을 좀 해 볼게요. 아직 학교를 마치지도 못했잖아요."

경환은 말을 잇지 못했다. 점점 연로해 가는 부모님과 같이 있지 못한다는 게 경환의 마음을 복잡하게 했다. 부모님과 가까이 있기 위해 SHJ 타운을 한국에 건설했지만 휴스턴과 서산은 너무 멀었다.

"할머니, 조금만 참으세요. 고등학교 졸업하고 한국에서 대학을 다니면 할머니, 할아버지하고 같이 있을 수 있잖아요."

"어휴, 내 새끼밖에 없네. 이 할미가 희수 너 때문에 산다."

경환은 잠시 고민에 빠졌다. 아이들이 성장하면서 어딘가 모르게 달라지고 있다는 느낌을 지울 수 없었기 때문이었다. 사념을 떨쳐 버리려 노력하는 경환을 향해 아버지의 음성이 들려왔다.

"경환아, 정아와 심 서방이야 어쩔 수 없다지만 사돈과도 불편한 관계를 유지해야 한다는 게 좀 힘들구나. 사돈도 아이들이 많이 보고 싶으실 텐데 말이다."

"매제가 재단에서 독립할 때까지는 어쩔 수 없을 것 같습니다. 장인어른도 이해해 주시고요. 장모님이 많이 상심하시고 계셔서 조용히 미국으로 모실 생각이에요."

L&K재단과 SHJ는 연일 강도 높은 성명을 발표하며 심각하게 대립하고 있었다. L&K재단은 재단의 독립성을 강조하는 모습을 보이면서 국민들의 지지를 한 몸에 받고 있었다. 또한 소외계층에 대한 지원에 재단의 운영을 집중하자 의심의 눈초리로 심석우를 바라보는 정치권과는 다르게 여론은 호의적으로 변하기 시작했다. 경환은 미안한 감정에 수정의 손을 지그시 잡아 주었다. 수정은 그런 경환을 향해 미소로 신뢰와 믿음을 전달했다.

"회장님, 죄송합니다만, 급한 전화라 받아 보셔야 할 거 같습니다."

가족들과 마지막 밤을 보내던 경환은 카일의 등장에 급히 자리에서 일어났다. 어지간히 급한 전화가 아니라면 방해하지 않았을 것이었기 때문이었다. 거실을 벗어나 서재에 도착한 경환은 카일이 전해 주는 위성전화를 받아들었다.

"기븐스 국장님, 말씀하세요."

[회장님께서 예상하신 일이 백악관에서 진행 중입니다. 내일부터 대대적인 표적 수사가 펼쳐질 예정입니다. 대비가 필요하실 거 같아서 연락을 드렸습니다.]

백악관이 심상치 않게 움직이고 있다는 것은 카일의 보고로 알고 있었지만, 어거스트 기븐스의 연락으로 사실을 확인한 경환은 섬뜩한 미소를 지었다.

"흘러가는 분위기는 이미 알고 있습니다. 너무 걱정하지 마시고 국장님은 최선을 다해 우리를 공격하십시오. 그리고 연락은 저희 쪽에서 취할 테니 최대한 몸을 사리십시오."

[준비되셨다는 말씀이시군요. 그럼 전 NSA 국장의 직분을 충실히 수행하겠습니다.]

전화를 끊은 경환은 서재의 의자에 깊숙이 몸을 묻었다. 앨 고어와의 물러설 수 없는 치킨게임은 여러모로 SHJ에 불리할 수밖에 없었지만, 그동안 SHJ 시큐리티는 미국정부의 탄압과 표적 수사에 대한 시뮬레이션을 통해 내성을 키워왔었다. 그러나 시뮬레이션 결과가 매번 SHJ에 유리한 결과를 보인 것은 아니었다는 게 문제였다.

"디푸어 사장님, 이 시간부터 SHJ 시큐리티는 비상 체제로 운영하겠습니다. 케빈은 휴스턴에 도착했습니까?"

"이미 도착했습니다. 신분을 철저히 위장한 만큼 케빈의 존재는 아무도 모를 겁니다."

중국과 해킹 전쟁을 수행한 케빈 미트닉이 휴스턴의 보안을 지휘한다는 사실을 몰라야만 했다. 경환은 수화기를 집어 들었다.

[연락을 기다리고 있었습니다, 회장님.]

"들어서 아시겠지만, 앨 고어와의 치킨게임이 시작되었습니다. 둘 중 물러서는 사람이 죽게 되겠지요. 제가 도착할 때까지 부회장님이 계획대로 실행해 주십시오. 방어가 아닌 공격을 할 시점입니다."

[알겠습니다. 그렇지 않아도 린다가 주 정부를 향하고 있습니다. 회장님이 오시기 전까지 휴스턴을 지키고 있겠습니다.]

황태수의 목소리는 불안감을 찾을 수 없을 정도로 담담했다. 앨 고어가 SHJ를 압박하기 위한 수는 뻔했지만, SHJ의 역공작은 앨 고어가 상상할 수 없다는 게 SHJ가 가진 가장 큰 무기였다. 수화기를 내려놓은 경환은 앨 고어와의 마지막 싸움을 준비하기 위해 천천히 컴퓨터 모니터로 시선을 돌렸다.

"좋은 아침입니다."

IRS(미국 국세청)의 조사 직원으로 SHJ 타운에 파견 나온 데이비드 존스턴은 고개를 갸우뚱거렸다. 항상 밝게 자신을 맞아 주던 보안 직원들이 굳은 표정으로 자신의 인사에 아무런 반응을 보이지 않고 있었기 때문이었다. 분위기가 심상치 않다는 것을 느낀 데이비드는 서둘러 사무실에 들어서자, 책상에 놓여 있는 봉인된 서류를 볼 수 있었다. 신경질적으로 서류를 뜯은 데이비드는 입술을 지그시 깨물었다.

'젠장, 이거 때문이었군. 어떤 미친놈이 이걸 계획한 거야?'

데이비드는 힘이 빠져나가는 듯 의자에 털썩 주저앉았다. 회계의 투명성을 검증한다는 차원에서 SHJ는 IRS에 상주 직원을 파견해 줄 것을 요청했고 운 좋게 자신이 그 자리를 꿰찰 수 있었다. 아내와의 심각한 갈등 상황에서 가족 전체가 SHJ 타운에 입주할 수 있게 된 것은 데이비드에겐 행운이었다. 일반적인 미국사회와는 확연히 다른 SHJ 타운에서의 생활은 가족과의 끈끈한 정을 다시금 이어 주었고, 부부 관계 역시 회복할 수 있었다. SHJ 타운을 떠나기 싫어하는 아내는 둘째 치더라도 자신 역시 연방 직원이 아닌 SHJ의 일원으로 이 자리를 지키고 싶다는 생각을 한 게 한두 번이 아니었다. 데이비드는 신경질적으로 수화기를 집어 들었다.

"돈, 데이비드입니다. 제가 받은 서류가 확실한 겁니까?"

[데이비드, 너무 깊게 묻지 말게. 나도 상황의 심각성은 알지만 어쩔수 없다는 걸 자네도 알지 않나. 대규모 조사단이 내려갈 예정이니 준비를 해 주게.]

"SHJ는 우리가 원하는 회계 장부를 항상 확인시켜 주었습니다. 제 보고서를 보시면 아시지 않습니까? 이건 명백한 표적 수사로밖에는 보이지 않습니다."

[자네는 내 지시만 따르면 되는 걸세. 자넬 너무 오랫동안 휴스턴에 머물게 한 건 아닌지 걱정스럽군. 데이비드, 자넨 연방 직원이란 사실을 잊지 말아야 할 거야.]

IRS 청장인 돈 알렉산더는 데이비드의 다음 말을 기다려 주지 않고 전화를 끊어 버렸다. 자신이 모르는 정치적 음모가 진행 중이란 사실을 확인한 데이비드는 선택을 강요받고 있었다. 그동안 느껴온 바로는 이미 SHJ 시큐리티는 이 사실을 알고 있을 게 분명했기 때문이었다. 연방 직원이란 사실에도 한참을 망설인 데이비드는 서류를 집어 들고 황태수의 집무실로 향했다.

경환의 전용기가 휴스턴에 착륙하고 있을 무렵, 앨 고어가 먼저 SHJ를 향한 칼을 빼 들었다. 대규모의 IRS 조사관들이 휴스턴으로 밀려들어 오고 있었고, NSA는 SHJ 시큐리티와 일진일퇴의 치열한 사이버전쟁을 시작했다. 그러나 뚫리지 않는 SHJ는 그렇다 치더라도 중국과 인도, 유럽에서 치고 들어오는 예상외의 전력에 NSA는 공격과 수비를 병행하는 힘겨운 싸움을 벌이며 서서히 지쳐 가고 있었다. 회장 대행 직분을 수행하고 있는 황태수의 집무실엔 주지사와 만나고 있는 린다를 제외한 어원과 슈미트, 최석현, 카일이 자리를 함께하고 있었다.

"앨 고어가 작정한 모양입니다. IRS의 세무조사는 예상된 일이라 큰 문제는 없지만, FBI까지 움직였을 줄은 몰랐어요. 에릭 프린스를 우리가 불법적으로 감금하고 있다는 게 사실인가요?"

최석현의 질문에 황태수는 나지막이 한숨을 흘렸다. 자신도 어제 경환과의 통화로 처음 그런 사실을 인지했을 정도로 에릭 프린스 문제는 SHJ 시큐리티의 극비 작전이었다. 곤혹스러운 황태수의 표정을 읽은 카일이 급히 나설 수밖에 없었다.

"회장님 생각이셨습니다. 너무 위험한 작전이라 여러분들이 피해를 보시는 걸 극도로 경계하셨습니다. FBI가 나섰다곤 하지만 앨 고어도 이 문제에선 자유로울 수 없습니다. 자신의 목줄도 걸려 있기 때문에 우리를 압박하는 수준에서 그칠 것입니다."

"이 문제는 디푸어 사장을 믿고 맡깁시다. 문제는 전 방위로 압박해 들어오는 백악관의 공세를 우리가 만든 판으로 끌어들일 수 있느냐는 겁니다. NSA와의 사이버전은 어떻게 흘러가고 있습니까?"

"NSA 내부 전력은 이미 파악해 놓은 상태입니다. 너무 밀어붙인다는 인상을 주지 않는 선에서 조절하고 있고, 현재는 방어전을 넘어 서서히 공세를 펼치고 있기 때문에 NSA도 진땀을 흘릴 수밖에 없을 겁니다."

황태수는 자신감 있는 카일의 답변에 마음을 놓을 수 있었다. NSA 국장이 경환의 사람이란 사실을 아는 사람은 자신과 알을 제외하고는 아무도 없었다. 믿지 못해서가 아니라 보호를 위해선 어쩔 수 없다는 경환의 말을 떠올린 카일은 이 정도로 보고를 마쳤다. 휴스턴 SHJ 타운은 전쟁 전야의 긴장감이 흐르고 있었지만 전쟁의 패배를 생각하는 사람은 누구 하나 없었다.

"좋습니다. 회장님이 많은 반대에도 불구하고 심혈을 기울인 만큼, SHJ 시큐리티는 최선을 다해 주세요. 데이비드 존스턴에 의해 IRS의 공세는 어느 정도 파악을 할 수 있었으니, IRS의 세무조사는 우리의 역공에 시달리게 될 겁니다. SHJ-퀄컴과 SHJ-구글은 역공에 한손 거들기 바랍니다."

"이미 준비를 마친 상태입니다. 백악관의 표적 수사를 블로거들이 알 수 있도록 비밀리에 정보를 풀고 있습니다. 앨 고어는 SNS의 위력을 실감하게 될 것입니다."

회계의 투명성을 강조한 경환 덕분에 SHJ는 IRS의 세무조사에 두려울 게 없었다. 그러나 앨 고어가 노리는 것은 범법 사실을 밝히는 게 아닌, SHJ가 세무조사를 받는다는 사실 하나로 SHJ를 파렴치한 기업으로 몰아 여론의 뭇매를 맞게 한다는 것이었다. 혐의 없음으로 결론 나더라도 SHJ는 기업 이미지에 타격을 입을 수밖에 없는 상황이었다.

"슈미트 사장은 준비가 마쳤다면 바로 실행하세요. IRS의 세무조사는 성실히 받아들이되 그 실상은 까발려야 합니다. 그리고 디푸어 사장은 NSA와 FBI를 맡아 공세를 펼치세요. SHJ가 봉이 아니란 사실을 각인시켜 줄 필요가 있습니다. 최 사장은 그동안 관리해 온 상원 재무위원들과 접촉을 해 IRS를 뒤에서 압박하도록 하세요. 그동안 뿌린 기부금을 거둬들여야 하지 않겠습니까?"

짝, 짝, 짝.

뒤에서 들리는 박수소리에 황태수를 비롯한 집무실에 모인 사람들의 눈이 돌아갔다. 그 자리엔 전용기에서 내리자마자 달려온 경환이 미소를 지으며 서 있었다.

"제가 너무 일찍 왔나 봅니다. 이렇게 부회장님이 SHJ를 잘 이끄시는데 좀 더 놀다 올 걸 그랬습니다."

"회, 회장님!"

경환의 농담에 황태수는 발끈했다. 경환은 손사래를 치며 붉으락푸르락 엉덩이를 들썩이는 황태수를 달랠 수밖에 없었다.

"농담입니다. 그러나 부회장님의 지시는 적절하다고 봅니다. 모두 그동안 준비해 온 역량을 한 번에 보여 주십시오. 앨 고어는 준비된 우리를 이길 수 없을 겁니다. 아울러 SHJ 시큐리티는 언론에 흥미로운 기삿감을 던져 주시고, 존 매케인과 공화당에도 같은 수준의 정보를 제공하시기 바랍니다. SHJ가 죽든 앨 고어가 죽든 둘 중 하나는 사라지게 될 겁니다."

그동안 볼 수 없었던 경환의 서늘한 눈빛에 집무실에 모인 사람들은 오한을 느끼고 있었다. 미국 대통령과의 싸움에서 승리한다는 보장이 전혀 없는 상태에서도 경환은 자신감을 보이고 있었고, 그런 경환의 생각이 그대로 전달되고 있었다.


텍사스 주 정부가 위치한 오스틴을 찾은 린다는 부시의 뒤를 이어 주지사에 당선된 릭 페리와 신경전을 펼치고 있었다. 50대 중반의 잘생긴 외모를 갖춘 릭 페리는 민주당에서 공화당으로 당적을 바꾼 특이한 정치 경력을 가진 인물이었다. 대선을 준비했던 릭 페리는 초반 열세를 뒤집을 수 없다는 판단에 경선을 사퇴하고 존 매케인을 지지하며 차기를 노리고 있었다.

"이번 IRS의 세무조사가 의심쩍은 것은 사실이지만, 백악관의 표적 수사라고 보기에는 좀 무리가 있지 않겠습니까?"

"주지사님은 아직 SHJ에 대한 감정이 남아 있으신가 보네요. 전 주지사님의 후광을 업고 있다는 이미지를 가진 상태에서 앨 고어와 경쟁을 펼쳤다면 과연 승리할 수 있었을까요?"

표정 하나 변하지 않고 웃음기 가득한 얼굴로 대선 주자가 아니라는 말로 도발하는 린다를 릭 페리는 물끄러미 바라보았다. 대선을 준비하며 SHJ에 손을 내민 건 자신이 먼저였지만, SHJ는 정치적 중립을 내세워 릭 페리의 제안을 거절했다. 그런 와중에 앨 고어의 표적 수사에 한편으론 고소하다는 생각이 든 건 부인할 수 없는 사실이었다. 자신의 바짓가랑이를 잡고 사정할 줄 알았던 린다가 오히려 자신의 무능함을 지적하자 릭 페리의 얼굴은 급격히 굳어졌다.

"주지사님, 주 정부의 도움이 없어도 SHJ는 흔들리지 않습니다."

"그럼 뭐 하러 오스틴에 온 겁니까? 도움이 필요 없다면 스스로 헤쳐 나가면 될 거 아닙니까?"

린다는 미소를 거둬들였다. 다리를 꼬고 앉은 린다의 늘씬한 다리가 릭 페리의 시선에 들어오기 무섭게 날카로운 목소리가 릭 페리의 귀를 때렸다.

"주 정부의 의견과 주지사님의 의견이 다른 거 같군요. 주지사님이 SHJ를 버렸다는 사실을 휴스턴 시 정부나 주 정부의 각료들이 알게 된다면 과연 차기 대선이 아닌 차기 주지사 선거에 승리할 수 있다고 보십니까? 주지사 선거가 아마 내년이지요? 전 그럼 이만 물러가겠습니다. 허치슨 상원 의원과 약속이 되어 있어 워싱턴D.C로 가 봐야 하거든요."

릭 페리의 인상이 구겨졌다. 허치슨은 텍사스 주지사를 놓고 당내 경쟁을 펼치고 있는 인물이었다. 만약 SHJ가 이 난관을 이겨내고 허치슨을 밀게 된다면 린다의 말대로 주지사 자리도 위태로울 수밖에 없었다. 위기의 상황에도 전혀 흔들리지 않는 린다를 보며 릭 페리는 SHJ의 비수가 앨 고어를 향하고 있다는 걸 느낄 수 있었다. 자리에서 일어나 치마를 정리하는 린다를 릭 페리는 잡을 수밖에 없었다.

"잠시 앉아 보세요."

"기회는 자주 오는 게 아닙니다. 주지사님, 한마디 더 드리자면 영국 정부에서 SHJ 본사를 유치하기 위해 노력하고 있다는 걸 혹시 아십니까? 법인세는 물론이고 해외 매출에 대한 세금을 일절 징수하지 않겠다는 조건이라 쉽게 거절하지 못하겠더군요. 제임스 회장님이 거절하고 있지만 이런 핍박이 지속된다면 우리도 큰 결심을 하지 않을 수 없을 겁니다. 만약 SHJ 본사가 영국으로 이탈하게 된다면 백악관은 물론이고 주시자님도 좋은 평가를 받을 수 없을 거예요."

"그, 그게 무슨 말입니까? 영국은 개인소득세가 엄청난 나라란 사실을 혹시 간과한 겁니까?"

"글쎄요. SHJ 타운이 영국에 건설되고 SHJ 본사가 이전된다면 국민적 합의를 거쳐서라도 개인소득세 감면과 함께 SHJ 타운에 대한 자치권을 인정하겠다고 설득을 하더군요. 아! 그리고 혹시라도 휴스턴 SHJ 타운이 아까워 우리가 움직일 수 없다고 생각했다면 잊어버리는 게 좋으실 거예요."

린다의 말은 사실이었다. SHJ 타운이 유럽에 조성된다는 소문에 가장 발 빠르게 움직인 건 영국이었다. 많은 혜택과 함께 자치권까지 부여하는 조건으로 영국정부는 SHJ 타운이 아닌 SHJ 본사를 이전시키기 위해 물밑 접촉을 시도하는 중이었다. 릭 페니의 얼굴이 사색으로 변하기 시작했다. 다국적 기업으로 성장한 SHJ를 자신의 과오로 잃게 된다면 정치적 생명도 여기에서 막을 내려야 했기 때문이었다.

"원하는 게 뭡니까?"

문을 열고 밖을 향하던 린다의 얼굴에 미소가 퍼졌다가 급히 사라졌다. 정치적 야심이 많은 릭 페리를 자극한 방법이 주요했다고 판단한 린다는 서서히 몸을 돌렸다. 허치슨 상원의원을 통해 분위기를 조성할 수도 있었지만, 현 주지사는 릭 페니였다. 애절한 눈빛으로 자신을 바라보는 릭 페니를 향해 린다는 도도하게 하이힐을 움직여갔다.


경환과의 만남이 실패로 끝나자 앨 고어는 초조할 수밖에 없었다. 더욱이 자신의 백악관 입성에 결정적인 역할을 제공한 세력이 SHJ였단 사실에 앨 고어는 경악을 넘어 두려운 생각까지 들었다. SHJ에 틈을 주지 않기 위해 전 방위적으로 몰아붙여 단숨에 숨통을 끊어 버린다는 계획은 차질 없이 진행되고 있었다. SHJ의 능력을 제거하지 못한다면 재선은 물 건너간 거나 마찬가지란 생각에 대선 행보에 앞서 SHJ를 치워야만 했다.


"다니엘, 도대체 어거스트는 뭐 하고 있는 건가? 막대한 예산을 받아 쓰면서도, 그깟 SHJ 하나 상대할 수 없다는 게 말이 되느냐 말이야!"

"기브스 국장은 최선을 다하고 있습니다. 지난번 중국과의 사이버전에서 알 수 있듯이 SHJ 시큐리티의 능력은 NSA와 동급, 아니 그 이상입니다. 지금은 위성까지 확보한 상태다 보니 NSA도 쉽게 뚫지 못하고 있습니다."

다니엘의 얼굴엔 그늘이 깊게 져 있었다. SHJ와의 약속을 지켰다면 지금 이 상황은 막을 수 있었을 뿐만 아니라 재선 또한 걱정할 필요가 없었을 것이다. 지지도를 끌어올리기 위한 수단으로 행해진 한국방문과 경환과의 만남은 SHJ의 싸늘함에 오히려 지지도 하락을 부추겼다. 지금이라도 경환과의 화해를 종용하고 싶었지만, 지지도 하락을 SHJ의 음모라고 단정 지어 폭주하는 앨 고어를 막을 힘이 없었다.

"IRS의 세무조사를 언론에 흘리는 일은 차질 없이 진행되고 있겠지?"

"이미 대규모의 조사단이 휴스턴으로 출발하면서 냄새를 맡은 기자들에게 정보를 넘겼습니다. 돈 알렉산더는 철저한 우리 사람입니다. 믿으셔도 좋을 겁니다. 그렇지만 SHJ가 너무 조용한 게 불안합니다."

"연방정부가 나서는 일이야. 아무리 SHJ 시큐리티가 뛰어난 능력을 갖추고 있다 해도 정부를 상대하다간 뼈도 못 추린다는 것을 제임스도 알고 있다는 거겠지. 단숨에 숨통을 끊어 버려야 해. EPA(환경보호국)를 움직여 엘리시움과 컴패니언 판매에 제동을 걸어야겠어."

다니엘은 깊게 한숨을 들이마셨다. NSA와 FBI, IRS까지 움직인 상태에서도 SHJ는 큰 반응을 보이지 않고 있었다. 자신이 있거나 혹은 겁을 먹거나 둘 중 하나였지만, 자신이 알고 있는 SHJ라면 전자일 확률이 높았다. 포커에선 패를 읽힌 상태에서 돈을 딸 수가 없듯이, SHJ가 가진 패를 전혀 모른 상황에서 성급하게 패를 까발린 건 패착일 수밖에 없었다. 결정적으로 EPA 국장은 앨 고어의 사람이 아니었다.

"EPA를 잘못 움직였다간 오히려 SHJ에 면죄부를 줄 확률이 높습니다. 지금은 여론을 조성하면서 세무조사를 최대한 길게 끄는 동시에 FBI

수사에 힘을 실어 주는 게 현명한 방법입니다. 그리고 가장 현명한 방법은 SHJ와 다시 손을 잡는 방법이라고 봅니다."

SHJ라면 경기를 일으키는 앨 고어의 반응이 눈앞에 그려진 다니엘은 눈을 질끈 감아 버렸다. 그러나 앨 고어는 아무런 반응을 보이지 않았다. 의외의 반응에 감았던 눈을 뜬 다니엘은 이글거리는 눈으로 비릿한 웃음을 지어 보이는 앨 고어를 바라보며 한숨을 내 쉬었다.

"다니엘, 녹음되지 않는 위성전화를 가져다주게. 자네의 말을 들어 보니 제임스에게 마지막 자비는 베풀어 줄 필요가 있겠어."

모든 게 틀어졌다는 생각에 다니엘은 품속에서 위성전화를 꺼내 단축 번호를 누른 후 앨 고어에게 건넸다. 의기양양하게 위성전화를 받아든 앨 고어는 신호음이 너무 길다는 생각에 미간을 좁혔다.

[대통령님, 주신 선물은 잘 받고 있습니다. 위성전화를 이용하시는 걸 보니 녹음에 신경이 쓰이시나 보군요.]

"제임스, 오랜만이군요. 다니엘이 제임스와 다시 손을 잡으라고 충고를 해서 전화를 했습니다. 어떻습니까? 계속 이런 상태를 이어 갈까요?"

앨 고어의 한쪽 입술이 올라가고 있었다. 자신의 제안에 이럴 수도 저럴 수도 없는 경환의 모습이 떠오르자, 초조하던 기분이 가라앉으며 승자의 쾌감이 척추를 타고 온몸에 짜릿함을 전달하고 있었다.

[동양 속담에 공수래공수거란 말이 있습니다. 빈손으로 왔다 빈손으로 간다는 뜻이지요. 아웅다웅해봤자 제가 누울 관 속엔 썩어 갈 몸뚱이 하나밖에 없지 않겠습니까? 주신 선물은 이자를 쳐서 돌려 드리겠습니다. 기대하셔도 좋을 것입니다, 대통령님.]

경환의 답변이 끝나기도 전에 앨 고어는 전화기를 바닥에 내동댕이쳤다. 미국의 대통령을 우습게 아는 경환을 더는 두고 볼 수 없었다. 대통령이 가진 막강한 힘을 이용해서라도 경환을 미국 하늘 아래에서 지워 버리겠다고 다짐한 앨 고어의 주먹이 부들부들 떨리기 시작했다.

방송 뉴스에선 SHJ에 대한 세무조사가 시작되었다는 속보가 타이틀을 장식하며 미국 경제에 미칠 영향을 분석하느라 정신이 없는 듯 보였다. 다른 언론사와 달리 CNN에선 세무조사와 함께 FBI의 내사가 진행 중이란 소식을 전하며 내사의 목적이 무엇인지는 아직 확인되지 않고 있다는 말로 SHJ가 심각한 곤경에 처할 수도 있다는 분석을 내놓았다.

SHJ의 탈세에 언론의 초점이 맞춰져 있을 정도로 백악관의 SHJ 고사 작전은 치밀하게 진행되고 있었다. 세계의 시선이 IRS의 세무조사에 촉각을 세우고 있었지만, SHJ 타운과 해외 지사에 속한 직원들과 가족들은 이상할 정도로 태연하게 일에 매진하는 모습을 보여 SHJ 타운 정문에 죽치고 있는 기자들을 허탈하게 만들고 있었다.

평소보다 늦은 시간에 귀가한 경환은 일찍 침대에 누웠다. 속살이 훤히 비치는 나이트가운을 걸친 수정이 경환의 가슴에 얼굴을 파묻으며 다가왔다.

"여보, 힘들죠?"

"너무 걱정하지 않아도 돼. 예정된 일이라, 이미 준비를 마치고 대비하고 있었어."

수정의 머리에서 나오는 향긋한 샴푸 향이 경환의 코끝을 자극했다. 두 아이의 엄마라고는 볼 수 없을 정도로 수정의 몸은 아직도 탄력을 유지하고 있었다. 경환은 수정의 등허리를 손으로 훑어 내렸다.

"오늘 멜린다가 전화를 줬어요. 빌도 사태의 심각성을 알고 있다며 나름대로 우리에게 도움을 줄 방법을 찾고 있다고 하더라고요. 당신 혼자 싸우는 거보단 낫겠다 싶었어요."

"빌은 질 싸움에 배팅을 걸 인물이 아니야. 우리가 유리하다는 판단을 했다는 증거니까 자기도 기운 내."

경환의 손이 수정의 민감한 부분을 자극해서인지 수정의 얼굴이 붉어지며 파르르 몸을 떨었다. 앨 고어의 칼춤이 몰아치고 있었지만 경환은 칼날만 피할 뿐 아직 비수를 꺼내 들지는 않았다. 어정쩡하게 앨 고어를 상대할 수는 없었다. 단칼에 앨 고어의 숨통을 끊지 못한다면 SHJ는 앨 고어의 물량 공세에 서서히 체력이 고갈될 수밖에 없는 형국이었다. 수정의 몸을 훑는 경환의 손에 힘이 들어가자 수정의 입에서 짧은 신음이 터져 나왔다.

"당신을 믿어요. 그러니 우리 때문에 양보하거나 손해를 감수하지 마세요."

경환은 아무런 대답 없이 수정의 가슴에 입을 가져다 댔다. 수정은 경환의 입술이 자신의 가슴에 편하게 닿을 수 있게 몸을 들어 올리며 경환의 머리를 두 손으로 감싸 안았다.

"여보, 키스해 주세요."

경환의 머리에 입을 맞추던 수정을 향해 경환이 머리를 들어 수정의 입술을 덮쳐갔다.


늦은 밤인데도 불구하고 SHJ그룹 본사 사옥은 환하게 불을 밝히고 있었다. 아침부터 시작된 IRS의 조사단은 강도 높은 세무조사를 하겠다는 발표와 달리 시간을 끌고 있었다. SHJ는 특별한 항의도 하지 않은 채 IRS의 김을 빼는 전략으로 대응하고 있었다. 뉴욕과 보스턴, 시카고에서 모여든 SHJ의 대형 로펌은 린다의 지휘에 맞춰 때가 무르익을 때를 기다리며 IRS의 조사단을 외곽에서 압박해 갔다.

SHJ 시큐리티의 접견실에선 카일을 비롯한 경영진들이 FBI 요원을 상대하고 있었다.

"디푸어 사장, 서로 피곤하게 하지 맙시다. 에릭 프린스가 한국 서산 SHJ 타운에 감금되어 있다는 사실은 알 만한 사람은 다 알고 있는 거 아닙니까?"

"그 알 만한 사람이 누군지 좀 알려 주시오, 폴 브릭스 요원."

SHJ 시큐리티와 FBI는 평행선을 달리는 열차일 수밖에 없었다. 종일 이어진 조사에도 폴 브릭스는 성과를 얻어 낼 수 없었다. 빈정거리는 카일의 기분 나쁜 미소에 속이 뒤틀린 폴 브릭스는 안정을 되찾기 위해 깊게 숨을 들이 내쉬었다. 상황을 역전시키기 위해서라도 카일의 감정을 뒤흔들어야만 했다.

"변호사도 대동하지 않으시다니 대단하십니다."

"여기가 어딘 줄 아십니까? 품속에 있는 녹음기나 펜으로 위장한 소형 카메라가 작동되리라고 생각했다면 오산입니다. 에릭 프린스를 먼저 거론하기 전에 스티븐 조던을 먼저 말하는 게 순서 아닙니까? FBI 발표로 이미 죽은 사람이 되긴 했지만요."

폴 브릭스의 얼굴이 굳어졌다. FBI의 공적으로 발표된 스티븐 조던이 아직 살아 있다면 조작을 감행한 FBI는 여론의 질타를 넘어 국장부터 줄줄이 목이 달아날 수 있는 문제였다. 강도 높은 조사에도 눈 하나 깜빡하지 않은 카일을 그제야 이해한 폴 브릭스는 가방에서 비밀 유지란 직인이 찍혀 있는 파일을 집어 들었다.

"태국에서 찍힌 에릭 프린스의 모습입니다. 다른 사진은 태국 공항에서 찍힌 SHJ 시큐리티 직원들의 모습입니다. 에릭 프린스가 사라진 날 공교롭게도 SHJ 전용기가 화물 3개를 선적해 한국으로 출발했다는 정보를 우린 가지고 있습니다. 디푸어 사장, 쉽게 갑시다."

비릿한 웃음을 지으며 책상에 펼쳐진 사진을 한 손으로 넘기던 카일은 같은 종류의 파일을 폴 브릭스 앞으로 던졌다.

"자, 누가 가지고 있는 서류가 파괴력이 큰지 우리 내기 한번 해 봅시다. 참고로 서류는 눈으로 확인해야 할 겁니다. 이 서류가 외부로 유출된다면 천하의 FBI라도 쉽게 피해갈 수 없을 테니까요."

파일을 넘기던 폴 브릭스의 손이 순간 떨리기 시작했다. NSA도 쉽게 건드리지 못하는 정보력과 기술력을 가진 SHJ 시큐리티의 능력이 파일에 고스란히 담겨 있었다.

"이, 이건."

폴 브릭스는 말을 이어 가지 못했다. 카일의 말대로 이 내용이 공개된다면 제 아무리 날고 기는 FBI라 하더라도 쉽게 빠져나갈 수 없을 것이었다. 자신은 본 적도 없는 특급 보안 서류가 이 자리에 있다는 사실을 폴 브릭스는 이해할 수 없었다. 서류에서 눈을 떼지 못하는 폴 브릭스를 향해 카일의 빈정거리는 목소리가 흘렀다.

"폴 브릭스 요원. 이 서류를 봤다는 사실만으로도 당신은 사형 선고를 받은 거나 마찬가지입니다. FBI 국장의 불륜은 아주 사소한 가십거리밖엔 안 될 테고, FBI 주도로 유령의 이슬람 무장 단체를 만들어 함정수사를 했다는 사실이 여파가 크려나? 아니면 석유 재벌과 결탁한 해외 테러 조직을 쫓던 요원의 수사를 방해해 결국 마드리드 열차 폭파 사건을 방조했다는 사실이 흥미를 돋우려나?"

"서류가 조작되었다면 심각한 사태가 발생한다는 걸 아셔야 할 겁니다. 설사 서류가 진본이라 하더라도 처벌을 피할 수는 없을 거요."

"폴 브릭스 요원, FBI가 끝까지 물고 늘어진다면, 우리가 어떻게 할 거 같소? 당신이 본 자료는 우리가 입수한 정보 중 10%도 안 됩니다. 같이 살든지 아니면 같이 죽든지 그건 알아서 하도록 하고. 내일 오전 스티븐 조던의 기자회견이 열릴 겁니다. FBI가 사살했다던 사람이 버젓이 기자회견을 하는 모습을 국민들이 어떻게 생각할지 몹시 궁금합니다. 이 기자회견을 막으려면 당신보다 높은 사람을 빨리 찾아야 할 겁니다. 하하하."

폴 브릭스는 정신을 차릴 수 없었다. 분명 휴스턴으로 향할 때만 해도 거대 기업인 SHJ를 자신의 발아래 꿇릴 수 있다는 자신감에 사로잡혀 있었지만 그건 오산이었다. 감춰진 발톱을 치켜세운 SHJ의 매서운 역공에 폴 브릭스는 좌절할 수밖에 없었다.


텍사스 오스틴 주 정부 브리핑실에는 아침부터 몰려든 기자들로 북새통을 이루고 있었다. 릭 페리의 중대 발표란 말에 지역 언론사는 물론이고 뉴욕과 워싱턴, CNN까지 관심을 보이고 있었다. 존 매케인이 앨 고어의 지지도를 앞서고 있는 상황에서 민주당 색깔을 띠고 있는 릭 페리의 돌발행동을 기대하는 모습들이었다.

약속된 시간을 넘기자 환한 미소를 띤 채 브리핑실의 문을 열고 들어오는 릭 페니의 모습이 눈에 들어왔다. 릭 페니의 좌우로 텍사스 주 정부

각료들이 모두 들어서자 카메라 플래시가 터지기 시작했다.

"이른 시간인데도 많은 기자분이 참석해 주셔서 감사합니다. 저는 아침을 먹었지만 혹시라도 식사를 못 한 분들이 계신다면……. 안타깝지만 좀 참아 주시기 바랍니다."

"하하하."

가벼운 농담을 하며 마이크를 바로 고친 릭 페니를 향해 기자들은 웃음을 던져주었다. 기자회견의 내용을 철저히 비밀에 부친 덕에 아침을 먹은 기자는 거의 없었다. 쇼맨십에 강한 릭 페니답게 능숙하게 분위기를 띄운 후 서서히 입을 열었다.

"저는 백악관에서 자행되고 있는 SHJ를 향한 표적 수사에 강한 유감을 표하며, 텍사스 주 정부는 이번 연방정부의 몰상식한 행동에 어떠한 협조도 없을 것임을 선포하기 위해 이 자리를 마련했습니다."

현장은 물을 끼얹은 듯 적막에 휩싸였다. 기자들은 릭 페니에게 뒤통수라도 맞은 것처럼 입만 벌린 채 누구도 움직이지 않았다. 민주당과 좋은 관계를 유지하는 릭 페니가 SHJ의 문제에 개입하리라고는 전혀 예상하지 못했던 것이다. 대선에 개입해 자신의 영향력을 키울 것이란 예측이 무너지며 자판을 두들기는 기자들의 손가락이 바빠지기 시작했다.

"이번 IRS의 세무조사는 개인정보를 실시간 감시하려는 연방정부에 맞서 개인정보를 보호하려는 SHJ에 대한 표적 수사라는 점을 분명히 밝힙니다. 현재 SHJ는 개인정보를 빼내고 감시하려는 NSA와 피 튀기는 사이버 전쟁을 치르고 있습니다. SHJ의 능력이 NSA를 넘어서자, 연방정부는 IRS와 FBI까지 동원해 SHJ를 사지에 밀어 넣기 위해 발악을 하고 있습니다. 경악을 금치 못할 일입니다. 이에 텍사스 주 정부는 연방정부의 치졸한 작태에 분명히 반대합니다. SHJ에 대한 탄압이 중지되고 관련자들이 처벌되기 전까지 연방정부에 대한 협조 체제를 중단할 것을 선언하는 바입니다."

노트북의 자판 소리와 카메라 플래시 소리는 더욱 커져만 갔다. 텍사스가 연방정부와 대립을 선언했다면 공화당 계열의 동부 지역 주들이 따라올 확률이 높았다. 대선이 코앞으로 다가온 상황에서 연방정부와 지방정부 간의 갈등은 심각한 문제를 초래할 수도 있었다.

"주지사님, 〈뉴욕타임스〉의 앨런 킴 기자입니다. 말씀하신 내용을 증명하실 수 있으신가요?"

릭 페니는 기다렸다는 듯 서류 한 장을 들어 올렸다.

"이 서류는 NSA가 SHJ-구글과 SHJ-퀄컴을 사찰하기 위해 작성한 비밀문서입니다. 보면 아시겠지만 NSA는 SHJ-구글을 제외한 애플, 야후, 스카이프 등 인터넷 서비스 서버들에 대한 백도어를 소유하고 있어 그 백도어를 통해 법원의 영장이나 허가 없이 정보를 검열하고 있습니다. 그 중심에 백악관이 있다는 사실을 여러분들은 기억하셔야 할 겁니다. 지금 SHJ는 이런 연방정부에 홀로 맞서며 외로운 싸움을 하고 있습니다. 따라서 우리 텍사스 주 정부는 이 순간부터 SHJ의 방패막이 되어 줄 것입니다."

소문만 무성했지 NSA의 개인정보 사찰이 문서로 증명된 건 처음이었다. 과연 릭 페니가 어떤 경로로 이런 특급 비밀문서를 손에 쥘 수 있었느냐는 것을 생각하는 기자들은 없었다. 단지 실체를 드러낸 NSA의 불법행위에 여론이 어떻게 움직일 것이냐에 모든 관심이 집중되고 있었다.

"SHJ는 미국의 위대함을 보여 주는 기업입니다. 아쉽게도 영국정부가 SHJ 본사를 유치하기 위해 물밑에서 움직이고 있다는 정보가 있습니다.

연방정부의 탄압으로 SHJ 본사가 영국으로 이전한다면 그 책임이 과연 어디에 있는지 되묻고 싶습니다."

"그 잘난 앨 고어도 끝났군."

〈뉴욕타임스〉 앨런 킴의 독백은 질문을 받지 않고 브리핑 실을 벗어나는 릭 페니의 뒷모습에 묻혀 버렸다. 충격이 휩쓸고 지나간 브리핑실엔 사태를 제대로 파악하기 위해 남아 있는 기자들로 부산했다. 정보를 입수하기 위해 주 정부 각료들을 찾아다니며 인터뷰를 시도하고 있었지만, 이번 기자회견에 대해 함구령이 내려졌는지 건질 만한 게 하나도 없었다.

띠링, 띠링

사방에서 들려오는 메시지 도착음에 기자들의 손동작이 빨라졌다.

"이게 도대체 뭐야? 정신을 차릴 수 없잖아. MS 주도로 사이보그 컨소시엄과 야후, 애플까지 나서 이번 SHJ에 대한 표적 수사를 반대한다는 성명을 냈다고?"

아직 SHJ는 칼을 감추며 숨을 고르고 있었지만, 의외의 변수들이 튀어나오며 SHJ의 방어막을 한층 더 견고하게 만들고 있었다. 지금부터는 앨 고어가 경환의 칼춤을 막을 차례였다.

릭 페니의 기자회견은 엄청난 파문을 일으키며 미국사회를 충격에 빠트렸다. NSA의 무차별적인 개인정보 사찰은 연일 신문과 방송의 핫뉴스로 떠올랐다. 그와 함께 비난의 화살이 백악관과 NSA에 집중되면서 미국 재계와 정계를 소용돌이 속으로 몰아넣기 시작했다. 그런 와중에 개인정보를 보호하기 위해 연방정부와 맞서는 SHJ가 골리앗을 쓰러트린 다윗으로 묘사되며 신문의 삽화에 등장하자, 여론의 추가 급격히 SHJ로 기울었다. 백악관은 진퇴양난에 오도 가도 못하는 신세로 전락해 버리고 말았다.

비상 대책회의가 연일 열리는 SHJ 회의실엔 비장한 모습의 경영진들이 사태추이를 살피며 말을 아끼고 있었고, 그 중심엔 경환이 자리 잡고 있었다.

"린다, 주지사가 너무 오버하는 거 아닌가요? 기자회견 정도면 충분히 역할을 다 했다고 보는데 말입니다."

"정치적 야망이 큰 사람입니다. 이걸 기회로 삼아 우리와 국민 여론에 확실한 눈도장을 찍겠다는 생각일 겁니다. 어찌 되었든 우리에게 불리한 건 아니니 한번 지켜보는 게 좋지 않겠습니까?"

경환은 SHJ 시큐리티의 정보 보고서를 살피며 허탈한 웃음을 지었다. 릭 페니는 연방정부에 대한 항의 표시로 SHJ 타운의 외곽 경비를 수행하기 위해 주 방위군을 소집할 수도 있다는 성명을 발표하며 연일 강도 높게 연방정부를 비난하고 나섰다. 아울러 텍사스 주와 밀접한 관계가 있는 오클라호마와 아칸소, 루이지애나 주 정부가 텍사스 주 정부와 연합할 의사를 표했다. 이러한 양상에 남북전쟁 이후 수면 밑으로 가라앉아 있던 지역 갈등이 부상하며 정치권을 긴장시키고 있었다.

"방위군까지 동원하는 모양새는 앨 고어에게 역공을 제공할 수도 있으니 이쯤에서 자제시키세요. 그런데 SHJ-퀄컴의 주가가 2,500달러를 넘었다니 의외로군요."

"IRS의 세무조사가 시작될 무렵 빠지던 주가는 NSA의 집요한 공략에도 뚫리지 않는다는 사실이 부각되면서 급반등세로 돌아섰습니다. 오히려 MS와 애플, 야후의 주가가 폭락하고 있습니다."

"제이콥스 사장님, 매출 변화는 어떻습니까?"

"최고 기록을 경신할 수 있을 것 같습니다. 엘리시움과 컴패니언의 매출이 주가 상승과 함께 반등하고 있습니다. 엘리시움-2의 출시 일정을 앞당길 예정입니다."

IRS의 세무조사와 FBI의 내사는 악재가 아닌 호재로 작용했다. 답보 상황을 보이던 엘리시움과 컴패니언의 매출이 급상승한 것이다. 경환은 피를 토하는 앨 고어의 모습을 상상하며 입가에 미소를 흘렸다.

"슈미트 사장님, 이번 구글라인과 구글메신저를 통한 SNS 전략이 슬슬 반응을 보이고 있다고 들었습니다. 이제부턴 적극적인 공세로 나서야 할 시기라고 봅니다. 강도를 높여 주세요."

"알겠습니다. 그동안 좀이 쑤시는 걸 참느라 혼났습니다. 내일부터 백악관은 지옥을 맛보게 될 것입니다."

경환은 잠시 고개를 들어 천정을 향해 시선을 고정했다. 자신에 대한 주류사회의 반감과 견제는 충분히 예상할 수 있었다. 과도할 정도로 SHJ 시큐리티를 키운 목적도 지금의 상황을 대비하기 위한 경환의 몸부림이었다. 미국사회를 움직이는 기득권 세력은 자신과 앨 고어의 싸움을 관망하며 즐기고 있을 것이었다. 이렇게 된 이상 그들에게 보여 주기 위해서라도, 그리고 제2의 딕 체니나 앨 고어가 자신의 앞길을 방해하지 못하게 하기 위해서라도 이번만큼은 철저히 밟아 버려야만 했다. 눈을 감고 깊은 생각에 빠져든 경환을 향해 최석현의 굵직한 목소리가 들려왔다.

"회장님, 상원 재무위원회에서 곧 좋은 소식이 도착할 예정입니다. 돈 알렉산더 국장은 쉽게 이 난국을 헤쳐 나가지 못할 겁니다."

"수고했습니다. 앨 고어의 손발을 하나씩 묶어 버리는 게 우리 싸움의 시작이 될 겁니다. 그나저나 공화당 내부에서도 이견이 많다는 말이 들리는데 어떻게 된 겁니까?"

최석현은 미간을 살짝 좁혔다. 앨 고어와의 극한 대립으로 신경이 곤두서 있는 경환을 자극하지 않기 위해 말을 아꼈지만, 경환은 정보 보고서를 통해 공화당의 분열을 이미 아는 듯 했다. 매도 먼저 맞아야 좋다는 생각에 최석현은 한숨을 깊게 내쉬며 입을 열었다.

"회장님 말씀이 사실입니다. 존 매케인의 당내 호불호가 극명하게 갈리는 상황이 영향을 끼치는 점도 있고, 네오콘 계열의 의원들 일부가 민주당과 백악관에 대한 공세에 미온적 자세를 취하고 있습니다. 그러나 대세를 거스르지는 못할 정도라 큰 영향은 없다고 봅니다."

네오콘이라는 변수가 부상하며 딕 체니의 악령이 다시 모습을 드러냈다. 하지만 딕 체니를 두려워하던 과거의 SHJ는 이미 사라진 지 오래였다. 경환은 음산한 미소를 지어 보이며 최석현을 긴장시켰다.

"세가 만만치 않다고 느낀 앨 고어가 네오콘 쪽에 정보를 흘렸겠지요. 네오콘도 피해를 보았다고 생각했을 테니까. 상관없습니다. 최 사장님은 로비스트를 동원해 IRS에 대한 압박을 가중시키세요."

"알겠습니다, 회장님."

"디푸어 사장님, 특별한 보고 내용은 없습니까? 이 자리에 모인 사람들과 정보를 공유할 때입니다."

경환에게 전달되는 일일 정보 동향 보고서는 경영진들에게 전달되는 보고서와 그 질이 달랐다. SHJ 유니버스에서 제작하고 관리하는 인공위성 사업에 올해부터 SHJ 시큐리티의 투자가 이뤄지면서 외부에 드러나지 않은 인공위성들이 SHJ 유니버스가 아닌 그룹 사옥 지하에 위치한 보안 팀의 관리로 넘어가고 있었다. NASA에서조차 이런 사실을 감지하지 못할 정도로 은밀히 진행되는 작업으로 SHJ 시큐리티의 정보 능력은 한층 배가되었다. 그리고 여기에서 수집된 고급 정보들은 경환의 손에 고스란히 들어가고 있었다.

경환의 지시를 받은 카일은 다시 한 번 확인을 위해 경환과 시선을 마주쳤다. 경환이 고개를 끄덕이자 카일은 굳게 닫혀 있던 입을 열기 시작했다.

"전 세계를 커버하는 NSA나 CIA보단 미약하지만, 미국과 한국 등 SHJ의 주요 거점에 대한 SHJ 시큐리티의 정보 능력은 미연방 정보기관과 대등하다고 자평합니다. 조만간 조쉬 하멜 FBI 국장의 기자회견이 열릴 예정입니다. FBI의 시한폭탄이 우리 손에 있다는 걸 확인한 이상 FBI는 우리를 몰아세우기 어려울 거라고 봅니다. FBI뿐만 아니라 연방정부와 SHJ의 적대 세력에 대한 아킬레스건 또한 이미 확보한 상태입니다."

한 번에 휘몰아친 카일의 발언은 회의실 분위기를 무겁게 만들었다. 황태수조차도 놀란 표정을 지으며 카일을 향해 반문할 정도였다. SHJ를 이끄는 경영진들은 기쁨보다는 두려움을 느끼고 있었다.

"우리의 공세가 SHJ 시큐리티 주도로 이뤄진다는 것엔 반대하지 않지만, 소수의 조직이 정보를 독점한다는 것은 바람직하지 않다고 봅니다."

심각한 표정의 황태수가 정보 독점에 대한 우려를 표하자 린다를 비롯한 경영진들 역시 이에 동의를 표하고 나섰다. 카일은 발언하기 전부터 이런 분위기를 예상했다는 듯 입을 굳게 닫았고 회의실에는 싸늘한 냉기가 퍼지기 시작했다. 경환이 나설 수밖에 없는 상황이었다.

"내가 여러분들을 믿고 신뢰하듯 여러분들도 SHJ 시큐리티를 믿고 신뢰해야 합니다. SHJ 시큐리티 내부에서도 정보가 한쪽으로 치우치지 않기 위해 팀장들 간 협의 체제로 운영되고 있습니다. 정보의 가치를 살리기 위해선 어쩔 수 없는 선택이란 점을 이해해 주시고 각 계열사에서 필요한 정보는 SHJ 시큐리티를 통해 상시 제공될 것입니다. 가족을 지키는 건 가족밖에 없다는 사실을 모두 기억해 주십시오."

"죄송합니다, 회장님. 제가 지나쳤습니다."

"아닙니다. 충분히 짚고 넘어가야 할 사항이었습니다."

회의실 분위기를 다시 잡은 경환은 마지막 칼을 빼 들었다.

"여론도 우리에게 우호적이고 분위기도 잡았으니 이젠 곰을 잡아야 하지 않겠습니까? 이제 시작을 할까요?"

"SHJ 시큐리티에 선공을 내주긴 했지만, 본격적인 곰 사냥은 SHJ 홀딩스부터 시작하겠습니다. 여러분 모두 기대해 주세요."

"하하하."

가라앉은 분위기를 런다가 살리고 나서자, 회의실엔 다시 웃음이 퍼지기 시작했다. 세계 유일의 강대국인 미국과 그 미국을 움직이는 대통령과의 전면전에도 SHJ의 경영진 누구 하나 두려움에 떠는 모습을 보이지 않았다. 백악관을 향한 SHJ의 비수는 휴스턴이 아닌 워싱턴에서 날을 세우고 있었다.


"미국정부가 추진하는 환경 정책을 반대한다는 것은 아닙니다. 화석연료의 사용을 줄이고 환경을 보호한다는 명분엔 저도 찬성합니다. 그러나 잘못된 사실을 진실로 둔갑시키는 것에는 학자인 제 양심이 허락하지 않습니다."

워싱턴 컨벤션 센터에선 SHJ 홀딩스와 MS가 후원하는 미래 환경 포럼이 개최되었고, 이 포럼엔 세계 기상학계 과학자들과 천문학자, 환경운동가와 지질학자 및 관련 업계 종사자들이 한자리에 모여들었다. 열띤 토론이 벌어지는 자리에는 캘리포니아공대의 마커스 브라운도 눈에 띄었다.

"제임스 핸슨은 1988년부터 10년간 섭씨 0.35도가 올라갈 것을 예측하며 지구온난화를 주장했지만, 사실은 0.11도밖엔 오르지 않았습니다. 300%의 오차를 보인 예측은 과학이 아닌 정치적 사기일 뿐입니다. 미국정부는 화석연료에서 방출되는 이산화탄소가 지구 온도를 높여 지구를 멸망시킨다고 홍보하지만, 16만 년 전 북극 온도가 지금 온도보다 2도 높았다는 증거는 무시하고 있습니다. 틀린 과학을 신봉하며 증거를 무시하는 미국정부가 무엇을 노리는지 확인해야만 합니다."

열변을 토하는 에드워드 로렌츠는 전 학문에서 사용하는 카오스 이론과 나비효과의 개념을 창안한 기상학계의 중진이었다. 포럼의 주제를 강연하는 에드워드의 동작 하나하나에 시선이 집중되었고, 증거 사진과 그래프들이 대형 모니터에 펼쳐지며 그의 이론을 뒷받침해 주고 있었다. 에드워드는 자신의 이론을 강변하며 말을 이어 갔다.

"이산화탄소의 증가가 기온을 상승시킨다고 주장하지만, 그래프에서도 알 수 있듯 1940년부터 1970년까지는 이산화탄소의 지속적 증가에도 온도가 거꾸로 하강했습니다. 정부가 주장하는 이산화탄소 증가율 그래프는 절벽을 보는듯한 급경사를 보이고 있지만, 사실은 백만분의 316에서 백만분의 376으로 증가했을 뿐입니다. 우리 전체 대기에서 상상하기도 어려운 작은 증가량일 뿐입니다. 농작물이 줄어든다지만 이산화탄소가 식물의 성장을 촉진한다는 것을 아는지 모르겠습니다. 또한 사막이 는다고 떠들고 있는데, 사하라 사막은 1980년 이후로 줄어들고 있습니다. 이러한 말도 안 되는 사기를 벌이는 미국정부의 목적은 환경보호가 아닌 탄소배출권 거래제라는 희귀한 제도를 통해 각 나라의 기업들을 통제하기 위한 것입니다."

대통령직 수행 후에는 환경운동가로 변신하고 싶다는 꿈을 피력한 앨 고어의 지구온난화 방지 정책에 정면으로 도발하는 포럼이 백악관의 코앞에서 벌어지고 있었다. 에드워드 로렌츠의 발표에 이어 미국정부에서 주장하는 지구온난화 실태 조사 보고서를 조목조목 반박하는 학자들의 연설이 이어지면서 컨벤션 센터의 열기는 점점 고조되어 갔다.

오스틴에서 특종을 잡았던 〈뉴욕타임스〉의 앨런 킴은 릭 페니의 기자회견과 포럼의 개최가 결국은 백악관을 향한 SHJ의 칼날이란 의구심을 지워 버릴 수 없었다. 연방정부의 집요한 공세에도 SHJ는 어떠한 논평조차 내놓고 있지 않았다. 하지만 SHJ 외곽에선 백악관을 상대로 피 튀기는 혈전을 벌이고 있다는 것을 감으로 느끼고 있었다.

'무섭군. 사생결단이란 말이 무색할 정도야. 앞으로 누구도 SHJ를 건드리기 힘들겠어.'

포럼의 내용을 더는 볼 필요가 없다고 판단한 앨런 킴은 가방을 정리하고 있었다. 기사 마감 시간이 얼마 남지 않았지만 오늘은 술 한 잔이 절실히 필요했다.

"저기, 서류를 떨어트린 거 같습니다. 중요한 서류 같은데 잘 좀 챙기십시오."

"네?"

포럼장을 떠나려는 앨런 킴의 어깨를 잡은 사내가 바닥에 떨어진 서류를 눈짓으로 가리키며 급히 자리를 벗어났다. 얼굴을 확인할 새도 없이 갑작스럽게 벌어진 상황이라 앨런 킴은 떠나는 사내를 잡는 것을 포기하고 바닥에 떨어진 서류봉투를 집어 들었다. 봉투 안의 서류를 꺼내 든 앨런 킴의 눈이 갑자기 커졌다. 그녀는 황급히 휴대폰을 집어 들었다.

"딘, 앨런입니다. 지금 1면을 모두 비워 주십시오. 마감 전까지 기사를 보내겠습니다."

[자네 무슨 뚱딴지같은 소리야! 헛소리 그만하고 포럼 내용이나 송부해!]

"특종이란 말입니다! 릭 페니의 기자회견은 새 발의 피라고요. 제2의 워터게이트가 될 수도 있는 사건이란 말입니다."

앨런 킴의 절실함을 느꼈는지 수화기에선 아무런 소리도 들리지 않았다. 초조한 앨런 킴이 이빨로 자신의 입술을 물어뜯고 있을 때, 굵은 목소리가 수화기를 타고 앨런 킴의 귀에 흘러들어 갔다.

[30분 줄 테니 기사부터 보내. 자네에게 1면을 주는 건 기사를 보고 결정할 테니.]

급히 전화를 끊은 앨런 킴은 주먹을 불끈 쥐었다. 그녀는 짐을 모두 바닥에 던져 버리고 노트북과 서류봉투만 챙겨 급히 사라졌다.


외곽부터 치고 들어가는 SHJ의 전략에 백악관은 당황할 수밖에 없었다. 워싱턴 컨벤션 센터에서 진행되고 있는 미래 환경 포럼은 세간의 이목을 끌지는 못했지만, 탄소세 도입을 재선 전략의 큰 줄기로 끌고 나가려는 앨 고어의 발목을 잡는 성과를 보였다. 존 매케인 캠프는 기상학자와 지질학자를 포함한 연구 팀을 구성해 환경 문제를 새로운 각도로 해결하려

는 정책을 준비하는 한편, 탄소세 정책의 모순점을 강하게 비판하기 시작
했다.

지방정부와 극한 대립의 화살이 백악관으로 몰리면서 떨어지는 지지
도는 쉽게 반등할 기미를 보이지 않고 있었다. 하지만 앨 고어는 모든 문
제의 시초가 SHJ라는 확신에 주위의 비난에도 아랑곳하지 않고 공세를
거둘 생각이 없어 보였다.

"회장님, 내일 자 〈워싱턴포스트〉 기사 내용입니다."

황태수와 린다를 불러 2005년도 사업 계획을 논의하던 경환은 카일
이 건네주는 기사 내용을 확인하고 인상을 찌그렸다.

"앨 고어도 급했나 봅니다. 마지막 발악을 하네요."

경환이 건네준 기사를 확인한 두 사람은 어이가 없는 듯 서로 얼굴만
바라보며 고개를 좌우로 저었다. 과묵한 성격의 황태수는 말을 아끼고 있
었지만 다혈질의 린다가 얼굴까지 붉히며 목소리를 높였다.

"회장님, 이런 중상모략이 계속된다면 SHJ의 이미지에 도움이 되질 않
습니다. 50억 달러의 탈세 의혹이 적발되었다는 말도 안 되는 기사가 보
도되면 사실 여부를 떠나 우리 쪽으로 쏠리는 여론의 방향이 바뀔 수도
있습니다."

"쿡 사장의 말이 맞습니다. 회장님. 강력한 법적 대응을 보여 줘야 할
것입니다."

"기다립시다. 법적 대응은 의혹만 증폭시킬 수 있습니다. 앨 고어도
FBI가 손을 털자 마땅한 수단이 없었겠지요. 〈워싱턴포스트〉에 대한 법
적 대응은 돈 알렉산더를 무너트린 후 진행해도 늦지 않습니다. 우선 로

펌과 협의해 소송을 준비해 놓고 대기하세요."

명확한 정보 출처를 밝히지 않은 기사가 세계적으로 저명한 〈워싱턴포스트〉의 일면을 장식한다는 게 쉽게 이해되지 않았다. SHJ의 법정 대응을 예상할 수 있었음에도 무리수를 보인 〈워싱턴포스트〉의 노림수가 무엇일지, 앨 고어 뒤에 〈워싱턴포스트〉가 있는지 〈워싱턴포스트〉 뒤에 앨 고어가 있는지 지금은 알 수 없었다. 조쉬 하멜 FBI 국장은 스티븐 조던의 기자회견과 FBI의 불법작전 공개를 막기 위해 기자회견을 통해 SHJ에 면죄부를 준 후 백악관과 SHJ의 싸움에서 한발 뒤로 물러난 상태였다.

"SHJ 시큐리티는 〈워싱턴포스트〉의 비리 내용을 철저히 파악해 놓으세요. 그리고 이번 싸움으로 언론의 중요성을 절감했습니다. 린다는 〈워싱턴포스트〉를 인수할 계획을 세워 보세요. 우리도 여론에 대한 영향력을 키워야 할 때라고 생각합니다."

"회장님의 의견에 동의합니다. 이번 일만 마무리 되면, 어마어마한 배상금으로 허덕이게 만든 후 집어삼키겠습니다."

린다의 이글거리는 눈빛은 경환조차 오한을 느낄 정도로 매서웠다. 자신도 어쩌지 못하는 린다를 맞이해야 할 〈워싱턴포스트〉가 경환은 불쌍하다고 느꼈다.

"이번 싸움은 앨 고어에 국한하고, 민주당과의 싸움으로 번지는 건 최대한 자제해야 합니다. 그리고 내년도 사업 계획은 별 무리가 없어 보이는데 추가할 사업이라도 있나요?"

"이번 NSA와의 사이버전이 릭 페니를 통해 공개되면서 애꿎은 MS와 야후, 애플이 직격탄을 맞았습니다. 주가가 연일 하락하면서 야후와 애플의 사용자가 급격히 이탈하는 조짐을 보이고 있습니다. 애플의 주주들이 스티브 잡스를 다시 한 번 몰아내려는 움직임이 있는 것 같습니다."

NSA의 백도어 문제가 불거지면서 야후와 애플은 이를 해명하느라 진땀을 흘렸지만, NSA의 비밀문서가 공개되는 바람에 매출 급감과 사용자 이탈을 막지는 못했다. 점유율 10%를 간신히 유지하던 아이폰은 7%로 주저앉았고, 떨어진 점유율은 고스란히 엘리시움의 몫이 되었다. 아이맥으로 반짝 성공을 거둔 스티브 잡스는 밥그릇을 걱정해야 할 신세로 전락해 버렸다. 황태수의 이어지는 말은 경환의 호기심을 자극하기 시작했다.

"SHJ-구글에서 재밌는 제안을 해 왔습니다. 디스플레이 광고는 SHJ-구글의 최대 약점으로 5% 정도 점유율을 차지하고 있었습니다. 반면 야후는 18%로 이 부문만큼은 강세를 보이고 있습니다. 주가 하락으로 약세를 보이는 지금 야후를 인수하자는 의견이 있습니다."

"인수가는 어느 정도입니까?"

"최소 300억에서 최대 400억 달러 정도로 보고 있습니다."

MS가 야후를 인수하려던 이유도 SHJ-구글의 약점을 파고들기 위한 것임을 알고 있었다. 황태수의 야후 인수 제안은 경환의 호기심을 자극하긴 했지만 막대한 인수 자금이 부담되는 것도 사실이었다. SHJ의 가용 자금은 야후의 인수에 큰 부담을 주는 금액은 아니지만, SHJ 유니버스의 우주개발 비용과 SHJ-JWH 기술연구소에 들어갈 막대한 자금이 문제였다.

"스페이스X에서 합병 제안을 해 왔다고 알고 있습니다. 야후와 스페이스X, 애플까지 인수 검토를 해 보세요. 애플의 시가총액이 200억 달러

밑으로 떨어졌고 적자를 걱정해야 할 판이니 좋은 협상이 될 수도 있다고 봅니다."

"회장님, 동시에 세 곳을 인수하려면 막대한 자금이 필요합니다. 유럽과 호주에 SHJ 타운 건설을 준비 중인 상태에서 너무 무리한 계획일 수도 있습니다."

"세 곳 모두 인수할 생각은 없습니다. 혹시 가용자금에 문제가 생긴다면, SHJ-퀄컴의 지분 10%를 시장에 내놓는 방안을 검토하세요. 그리고 영국과 노르웨이, 독일이 SHJ 타운 유치와 관련해 적극적인 모습을 보인다니 계산기를 두들겨 봅시다."

앨 고어와 약속한 35%에서 25%만 시장에 내놓았기에 아직 10%의 여유는 가지고 있었다. 주가가 2,500달러를 넘어선 상태에서 10%의 지분이면 500억 달러의 자금은 확보할 수 있는 수준이었다. 애플 인수 추진에는 MS의 반발이 예상되긴 했지만, MS의 알짜배기를 빼 오기 위한 전략으로 활용할 계획이 경환의 머릿속에서 정리되고 있었다.

다음 날 〈워싱턴포스트〉의 SHJ 탈세 의혹 기사는 〈뉴욕타임스〉 1면을 장식한 앨 고어의 의혹 기사에 묻혀 버렸다. SHJ에 대한 공세에만 치우쳐 뒷문을 확인하지 못한 앨 고어는 〈뉴욕타임스〉의 의혹 기사에 백악관 자리는 물론이고 자신의 정치 생명까지 걱정해야 할 절체절명의 위기에 빠져들었다.

쾅!

"무슨 수를 써서라도 막으라고 했잖아!"

책상을 내리친 앨 고어의 주먹이 떨리고 있었다. 〈뉴욕타임스〉의 기사를 막으려던 시도는 신문사의 강한 반발에 부딪혀 그 뜻을 이루지 못했다. 앨 고어가 던진 서류를 몸으로 받은 다니엘의 머리는 붉게 부풀어 오르기 시작했다.

"SHJ의 물타기가 이렇게 빠를 줄 예상하지 못했습니다. 〈뉴욕타임스〉의 편집국장을 설득했지만, 수정 헌법 제1조를 들어 제안을 거절했습니다. 그래도 설마 했는데……."

다니엘은 말을 이어갈 수 없었다. "의회는 표현의 자유, 출판의 자유를 제한하는 어떤 법률도 제정할 수 없다'라는 수정 헌법 제1조는 언론의 자유를 보장하는 미국의 근본적인 가치였다. 정권 초기라면 모를까 대선을 몇 달 남기지 않아 레임덕이 심각한 상태에서 백악관의 제안을 수용할 언론사는 아무 곳도 없었다.

"의혹 기사만 실었지만, 편집국장의 성격으로 봐서는 증거 자료를 확보했다고 봐야 합니다. 우선은 강하게 부정을 하고 타협을 모색해야 합니다. 시간이 늦어질수록 그 여파는 상상을 초월할 수도 있습니다."

"이거였어. 릭 페니가 강하게 나갔던 이유도 조쉬 하멜이 꼬리를 내리고 수사를 중단한 것도 SHJ 시큐리티에 약점을 잡혔기 때문이야."

앨 고어는 손에 쥐어 든 〈뉴욕타임스〉를 바닥에 던져 버렸다. 바닥에 던져진 신문의 1면에는 지난 대선 전 자신이 처분한 옥시덴텔프트롤리엄의 지분이 클린턴 행정부가 임기 말 면죄부를 준 마크 리치에게 양도되었고, 앨 고어 가문의 자금원인 옥시덴텔오일과 무기·마약상인 마크 리치의 관계를 설명하고 있었다. 또한 정부가 추진하는 탄소세가 위험성과 높은 비용으로 꺼져가는 원자력 발전을 소생시키고 있다는 내용과 함께, 앨 고어가 비밀리에 설립한 투자 회사 GI가 7억 달러의 자금을 확보해 원자력

기업에 투자했다는 의혹을 제시하는 기사가 실려 있었다. 단지 의혹을 보도한 내용이었지만, 증거가 첨부된다면 기업의 이익을 위해 국가를 움직였다는 비난을 벗어날 수 없었다.

"NSA의 개인정보 사찰이나 텍사스 주의 이탈 조짐도 문제가 심각하지만, 〈뉴욕타임스〉의 기사는 비교도 안 될 정도로 충격이 클 수밖에 없습니다. 지금이라도 SHJ와 타협을 해야 합니다, 대통령님."

"존 매케인이 기뻐 날뛰겠군. 이 상황을 반전할 방법은 없겠나?"

아직도 미련을 버리지 못하는 앨 고어의 모습에 다니엘은 답답했다. 대선은 이미 물 건너간 상태라는 걸 아직도 인지하지 못한 그의 면상을 주먹으로 후려치고 싶었다.

"다른 언론사에서 냄새를 맡기 전에 처리해야 합니다. 〈뉴욕타임스〉에서 증거와 함께 후속 기사를 내보낸다면, 탄핵을 넘어 형사 처분도 감수해야 할지 모르는 상황입니다. 시간이 그리 많지 않습니다."

경환을 쉽게 요리할 수 있다고 오판한 게 결정적 실수였다. 독기를 품은 경환의 공세는 이미 자신이 통제할 수 있는 영역을 넘어섰고, 연방정부 기관들은 SHJ와 부딪혀 깨져 나가는 FBI와 IRS를 보며 몸을 사리기 시작했다. 군대를 동원해 SHJ를 밀어붙이는 방법밖엔 없었지만, 국내 문제에 군대를 동원했다간 평생을 감옥에서 썩어야 한다는 것을 모를 정도로 어리석지는 않았다.

앨 고어의 머릿속에 사면초가라는 동양의 사자성어가 떠오르고 있을 때, 국무장관이 급히 집무실 문을 열어젖혔다.

"의회가 심상치 않게 돌아가고 있습니다. 방금 재무위원회에서 IRS의 표적 수사에 대한 청문회를 결의했다고 합니다. 돈 알렉산더와 다니엘까지 증인으로 채택되었고요. 이번 결의에 일부 민주당 의원들도 합세했다고 하니 유리한 상황은 아닌 거 같습니다."

"그, 그게 무슨 말입니까?"

네오콘 계열의 공화당 의원들을 회유해 의회의 움직임을 사전에 봉쇄했다고 자신하던 다니엘은 리차드 국무장관의 말에 크게 당황할 수밖에 없었다.

"대선이 코앞인데 의회가 이렇게 무리수를 두는 이유가 있다고 보십니까?"

"아무래도 위원회에서 표적 수사에 대한 명백한 증거를 확보할 수 있다고 생각한 모양입니다. 문제는 재무위원회 청문회가 아니라 〈뉴욕타임스〉의 기사에 대한 의회의 반응이 우리에게 우호적이지 않다는 겁니다. 잘못하다간 청문회가 동시에 열리게 생겼어요."

앨 고어는 얼굴을 두 손으로 쓸어내렸다. 의회까지 움직였다면 이미 게임은 끝났다고 봐야 했다. 더욱이 민주당까지 자신에게 등을 돌렸다는 건 비빌 언덕조차 없다는 것을 뜻했다. 대선이 문제가 아니라 자신의 정치 생명을 걱정해야 할 상황까지 몰렸다는 것을 절감하는 순간이었다.

"끝났군. 제임스 이 친구 아주 지독한 면이 있어. 죽어 가는 사람을 확인사살까지 할 정도니. 다니엘, 전화기를 좀 주게."

세계를 좌지우지하는 미국 대통령이란 자리였지만, 치밀하게 준비된 SHJ의 그물망에서 허우적거릴 수밖에 없다는 걸 절실히 깨달았다. 의자에 깊게 등을 파묻은 앨 고어의 손에 위성전화기가 들려졌다.

[바쁘신 대통령님께서 어쩐 일이십니까?]

빈정거리는 경환의 목소리가 수화기를 타고 흘렀지만, 넥타이를 풀어

헤친 앨 고어의 목소리는 차분했다.

"졌습니다. 제임스의 실체를 미리 알았더라면 지금 이 상황은 좀 달리 전개되었을 수도 있었을 텐데 많이 아쉽군요."

[무슨 말씀인지 이해를 못 하겠습니다. 며칠 전만 해도 저를 절대악으로 표현하지 않으셨습니까? 전 연방정부의 휘몰아치는 공세를 힘겹게 막고 있을 뿐입니다.]

경환은 긴장의 끈을 놓지 않았다. 수 싸움에 능한 앨 고어에게 틈을 보였다간 한순간에 목줄이 끊길 수도 있었기 때문이었다.

"이만 끝냅시다. 제임스가 이자까지 쳐서 보내 준 선물 너무 잘 받고 있습니다. 대통령만 아니라면 총이라도 입에 물어야 할 상황까지 몰아세우더군요."

적막감이 흐르는 수화기로는 아무런 말도 들리지 않았다. 잠시 숨을 고른 경환의 목소리가 앨 고어의 귓전에 도달하기까지는 그리 오래 걸리지 않았다.

[그동안 수고하신 앨 고어 대통령님께 경의를 표합니다. 좋은 관계가 되었을 수도 있었다는 말씀 진심이길 바랍니다. 이번 일은 제가 시작한 일이 아니란 것을 알아주시길 바랍니다. 안녕히 가십시오, 대통령님.]

"허허, 승자의 배려치곤 좀 강도가 셉니다. 내 뒤에 누가 있는지는 이미 제임스도 알고 있으리라 봅니다. 어떻게 관계를 맺을지 고민 많이 하셔야 할 겁니다. 그럼 이만."

묘한 여운을 남기고 전화를 끊은 앨 고어의 몸이 서서히 무너져 내렸다. 타협을 원치 않는 경환의 의중을 확인한 이상 지금 이 상황을 헤쳐 나갈 방법은 쉽게 눈에 띄지 않았다. 정치적 결단이 필요했다.

미국 대선은 싱거운 방향으로 흘러가고 있었다. 청문회의 여파를 줄이기 위해 백악관은 돈 알렉산더와 어거스트 기븐스의 사퇴를 전광석화와 같이 승인해 버렸다. 그러나 한번 기회를 잡은 공화당은 청문회를 이용하며 앨 고어의 재선 전략에 치명타를 연이어 날렸다. 비서실장인 다니엘까지 청문회 증인으로 출석시키는 강공을 퍼부었고, 대통령 개인의 비리 사실이 연이어 언론에 보도되면서 청문회와 탄핵 문제가 심심치 않게 거론되기 시작하자 민심은 앨 고어에게서 등을 돌려 버렸다.

민주당의 고민은 깊어질 수밖에 없었다. 대선이 문제가 아니라 다수를 차지하는 하원도 지키지 못한다는 분석이 대두되었다. 민주당은 공화당과의 타협을 모색하는 한편 백악관의 결단을 촉구하고 나섰다. 대선 전에 치러질 하원 선거에서 피해를 최소화해야만 했다. SHJ를 건드려 분란을 조성한 앨 고어에 대한 동정심은 전혀 없었다.

저택 서재에서 업무를 처리하는 경환에 맞춰 비서실 일부가 저택으로 이전되었고, 비서실장인 하루나 역시 경환의 일정에 따라 근무지를 조정하고 있었다. 언론사별 보도를 간략히 정리해 보고하는 하루나를 경환이 불러 세웠다.

"앨 고어가 대선 후보를 사퇴하고, 조셉 리버만 부통령이 대선 후보를 받아들였네요. 하루나는 어떻게 생각해요?"

10년을 비서로 일하면서도 하루나는 자신의 의견을 피력한 적이 한 번도 없었다. 묵묵히 경환을 보좌하는 일에만 매달리던 하루나는 경환에게 있어 없어서는 안 될 존재였다. 뜻밖의 질문에도 하루나의 표정은 변하지 않았다.

"재무위원회의 청문회도 민주당은 큰 부담을 느낄 텐데, 대통령에 대한 청문회가 열린다면 이번 하원 선거의 패배는 기정사실이라고 봅니다. 공화당과 어떤 정치적 타협을 했는지는 모르겠지만 앨 고어가 사퇴하는 선에서 마무리하려는 민주당의 고육지책이라고 봅니다."

하루나의 정확한 분석에 경환은 고개를 끄덕였다. 이를 방증하듯 언론의 끊임없는 비리 보도에도 청문회나 특별검사 임명 논의는 의회 내부에서 힘을 잃어가고 있었다. 앨 고어의 정치 생명이 끝났다는 사실을 확인한 경환은 한발 물러서 있었다. 계속해서 몰아세워 사임 내지는 탄핵으로 여론을 조성할 수도 있었지만 정치권이 연합해 SHJ를 상대할 수도 있다는 점이 부담감으로 작용하고 있었기 때문이었다. 경환은 하루나가 건네준 보고서를 덮었다.

"항상 고마움을 느끼고 있어요. 이젠 하루나가 없다면 커피 한 잔도 제대로 마실 수 없게 되었네요. 그만큼 하루나에 대해 미안한 감정이 많아요."

"미안해하지 않으셔도 됩니다. 저는 지금 이 자리에 만족하고 있습니다. 혹시라도 제가 부담되신다면 언제든지 말씀해 주세요, 회장님."

"그런 말이 아니에요. 하루나를 백악관과 바꾸자는 제안이 들어오더라도 난 그 제안을 거절할 겁니다. 하루나는 나와 내 가족의 마지막 보루라고 생각해요."

하루나의 눈빛이 가볍게 흔들렸다. 가족을 지키는 마지막 보루라는 말이 하루나의 복잡한 심경을 후벼 팠다. 첫 만남 이후부터 항상 경환을 보좌하며 자신의 감정을 숨기기는 쉽지 않았다. 승연과의 만남으로 잠시 흔들린 적은 있었지만 경환을 향한 감정은 지금도 변하지 않았다. 하루나의 목소리가 떨리기 시작했다.

"저는 제 감정에 솔직하지 못했다고 생각하지만, 후회하거나 인생을 돌리고 싶었던 적은 없었습니다. 회장님께서 떠나라고 하지만 않으신다면 전 이 자리를 지키고 싶습니다."

"하루나를 떠나보낼 생각은 전혀 없어요. 오히려 족쇄를 채우면 채웠지."

갈수록 농염해지는 하루나에 맘이 흔들린 적이 한두 번이 아니었다. 손만 뻗으면 닿을 수 있는 거리였지만 경환은 그럴 수 없었다. 회귀로 인해 수정을 다시 얻었고, 비명에 생을 마감했던 희수도 이젠 자신의 곁에 있었다. 하루나의 등장이 마몬의 함정이란 생각을 떨쳐 버릴 수 없었던 경환은 감정적으로 다가오는 하루나를 애써 외면할 수밖에 없었다. 어깨를 가볍게 떨고 있는 하루나를 바라보며 경환은 말을 이어 갔다.

"마지막 보루라는 말은 진심이에요. 유럽과 호주에 SHJ 타운을 계획하고 있다는 걸 하루나도 알고 있을 거예요. 하루나가 원한다면 두 곳 중 한 곳을 맡기고 싶어서 하는 말이에요."

"제가 원하지 않는다면 회장님은 어떤 결정을 하실 건가요?"

"모든 건 하루나의 결정에 맡길 겁니다. 사실 하루나가 타 주는 커피를 끊을 수도 없거든요. 그러니 잘 생각해 봐요."

"알겠습니다. 나가 보겠습니다."

서재를 빠져나가는 하루나를 경환은 잡지 않았다. 어떤 선택을 할지 몰랐지만, 경환은 하루나가 자신의 곁에 남기를 원한다면 막지 않을 생각이었다. 하루나가 내린 식은 커피를 단숨에 마신 경환은 서둘러 서재를 나섰다.

"여보, 정우 문제는 어떻게 하실 거예요?"

식사를 마치고 거실에 앉아 있는 경환 곁으로 수정이 다가와 앉았다.

"마커스 브라운 박사가 라이스대로 옮겨올 줄은 몰랐어. 기술연구소 황 소장님도 하루가 멀다고 전화를 해대는 통에 머리가 아플 지경이야."

경환은 자신을 올려다보는 수정의 입술에 가볍게 입을 맞추고는 한숨을 깊게 내쉬었다. 정우의 장래를 위해선 어떤 결정이든 빨리 내려야 했지만 그게 말처럼 쉽지 않았다. 캘리포니아공대의 교수직을 버리고 라이스대로 자리를 옮긴 마커스 브라운 교수는 NASA의 폴 허츠 박사와 함께 정우의 대학 입학을 종용하고 있었고, 황정욱 소장 역시 정우를 한국에서 가르치겠다며 경환의 어머니를 동원해 압력을 행사하고 있었다.

"열 살밖에 되지 않은 정우를 한국에 보내는 건 좋지 않을 거 같아요."

"나도 그건 탐탁지 않아. 9학년으로 월반시킨 것도 사회 경험을 쌓아야 하는 정우에겐 부담일 텐데, 지금 대학을 보낸다는 게 정우 장래에 도움이 된다고 볼 수도 없고."

9월 학기가 시작되면서 초등학교 교육은 정우에게 의미가 없다고 생각해 중학교로 월반을 시켰지만, 중학교의 교육 과정도 정우에겐 큰 의미가 없었다. 중학교의 졸업 시험조차 상위권 성적으로 통과하자, 학교에선 고등학교 진학을 추천했지만, 경환의 고집으로 9학년으로 월반시켰다. 휴스턴 지역 신문에선 천재에게 맞는 교육이 정우에게 필요하다는 논조의 사설이 실리기도 했지만 경환은 이를 무시해 버렸다.

"정우야, 잠시 이리로 와 보겠니?"

희수와 놀고 있던 정우는 경환의 부름에 희수와 함께 소파에 올라앉았다.

"정우 너는 어떤 공부를 하고 싶니? 아빠 네가 하고 싶지 않은 일은 시키고 싶지 않거든."

"잘 모르겠어요. 친구들과 노는 것도 재밌긴 하지만, 천체물리학을 배우는 것도 재밌고, 기술연구소에서 공부하는 것도 재밌어요."

경환은 수정이 비켜난 자리에 정우와 희수를 앉히고는 둘을 꼭 안아 주었다. 앨 고어와의 피 말리는 싸움이 끝난 후로 큰 결정을 제외한 그룹의 경영을 황태수에게 넘긴 경환은 아이들과 많은 시간을 함께하고 있었다. 틀이 잡힌 SHJ는 경환이 나서지 않더라도 무리 없이 운영되었다. 하지만 점점 커 가는 아이들과 함께하는 시간은 두 번 다시 돌아오지 않는다는 것을 경환은 알고 있었다.

"아빠, 학교에 다니면서 마커스 브라운 박사님을 자주 찾아가도 돼요? 할머니가 한국에 오라고 하시는데 기술연구소는 재밌지만 혼자 한국에 가고 싶지는 않아요."

"그래. 정우 너 하고 싶은 대로 해. 만약에 대학에서 공부하고 싶은 생각이 들면, 아빠한테 다시 말하고."

"아빠, 나는 대학 갈 때까지는 아빠하고 엄마 곁에 있을 거니까, 너무 걱정하지 마."

정우와의 얘기를 듣던 희수가 정우에게 눈을 흘기며 경환의 가슴으로 파고들었다. 희수의 싸한 눈초리를 받은 정우가 몸을 움찔했지만 경환은 두 아이의 행동을 눈치 채지 못했다. 티비에선 앨 고어의 갑작스러운 몰락에 대해 여러 방면으로 분석하는 내용이 보도되고 있었지만 SHJ의 이름은 어디에서도 거론되지 않았다.

2년 사이에 구독자의 6%인 5만 명이 떨어져 나간 〈워싱턴포스트〉는 광고주들의 이탈 조짐에도 크게 위축되지 않는 모습을 보였다. 그건 투자의 귀재인 위런 버핏이 30년간 최대 주주로 있으면서 "인터넷과 TV가 발달해도 신문의 콘텐츠 전달력과 깊이를 절대 따라가지 못한다"는 말로 주주들을 설득했기 때문이었다. 그러나 이런 위런 버핏의 투자 철학에 제동이 걸리기 시작했다.

　"우리의 제안을 받아들이지 않겠다는 통보를 해 왔습니다."

　〈워싱턴포스트〉의 회장인 도널드 그레이엄은 머리를 감쌌다. 어머니인 캐서린 그레이엄에게 회장 자리를 물려받았지만, 닉슨을 사임하게 한 워터게이트의 영광은 어머니의 임종과 함께 사라져 버렸다. 대통령의 외압에서도 흔들림이 없었던 〈워싱턴포스트〉의 강성 이미지는 정부의 미끼를 덥석 문 오판으로 서서히 무너져 내리고 있었다.

　"뭘 바란다는 겁니까? 이미 신문 1면에 오보에 대한 사과 기사를 실었고 관련자를 해고한 정도면 우리도 성의는 표한 거 아닙니까?"

　"SHJ는 이 정도로 마무리할 생각이 없는 것 같습니다. 휴스턴의 F&J를 주관로펌으로 해서 시카고의 B&M과 워싱턴의 H.L까지 합류한 상태입니다. 아시겠지만 이 세 곳의 로펌은 순위 20위 안에 드는 막강한 로펌입니다."

　"우리 쪽 법무 팀과 로펌은 도대체 뭘 하고 있습니까?"

　"청문회를 통해 정부의 표적 수사가 확인되었고 탈세는 없었다는 결론이 난 상태입니다. 합의가 최선인 상황이라는 답변과 함께 이번 소송에서 발을 빼려는 움직임까지 보이고 있습니다."

　〈뉴욕타임스〉와 더불어 가장 큰 영향력을 끼치며 많은 어려움을 헤쳐 온 관록도 이번 소송엔 무기력할 수밖에 없었다. 차라리 백악관의 싸움이라면 언론 탄압이란 명분으로 헤쳐 나갈 수 있었겠지만, 명백한 오보로 기업의 매출에 막대한 타격을 입었다는 SHJ의 논리를 피해갈 방법이 보이지 않았다. 사과 기사와 함께 편집국장 및 관련 기자를 해고 조치했지만 SHJ는 콧방귀를 끼며 법원에 소장을 제출해 버렸다. 밀려오는 후회에 도널드의 한숨은 깊어졌다.

"회장님, 사실 SHJ가 원하는 합의금 5억 달러는 우리의 여력을 넘어선 금액입니다. 소송을 진행한다 해도 마땅한 명분을 찾을 수 없는 상태라 구독자의 이탈과 함께 주가 하락으로 심각한 경영난을 보일 수 있습니다."

"SHJ가 터무니없는 합의금을 요구하는 이유라도 있습니까?"

SHJ에 5억 달러는 없어도 그만인 액수였지만 〈워싱턴포스트〉는 사정이 달랐다. 5억 달러가 아니라 1억 달러에도 신문사는 심각한 자금난에 빠질 수밖에 없었다. SHJ와의 법적 분쟁이 언론에 보도되면서 주가는 연일 하한가를 기록하고 있었고, 매출은 급격히 하락하고 있다는 게 도널드를 고민에 빠지게 했다.

"사실인지는 확실하지 않지만, 월가의 소식통 얘기로는 SHJ가 우리에 대한 TOB(주식공개매수)를 준비하고 있다는 말이 들립니다. 더욱이 워런 버핏이 은밀히 SHJ와 선을 연결하고 있다는 정보도 있고요. 이 말이 사실이라면 SHJ는 합의보단 소송을 통해 주가를 충분히 하락시키고 TOB를 통해 경영권을 확보하려는 것 같습니다."

"이런 젠장! 워런 버핏까지 SHJ를 은밀히 만나고 있다는 말입니까?"

매출구조의 변화를 주기 위해 시작한 교육 사업은 〈워싱턴포스트〉의 전체 매출에서 45%를 담당할 정도로 커져 있었다. 교육 사업을 확장하기 위해 정부의 투자를 이끌어 내는 과정에서 백악관의 미끼를 문 대가치고는 너무도 컸다. 투자의 귀재인 워런 버핏까지 움직였다면 SHJ와의 소송전은 승리할 가망이 전혀 없어 보였다.

"회장님, 우리에겐 두 가지 방법밖에 없습니다. 소송전을 통해 치열하게 SHJ와 싸우든지, 아니면 SHJ와 인수 합병을 논의하든지요. 지금 움직인다면 좋은 거래가 될 수도 있다고 봅니다."

"뭐요! 〈워싱턴포스트〉를 어머니가 어떻게 일으켜 세웠는지 몰라서 하는 말입니까? 닉슨도 무너트린 곳이 바로 여기란 말입니다."

책상을 두들기는 도널드의 언성이 높아져 갔다. 그러나 비서실장의 말에 반박할 마땅한 근거를 찾을 수 없었다. 백악관과의 싸움에서도 밀리지 않는 SHJ가 워싱턴포스트를 먹잇감으로 노린다면 자칫 한 푼도 건기지 못하고 회장 자리에서 쫓겨날 수도 있다는 생각이 도널드의 머릿속을 복잡하게 만들었다.

"단 한 번의 오보 기사치고는 대가가 지독하군요. 아무도 모르게 SHJ에 만남을 제의해 보세요. 그 후에 모든 걸 결정하겠습니다."

도널드의 무너짐을 확인하고 자신의 방으로 돌아온 칼은 밀려오는 피곤함에 털썩 주저앉았다. 긴 호흡으로 심경을 정리한 칼은 서랍 깊숙한 곳에서 도청이 방지된 위성전화를 꺼내 들었다.

"접니다. 조만간 좋은 소식이 도착할 겁니다. 준비를 시작해 주십시오."

간단하게 통화를 마친 칼은 담배를 꺼내 물었다. 얼마 지나지 않으면 이곳의 주인 자리는 자신에게 올 것이었다.

미국의 대선은 너무 싱겁게 끝나 버리고 말았다. 민주당의 강세 지역인 서부 일부 주와 특히, 민주당의 아성인 뉴욕에서 패배하는 초유의 사태를 맞이하면서 민주당은 절망에 빠졌다. 앨 고어와의 차별성을 부각하며 존 매케인을 추격하려던 조셉 리버만 캠프는 일찌감치 짐을 정리했고, 상원과 하원의 다수당을 공화당에 내준 민주당은 망연자실할 수밖에 없었다. 정치권에선 앨 고어와 민주당을 나락으로 떨어트린 SHJ에 줄을 대기 위해 치열한 물밑 작업이 벌어지고 있었지만, SHJ는 모든 제의를 정중히 거절하고 정치권에서 한발 뒤로 물러서 있었다.

시끄러웠던 2004년의 마지막을 장식하는 12월에 들어서자, SHJ는 그동안 움츠렸던 비상 경영 체제를 종료하고 공격적인 투자로 방향을 전환하고 있었다. SHJ 사설 비행장으로 전용기 한 대가 착륙하고 SHJ 타운에 준비된 연회장은 손님을 맞이하기 위해 바쁘게 움직였다.

"SHJ 타운을 방문해 주셔서 감사합니다. 회장님의 명성은 익히 들어 알고 있었습니다."

"하하하, 저야말로 영광입니다. 리 회장님과의 만남을 많이 기대했습니다."

경환은 집무실과 연결된 연회장으로 노쇠한 투자의 귀재를 안내했다. 이번 만남은 버크셔 해서웨이의 제안을 흔쾌히 승낙한 경환에 의해 이뤄졌다. 지분 23%를 확보해 〈워싱턴포스트〉의 최대 주주이기도 한 워런 버핏과의 만남은 경환에겐 호기심 이상의 흥분은 주지 못했지만 그의 투자 철학만큼은 존경하고 있었다. 소믈리에가 따라 준 와인 잔을 들어 건배를 나눈 두 사람의 얼굴에는 작은 미소가 흘렀다.

"리 회장님, 저와의 식사에 얼마가 걸려 있는지 아십니까?"

"매우 비싸다고 알고 있습니다. 올해 경매가가 20만 달러였으니, 최소한 저는 20만 달러는 벌었네요. 하하하."

와인을 한 모금씩 나눈 두 사람은 가벼운 농담으로 대화의 물꼬를 터 갔다. 기부를 위해 1999년부터 시작된 워런 버핏과의 식사 경매는 세간의 이목이 쏠리면서 매년 가격이 올라가고 있었다.

"궁금한 것이 있었습니다. IT 업종엔 투자하지 않는 회장님이 SHJ-퀄컴의 지분 1.4%를 소유하고 있다는 게 믿기지 않았습니다."

경환의 질문에 워런 버핏은 미소를 지었다. 빌 게이츠를 존경하는 기업인으로 손꼽으면서도 MS엔 일절 투자하지 않을 정도로 워런 버핏은 IT 업계와는 담을 쌓고 있었다. 그런 워런 버핏이 SHJ-퀄컴의 지분을 소유하기 위해 20억 달러를 투자했을 때 경환은 놀랄 수밖에 없었다. 와인향을 음미하며 살짝 입술을 적신 워런 버핏이 경환을 바라봤다.

"저는 제가 예측할 수 있는 범위 내에서 투자를 집행합니다. 그런데 IT의 변화 추세를 도저히 따라갈 수 없더군요. 20년, 30년 후의 변화를 예측하지 못하는데 어떻게 투자를 할 수 있겠습니까? 아날로그 세대인 제가 디지털을 따라가기는 무리더군요. 그러나 SHJ의 투자 가치는 쉽게 예측할 수 있었습니다."

"그러셨군요."

경환은 워런 버핏의 말을 이해할 수 없었지만 되묻지 않았다. SHJ-퀄컴의 초반 주가 상승에는 워런 버핏의 투자가 지대한 영향을 끼쳤다는 것을 부정할 수 없었다. 애피타이저에 이어 음식들이 하나씩 세팅되어 가면서 두 사람의 만찬은 본격적으로 이어졌고 워런 버핏은 경환의 궁금증을 해소키 위해 말을 이어 갔다.

"저는 리 회장님이 SHJ 타운을 건설하며 보여 준 경영 철학에서 SHJ
의 미래를 봤습니다. SHJ-퀄컴과 주택단지를 조성하고 그 뒤에 SHJ-구글
과 그룹 사옥을 건설하시더군요. 가장 늦게 저택을 건설하셨고요. 졸부
대부분은 자기 것을 먼저 챙깁니다. 그건 인지상정이라 나쁘다고만 볼 수
는 없지만, 리 회장님은 회사와 직원들을 먼저 챙기시더군요. 리 회장님이
올해 37이니, 적어도 SHJ의 30년 후 미래는 가늠할 수 있었습니다."

"회장님이 주장하시는 스노우볼(Snowball) 투자에 SHJ가 포함된다
니 감사할 따름입니다."

경환은 고개를 살짝 숙여 감사를 표했다. 동양의 인사법에 익숙하지
않은 워런 버핏은 경환의 행동에 살짝 당황한 듯한 표정을 지어 보였다.
워런 버핏은 단기 이익이 아닌 장기 투자로 인한 복리 이익을 추구했고,
그의 투자 전략은 작은 눈덩이를 언덕에서 굴려 큰 눈덩이를 만든다는
'스노우볼'이란 말로 종종 표현되고 있었다. 경환은 SHJ-퀄컴의 투자로 이
미 세 배에 달하는 이익을 봤음에도 30년 후의 SHJ를 기대한다는 말에
놀랄 수밖에 없었다.

메인 요리를 즐기는 두 사람은 소소한 일상 얘기와 현 정치 문제로 대
화를 이어 가고 있었다. 식사가 끝나가는 상황에서도 〈워싱턴포스트〉의
인수 합병에 대해선 누구 하나 말을 꺼내지 않았다. 지독한 수 싸움이 이
어지는 상황에서 경환은 두 손을 들 수밖에 없었다.

"이번 SHJ와 〈워싱턴포스트〉의 소송을 어떻게 보십니까? 회장님도
〈워싱턴포스트〉의 이사이시니 의견이 있으리라 봅니다."

"허허, 저는 복잡한 법적 분쟁엔 관심이 없습니다. 단지 도널드가 욕심
이 과했다는 말로 제 의견을 대신하겠습니다. SHJ가 TOB를 선언한다는

소문이 많던데 리 회장님은 어쩌실 생각입니까?"

"글쎄요. 저력이 있긴 하지만, 언론사를 소유한다는 게 복잡한 문제가 많더군요. SHJ 내부에서도 부정적인 의견이 대세입니다."

"SHJ가 기업 공개를 하지 않고 차입금도 제로인 상태에서 내부 의견에 신경 쓰는 줄 몰랐습니다. 〈워싱턴포스트〉에 대한 애정이 많긴 하지만 더 큰 이익을 위해 저는 SHJ와 협상할 준비가 되어 있습니다."

경환은 피식 웃음을 보였다. 투자를 위한 싸움에서 워런 버핏을 간본다는 게 얼마나 어리석은 짓인지 잘 알고 있기 때문이었다. 이런 경우엔 허심탄회하게 공략하는 게 적절하다는 걸 경험을 통해 알고 있는 경환은 포크와 나이프를 가지런히 내려놓았다.

"버핏 회장님 앞에서 제가 주름을 잡았네요. 솔직히 말씀드리겠습니다. 〈워싱턴포스트〉의 지분을 넘기시겠습니까?"

"900달러를 호가하던 주가가 SHJ와의 소송으로 620달러로 떨어졌더군요. 700달러라면 내가 가진 지분의 50%를 넘길 용의가 있습니다."

워런 버핏을 만나기 전 린다가 진행한 도널드와의 협상은 마지막 사인만 남겨 둔 상태였지만 최대 주주인 워런 버핏의 지분을 확보하지 못한다면 확실한 경영권을 확보했다고 말할 수 없었다. 총액 6억 달러를 원하는 워런 버핏을 경환은 빤히 쳐다봤다.

"우리의 분석으로는 가만히 놔둬도 500달러 밑으로 떨어진다고 보고 있습니다. 한 끼 식사비용으로 2억 달러를 원하시는 건 좀 과하다고 생각합니다."

4억 달러 이하가 아니라면 큰 의미가 없었다. 인수 비용으로 7억 달러를 책정하고 도널드를 밀어붙여 3억 달러로 합의한 상태였기 때문이었다.

워런 버핏의 투자 철학을 존경한다 하더라도 지금은 서로의 이익을 위해 존경심을 거둬들여야 했다. 워런 버핏 역시 물러날 생각이 없는 듯 보였다.

"하하하, 2억 달러의 차이가 있군요. 그렇다면 좀 다른 제안을 하고 싶습니다. SHJ-구글의 지분과 교환하는 건 어떻습니까?"

"허, 농담이 지나치십니다. 〈워싱턴포스트〉는 제게 그다지 필요한 회사는 아닙니다. 그럴 바에야 〈워싱턴포스트〉를 포기하고 새로 신문사를 세우는 게 빠르겠네요."

전략을 바꾼 워런 버핏은 집요하게 SHJ-구글을 원했지만, 경환은 인수 계획을 원점으로 되돌리는 한이 있더라도 제안을 받아들일 생각이 없었다. 사실 2억 달러 차이는 SHJ에 큰 의미를 둘 만한 금액이 아니었지만 자존심 문제였다. 경환은 워런 버핏에게도 큰 고민을 안겨 주고 싶었다.

"제 제안을 수정하겠습니다. SHJ-퀄컴의 지분 5%를 시장에 내놓을 생각입니다. 버핏 회장님은 어느 정도를 인수할 수 있으십니까?"

주당 2,600달러를 호가하는 SHJ-퀄컴의 주식 1,000만 주라면 최소 260억 달러에 달하는 엄청난 금액이었다. 경환의 도발에 침착하던 워런 버핏도 미간을 좁힐 수밖에 없었다. 1%라 하더라도 52억 달러에 달하는 막대한 금액이기에 자신의 투자 패턴과는 맞지 않았기 때문이었다. 경환은 당황하는 워런 버핏을 몰아세웠다.

"버크셔 해서웨이 클래스A 주가가 8만 5,000달러더군요. 회장님이 39%를 소유하고 계시고요. SHJ-퀄컴의 지분 5%를 넘기는 조건으로 〈워싱턴포스트〉의 지분 11.5%를 주당 700달러로 인수하고, 나머지 차액은 버크셔 해서웨이 클래스 A 주식과 교환하는 방법은 어떻겠습니까? 오늘 주가가 8만 5,000달러고 회장님은 39% 190만 주를 소유하고 계시니 약 30만 주 6% 정도만 교환하면 되겠군요."

워런 버핏의 힘의 근원과 영향력은 버크서 해서웨이에서 나오는 만큼 그 영향력을 SHJ에 주지 않을 것으로 판단했다. 인수 금액의 차이 2억 달러로 시작된 두 사람의 수 싸움은 그 금액이 260억 달러로 늘어나 있었다. 워런 버핏이 쉽게 받아들일 수 없을 거로 판단한 경환은 다음 수를 준비하기 위해 머리를 굴리고 있었다.

"하하하, 리 회장님이 제 고민을 없애 주는군요. 좋습니다. 그렇게 합시다."

"버핏 회장님이 그렇게 생각…… 네? 뭐라고요?"

"2억 달러를 더 버는 일인데, 그 좋은 조건을 마다할 정도로 바보는 아닙니다. SHJ 홀딩스가 아니라서 아쉽기는 하지만, SHJ-퀄컴도 SHJ의 양대 산맥 중 하나이니 그리 나쁜 조건은 아니라고 봅니다. 2,600달러도 사실은 저평가된 상태고요."

워런 버핏의 자존심을 건드려 자신의 페이스로 끌어오려던 계획은 워런 버핏의 빠른 판단에 막혀 그 의미를 잃어버렸다. 20만 달러를 넘길 것이 확실한 버크서 해서웨이와 SHJ-퀄컴의 주식 교환은 절대 나쁜 거래는 아니었지만, 문제는 야후와 애플, 스페이스X의 인수 자금을 마련하려는 계획에 차질을 줄 수 있었다. 경환은 잔소리를 퍼부을 린다의 얼굴을 떠올리며 눈을 질끈 감아 버렸다.

"오늘 리 회장님과의 만남은 너무 즐거웠습니다. 버크서 해서웨이의 대주주가 되는 만큼 오마하에서 열리는 주주총회에 매년 참석해 주서야 합니다. 하하하."

워런 버핏은 부글거리는 경환의 얼굴을 향해 큰 웃음을 선사했다.

"좋은 거래가 성사돼 저도 기쁘게 생각합니다. 그리고 이건 회장님과의 식사비입니다. 가능하면 제 이름으로 기부해 주십시오. 제가 배가 너무 아파서요."

"하하하."

경환은 안 주머니에서 봉투 하나를 꺼내 건네주었다. 기부금의 액수를 확인하기 위해 봉투 안을 살피던 워런 버핏의 얼굴에 미소가 걸렸다. 봉투 안엔 경환이 미리 준비한 200만 달러짜리 수표 한 장이 들어 있었다.

워런 버핏을 숙소까지 인도한 후 저택으로 돌아온 경환은 잠들어 있는 정우와 희수를 확인하고 서재로 향했다. SHJ를 정상에 세우기 위해 사력을 다해 노력했지만 워런 버핏의 노련함과 통찰력에 미치지 못한다는 걸 절실히 느끼는 순간이었다. SHJ의 성장에 매진하며 뒤를 돌아보지 않았던 경환에게 오늘 워런 버핏과의 만남은 소중한 기회였다.

띠리링, 띠리링.

발신자가 빌 게이츠임을 확인한 경환은 고개를 절레절레 흔들며 휴대폰을 귀에 가져다 댔다.

"잠도 없으십니까? 이 밤중에 무슨 일로 전화를 하셨습니까?"

[워런과의 식사가 어땠는지 궁금해서 전화했습니다.]

"2억 달러짜리 밥을 먹어서 그런지, 통 소화가 안 됩니다."

[2억 달러요? 뭔 식사가 그리 비싼 겁니까?]

"그런 게 있습니다. IRS와의 문제에 도움을 주셨는데 인사가 늦어 미안합니다. 고마웠습니다."

[하하하, 별말씀을요. 지난번 진 빚을 갚았다고 생각합니다. 그건 그렇고 스티브 잡스의 실각이 기정사실화되면서 애플 대주주들이 SHJ와 만나고 있다는 소문이 있더군요. 애플을 인수할 생각입니까?]

빈정거리는 경환에게 빌은 직설 화법으로 답변을 강요했다. 빌의 조급함에도 경환은 최대한 말을 아껴야만 했다. 애플이 SHJ와 경쟁을 하고 있었지만 현재 최대 경쟁자는 MS였다. SHJ의 애플 인수가 성사되기라도 한다면 MS의 독점적 지위에 심각한 타격을 받을 수도 있기 때문에 빌은 늦은 시간임에도 전화기를 돌릴 수밖에 없었다.

"SHJ 홀딩스를 찾아온 건 사실이지만, 아직 애플에 대한 인수를 검토하고 있지는 않습니다. 우리와 중복되는 사업이라 크게 관심도 없고 지배구조가 워낙 복잡해서 주주에게 끌려가는 건 제 스타일이 아닙니다."

[그 말 믿어도 되겠습니까? 가만히 놔둬도 애플은 자멸할 수밖에 없는 상황이에요. 상황을 더 악화시킨 후에 애플을 조각내는 것도 좋은 방법이지 않겠습니까? 제임스, 독식하려다간 소화 불량에 걸릴 수도 있어요. 난 SHJ와 좋은 관계를 유지할 생각입니다.]

"생각해 보겠습니다. 빌이 좋은 조건을 제시해 준다면 언제든지 시애틀로 달려가겠습니다."

빌의 고민에 불을 지핀 경환은 서둘러 전화를 끊었다. 애플이 탐나는 건 사실이지만 아직은 MS와의 밀착 관계를 유지할 필요가 있었다. 눈치빠른 빌이 이런 사실을 모를 리 없었고 경환은 빌이 들고 올 선물이 무엇일지 궁금해 하며 서재를 나섰다.

"회장님! 저와 상의도 없이 이런 결정을 하면 어떡하세요? 도대체 제가 SHJ에 필요하긴 하신 겁니까?"

워런 버핏이 SHJ 타운의 구석구석을 돌아본 후 자신의 전용기로 휴스턴을 떠나자, 기다렸다는 듯 린다가 경환의 혼을 빼놓기 시작했다. 경환도 자신의 잘못을 아는 터라 린다의 앙칼진 목소리에 대꾸도 없이 먼 산만 바라볼 수밖에 없었다. 씩씩거리는 린다의 곁에 서 있는 황태수는 말릴 생각이 전혀 없는 듯 보였다.

"그게 그렇게 됐습니다. 워런이 설마 버크셔 해서웨이 지분을 내놓을지 정말 몰랐거든요."

"분명 이번 거래는 우리에게 좋은 거래지만 세 곳 중에서 우린 선택을 해야만 해요."

"린다의 말에 동의합니다. 그러나 굳이 우리가 자금 문제로 인수를 포기한다는 인상을 줄 필요는 없지 않겠어요? 애플은 MS에게 생색을 내는 선에서 인수를 중단하고, 야후와 스페이스X 인수에 집중한다면 자금에 큰 문제는 없다고 보는데."

경환은 말을 얼버무리며 린다의 눈치를 살폈다. SHJ의 자금 운용을 도맡아 처리하는 린다는 경환에게 없어서는 안 될 존재였고, 황태수와 더불어 경환의 독선에 제동을 걸 수 있는 유일한 인물이었다. SHJ의 초반 성장을 경환의 미래 지식이 이끌었다면, 지금은 혼자서는 감당할 수 없을 정도로 성장해 있었다. 린다는 말을 돌리려는 경환을 향해 쐐기를 박았다.

"회장님이 저를 믿어 주시는 건 감사하지만 적어도 이런 빅딜은 사전에 상의가 필요했다고 봅니다. MS와의 주식 교환 때와는 상황이 많이 다

롭니다, 회장님!"

"린다를 내가 어떻게 이기겠습니까? 앞으로 자금 문제는 린다와 먼저 상의를 하겠습니다. 그러니 이번은 눈감아 주세요."

경환은 황태수를 향해 눈을 흘겼지만, 황태수는 먼 산을 바라보며 시선을 무시해 버렸다. 린다는 고개를 절레절레 흔들었지만, 어쨌든 경환이 자신의 입장을 이해해 준 것에 대해 깊은 신뢰를 보내고 있었다.

"노르웨이 에르나 솔베르그 장관의 방문을 어떻게 처리하실 생각이십니까? 실무에 대한 협의는 부회장님이 하시겠지만, 그래도 한 나라의 장관이 방문하는데 회장님이 만나 보셔야 하지 않겠습니까?"

"셰일가스에 대한 공동 개발로 SHJ 타운 유치를 피력하고 있는데 저도 고민이 많네요. 핵융합에너지의 상용화까지는 많은 투자와 시간이 필요할 것이고, 이왕 에너지로 우리의 미래 사업을 결정했다면 셰일가스도 입맛을 돋우긴 합니다. 하지만 너무 변방이라서요."

노르웨이와 스타토일은 SHJ 타운 유치를 위해 영국정부 다음으로 발 빠르게 움직이고 있었다. 반년 동안 SHJ 타운 방문을 요청하고 있었지만 앨 고어와의 피 튀기는 싸움 때문에 순위가 밀릴 수밖에 없었다. 초조한 에르나는 미 대선이 끝나자마자 미국행을 서둘렀고 SHJ는 이를 거절하지 않았다.

"영국과 프랑스, 독일, 스페인이 유치를 적극적으로 희망하고 있지만 영국을 제외하곤 세금과 자치권 문제에 난색을 보이고 있습니다."

"셰일가스의 경제적 수익을 분석해 보세요. 충분한 계산이 선다면 노르웨이도 검토해 보는 게 좋을 것 같습니다. 에르나 장관은 따로 자리를 마련해 주세요. 그리고 자선사업을 하려고 유럽에 타운을 조성하는 게 아니니 우리의 조건과 맞지 않는다면 검토 대상에서 제외하시고요."

"알겠습니다. 그나저나 회장님 곁을 한시도 떠나지 않던 알이 보이지 않습니다."

"SHJ 시큐리티와 회의를 진행한다더군요. 저도 알이 없으니 허전합니다."

그룹 사옥의 깊은 지하에 위치한 SHJ 시큐리티 지휘 본부. 대형 모니터엔 위성에서 들어오는 실시간 화면이 어지럽게 펼쳐져 있었고, 정보 분석 요원들은 현장 요원들이 각 지역에서 보내오는 정보를 분석하느라 여념이 없었다.

지휘 본부 2층 케빈 미트닉의 집무실엔 평소 지휘 본부를 찾지 않았던 알이 회의를 주도하며 심각한 표정을 짓고 있었다. 그 주위로 SHJ 시큐리티의 핵심인 카일과 미셸, 케빈까지 자리를 함께하고 있었다.

"나도 알 자네의 의견에 동의해. 아무리 생각해도 앨 고어가 너무 쉽게 물러났다는 생각을 지울 수가 없었어."

"태풍의 눈 속에 들어온 기분이야. 언제 폭풍우가 치더라도 전혀 이상하지 않을 정도로. 회장님은 대수롭지 않게 생각하시지만 내 감각이 심하게 요동치고 있어."

"현장에서 생활하는 자네의 느낌이 그 정도라면 대비를 하는 게 우리가 할 일이라고 생각해. 회장님 신상에 좋지 못한 일이 생긴다면 SHJ는 사상누각에 지나지 않을 테니까."

24시간이 모자랄 정도로 경환의 경호에 매진한 알은 몰려드는 불안감에 경호를 부팀장에게 일임하고 SHJ 시큐리티 수뇌부를 소집했다. 비록 사장 자리를 카일에게 물려주긴 했지만 SHJ 시큐리티에서의 영향력은 카일에 못지않았다.

"케빈, 우리와 관련해서 새로운 정보를 건진 건 없는 건가?"

"NSA와의 사이버전이 끝나고 이상하리만큼 조용합니다. 우리가 설치한 백도어를 통해서도 특별한 내용은 없었습니다. 간간이 공격해 오는 중국 해커들이 전부일 정도입니다."

"자네의 실력은 믿지만, 너무 자만하면 안 되네. 우리를 절대 노출하는 일은 없어야 해."

"걱정하지 마십시오. 노출을 방지하기 위해 회장님이 천문학적인 돈을 우리에게 쏟아 부으신 거 아니겠습니까?"

미국에서만큼은 NSA에 버금갈 정도의 정보전을 수행할 능력은 이미 갖춰져 있었다. 보안 팀의 정보 수집 능력에도 이렇다 할 정보가 걸리지 않고 있다는 게 알과 카일을 불안하게 하고 있었다. 불안해하는 두 사람을 보며 미셸이 입을 열었다.

"카일, 존 매케인이 벌써 장난치려고 하는 건 아니겠지요?"

"그건 아닐 거야. 공화당에서도 뿌리를 내리지 못한 존 매케인이 기댈 곳은 우리밖에 없을 테니까. 그리고 존 매케인의 주위엔 이미 우리가 심은 눈이 한두 개가 아니야."

카일은 미셸의 말을 일축했다. 존 매케인은 물론이고 의회의 주요 의원들 주위엔 이미 현장 요원들을 심어 놓았다. 때문에 의외 차원에서 SHJ에 대한 작업이 들어갔다면 정보가 넘쳐나야 했다. 알이 카일의 말을 받았다.

"흠, 정치권이 아니라면 기관이나 조직이라고 봐야 할 것 같군. 서산에 있는 존 해밀턴의 문신이 확인됐다는 소식을 들었는데 설명해 주게."

"너무 교묘히 문신을 지워 알아보기 힘들었지만, 같이 체포된 존 해밀턴 수하의 지워진 문신에서 영국 SAS의 문신을 확인할 수 있었네. 그런데 SAS에서도 존 해밀턴의 정체는 확인할 수 없었다는 게 문제야."

"흠, 영국 SAS라면, 우리도 함부로 작전을 벌일 수는 없겠군."

"신중해야 하겠지. 그나마 영국정부나 MI6가 개입한 게 아니란 점이 다행일 정도야."

세계 특수부대의 모체가 될 정도로 SAS의 전투력과 특수전 능력은 세계 최강이었다. 네이비실과 한국 해병대, 특수부대를 주축으로 구성된 SHJ 시큐리티도 막강한 능력을 보유하고 있었지만, 동수의 팀별 전투라면 승패를 자신할 수 없었다. 특수전 상황에서 방어나 경호가 공격보다 수배는 어렵다는 사실이 알과 카일을 근심에 빠트렸다.

"존 해밀턴은 아직도 입을 다물고 있는 건가?"

"지독한 놈이지만 서서히 무너지고 있어. 정 입을 열지 않는다면 특단의 조치를 취할 생각이야. 스캇이 재밌는 기계를 만들었더라고. 후유증이 심각할 수도 있다는 분석에 거의 사장될 기계를 내가 가져왔거든."

"죽이든 살리든 그건 중요하지 않아. 입만 열게 하라고. 그리고 앨 고어의 배경과 존 해밀턴과의 연계성은 보이지 않나?"

"연관성은 없다고 보지만 주시는 하고 있어. 다른 정보가 입수되면 자네에게 먼저 말해 주겠네."

불안감은 계속되는데 그 실체는 아직 오리무중이었다. SHJ 시큐리티 수뇌부는 손에 잡히지 않는 실체를 잡아내기 위해 사력을 다해 뒤쫓고 있었지만, 이렇다 할 성과를 보이고 있지 못했다. 알은 고개를 들어 주위를 둘러봤다. 소모품인 용병으로 전장을 기웃거렸을 자신들은 경환이 내민 손 덕분에 지금 이 자리까지 올 수 있었다. 미국 최고의 정보기관인 NSA에서도 한 수 접어주는 SHJ 시큐리티에 대한 자부심도 결국 경환이 자신들에게 만들어 준 선물이었다. 수뇌부들과 시선을 교환한 알이 천천히 입을 열었다.

"감이 아주 좋지 않아. SHJ 타운 안이라면 상관없지만 회장님과 가족들의 외부 활동 경호를 증강해 주게. 외부 출입이 잦은 정우는 항상 방탄복을 입히고 동선이 겹치지 않도록 해야 할 거야. 회장님의 아킬레스건이 가족이란 사실을 모두 잊지 말아 주게. 회장님이 무너지면 SHJ의 미래는 그것으로 끝이야."

"알, 그게 우리의 최대 약점이란 걸 잘 알고 있네. 우리 목숨을 버리고서라도 지켜 내야지. 알의 말에 더해, 케빈은 가상 적대 세력들의 움직임을 24시간 감시하고, 미셀은 미시즈 리와 정우, 희수에 대한 경호 인원과 화력을 증강하도록 해. 그리고 외부 활동 시 경호 차량을 추가로 배차하고 필요하다면 헬기도 늘려."

지휘 본부의 모니터엔 위성에서 전달하는 화면이 수시로 바뀌며 분석 요원들의 눈을 사로잡았다. SHJ 시큐리티의 수뇌부 회의실은 늦은 밤까지도 불을 밝히고 있었다.


한국의 작은 도시였던 서산은 SHJ 아시아 본사가 세워지면서 인구 유입이 가장 빠르게 진행되는 도시로 성장하고 있었다. SHJ와 관련된 중소기업들과 관공서가 SHJ와의 원활한 피드백과 물류비 절감을 위해 서산으로 몰려들었기 때문이었다. 뿐만 아니라 서산에 가면 굶어 죽지는 않는다는 말이 퍼지면서 수도권으로 유입되던 인구가 서산으로 빠지고 있기 때문이기도 했다.

SHJ 아시아 본사는 현금 결제를 통해 하청업체가 자금난에 빠지지 않도록 해 주었고, SHJ가 정한 품질을 맞춘 업체에 한해 단가 네고를 하지 않았다. 이것은 2차 벤더에게도 적용되어 1차 벤더가 2차 벤더에게 무리한 단가 인하 혹은 어음 결제를 하다 적발되면 하청 계약을 해지하는 방법으로 통제해 나갔다. 이런 SHJ의 정책은 오성과 대현 등 대기업에게 큰 영향을 끼쳐 실력 있는 하청업체를 잡기 위해 SHJ의 정책을 따라갈 수밖에 없도록 만들었다.

서산 SHJ 타운은 저녁 8시를 넘긴 상태에서도 환한 불빛을 밝히고 있었고, 이는 지하 공간에 위치한 SHJ 시큐리티 한국 지사도 마찬가지였다. 이중 삼중으로 삼엄한 경계를 펼치는 특수 구간에서 SHJ 시큐리티 복장을 한 사내가 카트를 끌고 있었다.

"정지! 못 보던 얼굴인데."

"김상현이라고, 배치된 지 한 달 된 신입이야. 저녁 배달한 지 일주일 됐어. 자네 휴가 기간에 바뀐 거라 잘 모르겠지만."

"헤헤, 군에 있을 땐 저도 날고 기었다고 자부하는데, 지금은 식사 배달이 주 업무입니다. 어휴, 저도 참 처량한 신세라고요."

의심을 품은 요원 하나가 카트에 담긴 음식을 하나하나 확인하고 있었지만, 다른 요원은 대수롭지 않게 김상현의 신분증을 건네받아 IC 칩을 확인하는 단말기에 넣었다. 정상이라는 녹색 등을 확인한 요원은 김상현에게 눈짓을 보냈고, 김상현의 지문과 홍채가 인식기를 통과한 후에야 굳게 닫혀 있던 문이 열렸다.

"지독한 놈들이니까, 말 섞지 말고 밥만 주고 빨리 나와."

"선임들에게 하도 교육을 받아서 귀에 딱지가 내려앉았습니다. 저도 빨리 돌아가서 서류 정리를 해야 한다고요. 후딱 다녀오겠습니다."

온통 하얀 벽으로 치장된 방엔 초췌한 표정의 존 해밀턴이 철창 바닥에 널브러져 있었다. 오랫동안 취조에 시달린 존 해밀턴은 반쯤 정신이 나가 있는 상태로 초점 잃은 눈동자를 하고 있었고 자살을 방지하기 위해 특수 제작된 마우스피스와 장갑을 착용하고 있었다. 김상현은 방 안에 중무장한 요원의 확인을 거쳐 카트를 철창 앞으로 끌었다.

"어이, 밥 먹을 시간이야. 오늘은 메인이 스테이크라고."

고무로 만든 식판을 밑구멍을 통해 밀어 넣은 김상현은 존 해밀턴을 향해 비아냥거렸다. 그러나 김상현의 비아냥은 존 해밀턴의 관심을 끌지 못했다. 부아가 치밀어 오르는지 김상현의 목소리가 커졌다.

"이 자식이, 사람 말이 들리지 않는 거야? 사람이 말을 하면 처다봐야 할 거 아냐!"

"이봐, 처먹든 말든 신경 끊고 빨리 나가기나 해!"

중무장한 요원이 김상현을 향해 호통을 치자, 김상현은 고개를 긁적였고 존 해밀턴이 고개를 돌렸다. 순간 김상현은 중지를 검지 위로 포개며 날카로운 시선을 존 해밀턴에게 건넸고, 이내 손가락을 풀고는 실실 웃으며 방을 빠져나갔다. 음식을 앞에 둔 존 해밀턴의 눈동자가 급격하게 흔들리더니 떨리는 손으로 빵과 스테이크를 집어들었다. 한참을 망설이던 존 해밀턴은 눈을 지그시 감더니 걸신들린 사람처럼 음식을 입에 밀어 넣었다.

"저 자식 왜 그러는 거지?"

바닥에 널브러진 존 해밀턴의 몸이 떨리기 시작하더니, 입 주위로 거품이 흘러나오고 있었다. 심각한 상황이란 사실을 인지한 요원이 급히 철창을 열고 존 해밀턴을 살폈지만 존 해밀턴의 동공은 반응을 보이지 않았다.

"비상벨 눌러! 아까 음식 배달한 새끼 당장 수배해!"

요란한 비상벨이 지하에 퍼지며 야간 근무조를 부산하게 만들었지만, 존 해밀턴의 몸은 점점 식어 가고 있었다. 뒤늦게 김상현을 체포하기 위해 요원들이 사방으로 퍼지고 있었지만 김상현은 이미 정문을 통과해 사라진 후였다.


SHJ-퀄컴과 버크셔 해서웨이의 지분 교환은 미국 경제에 잔잔한 파장을 불러일으켰다. SHJ-퀄컴은 5,250억 달러의 시가총액으로 2위인 엑손모빌과 2,000억 달러의 차이를 보이고 있었지만, 시장에 풀리는 SHJ-퀄컴의 주식은 눈을 씻고 찾아볼 수 없어 호가만 연일 상승하고 있었다. 모든 투자가가 SHJ-퀄컴의 지분이 시장에 나오기를 목 빠지게 기다리는 상황에서, 260억 달러에 달하는 빅딜을 통해 버크셔 해서웨이와 지분 교환을 했다는 소식은 투자를 준비하던 금융권과 투자자들을 허탈하게 만들어 버렸다. 〈워싱턴포스트〉가 SHJ에 넘어갔다는 사실은 이번 지분 교환에 묻혀 큰 주목을 받지 못했고 이건 SHJ의 노림수이기도 했다.


경환은 한숨을 쉬었다. 알과 함께 들어오는 카일의 입은 굳게 닫혀 있었다.

"열 사람으로 한 명의 도둑을 막을 수 없다는 말이 사실이군요. 그래도 이번 사건은 실망스러울 수밖에 없습니다."

"모든 게 제 불찰입니다. 죄송합니다, 회장님."

자리에 앉지도 못하고 부동자세로 서있는 카일을 향해 경환은 자리를 권했다. 계열사 경영진과 해외 사업장의 보안을 담당하는 수입 외엔 특별한 매출이 없는 SHJ 시큐리티는 50억 달러에 달하는 막대한 예산을 경환의 사재로 충당하고 있는 형편이었다. 직원 수 8,000명이 넘는 경호 보안 업체로 성장한 SHJ 시큐리티였고, 최신 보안 설비와 무장에 투자를 아끼지 않았기에 이번 존 해밀턴의 암살 사건은 경환을 충격에 빠트리기에 충분했다.

"우선 사건의 개요를 듣고 싶군요."

투명했던 집무실 유리가 색이 변하며 외부와 차단되고 방음 시스템이 가동되는 것이 확인되자, 카일은 스위치를 눌러 대형 모니터에 사건 보고서를 띄웠다.

"이름 김상현, 나이 29세로 한국 공군의 특수부대인 CCT(공정통제사)에서 중사로 제대한 후, 레종 에트랑제(프랑스 외인부대)에서 5년간 용병으로 복무한 경력을 가지고 있습니다. 작년 1월 경력자 모집에 채용되어 교육과 훈련을 우수한 성적으로 마치고 11월부터 서산에 배치되었습니다."

"우리 내부 시스템의 문제는 뭡니까? 잠재적 적대 세력이 버젓이 우리의 내부를 활보했다면 문제가 심각하다고 봅니다. 김상현에 의해 유출된 정보는 어느 정도입니까?"

SHJ의 보안을 담당하는 SHJ 시큐리티가 뚫린 심각한 상황에서도 경환의 목소리는 차분했다. 화를 낸다고 해서 이미 벌어진 일을 되돌릴 수 없었고, 지금은 책임 소재를 가리는 것보다는 문제를 수습하고 대책을 세우는 게 시급했다.

"범죄사실 기록과 경력 확인, 주변 인물과의 관계를 탐문하는 현재 채용 방식의 허점을 노렸다고 봅니다. 보안 시스템에 접근할 보안 등급이 되지 않아, 눈으로 확인한 정보 외엔 유출된 정보는 없는 것으로 확인되었습니다. 현재 채용 방법을 수정하고 있고 SHJ 시큐리티를 시작으로 전 직원에 대한 조사를 다시 시작하고 했습니다."

모니터의 화면으로 김상현의 이력서가 지워지고 인천공항의 CCTV 동영상이 나타났다. 더부룩한 수염에 안경까지 착용한 사내의 화면에서 동영상이 멈췄다.

"사건 발생 다음 날 인천공항 CCTV 화면입니다. 나나미 히로시란 일본 여권을 사용해 대한항공을 통해 홍콩으로 출국한 인물입니다. 저희 얼굴 검출 프로그램으로 확인한 결과 김상현과 90%의 매칭률을 보였습니다. 홍콩 요원들이 따라 붙었지만, 미행엔 실패했습니다."

"영국 SAS에 프랑스 외인부대, 거기에 일본 여권까지 사용했다니 쉬운 상대들은 아닌 것 같습니다."

인천공항의 CCTV 녹화분을 한국정부가 순순히 제공했다고 생각하진 않았지만, 경환은 입수 과정을 묻지 않았다. 매년 50억 달러가 넘는 자금을 투자하는 이유가 분명 있었기 때문이었다. 고민하는 경환을 향해 알이 조용히 입을 열었다.

"회장님, 분명 이번 일은 우리의 자만과 나태함이 빚은 사건이라고 생각하지만 분명 기회가 될 수도 있습니다. 김상현의 경우 CCT 경력에선 특이한 점을 발견하지 못했기 때문에 레종 에트랑제 경력과 존 해밀턴의

SAS 경력을 살펴보면 두 사람의 접점을 찾을 수도 있지 않겠습니까?"

"그렇습니다, 회장님. 현재 저희가 가진 가용 자원을 최대한 활용해 두 사람의 접점을 확인하는 중입니다. 그리고 저는 책임을 지고 사장직에서 물러나겠습니다."

사의를 표하는 카일을 경환은 무심하게 바라만 보고 있었다. 알과 어느 정도 얘기를 맞췄는지 알도 카일을 만류할 생각이 없어 보였다. 전쟁 중엔 장수를 바꾸지 않는다는 말이 있기도 했지만, 지금은 수장을 교체해 사기를 떨어트릴 시기는 아니라는 판단이 섰다.

"관리 소홀에 대한 책임은 마땅히 져야 한다고 봅니다. 그러나 디푸어 사장을 신뢰하는 저 또한 그 책임에서 자유로울 수 없다고 생각합니다. 따라서 디푸어 사장의 사의는 받아들이지 않겠습니다. 끝까지 이 문제를 책임지고 해결하십시오."

그럴 줄 알았다는 듯 알은 슬쩍 미소를 띠었지만 경환의 신뢰를 다시 확인한 카일의 입술은 굳게 닫혀 있었다.

"소 잃고 외양간 고치는 격이지만, 우리가 너무 자만했다는 반성은 필요하다고 생각합니다. SHJ 시큐리티는 SHJ의 최전방을 지키는 방패가 되어야 합니다. 한번 손을 볼 생각이라면 두 번 다시 같은 일이 반복되지 않도록 만전을 기하고, 서둘러 두 사람의 배후를 찾아내야 합니다."

"회장님의 기대에 부응하겠습니다. 자리에 연연하지 않고 끝까지 파헤치겠습니다. 그리고 감사합니다. 회장님."

경환의 담담한 목소리에 카일은 고개를 숙였다.

어렵게 SHJ와의 만남을 성사시킨 에르나 솔레그는 깊게 심호흡을 내쉬고는 보안 요원의 안내에 따라 접견실에 들어섰다. 스타토일 헬지 란드 회장의 도움으로 어렵게 휴스턴을 찾았지만, 기대했던 경환과의 만남에 대해서는 확답을 받지 못한 상태였다. 접견실에 들어선 에르나는 황태수와 린다의 환대에 환한 미소를 지어 보였다.

"장관님의 방문을 환영합니다. 자리에 앉으시지요."

"환영해 주셔서 감사합니다. 보안이 아주 철저하더군요."

"보안 시스템을 점검하느라 검문이 좀 강화되었습니다. 불편하셨다면 사과드립니다."

"아닙니다. SHJ 타운의 보안에 대해서는 익히 들어 알고 있었습니다."

에르나는 남자인 헬지 란드 회장이 수행비서라는 착각이 들 정도로 강인한 인상을 풍겼다. 황태수는 에르나가 린다와 맞붙는다면 과연 누가 이길지 상상하며 입가에 미소를 지었다.

"제임스 리 회장님을 만나지 못해 유감입니다."

"실무 협의가 끝나면 만나실 수 있으실 겁니다. 중요한 건 회장님과의 만남보다는 실무 협의 아니겠습니까?"

자리에 앉자마자 경환을 찾는 에르나에 비위가 상했는지 린다가 말을 꼬았지만 에르나의 표정엔 변화가 없었다. 두 여자의 기 싸움에 황태수는 고개를 좌우로 저으며 급히 말을 이었다. 보안이 뚫린 심각한 위기 상황에 한가하게 노닥거릴 시간이 없었기 때문이었다.

"노르웨이 정부에서도 SHJ 타운 건설에 관심이 많다고 들었습니다. 솔직히 말씀드리자면 노르웨이의 지리적 위치는 우리가 요구하는 조건을 충족시키지 못합니다. 그건 장관님도 잘 아시리라 봅니다. 제가 잘못 알고 있는 부분이 있다면 말씀해 주십시오."

에르나는 미사여구를 뺀 채 정곡을 찌르고 들어오는 황태수를 빤히 바라보고만 있었다. 자신의 정치적 입지가 이번 만남으로 결정된다는 것이 에르나를 압박할 수도 있었겠지만, 그녀의 표정에선 긴장감을 찾아볼 수 없었다. 준비한 자료를 책상 위에 펼친 에르나는 강한 악센트가 섞인 영어로 또박또박 자신의 의견을 피력하기 시작했다.

"부회장님의 지적은 틀린 게 없습니다. 스웨덴과 핀란드에 육로가 막혀 있고 유럽에서도 가장 변방에 위치한 노르웨이에 SHJ 타운이 들어선다면 미친 짓이라고 손가락질 받겠죠. SHJ의 기업 신조가 '기브 앤 테이크'라고 들었습니다. 제 말이 맞나요?"

"뭐, 틀렸다고는 하지 않겠습니다. 장관님 말씀으로는 우리가 노르웨이를 선택했을 때 그만한 이득이 있다는 뜻으로 들립니다만, 우리 생각과는 좀 차이가 있군요. 노르웨이가 비록 EEA(유럽경제지역) 가입국이긴 하나 EU 가입국은 아닙니다. 유럽에 녹아들려는 SHJ 타운이 비EU 국가에 조성되었을 때의 손실이 크다는 생각을 하지는 않으십니까?"

황태수의 말이 끝나자 에르나의 미간이 살짝 좁혀졌다. 처음부터 날카롭게 몰아세우는 황태수는 잡은 주도권을 놓칠 생각이 없어 보였다. 황태수는 반론할 여유를 주지 않기 위해 에르나를 더욱 몰아쳤다.

"그리고 장관님이 제안하신 셰일가스에 대한 문제는 수익성이 없다는 분석이 지배적입니다. 물론 폴란드와 프랑스에 이어 83TCF(조 입방피트)로 유럽 3위의 매장량을 보이고는 있지만, ALUM 셰일층은 지질학적 구조가 복잡해 가스 채굴이 쉽지 않다고 하더군요. 노르웨이보단 매장량이 가장 많은 미국이나 중국이 우리에겐 더 좋은 파트너가 될 수도 있습니다."

"부회장님의 말씀 잘 들었습니다. SHJ가 미국에서 셰일가스 채굴을 할 수 있겠습니까? 또한 SHJ라면 이를 갈고 있는 중국이 SHJ의 진출을 원한다고 보지는 않습니다."

황태수는 아차 싶었다. 미국 사회에서 기득권을 형성한 석유 재벌이 SHJ의 채굴을 바라만 보지 않을 것이라는 사실은 너무도 뻔했다. 에르나에게 틈을 허용한 황태수는 허탈한 웃음을 지을 수밖에 없었다. 그래도 변하는 것은 없었다. 노르웨이 정부가 제안한 셰일가스 공동 개발은 빛 좋은 개살구란 결론을 낸 상태였다. 에르나와의 만남은 형식적인 절차에 지나지 않았고, 이미 최석현 주도로 영국과 독일 정부와 협상을 진행하는 중이었다.

"노르웨이에는 셰일가스만 있는 건 아닙니다. 노르웨이 수출의 45%가 석유와 천연가스란 사실을 잊지 말아 주십시오."

"그럼 노르웨이가 채굴하는 석유와 천연가스 부문에서 우리와 합작을 하시겠다는 말로 이해해도 되겠습니까?"

일이 묘하게 꼬이기 시작했다. 셰일가스만 본다면 이번 협상은 별 의미가 없었지만, 석유와 천연가스라면 말이 달라질 수 있었다. 중동의 쿠웨이트보다 채굴량이 많은 노르웨이의 석유와 천연가스를 확보할 수 있다면 핵융합에너지가 상용화에 성공하기 전까지 SHJ의 미래 수익을 담당하는 중요 자원이 될 수도 있는 문제였다.

그러나 석유와 천연가스는 만만한 사업이 아니라는 것이 황태수를 고민하게 만들었다. 더욱이 SHJ가 석유 사업에까지 손을 대기 시작한다는 말이 퍼진다면 석유카르텔의 견제도 염두에 둬야 할 것이다. 주도권 일부가 에르나의 손에 쥐어지면서 협상의 상황도 묘하게 틀어지기 시작했다.

"솔직히 말하겠습니다. 1970년 이전의 노르웨이는 식량의 자급자족을 걱정해야 할 정도였습니다. 1971년 북해유전이 개발되고 산유국 대열에 진입하면서 부국으로 성장할 수 있었지만, 석유와 천연가스에 편중된 산업은 다른 제조업의 몰락을 가져왔습니다. 우린 SHJ 타운을 유치해 제조업과 IT 산업으로 돌파구를 찾는다는 계획을 세웠습니다."

"장관님 말씀은 충분히 이해하지만 아직 제 질문에 대한 답변은 주지 않으셨습니다. 기업은 철저히 이익을 위해 사업을 추진한다는 것을 이해해 주십시오."

협상이 계획과는 다른 방향으로 흘러간다는 생각에 린다가 나서려고 했지만 황태수는 손을 들어 린다를 제지했다. 석유와 천연가스를 안정적으로 확보할 수 있다면 노르웨이도 좋은 선택이 될 수 있다는 생각에 황태수는 에르나의 답변을 기다려 주었다. 여장부란 소리를 듣는 에르나도 속으로 고개를 절레절레 흔들고 있었다. 미국 대통령의 압박에도 오히려 대통령의 수족을 잘라내는 역공을 통해 정면 돌파했다는 소문은 헛소문이 아니란 것을 절실히 느끼고 있었다.

"헬지 란드 회장이 제 답변을 대신해도 되겠습니까?"

황태수는 고개를 끄덕여 동의를 표시했다. SHJ 엔지니어링의 중요 고객이기도 한 스타토일을 무시할 수는 없었다. 황태수와 에르나의 날 선 대화를 지켜본 헬지 란드가 무겁게 닫았던 입을 열었다.

"스타토일은 SHJ와 50:50의 비율로 신규 정유회사 설립을 제안합니다. 또한 SHJ가 스타토일에 투자할 의향이 있다면 그 투자를 적극 받아들일 생각입니다. 이 투자는 스타토일이 채굴하는 석유와 천연가스의 지분을 인정한다는 뜻으로 해석해서도 좋습니다. 또한 우리가 추진하는 폴란드와 중국, 캐나다의 셰일가스 개발에도 공동으로 진출할 것으로 제안합니다. 이 정도면 SHJ 타운이 노르웨이에 유치될 정도의 이점은 충분하다고 생각하는데, 결정은 SHJ의 몫입니다."

"스타토일에서 발주하는 시추선과 고정식 플랫폼, 정유 플랜트에도 SHJ의 참여를 인정한다는 말씀이신가요?"

"우린 SHJ 엔지니어링과 좋은 관계입니다. SHJ의 실력과 능력은 이미 검증이 된 상태고요. 부회장님이 말씀하신 부분도 충분히 긍정적으로 검토하겠습니다."

떡밥이 너무 컸다. 그러나 이 문제는 자신이 결정할 사항이 아니었다. 또한 총리도 아닌 장관의 말을 100퍼센트 믿을 수도 없었다. SHJ 시큐리티 문제로 정신이 없을 경환에게 결정을 미룰 수밖에 없는 상황이었다.

SHJ 타운을 떠난 에르나와 헬지 란드가 남긴 여파는 컸다. 검토 대상에서 제외한 노르웨이가 SHJ에 던진 떡밥은 덥석 물 수도, 그렇다고 버릴 수도 없을 정도로 덩치가 컸기 때문이었다. 존 해밀턴 암살 사건으로 SHJ 시큐리티는 초비상 사태가 지속되고 있었지만, SHJ 홀딩스와 SHJ 매니지먼트는 유럽 투자 문제로 의견이 분분한 상태였다.

"에르나 장관은 천상 여장부더군요. 정치적 야망도 상당하고요. 부회장님은 어떻게 보셨습니까?"

에르나와의 독대를 통해 경환은 그녀의 정치적 야망을 읽을 수 있었다. SHJ 타운 유치를 자신의 정치 행보에 이용하려는 모습을 좋게 볼 수는 없었지만, SHJ의 이익을 위해서라면 그 정도 야심은 눈감아 줄 수 있었다. 경환의 질문에 황태수가 숙였던 머리를 들었다.

"신뢰할 수 있는 인물이라고 봅니다만, 우리에게 제안한 내용이 노르웨이 정부의 뜻인지를 먼저 파악해야 합니다. 만약 노르웨이 정부의 공식 입장이라면 검토할 가치는 충분하다고 봅니다."

"회장님과의 독대에서 세금 문제에 대해서도 특혜를 주겠다고 공언했는데, 독립심이 강한 노르웨이 국민의 특성으로 봤을 때 국민적 저항을 받을 수도 있습니다. 법인세야 별 차이가 없지만, 이것저것 따진다면, 44%의 소득세는 만만치 않습니다. 살인적인 물가도 부담이고요."

복지국가인 만큼 징수되는 소득세율이 만만치 않았다. 수입의 반 정도를 소득세로 징수하다 보니 노르웨이의 인건비는 다른 나라에 비해 높았으며 세계에서 가장 높은 물가 역시 부담일 수밖에 없었다. 자금을 담당하는 린다는 막대한 운영비가 필요한 노르웨이에 SHJ 타운을 건설하는 게 탐탁지 않았다. 그러나 석유와 천연가스, 셰일가스가 주는 이익도 무시할 수는 없어 심한 반대는 할 수가 없었다.

"에르나 장관은 이 문제에 대해서 SHJ 타운에 파견되는 외국 국적자는 파견 수당에 한해 소득세를 징수하겠다고 하던데, 이 조건이라면 크게 문제되진 않는다고 보는데요."

"총리도 아닌 일개 장관에 불과합니다. 급조된 제안일 수도 있다는 걸 염두에 둬야 한다고 생각합니다."

린다의 지적에 경환도 고개를 끄덕여 동의를 표했다. 자신이 생각해도 에르나의 제안은 어딘가 모르게 서툴렀고, 급조되었다는 인상을 지울 수 없었다. 황태수와 린다의 의견이 갈리면서 공은 경환에게 던져졌다.

"우선 지켜봅시다. 제안한 내용을 정부의 공식 문서로 전달해 달라고 했으니까요. 영국과 독일은 상황이 어떻습니까?"

"두 나라 모두 유치에 적극적입니다. 지리적 위치는 독일이 우세하지만, 조건은 영국이 우세한 상황입니다. 자치권까지 제안했으니까요. 독일 정부는 자치권과 세금 특혜에 대해서는 난색을 보이며 준차지권만 인정하겠다는 입장입니다."

"독일과 영국은 실무 경영진의 의견에 맡기겠습니다. 만약 노르웨이 정부가 공식 입장을 전달한다면 그때 결정을 하는 것으로 하겠습니다. 늦어도 상반기 중으로 결정될 수 있도록 준비해 주세요."

인구수 500만 명도 되지 않는 노르웨이에 SHJ 타운을 건설하는 건 SHJ에게도 부담일 수밖에 없었다. 호주와 유럽에 SHJ 타운이 건설된다는 소식이 미국 여론을 자극하고 있었기 때문이었다. 이미 동부와 서부의 많은 주가 SHJ 타운 유치를 위해 의원들까지 동원하는 마당에 큰 명분 없이 노르웨이를 선택할 수는 없었다.


200만 명의 청중이 국회의사당 주변 야외 공원을 가득 메운 채 제43대 대통령 취임식이 거행되고 있었다. 대법원장 주관 하에 성경에 왼손을 얹은 존 매케인의 취임 선서 장면이 방송을 통해 전국에 방영되고 있었다.

"나는 미국 대통령의 직무를 성실히 수행하고, 최선을 다해 미국 헌법을 보존하고 보호하며 지킬 것을 맹세합니다."

선서를 끝으로 존 매케인 정부는 본격적인 국정 운영을 시작했다. 공식행사를 모두 마친 존 매케인은 자신이 그토록 원하던 백악관 집무실에 발을 디딜 수 있었다. 집무실 의자를 양손으로 쓸어내린 존 매케인은 쉽게 앉지 못했다. 대선 승리를 장담하지 못했던 초반 분위기는 중반을 넘으면서 급격히 기울기 시작했고, 그 중심엔 SHJ가 있었다. 이 사실은 존 매케인에겐 부담이기도 했다.

"대통령님, 자리에 앉으시지요. 제이 존슨이 도착할 시간입니다."

정치적 동지이자, 후원자이기도 한 프레드 톰슨 비서실장이 환한 미소를 보이며 자리를 권했다. SHJ와의 사이버 신경전으로 만신창이가 된 NSA는 제이 존슨이 임명되면서 떨어진 사기를 끌어올리고 있었다. 존 매케인은 집무실 의자가 주는 무게감을 느끼며 허리를 깊숙이 묻었다.

"끝내 제임스는 참석을 거절했다는 건가?"

"전임 정부와의 관계도 있고, 많이 부담되었던 모양입니다. 축하한다는 메시지를 따로 받았습니다."

SHJ가 사설 정보 조직을 운영하고 그 능력은 NSA를 상회한다는 소문은 이번 대선으로 여지없이 확인할 수 있었다. 대선 막판 앨 고어가 네오콘에 흘린 정보에서도 그런 사실은 확인할 수 있었다. 두 번의 대선에 개입한 SHJ는 자신에게도 부담되는 기업이었지만 존 매케인은 경환과의 관계를 망칠 생각이 없었다. 집무실 문이 열리고 제인 존슨이 모습을 드러냈다.

"축하합니다, 대통령님."

"마침 잘 왔네. NSA를 맡은 소감이 어떤가? 자네로 인해 사기가 많이 올랐다는 말은 듣고 있었네."

"전임 국장인 어거스트 기븐스의 능력은 인정해 줘야 합니다. 단지, SHJ의 능력이 뛰어났다는 게 문제였습니다."

제이 존슨은 대통령의 의중을 확인하고 싶었다. SHJ를 손을 보기 위해서는 대통령의 권력이 가장 집중된 지금이 적기일 수밖에 없었기 때문이었다. SHJ로 인해 NSA의 수장이 될 수 있었지만 일개 기업에게 연방정부가 끌려 다녔다는 오명을 벗고 싶은 것도 사실이었다.

"경거망동하지 말게. 내가 본 제임스는 무서울 정도로 철두철미해. 난 조지 부시나 앨 고어와는 다른 시각으로 SHJ를 바라볼 생각이야. 제이 자넨 휴스턴으로 가서 같이 상생하자는 내 뜻을 제임스에게 전달해 주게."

"알겠습니다. NSA와 SHJ 시큐리티의 합작 사업을 만든 후 휴스턴을 방문하겠습니다."

아쉬움이 없는 건 아니었지만 제이 존슨은 대통령의 뜻을 거절할 생각이 없었다. 그러나 프레드 톰슨이 급히 말을 되받으며 상황이 다른 방향으로 흘러가기 시작했다.

"그러나 우리 뒤엔 SHJ뿐만 아니라, 군산 복합체의 지원이 있었다는 사실도 잊으시면 안 됩니다. 그렇기에 북한과 이란의·핵시설 공격과 그루지야를 노리는 러시아와 정면 대결도 불사하겠다는 정책을 펴고 있지 않습니까? 더욱이 SHJ가 운영하는 기술연구소의 무기 개발을 중단시켜 달라는 요청이 벌써 들어오고 있습니다."

"프레드, 만약 SHJ가 정보 조직을 동원해 앨 고어를 밀었다면 어떤 상황이 발생했겠나?"

"그, 그건……"

프레드 톰슨은 입을 닫을 수밖에 없었다. 이번 대선은 월가의 금융 자본과 군산 복합체의 싸움이란 소문이 돌 정도로 두 세력 간의 암투가 극한으로 치달았다. 승기를 잡은 군산 복합체는 자신의 밥그릇을 지키기 위해 움직이기 시작했고, 그 첫 대상은 금융 자본이 아닌 SHJ란 사실에 존 매케인은 눈살을 찌푸렸다.

"SHJ는 건드리지 않는다는 뜻을 분명히 그쪽에 전해 주게. 북한이나 이란, 러시아는 사실상 건드리기 어렵다는 것을 자네도 알 거야. 우선 석유로 장난치는 이라크를 먼저 손본다면 그쪽도 내 계획에 반대하진 않을 거야. 분위기를 한번 만들어 보자고."

"물론 후세인을 손봐야 하는 건 당연한 거지만 SHJ가 독단적으로 개발하는 무기가 한국정부에 전달되기라도 한다면 동북아시아가 혼란에 빠질 수도 있습니다."

석유 결제 대금을 유로로 바꾼 이라크로 인해 달러의 기축통화 지위가 흔들리고 있었다. 이라크의 이런 정책은 주변 중동 산유국들의 관심을 증폭시키면서 일부 국가에선 이라크의 뒤를 이어 결제 화폐를 바꾸려는 계획을 수립하고 있었다. 존 매케인은 중동 산유국의 이탈을 방지하기 위해서라도 이라크를 반드시 손볼 생각이었다.

"물론 제임스가 한국계이긴 하지만 무턱대고 한국정부에 퍼 줄 위인은 아니야. 제이는 내 뜻을 제임스에게 전하면서 독점 계약을 제안해 보게. 그리고 프레드는 군산 복합체를 잘 다독이면서 신무기 개발을 독려하고."

"대통령님의 말씀대로 SHJ가 따라와 준다면 큰 문제는 없겠지만 아시다시피 제임스 리 회장도 만만치 않은 강성이라 자신의 이익이 침해받았다고 느낀다면 쉽게 넘어갈 인물은 아니라고 봅니다."

"우선은 제임스와 의견을 교환해 보게. SHJ의 이익을 부각하면서 협의를 해 간다면 제임스도 반대하지는 않을 거야. 내 임기가 끝날 때까지는 SHJ와 어떠한 분쟁도 없어야 한다는 것을 두 사람 모두 잊지 말아야 할 거야."

"알겠습니다."

대통령의 의지를 확인한 두 사람은 반론을 제기하지 않았다. 사실 SHJ의 도움이 없었다면 지금 이 자리는 앨 고어가 차지했을 거란 사실을 부인할 수 없었다. 프레드는 군산 복합체의 로비스트를 달랠 생각에 이마가 지끈거렸다.


"야마시타 비서실장님, 절 따라오시죠."

하루나는 수정의 전화를 받고 서둘러 저택을 찾았다. 집사인 크리스토퍼의 안내에 거실로 향하는 하루나의 가슴이 콩닥콩닥 뛰었다. 거실 문이 열리고 화사한 원피스 차림의 수정이 미소를 지으며 자신을 반기는 모습에 하루나는 더더욱 긴장할 수밖에 없었다.

"사모님, 무슨 일로 절 부르셨는지요?"

"비서실장님과 차 한 잔하고 싶었어요. 그런데 맛이 있을지 모르겠네요. 애들 아빠가 비서실장님이 내린 커피가 입맛에 딱 맞는다고 했거든요."

수정은 자신이 직접 내린 커피를 건넸다. 커피 잔을 받아 든 하루나의 손이 미세하게 떨렸다. 여자의 직감은 무섭다는 것을 증명이라도 하듯 수정을 바라보는 하루나의 이마엔 작은 땀방울이 맺혀 있었다.

"회장님을 보좌한지 오래되셨지요?"

"10년이 되었습니다, 사모님."

수정은 고개를 끄덕이며 커피 잔에 입을 가져다 댔다. 수정이 계속해서 차를 권했지만, 하루나는 커피 잔을 손에 쥐고 있을 뿐이었다.

"여자는 여자를 알아본다더군요. 회장님 동생과 잘 되기를 바랐는데 사람의 인연은 사람이 어쩔 수 없나 봐요. 혹시 비서실장님은 좋아하시는 분이 있으신가요?"

"사, 사모님, 무슨 말씀이신지?"

하루나는 가슴이 철렁 내려앉았다. 여태껏 누구에게도 자신의 감정을 표현한 적이 없었다. 수정의 질문에 하루나는 당황할 수밖에 없었다. 입술이 마르는지 하루나는 커피 잔을 입으로 가져가 입술에 축이고는 탁자에 잔을 내렸다.

"우선 제가 그리 마음이 넓은 사람이 못 되는 걸 이해해 주세요. 애들 아빠에 대한 비서실장님의 감정은 예전에 알고 있었어요. 이해하려고 노력도 해 봤고, 이 정도 위치의 남자에겐 한두 명의 여자는 있을 수 있다고 스스로 마음을 잡아도 봤지만, 제가 욕심이 많은 여자란 걸 알게 되더군요. 제가 무슨 말을 하는지 아실 거예요."

"사, 사모님."

부정할 수도 있었지만 하루나는 자신의 진실된 감정을 속일 수 없었다. 그렇다고 수정에게 경환을 사모하고 있다는 말을 내뱉을 수도 없었다. 고개를 숙인 하루나의 어깨가 가볍게 흔들리고 있었다.

"사모님, 오해십니다. 회장님은 저에게 눈길 한번 주시는 분이 아닙니다. 회장님에겐 사모님과 아이들만 있을 뿐입니다."

"알아요. 15년 동안 몸을 섞은 사이인데 애들 아빠의 성격을 모르겠어요? 어떤 여자가 달려들어도 흔들리지 않을 사람이란 건 제가 더 잘 알아요. 그래서 더욱 비서실장님이 안타깝다는 생각이 들어서 이 자리를 만든 거예요. 그렇다고 남편을 공유하겠다는 말은 절대 아니에요."

하루나는 떨어뜨린 고개를 들지 못했다. 평생을 경환의 곁에서 그림자로 살고 싶다는 생각이 수정과의 이 만남으로 산산조각나고 있음을 깨달았다. 하루나의 눈에서 굵은 눈물이 흘렀지만 슬프다는 생각은 들지 않았다. 손수건을 건네는 수정의 손을 하루나가 붙들었다.

"사모님, 죄송합니다. 불순한 생각은 없었습니다. 회장님을 곁에서 보좌하고 싶다는 생각 외에는 다른 마음을 품지 않았습니다. 그리고 저는 정리되는 대로 SHJ를 떠나도록 하겠습니다."

"그러지 말아 주세요. 애들 아빠 비서실장님에게 많이 의지하고 있어요. 비서실장님이 SHJ를 떠난다면 애들 아빠 견디기 힘들 거예요. 부탁이에요."

이미 마음을 들켰는데도 떠나지 말아 달라는 수정의 요청이 하루나에겐 너무도 잔인했다. 하루나는 흐르는 눈물을 거두고 마음을 진정시키기 위해 노력하는 모습이 역력했다. 수정도 마음이 불편했는지 하루나의 두 손을 잡았다.

"같은 여자로서 이해는 충분히 하지만 그게 제 남편이란 걸 받아들일 수 없을 뿐이에요. 부탁 하나 할게요. 유럽과 호주에 SHJ 타운이 건설되면 책임자로 가 주시면 안 될까요?"

하루나는 수정의 제안에 대답할 수 없었다. 수정과의 짧은 만남을 끝내고 자신의 집무실로 돌아온 하루나는 경영진들과 회의에 열중하는 경환을 물끄러미 바라만 보고 있었다. 이젠 자신이 경환을 놓을 때라는 걸 너무 잘 알고 있었지만 그를 향한 마음은 변할 수 없다는 게 하루나를 좌절시켰다.

〈워싱턴포스트〉가 SHJ를 새로운 주인으로 맞이하면서 대대적인 개혁 작업과 이에 따른 해고 사태를 우려한 노조는 SHJ의 경영 계획을 문의하는 동시에 총파업을 준비하고 있었다. 야후와 스페이스X의 노조와 연계할 움직임까지 보이자 경환은 경영진의 만류에도 무릅쓰고 노조를 직접 방문하는 강공을 선택했다.

린다와 하루나가 경환을 보좌해 노조를 방문했고 〈워싱턴포스트〉 사장에 임명된 칼 에드워드가 일행과 함께 노조 사무실에 들어섰다.

"〈워싱턴포스트〉에 오신 걸 환영합니다. 노조 위원장인 벤 존슨입니다."

"환영해 주셔서 감사합니다. 제임스 리입니다."

미국에서 가장 영향력을 가진 언론사 노조답게 벤 존슨은 차분하게 경환을 맞이했다. 공개 토론을 요청해서 그런지 노조 사무실과 주변에는 많은 직원이 두 사람의 대화를 지켜보기 위해 모여들었다.

"제가 시간이 그리 많지 않습니다. 궁금하신 점에 대해 솔직하게 답변해 드리겠습니다."

"그렇게 말씀해 주시니 오히려 감사합니다. 단도직입적으로 묻겠습니다. 〈워싱턴포스트〉의 미래를 어떻게 보십니까? 그리고 언론의 자유가 기업에 의해 통제되는 것을 어떻게 생각하십니까?"

"저는 이익을 추구하는 기업가입니다. 기업가의 시각에서 〈워싱턴포스트〉의 미래는 밝지 않다고 봅니다. 〈워싱턴포스트〉의 수입 구조는 급격히 악화하고 있어 올해는 적자 경영이 불가피할 것으로 알고 있습니다."

주위가 웅성거리기 시작했다. 경환의 말은 적자로 인해 대대적인 개혁과 해고는 불가피하다는 것을 뜻하기 때문이었다. 이미 유능한 기자들이

〈뉴욕타임스〉나 〈월스트리트저널〉로 빠져나가고 있었다. 워싱턴포스트에 애정을 가진 기자들의 입에서 탄식이 흘러나왔다.

"그 점은 우리도 잘 알고 있습니다. 그런 이유로 인터넷 미디어 방송과 교육 사업에도 진출했고 수익이 개선되고 있다는 점을 먼저 말씀드리겠습니다."

"언론사의 사명은 권력과 공공기관의 감시와 비판이 그 목적이라고 생각합니다. 이를 통해 독자들의 알 권리를 충족시키고, 내가 사는 세상을 살 만한 곳으로 만들어야겠다는 의지, 적어도 살 만한 곳이 될 수 있다는 희망을 심어 주는 것이 언론사와 기자의 의무라고 봅니다. 따라서 제가 〈워싱턴포스트〉의 사주로 있는 이상 적자 경영을 인정할 생각입니다. 수익 구조에서 벗어날 수 있어야 언론이 가진 진정한 사명감을 수행할 수 있다고 생각했기 때문입니다."

웅성거리던 주위에 정적이 흐르기 시작했다. 경환의 말이 틀렸다고 반론할 기자는 없었지만 미국은 수익을 내지 못하는 기업이 살아남을 수 있는 나라가 아니었다. 경환의 연설에 감동하였다고 해서 현실까지 부정할 수는 없는 노릇이었다.

"리 회장님의 말씀 잘 들었습니다. 회장님의 지론에 따를 주주들이 과연 몇이나 있을까요?"

"그 점은 SHJ 홀딩스의 린다 쿡 사장이 설명하겠지만, SHJ의 방침에 불만을 가진 주주들의 지분은 모두 공개 매수할 생각입니다. 아울러 경영과 편집국을 분리, 편집국에 독립적 지위를 부여할 것이며 마틴 배런에게 편집국을 맡길 예정입니다."

"마틴 배런이요?"

〈뉴욕타임스〉의 계열사인 〈보스턴글로브〉의 편집국장으로 일하면서 풀리처를 6번이나 수상한 경력이 있는 마틴 배런을 모르는 사람은 아무도 없었다. 시간이 얼마 남지 않았다는 하루나의 쪽지를 받아 든 경환은 서둘러 정리해야만 했다.

"저는 〈워싱턴포스트〉가 가진 가치와 원칙의 중요성을 잘 압니다. 마틴 배런과 함께 그 가치가 변치 않는다는 것을 보여 주시기 바랍니다. 여러분 모두 지금의 자리에서 미국의 미래를 비추는 등대가 되어 주십시오. 여러분이 걱정하는 해고는 SHJ의 이름을 걸고 없을 것입니다. 마지막으로 자세한 내용은 쿡 사장과 에드워드 사장이 설명할 것입니다."

경환이 급히 자리를 정리하고 하루나와 함께 노조 사무실을 나서려고 하자 뒤에서 두 사람의 토론을 듣던 기자 한 명이 급히 손을 올려 경환의 발걸음을 잡았다.

"회장님이 말씀하신 권력과 공공기관의 감시와 비판에는 SHJ도 포함되는 것입니까?"

경환은 질문한 기자를 향해 시선을 돌렸다. 30대 초반으로 보이는 젊은 기자가 손을 든 채로 경환을 빤히 쳐다보고 있었다. 경환은 나가려던 발을 멈춰 그 기자를 향해 입을 열었다.

"당연합니다. SHJ도 감시와 비판에서 자유로울 수는 없습니다. 그러나 감시와 비판은 음해와 무고와는 다르다는 것을 명심해야 할 것입니다. 증거와 사실이 없는 기사는 쓰레기란 것을 잊지 마시길 당부합니다."

말을 마친 경환이 하루나와 함께 급히 노조 사무실을 벗어나자 한두 명으로 시작된 박수가 노조원 전체로 퍼져가기 시작했다.

링컨기념관 옆으로 1995년 조성된 한국전쟁기념관엔 한국전쟁에 참가한 19명의 미군 동상이 무표정한 모습으로 공원의 한편을 지키고 서 있었다. 동상 맞은편엔 전사자의 얼굴이 조각된 검은 대리석 벽이 길게 뻗어 있었고, 대리석 벽면을 통해 제이 존슨의 얼굴이 들어왔다.

"미안합니다. 제가 좀 늦었습니다."

"아닙니다. 저도 방금 도착했습니다. 〈워싱턴포스트〉에서의 감동적인 연설 인상 깊었습니다."

한 치도 물러서지 않는 양측 경호원들의 대립 속에 경환은 악수를 청하는 제이 존슨의 손을 뿌리치지 않았다. 경환의 워싱턴 방문 소식을 입수한 제이 존슨을 급히 만남을 제의했고, 그동안의 갈등을 해소하기 위해 경환도 그 제안을 흔쾌히 받아들였다. 제이 존슨의 말로 자신이 NSA의 감시 대상이란 사실을 확인한 경환의 미간이 살짝 좁혀졌다.

"오해하지 마십시오. 리 회장님이 워싱턴을 떠날 때까진 철저히 경호하라는 대통령님의 지시가 있었기 때문입니다."

"그리 기분 좋은 경호는 아니군요. 만남을 제의하신 이유를 듣고 싶습니다."

"잠시 걸으시겠습니까?"

제이 존슨과 경환이 자리를 이동하자, 경호원들의 움직임도 바빠지기 시작했다. 양측 경호원 모두 중무장을 숨기고 있었기 때문에 서로 경호에 신중을 기하고 있었다. 경환은 제이 존슨과의 만남을 길게 끌고 싶지 않았다.

"NSA와 SHJ의 신경전은 이번 정부에선 더는 없을 겁니다. 이건 제가 아닌 대통령님이 직접 내린 지시입니다. 서로의 장점을 하나로 묶는다면 미국은 정보전에서 앞설 수 있다고 보는데 리 회장님은 어떻게 생각하십니까?"

NSA에 대한 신뢰는 경환의 안중에 더는 존재하지 않았다. 달콤한 말로 합작을 제의해 온 제이 존슨을 향해 경환은 가벼운 미소를 지어 보였다.

"동양 속담에 토사구팽이란 말이 있습니다. 사냥이 끝난 개는 삶아 먹는다는 뜻입니다. 이 말로 답변을 대신하겠습니다. 에셜론으로도 SHJ를 뚫지 못하자 엘리시움과 사이보그 OS를 해킹하기 위해 별도의 프로그램을 준비한다는 소문이 있더군요. 이름까지 알려드릴까요?"

"하하하, 지금 리 회장님의 말엔 노코멘트 하겠습니다. 역시 SHJ 시큐리티의 정보 능력도 대단하군요. 대응 프로그램을 이미 만드신 거 같습니다."

NSA의 이중적인 모습을 우회적으로 표현하자 제이 존슨은 고개를 절레절레 흔들었다. 프리즘으로 명명된 새로운 프로그램은 이미 개발을 완성해 시험 가동 중에 있었지만, SHJ가 이 정보를 알고 있다면 프리즘도 SHJ에겐 무용지물일 수밖에 없었기 때문이었다.

"서로 간 보는 일은 그만하고 본론으로 들어갑시다. NSA의 수장이 만남을 요청했다면 적어도 이거보단 큰일이라는 생각이 드는군요."

"좋습니다. 대통령은 백악관과 SHJ 간의 밀접한 관계를 원하고 계십니다. 또한 SHJ가 국익을 우선하는 데 일조하기를 원하시기도 하고요. 문제는 한국에 있는 기술연구소에서 개발 중인 핵융합에너지 연구와 무기 개발을 우려하는 세력이 있다는 사실입니다."

"군산 복합체의 로비가 상당한가 보군요. 국방부와의 독점 계약이라도 제안하실 생각이신가 봅니다."

도대체 SHJ의 정보 능력이 어디까지인지 가늠조차 할 수 없었다. 백악관 집무실에서 은밀히 논의했던 내용이 경환의 입에서 터져 나오자 강심장인 제이 존슨도 당황할 수밖에 없었다. 불법 행위로 체포하고 싶다는 생각보다 어떤 기술을 가졌는지 확인하고 싶다는 생각이 앞섰다. SHJ 시큐리티에 매년 50억 달러 이상의 자금이 들어가고 있다는 사실을 제이 존슨으로선 알 수 없었다.

"개발 무기의 판로를 어려움 없이 확보할 수 있다는 차원에서 나쁜 조건은 아니라고 생각하는데요."

"백악관을 밀고 있는 군수 업체를 달래기 위한 수단으로는 나쁜 조건은 아니라고 봅니다만 저는 SHJ의 이익이 먼접니다. 독점 계약보단 미국의 우방국에 수출할 수 있는 권한을 주는 선이라면 모를까요. 그런데 무기 개발 경험이 전혀 없는 SHJ가 무기를 개발한다는 증거도 없는 상태에서 너무 확대해석하는 거 아닌가요?"

제이 존슨은 끓어오르는 화를 억지로 삼키고 있었다. 중국과의 사이버전에서 중국과 NSA의 특급정보를 입수한 거 아니냐고 되묻고 싶었지만 증거도 없었을 뿐더러 그 작전은 세상에 존재하지 않는 작전이었다.

"리 회장님의 뜻은 전달하겠습니다. 이번 정부는 길면 8년입니다. SHJ가 연방정부와 각을 세우게 된다면, 8년 후의 일은 아무도 모른다는 뜻입니다. 아무쪼록 연방정부와 협조하는 모습을 보여 주시기를 부탁합니다."

"조언 감사합니다. 저도 국익을 위해서라면 최대한 협조할 생각입니다. 그러나 어느 일방의 이익만 강조하는 것은 옳지 못하다고 생각해서 하는 말이었습니다."

"그리고 조만간 이라크에서 시끄러운 일이 생길 수도 있습니다. 대통령님은 SHJ의 정보 능력과 투자를 희망하고 계십니다."

경환은 걸음을 멈췄다. SHJ 시큐리티의 정보 동향 보고를 통해 이라크와의 전쟁 분위기가 고조되고 있다는 것은 알고 있었다. 그러나 비밀을 지켜야 할 NSA의 수장 입에서 비밀이 새어 나오는 것을 어떻게 받아들여야 할지 잠시 고민할 수밖에 없었다. 투자는 문제가 되지 않았지만, 정보 능력이란 말은 SHJ 시큐리티의 전쟁 참여를 요청하는 말일 수도 있었기 때문이었다.

"투자에 대한 대통령님의 제안은 저도 바라는 바입니다. 국장님의 말씀으로는 전쟁이 임박했다는 느낌이 드는데, 기업이 전쟁에 직접 참여한다면 여론의 뭇매를 감당하기 어려울 수도 있습니다. 그건 대통령님에게도 좋은 일은 아닐 겁니다."

"리 회장님의 의견 잘 들었습니다. 조만간 백악관에서 리 회장님을 초청할 예정입니다. 대통령님의 의중은 그때 확인해도 늦지 않겠지요. 오늘 어려운 걸음 해 주셔서 감사합니다."

"유익한 만남이었습니다. 그럼 이만."

가볍게 악수를 나눈 경환의 눈에 기념비에 쓰인 "자유는 공짜가 아니다"라는 문구가 들어왔다. 자유를 위해 희생은 필요하지만 일부 기득권을 위한 희생을 경환은 받아들일 생각이 전혀 없었다.


똑, 똑.

"들어오세요."

〈워싱턴포스트〉 노조와 타결한 보고서를 살피던 경환의 프레지덴셜

스위트의 문이 열리고 정장 차림의 하루나가 조심스럽게 경환의 앞에 모습을 드러냈다.

"일정에 변화가 있나요?"

"아닙니다. 회장님. 개인적인 말씀을 드리고 싶어 찾아뵈었습니다."

경환은 우물쭈물하는 하루나의 모습에 읽던 보고서를 한쪽으로 밀었다. 며칠 전부터 달라진 하루나의 태도에 은근히 신경이 쓰이던 참이었다.

"무슨 일인지 말해 봐요."

"회장님께서 제안하신 SHJ 타운 책임자 건 때문입니다. 유럽 지역이 결정되면 그쪽으로 나가고 싶습니다."

경환은 흔들리는 하루나의 눈빛을 놓치지 않았다. 자신이 제안한 일이었지만 막상 하루나의 결심을 듣게 된 경환의 마음은 편치 못했다.

"진심에서 하는 말인가요? 하루나가 원하지 않는다면 가지 않아도 됩니다."

"아닙니다. 회장님께서 제가 있는 곳이 회장님의 마지막 보루라는 말씀을 따를 생각입니다. 저도 비서 일을 떠나 제 능력을 발휘하고 싶다는 생각도 있었고요. 허락해 주십시오."

경환은 자리에서 일어나 하루나의 어깨에 손을 얹었다. 경환의 손길에 하루나의 몸이 반응하며 움찔했지만 경환은 개의치 않았다.

"하루나, 미안해요. 그리고 고맙고요. 하루나가 마지막 보루라는 말 진심입니다. 언제가 될지는 모르겠지만 하루나를 다시 지금 이 자리에 불러오겠습니다."

하루나의 상반신이 경환의 품 안으로 무너져 내렸다.

"죄송합니다, 회장님. 잠시만 이대로 있고 싶습니다."

경환은 하루나를 밀칠 수가 없었다. 대신 하루나의 등을 살포시 안아 주었다. 경환의 손길을 느낀 하루나가 고개를 올려 경환의 입술에 자신의 입술을 포갰다. 경환은 이 역시도 거절할 수가 없었다. 잠시 후 하루나는 입술을 떼고 자신의 가슴에 올려진 경환의 손을 조심스럽게 떨어트렸다.

"감사합니다, 회장님. 회장님께서 불러 주실 동안 기다리고 있겠습니다."

옷매무새를 정리한 하루나가 고개를 숙인 후 방을 나섰지만, 경환은 한참을 서 있어야만 했다. 하루나에 대한 애틋한 마음을 주체할 수 없었지만 경환에겐 지켜야 할 가족이 우선이었다. 그렇게 워싱턴의 밤은 경환의 잠을 허락하지 않았다.

《다시 사는 인생》 6권에 계속

## 생각정거장

생각정거장은 매경출판의 새로운 브랜드입니다. 세상의 수많은 생각들이 교차하는 공간이자 저자와 독자의 생각이 만나 신비로운 여행을 시작하는 곳입니다. 그 여정의 충실한 길잡이가 되어드리겠습니다.

# 다시 사는 인생 5권

**초판 1쇄** 2016년 6월 5일

**지은이** 마인네스
**펴낸이** 전호림 **제2편집장 및 담당PD** 권병규 **펴낸곳** 매경출판㈜
**등 록** 2003년 4월 24일(No. 2 - 3759)
**주 소** 우)04557 서울시 중구 충무로 2(필동 1가) 매일경제 별관 2층
**홈페이지** www.mkbook.co.kr
**전 화** 02)2000 - 2610(기획편집) 02)2000 - 2636(마케팅) 02)2000 - 2606(구입 문의)
**팩 스** 02)2000 - 2609 **이메일** publish@mk.co.kr
**인쇄 · 제본** ㈜M - print 031)8071 - 0961

ISBN 979-11-5542-449-0 (04810)
ISBN 979-11-5542-451-3 (set)
값 12,000원